枫叶红遍了村庄

让双眼装满这五色艳丽

搭乘太平洋的波浪

一觉睡到久别的家乡

睁开双眼

泼洒出枫叶的色彩

红了黄土高坡

还有记忆中那些灰色的楼房

玫红色的艾玛

杜杜

EVERSPRING PUBLISHING

玫红色的艾玛
Emma In Rose

Published by
EVERSPRING PUBLISHING
OTTAWA, ONTARIO, CANADA
Email:everspring2017@yahoo.com

ISBN 978-1-7751288-1-6
ISBN 1775128814

202,000 Words
Printed in the U.S.A
This edition first printing, Feb 2018

崔毅摄于 2017 年 12 月《不吃土豆的日子》渥太华签书会

作者简介：

杜湛青，常用笔名杜杜。毕业于中国山西大学法律系，后出国深造，先后就读于芬兰赫尔辛基大学社会心理学专业、加拿大多伦多美容美体专科学院、加拿大渥太华大学软件程序设计专业。曾从事文职、经商、Spa 管理、健身教练等职业。为当地华文报纸撰写“杜杜笔廊”“杜杜之窗”等文艺性专栏十余年。海内外平面纸媒发表文字逾两百万字。作品被收入多种作家文集。小说、散文、诗歌屡次荣获美国汉新文学奖、中国散文年会华语创作文学奖、台湾林语堂文学奖、加华文学奖等文学奖项，多次获得首奖。海外华文女作家协会会员，加拿大华裔作家协会会员，加拿大中国笔会会员。

杜杜珍爱生活，积极乐观，笃信以爱为本。重视家庭。兴趣爱好广泛，擅长体育运动、歌唱、烹饪、毛线编织、服装裁剪、园艺、绘画等。积极参与社区义工活动。凡事脚踏实地。热爱在文字中做一条自由的小鱼，游荡于没有边际的生活海洋，享受风平浪静，亦直面狂风暴雨。相信精神的自由与独立，高于一切。

出版中文书籍：

散文小说集《青草地》
诗集《玻璃墙里的四季歌》
随笔散文集《杜杜在天涯》　　淘宝、当当等中国网站均有销售
中长篇小说集《不吃土豆的日子》　　Amazon 国际网有售
短篇小说集《玫红色的埃玛》　　Amazon 国际网有售
诗集《上帝之棋》　　Amazon 国际网有售
散文集《弯》　　Amazon 国际网有售

Amazon 购书英文搜索词：“Dudu Anthology” “Dudu’s fiction” “Zhanqing Du” “Days without Potato” “Emma in Rose” “Chess of God” “Curve”等均可。

杜杜个人微信号：butterflydudu

杜杜微信公众号：杜杜天下

杜杜邮箱：zhanqingdu@yahoo.com

献给母亲

有你的日子

是小草拥抱泥土的日子

精神的流浪汉

------自序

回瞻写作生涯，我的首篇小说是《胖丫》，一个留学北欧的大陆留学生形成了我首位文学形象，她稚嫩地在小说里展示异国他乡对她年轻生命的历练和再塑造。那时，小说是什么，我不懂。确切地说，文学是什么，我不懂。我粗糙地把胖丫用文字制造出来，真实和想象的结合非常原始，没有事先的构思和任何写作目的，流水一样她就走完了她的河。我没有满意，也没有不满意，写完它就像走过一处短期度假的风景，无论怎样享受过它的清风朗月，回到现实生活，它便成为一个和自己无关的遥远所在。那时刚刚定居渥太华，人生定位模糊，大家都转行去学性价比最高的计算机，我便也去学，同时专注于一个母亲和妻子的职责。我不快乐，一直在寻找，找着一件我自己也没有见过的宝贝，这件宝贝会给生命灌注意义。时常，我觉得我豢养着一个精神的流浪汉，他用反世俗的目光四处游走，破衣烂衫地满足于观看天空和绿草，他冷笑着看着面前走过的夹着公文包的靓男俊女，整个世界的虚伪做作与拜金主义被他的目光坚决地否定，他感觉自己站在山顶，一览众生皆小。

流浪汉随着生活的前进改变着模样。那年受伤，停了工作，身体的局限放大了大脑的活跃度，几篇随笔散文随便投给报纸，便发表了。当抽象的念想变成了可以触摸和观看的纸张，有一种力量钻进了我的身体，好像路边的花香不经意地飘进鼻孔，由不得会驻足花前，深深一吸。自此，断续零星地写了起来。流浪汉渐渐规矩了，衣着变得整洁，看世界的目光变得柔和温暖，他的流浪虽然还在持续，却从冰天雪地的严冬走进了生机盎然的春季。二零零六年，我终于发现我一直要寻找的东西原来近在咫尺，就藏在我的文字里，这些文字载着我认识自己、走进人心，让我有力量抓住生活里珍贵的点滴，给我能力感受时代的脉搏，最终完善生命的意义。写完每篇文字，都会有一条幸福的小河顺着枝枝蔓蔓的毛细血管欢快地流遍全身每个角落。流浪汉微笑了，他请求说：主人，我想在你的文字里安家，我厌倦了居无定所的流浪，是时候了。

规律的写作成就着报纸上一周一次的杜杜专栏，精神的愉悦和幸福感，在那些蝌蚪文字里以草的姿态旺盛地绿着。散文和诗歌是最早涉足的文体，散文的纪实性使我在忠实于自己和社会的同时，学习坦白和乐观。诗歌的节奏感让音乐进入文字，它可以是小夜曲的悠扬，可以是交响乐的复杂共鸣，可以是摇滚乐的豪放不羁，也可以是民谣的絮叨温暖。我在散文和诗歌的陪伴下行走在文字的丛林中，从一个不谙文学世事的婴儿，学会了牙牙学语，学会如何在荆棘中走路，学习如何直面暴风骤雨，如何珍惜晴朗艳阳，如何在文字的丛林中与各种动植物和平共处。

直到有一天，我发现散文的纪实性体验和诗歌的灵活乐感都不足以让我放开越来越结实的双腿去放肆地奔跑，小说，开始严肃地进入我的写作日程。我需要小说的虚构性和更加宽容的篇幅来承载思想的重量、联想的空间和创造的鲜活力，让它们一同建构我对世界和人性的思考和认知。我需要大大小小的篇幅让许多人和事、过去和现在、真实和虚幻挤在不同的小说里说出它们想要说的话、做出他们想要做的事。他们会爱、会恨，会疲惫、会无奈，会赞美、也会抱怨，他们生活的世界有光明、也有黑暗，有善良、也有邪恶，有希望、也有失望，他们会哭、也会笑。这个世界和构成世界的人类从来就不完美，小说的虚构性，能让我有限的头脑冲破纪实文体的束缚，奔向创造和联想的无限世界，把缺陷写出来，把痛苦写出来，把希望的完美也写出来。

流浪的血液在我的身体里奔腾，流浪汉时而长了翅膀，离开地面，奔向天际，与云儿亲热，与鸟儿合唱。时而，他长了鱼鳃，扎个猛子进入深不见底的海洋，与鱼美人玩耍，与蓝鲸共舞。这是一种更高境界的流浪，拥有无限的自由。我不必再在自己的小生活、小圈子里打转，目光扇形地打开、圆形地打开，我惊奇地目睹着三百六十五度圆周里充满精彩美丽也充满心酸苦累的过往行人与风景。跨文化、跨地域、跨学科、跨行业的经历，让我更宽容地面对一切差异，去懂得肯定个体存在的现实意义，去学习避免用既定俗成的观点去判断人物和事务。我邀请男女老少来到我的篇章中做客，不管皮肤的颜色，不管信仰的差别，不管国籍。

这部小说集含括了过去十余年里我的主要微小说和短篇小说。年代跨度较大，很多小说渗透着时代印记，比如《废墟上行走的猫》《探亲》《H1N1》等。时代飞速发展，再次阅读这些旧作，虽然只有十年跨度，却似乎看着一幅幅废墟隔墙矮、青苔上阶绿的黑白照，像在回忆一种久远和模糊的情愫。我对这些旧小说采取了保持原样的态度，算是给自己的创作生涯一个老实的回顾性记录。个别作品如《胖丫》《糖花生》等除外，整本小说集基本按照创作时间顺序编排。

在短篇小说的蹒跚学步过程中，我悲观的文学态度非常明显，很多小说以死亡和无奈的忧伤为结尾。这些潜意识的悲剧意义的制作，显示了我思考的断档和笔力的虚弱。很多小说我只是不知道该如何写下去，就省事儿地让死亡这个终极点来画了句号。显然，探索人性走向的创作过程中，我经常处在单薄乏力的状态，像一个瘸腿的跋涉者，仰望山巅云起云落，心中充满向往，却不得不咬着牙一步一蹒跚地缓慢上行。人一生的经历和世界观从未停止发展和变化，作品的氛围也随之流出不同质地的感觉和滋味。在整理稿件时，我不得不逼着自己把一些明亮的作品穿插在那些密集的阴冷作品之间，略作调剂。近年的作品，在努力摆脱阴翳，追求积极的人文走向，好像熬过了阵痛期的母亲，看着婴孩不依不饶哇哇啼哭，心烦的同时会抑制不住满心喜悦，尽管婴孩长大成人的慢慢之旅仍然步履艰辛前路未卜，作品里却闪烁出点滴希望之光。

生活中能刺激写作欲望的素材点点滴滴、俯仰皆是。从来不会苦于没有写作素材，苦的是业余写作，时间有限，太多念头不得不被养家糊口柴米油盐的忙碌吞噬掩埋。“多愁善感”却似乎与我无缘，我像一个上了发条的钟表，很认真地走着每一秒钟，脚踏实地地围着面前的生活，规律地旋转，庸俗而快乐。我的身体散发着不灭的热情，积极快乐的外表却掩盖着内心深处的悲天悯人和嫉恶如仇。我同情弱者，热爱正义，敬佩善良、宽容、奉献的人们。我厌恶虚伪，鄙视拜金的现世，讨厌人与人之间的阿谀奉承、哗众取宠，反感自私自利。对人类越来越膨胀的各种欲望，我深感不安。人与人之间的病态关系，人对人的不合理期望，在我的天平上，是很多不幸的发源地。不论在第一故乡中国大陆，还是在第二故乡加拿大，人性都在不可救药地沉沦着。对这种不幸和无奈的悲悯之情散布在这些小说的角角落落，《手套》《小径》《梦》《邮件》《豆豆你在哪儿》《邀请》等都可归入这个范畴。籍着这样的悲悯之情，我对身边的人类、动植物、自然和现实，充满救赎般的关心和热爱。“从我做起、从现在做起”是我所尊奉的。脚踏实地，更是我的人生原则。在现实生活中做个自己心目中理想的、高尚的、散播爱的人，早已成为我的人生目标。这种努力，却往往伴随着自虐式的苦行和困难的舍己。我想，上帝是给我一个文字的出口让我排放阴翳、疲累、忧愁的情绪，从而来平衡现实中这个他格外宠爱的小女子太过完美的追求和努力。感谢上帝！

海外中文媒体一直沿用繁体汉字，而大陆则使用简体。我成长在简体环境，出国后喜欢起繁体，一种更为复杂的精神品格在很多繁体字里可以清楚体现，比如“愛”。简体语境走进繁体语境，正好吻合了我们这些移民者从中国走向世界的精神足迹。在编辑上本中长篇小说集《不吃土豆的日子》（Amazon 购书搜索词“Dudu’s Anthology”，“Days without Potato”）时，三篇小说里两篇保留了繁体字，一篇却使用了简体，这是我和我的作品跨两岸身份特质的一个记号，是忠实于这些作品当初发表状态的一个态度。在编辑这本短篇小说集时，我在使用简体还是繁体字上产生了摇摆。五十余篇小说不可能搞忽而繁忽而简的文字切换游戏。一些大陆移民朋友抱怨看繁体字太费劲，陌生字太多会减弱阅读兴趣，希望我使用简体。考虑到近年从中国大陆出来的移民渐趋增长的趋势，我决定使用简体。随后还会有其他书将陆续出版，我不妨在未来的书里，公平地轮番尝试繁体和简体的汉字体验。

写作，是一种精神按摩。我庆幸自己拥有这样一位廉价的终身职业按摩师与我朝夕相处。他曾经流浪，如今心甘情愿地驻守在我所创造的各种文字中为我持久按摩。他还说话，对我，对他自己，对着风景，对着生命，说出令我流泪、也令我欢欣的话语。在他的陪伴下，一个又一个未知的篇章会悄悄诞生。我快乐地被他降伏，心甘情愿。在文字里，我和他合二为一，我们可以尽情地借着没有穷尽的文字做永世的流浪，享尽无限的自由。

二零一八年二月十日

CONTENTS

糖花生

第一次见到水生，他两眼死死盯着我，完全不避讳，好像世界上只剩下我一样东西可以发挥他眼睛的用途，而他大大的个子站在办公楼门口比看门的石头狮子更无法躲避。我低下头，盯着高跟鞋上一朵亮晶晶的玻璃花，想快速从他身边走过，他突然大声喊道："阿姨，你可真漂亮啊！"声音洪亮如雨前响雷。

我吓得一机灵，冲他干笑了一声，迅速从他身边擦过，身后跟着的同事哈哈笑起来。我说："你还笑？吓我一大跳，他怎么比我高一头，还管我叫阿姨？要么他有病，要么我长得太老了。"同事说："真让你说对了，他就是有病，别看长得人模狗样的，是个傻子，老张的儿子。你知道吗？他是咱这儿评判姑娘漂亮与否的最高评审。漂不漂亮，在他面前走一走，被他叫阿姨的，就过关了，他不叫的，一定不够漂亮。所以漂亮女人都愿意从他面前走，丑点的，赶紧绕道。"

"花痴！"我咯咯乐了起来。同事说："你还别笑，他要记住谁特别漂亮，会一连好几天站在这门口等着看，老张又不能把他关起来，就由他去。他倒也好，除了夸一句阿姨漂亮，从无别的举动。你就等着他天天给你当仪仗队吧，咱俩可以打赌。"

那以后的几周，我果然每天都得经受水生注目礼的检阅，享受"阿姨，你可真漂亮"的洗礼。这样被检阅之后的我，往往面带笑容，心情舒畅，那句响雷更是久久在耳边回响，阴雨天心中也充满明亮的阳光。有人说一个女人被夸赞"漂亮"，魔鬼就会在她耳边重复一万次。那些日子里，我切身体会了魔鬼的妖术。

每天早晨上班，擦擦抹抹完毕，我都会下楼打两暖瓶开水泡茶。水生摸出我的行动规律，就常常等在大门口久久不走。于是一进一出，我又多了两次接受响雷的待遇，去锅炉房打开水变成了一件既尴尬又快乐的事。

有时我会停下来和水生聊两句："水生，你几岁了？"水生就笑出一口白牙，低头蹭着脚，说："我妈说我二十二岁了。"原来比我还大一岁呢。我看他羞怯的样子，和响雷时大不相同，心头忽然流过一丝温暖，这小伙儿真不错，又问："水生，你会念书不会？"水生说："会看小人儿书，有好多画儿的那种。"说完，他忽然抬起头来，眼神略过我的头发落在我背后不知什么地方，嘴上却又大声嚷了起来："阿姨，你可真漂亮！"我摇头叹气，拎着暖瓶赶紧上楼。

那个交摔倒时，我刚从锅炉房跨出来，高跟鞋踩了个碎玻璃，一趔趄，暖瓶就扔了，瓶胆碎了一地，开水径直冲向我穿着凉鞋的光脚板。我爬起身，使劲甩着脚丫，露在凉鞋外面涂得鲜红的脚指头已经烫得生痛。我坐在墙边脱了鞋，搬起脚趾来看，水生早就来到近旁，他蹲在我面前大声说："红的，痛呀！"我还没来得及反应，他已抓起我那只被烫的大脚趾，毫不犹豫地放进了嘴里，用力吸吮起来。

震惊，电流一样从脚尖直抵大脑，我眩晕着，几乎感觉不到一丝疼痛。水生口腔的温暖和有力的舌尖包裹了脚趾的灼烫。我使劲往回抽脚，一边大声急急地说："水生，快放开，你怎么这么傻呢？"我这"傻"字一出口，水生的脸色骤变，他把我的脚像扔皮球一样咣当扔在地下，眼睛也没抬，拔腿就一溜烟地跑走了。

那天之后，再没听到过水生在我耳边响雷，他高大的身影也不再从对面的宿舍楼里奔出来了。那个从来没有人对他说过的"傻"字，把水生和水生的审美热情从我们视线里一扫而空。

一起变空的还有我的心脏。每天上班，揣着这颗空荡荡的心脏，拎着沉重的暖瓶，那只被水生的唾液浸泡过的脚尖踩着无限的温暖进出大门，水生的影子就在眼前不停地晃动。歉疚，血液一样静静地、浓浓地流淌在我身体里，同时还有一种说不出的愁烦。

一个同事奇怪地问老张："最近怎么见不到水生了？你把他关起来了？很久没见他审美了。"老张叹了口气，说："这孩子古怪，有一天回家突然就不肯再走这个大门了，我只能由他去，他的大脑只是个十几岁的孩子呀。"

我悄悄背转身，擦掉突然涌出的眼泪。水生只有十几岁吗？不！他的真诚和自尊，不亚于任何成人。

"那水生走哪个大门呢？"我漫不经心地问老张。

"院子侧门，那里没有办公楼，但有人行道，他可以继续审美。"老张笑了起来，大家也都跟着笑起来。

我是上班时溜出来的，买了一盒糖花生。专门穿了上班从不穿的休闲衣饰，戴了一付遮住半张脸的大太阳镜。心里咚咚跳着，像个执行艰巨任务的间谍。

“阿姨，你可真漂亮！”水生没认出我，但想不到穿这样随便的衣裳也能得到他的肯定。

我停住脚步，和他面对面，仰望着那张单纯的脸，笑了起来，我感觉到面部肌肉紧张的咧动。天，从来没有这么近距离地看过他，他真帅。浓眉大眼，鼻梁挺直高耸，肤色白里透红，眼神里的稚气可以把所有坚硬的心脏腌制柔软。

“给你！好吃！”我抓过他的手，把糖花生塞到他手里。

他大张着嘴，低头看看花生，抬头看看我。这个前所未有的遭遇显然令他不知所措。我转身离开时，听他在身后嘀咕：“我妈说，不能要别人的东西。”

他那高大羞怯、不知所措的样子陪伴了我好几天。一想起他，我就莫名其妙地笑出声来。我太喜欢他那个窘懂的模样了。之后的两个星期，我做了两次同样的事情，这件事让我快乐，也让水生快乐，我不能不做。他仍然没有认出我来。

第四次去看水生，我决定还原自己。我的高跟鞋踩的嗒嗒响，一对毛乎眼直直地看着水生。因为睫毛长，我从小就有了“毛乎眼”的外号。

“阿姨，你可真……”水生没说完，就认出我来，张嘴楞着。

我笑嘻嘻地把糖花生塞进他手里，说：“水生，我又来看你了！我要跟你道歉，那天在锅炉房我那样说你很糟糕，对不起！请你原谅我！你如果想回办公楼，就回去，好吗？”

水生的脸在我的注视下渐渐地从脖子往上红着，终于红透了。我从来没有见过人们脸红的过程，这个过程会如此缓慢，我始料未及。更始料未及的是，伴随着那个过程，我感觉到自己的脖子也正在往上燃烧，一直烧透了双颊。

我轻轻咳嗽起来，避开水生异样的目光，迅速转身离去。

“阿姨，你可真漂亮！”水生的喊声是我快要从马路口消失时，响起来的。

之后的两个星期，我没有去看水生，我害怕。害怕什么，我也说不清。水生也没有出现在我们办公楼门口。可是，每天上下班经过大门的时候，我的心脏都会莫名其妙地紧缩起来，那种感觉涟漪般一圈圈地荡漾开去，波及到之后的分分秒秒里面，那一天就有了些异样的期望和异样的沉重。我在想念水生，也许水生也在想念我。

老张好几天没来上班，住他家隔壁的同事说水生病了，住了医院，老张两口子正在医院全职陪护。

“什么病，这么严重？”我克制着心中的惊讶，尽量平静地问。

“听老张太太说水生这阵子不吃不喝不起床，老躺着发呆，快要饿死了，不得不在医院强制输液，真可怜！”

我难受了一整天，魂不守舍。也犹豫了一整天，不知所措。最后，我还是决定去医院看望水生。一如既往，我买了糖花生。

水生本来是躺着的，白被单下一张苍白虚弱的脸，像尊假的雕塑，那英俊就更加立体地动人心魄了。我的心咚咚咚跳着。老张夫妻一边一个坐在床头。

我掏出了糖花生，强装笑颜，拿在水生眼前晃着。

认出我的一刹，水生突然坐了起来，两眼放出灼热的光芒，“阿姨，你可真……”话没说完，就咚地摔倒在床上，人事不知。

老张太太哭爹喊娘去叫护士的时候，我挨了老张狠狠一巴掌。

“原来是你，你这个狐狸精！你不知道他是傻子吗？你疯了？来招惹我们家水生？你要逼他死吗？滚你的花生糖！都是你的糖花生害的！”

糖花生被摔破在地上，滴溜溜滚了一地。我不知道自己是怎么被老张推出病房的，病房里医生护士正围着水生做抢救。老张太太的哭声响亮，“水生，水生，你醒醒，我的儿呀！”

被抽的脸颊如泡在辣椒油里，满脸是泪，我在街上漫无边际地走着，耳边交织着水生的赞美和老张愤怒的吼声，“阿姨，你可真漂亮！真漂亮……真漂亮……”“你疯了？疯了……疯了……”“你要逼他死吗？逼他死吗……死吗……死吗……”

人材市场的大门前排着很多人，拥挤不堪。

我停住脚步，身边拥挤的人声和脑子里的嗡嗡声混响成一片。我擦了擦眼泪，捂住滚烫的面颊。也许，也许，我该挤进这队伍，换个工作？距离和时间能治愈一个正常人的伤痛，可是，水生呢？弱智人的伤痛也可以使用“距离和时间”这个通用配方吗？

我脸上的巴掌印三天才消失，这三天我请假没去上班。我躺在床上发呆，没有眼泪。饭吃不下，觉睡不着，眼前一遍又一遍放着幻灯片，是水生纯洁的目光和雷似的声音，“阿姨，你可真漂亮！阿姨，你可真漂亮！阿姨，你可真……”

三天后，我递了辞职报告。同事们吃惊极了，这年头竟有公务员的金饭碗说不要就不要的？有人说我傻，还有人说我疯了。

我开了一家小店，专营糖果小吃，我很努力，有一种奇怪的动力每天支撑着我的日子。短短半年，我店里的蜜饯坚果就远近闻名了，其中销量最好的是糖花生。花生我只用出名的山东大花生，个大丰满，醇香酥脆。糖浆是现炒的，大铁锅就支在门廊里。炒花生时，香气缭绕不绝，弥漫几条街。有人被香味儿吸引，有人慕名，门口排的长队，常常弯弯曲曲拖拉半条街。

孩子们喜欢围着花生锅，兴高采烈地观看“花生师傅”的绝技。只见他粗壮的手臂掀着大铁铲，左右轮回翻着花生，动荡出鲜明的节奏来，刷拉，刷拉，花生从大铁铲里跌落出优美弧线，一条条飞龙似的在大锅里翻腾。师傅人高马大，立在花生锅前，像个乾坤主宰，俊朗的面孔被炉火映得通红，盯着炒锅的眼睛专注认真，目不斜视。

就有孩子妈对孩子说：“你看，行行出状元啊！花生师傅虽然傻，但花生炒得这么好，照样有活路，比个健全人儿还出息哩。”说着扭头问我：“老板，人家说你付给花生师傅的工资比大学生还高，是真的？赶明儿我儿子考不上大学，也让他来你店里学徒，就当花生师傅的徒弟！”

我笑着把一包糖花生递给孩子妈，收了钱，说：“二婶儿，你今天白打扮了，花生师傅炒花生时顾不上看你，你也落不着夸了。”孩子妈就笑说：“唉，你说你这妮子鬼不鬼，他那句‘阿姨，你可真漂亮！’还真招人待见，你哪里找来这么一件秘密武器？难为你付他好薪水！”排队的都笑。“花生师傅”和我店里的花生一样远近闻名，被人叫上了口，“水生”倒被人忘却了。

不炒花生的时候，花生师傅也不闲着。他仔仔细细地帮我把各类糖果装袋封口贴标签，认真细致得像个小学生在完成老师布置的作业。偷奸耍滑的本事儿，他的智力不会让他有机会去学习。他很开心，只要在我身边，他总是满面红光地咧着嘴，进门来的客人，不太漂亮的，他也会热情洋溢地说：“阿姨，你可真漂亮！”我这小店，于是总是姹紫嫣红，姑娘媳妇咯咯笑着，络绎不绝。板着脸进门的，多半会眉开眼笑地出门。

谁也没想到我会和水生结婚，更没有谁能想到结婚会缓解水生的病。水生忽然就长大了，再也不叫女人“阿姨”了。医生说：“精神类疾病，原本就是神秘的病症，忽然得了，忽然好了，除了基因，自有它的因果。我们的医学也只是在探索中前进。你和水生的婚姻，刺激了水生的智力发育，改善了他的异常，你俩太幸运了！”

老张两口子自从变成了我的公公婆婆，就开始每天在我店里帮忙。生意越来越好，第三家店也开张了。

尽管背后还是有很多人对我和水生指指戳戳，甚至有人当着面说我疯说我傻，都挡不住我和水生忙碌而幸福的日子风生水起。水生炒花生的矫健身影，我天天看着，怎么都看不够。踮着脚，我给水生擦汗，他会呆呆地傻笑，看着我说：“你可真，真漂亮！”

两年后，我们有了孩子，是一个美丽健康的女儿。水生用他特有的纯洁目光呆望着她，喃喃自语：“她可真，真漂亮！”

我知道我和水生一样，只是滚滚红尘中的两粒尘埃，聪明和傻，此尘埃还是彼尘埃，有什么分别？我暗自庆幸，水生的聪明遭遇了我的傻，给了我面前这个可爱的生活。用水生的口头禅来形容：生活，它可真漂亮！

废墟上行走的猫

废墟之上，猫静静地走着。

这是一只全黑的猫，它的眼睛由于明亮使那一团黑色成为废墟上唯一令人瞩目的物体。它时而回头看着走过的瓦楞，目光里漏出一种怜悯而无奈的光波，那明亮在瞬间眯成了一条细缝。

区别于其他物体，这个物体正在自在地活动着，确切地说是活着。它使得其他静止的物体和物体下掩埋的一切，死亡的、没有死亡但濒临死亡的，庞大而荒唐得无可奈何。

你有时不得不承认，动物比人类优越。它是怎么和大地产生了沟通，我们无法猜测，但它显然得到了大地更多的偏爱。愤怒的大地准备在人类身上施暴前就给了它优先的躲避权，以至于三天前它就拒绝回到它舒适的猫窝里去生活了，全家为此而展开了热烈讨论。

女主人嗔道："你去当野猫吧？看谁给你好吃好喝好招待。过不了三天你一定回家。"

男主人大睁圆眼："你怎么舍得真让它出去疯？要是被别人抱走或是被车撞了，你不心痛？"

女主人答："咱们镇子谁不知道谁？还怕别人抱它？它那么聪明，会躲不过车？它这样叫春似的喵喵喵不肯进家，我有什么办法？"

少主人插嘴："爸爸妈妈，这两天镇里的猫狗好像有集体活动，都不想进圈，你就让肉肉随便吧，我按住它不让它走，他把我的手都抓破了。"

少主人说完，在猫食盆里放了几条新从沉湖捞回来的小鱼走出院子，放在肉肉可以看见的敞亮空地上，嘴里喊着："肉肉，来吃鱼吧，没人会关住你，你回来吃饭吧。"

肉肉不知从那个墙角旮旯跑出来，舔了舔少主人被它抓破的手背，吃起鱼来。它丝毫不掩饰自己的幸福，黑色的头埋在瓦蓝色的猫食盆口，形成猫头和食盆原本就长在一起的和谐图像，与二层小楼里住着的三口之家同样和谐。

女主人的话果然应了验。三天还没到，肉肉就回家来了。家，却面目全非。

所有的房屋在短短几分钟之内被愤怒的大地摇动震撼，倒塌得七零八落。人类的喧哗突然被巨大的悲伤取而代之的时候，肉肉正在镇中最平坦广场中央的一颗树荫下打盹儿。大地变成摇篮，对肉肉是件新鲜事，它在颤抖的地面上行了几下漂亮的猫步，站住，身体弓成弧形，它睁着惊恐的猫眼目睹了整个城镇此起彼伏的倒塌。顷刻之间改变了形状的镇子，高大的变为矮小，齐整的变为歪斜，规矩的变为不规矩，活着的变成死的了......

回到家的时候已经是傍晚，家已经不再是家。迷惑地立在家的碎片上，它以自己成功的生命俯视着脚下的一切。目光凄楚而冷静。

家的废墟触目惊心。两层小楼只有一面山墙还直直地立着，夕阳轻易地穿过这一扇薄薄山墙上的窗直接地照着肉肉若有所思的双眼。废墟里没有人声。中午大地变摇篮的时候，三位主人正上班上学，躲在镇里的某些个高楼里孜孜不倦，那些大楼现在都变成了支棱八翘的废砖烂瓦。

现在是晚上了，他们为什么不回来呢？虽然家已面目全非，但还是家呀。肉肉有些犹豫不决，我该去哪里呢？它禁不住思想。去哪儿去寻找男、女、少三位主人呢？它扭了扭仍然美丽的猫身，摇了摇弱小的猫头，觉得自己作为一只猫好像已经想得太多了点，禁不住为自己正在源源涌出的思潮沾沾自喜，也同时为思想的内容闷闷不乐。

五天之后。微雨如弦。

已经在家的废墟上行走了无数回的肉肉再一次行走在家的废墟之上。它小心翼翼地跳过一根乱石中伸出的尖锐金属，稳稳地立在一块平坦的瓦片上。他已经习惯了周围人们的奔跑和哭喊，倒塌的房屋摇摇欲坠的边边角角还在偶尔地坠落着，发出哗啦哗啦的巨大声响，荡起的迷漫烟尘顷刻就被淋下来的雨水压住了。

肉肉总能在瓦砾中寻到一点吃食，虽然有时酸臭，却充饥无妨。它站在墙下猫食盆的碎片旁边，怀念着那些新鲜的小鱼和小主人的芳香。虽然断瓦残垣中它一贯优雅的猫步变得有些蹒跚，它还是每天在家的废墟上盘桓。

被雨淋湿的肉肉黝黑发亮，一对猫眼炯炯放光，因为居高临下，很有些将军风度。它低头看着那堆一动不动的废墟，恋恋不舍。几天来，脚下这摊层层迭迭的碎砖、玻璃、木框摆设出它不熟悉的混乱形状不免令它揪心。但在反复的巡视中它找到了许多自己熟悉的对象，这让它产生了很多猫的兴奋。

还记得那天在废墟边缘的角落里找到那只靛蓝猫食盆的时候，它几乎高兴得要跳起那支只在漂亮母猫前才会跳的猫舞。它用爪子拼命地拨拉着那只已经碎成两半的食盆，却没有成功，一块大大的墙皮压住了食盆上大部分蓝色花朵，它发现努力无效时，只好反复深情地舔着食盆的边缘，猫脑里想象着少主人被它抓破的手指的芳香。

这种味觉的回忆令它对家充满眷恋和向往，它的猫脑怎么都想不明白，为什么家突然成了废墟，为什么主人突然都不见了，为什么整个镇子里的人都是慌慌张张的，为什么所有人的目光都水汪汪的，为什么进来许多穿着古怪衣服的一模一样的人拼命地挖那些碎砖烂瓦，为什么那些人还不来挖它的家？如果那些人来挖它的家，会不会把主人们召唤回来？

它从不知道自己会以前所未有的猫的思念想念自己的家。它甚至惊讶于自己拥有了人类的情感和苦恼。它的猫眼里悄悄蒙上了一层人类的水雾，眼里的废墟突然朦胧起来。蜷缩着躺下，它静静地闭上了猫眼。

梦里，卧在女主人的腿上被她手里的梳子仔细地梳理着猫毛，它舒服得一动不动。少主人在院子里大声喊着："肉肉，我又给你捞了新鲜小鱼了，你来吃呀！"

鱼和少主人手指的芳香缓缓地飘进了它敏感的猫鼻，久久不散......

杜杜

邮件

李慧在病床上半躺着，捧着笔记本给瑞瑞回邮件：“生命在于运动，所以一定要听妈妈的话，多做运动，争取改了你天天泡在计算机上的坏习惯。你看妈妈比你大三十岁，比你还健康，疾病一见妈妈抖擞的精神就躲得远远的了”。

几句话写完，李慧几乎要虚脱。合上比泰山还沉重的笔记本，她选了个省力的办法，身一翻，任笔记本自由落在床的一边。

酸痛，肆无忌惮地掌握着她的身体，她的精神，她的每一个细胞。静躺着，李慧知道自己除了大脑还在努力运转，全身每一寸肌肤下面的内容只有一件事情可以做——和白血球作战。这场战争在李慧身体里硝烟弥漫时，她自己除了静躺着提供战场，完全无能为力。她用不着量体温就知道自己在发烧了。先是颈部开始酸痛，然后蔓延到四肢、内脏、头部、肌肉、骨头。当迈开每一步都需要努力的时候，烧的程度就一定超过 38.5 度了。这样每周一次规律的发烧，对她来说已经像呼吸一样平常了，于是她就象对待呼吸一样对待发烧，既然离不开它，也无法控制它，就忽视它。

她不想去看医生，知道自己有病又怎样呢？她信命，是命的赐予，你躲都躲不过。离婚这十几年来，她真是受够了，人前的一张面孔总是鲜花一样盛开，一点忧郁的影子都没有。早九晚五地上班、当爹当妈，拉扯着瑞瑞奔跑在学校、芭蕾舞班、钢琴教室之间。渐渐地，一个风一样快捷，树一样坚定，春天一样浑身充满希望的女强人形象就在卧春市的华人小区里有口皆碑了。谁能想象，她的枕头是用泪水浸透的呢？在那无数个寂静而孤单的夜晚，陪伴她的除了叹息就只有泪水。

厌世的念头隔三差五就来访问她疲惫的大脑，是从丈夫抛下她娘俩回国去和那个小他十岁的小妖精结婚那一刻就开始的。从小青梅竹马的贤妻良母竟然打不败网络上一个隔着十万八千里的莫名其妙的狐狸精！她想不通这个怪诞的世道。和自己同枕共眠了十年的丈夫竟然就那么轻飘飘地消失了，空气一样不留痕迹。如果不是因为瑞瑞的存在，她几乎不相信这一切真的发生过。

现在总算把瑞瑞的大学供完了，孩子在大多市皇家银行的工作步履青云，风华正茂的瑞瑞正浸泡在人们羡慕和追求的眼光中过着春风得意的生活。

我这个妈的任务已经完成了，李慧想。我还有别的任务吗？她心里突然空得白纸一样了，往这白纸上画点什么呢？她一点主意都没有，既然是白纸，又不准备使用，有没有它也就无所谓了吧。那个念头于是在她疼痛的身体里再一次迅速地席卷了。

眼睛睁不动，肌肉和骨头好像因为高烧正在接近灰烬。没有一丝声响，黑暗渐渐地占居了整个房间和房间里的一切，包括李慧痛着的身体和痛着的精神。

就这样静静地走掉吧，像那个父亲当年走掉时一样，轻飘飘的，无声无息，空气一样。走吧，结束这规律的肉体的疼痛，也结束这规律的精神的疼痛。没有谁需要你了，你也不再需要别人。

李慧努力坐起，忍着剧痛打开计算机，伸开疼痛的手指敲着："瑞瑞，无论妈妈是上天还是入地，你的健康和幸福都是妈妈的一切。好好爱惜你的身体，妈妈坚强的东西都已经给了你，好好珍惜它们。妈妈是多么的爱你啊！"

那满满一大瓶安眠药是李慧多年的积蓄。每次去开药，李慧都好像在计划着什么，又好像漫不经心地完全没有计划。当她仔细地把它们一次又一次放进药瓶时，药片的每一点增高，都好像拉着她接近一个令人兴奋又恐怖的目标。这个目标在她光天化日之下、精精神神的面孔上不宜察觉。她把药瓶藏进抽屉时，也一并把那目标藏进抽屉了。

药瓶空了的时候，瑞瑞正在回复邮件，她年轻的脸幸福地笑着，写道："亲爱的妈妈，我还不知道您有上天入地的本事呢，除了坚强，您准备什么时候教我上天入地这个天大的本事呢？"

手套

“刚给你买的手套又丢了？今年这是第几付了？？败家子！”蔡晶推了一下小弟，恨恨地说。小弟仰头望着母亲凶巴巴的一张脸，小嘴朝下撇起来，眼眶由白变红，瞬间就汪满了一汪水。

蔡晶又推了小弟一下，骂道：“一个男孩子家，动不动就哭，没出息到家了！不许哭。”

小弟闭紧嘴巴，忍着泪，可泪水不听使唤，哗啦啦地淌下来。

蔡晶没理孩子，转身进屋，嘴里还在念叨着，声音高亢：“你妈失业了，知道不知道？知道什么叫失业吗？就是吃饭得买便宜菜了，就是没钱一年给你买十付手套了，就是吃政府救济养活你成了大问题了，知道了吗？知道了吗？？”

小弟越哭越凶，呜呜地大了声。他倒腾着小腿跟在妈妈背后，伸出小手去拉妈妈的手，哭得上气不接下气地说：“妈妈......你别......生气了，我不会......再丢手......套了，不...会...了。我听话！”

蔡晶脸上也流着河，她甩掉孩子的手，去擦眼睛。擦净了，转身蹲下，盯着那对小小红红的眼睛，一把把孩子拉进怀里，说：“小弟，对不起，妈妈不该老是跟你发脾气，可你知道爸爸不要我们了，妈妈又没了工作，咱们在国外又无亲无故，怎么办呢？你这么小，这么小，怎么办呢？”

小弟的新手套是在一元店买的。黑白相间，和沃尔玛十元钱的手套长得一样好看。小弟每天上学，学会脱了雪衣雪裤，就把手套塞进雪衣的袖筒子里，还学会课间玩耍的时候不再摘手套，哪怕天热手里出汗，也坚决不摘。

天暖了，操场里的雪开始融化，草坪黑一块白一块地裸露着，一踩就是满脚泥。操场边缘是个大草坡，临近马路，坑洼处冬天堆满了马路上推下来的积雪，这时融化成几个好看的小湖。孩子们兴高采烈地站在草坡上大喊大叫，从草地上捡石子树枝往下扔。

大个子戴维平时就爱招惹小弟，老笑话小弟个子小，“你都七岁了，怎么比幼儿班四岁的人还矮呢？小矮人！”说完，不是拨拉一下小弟的头，就是拽走小弟的帽子。

戴维往湖里扔东西扔了半天，再也捡不到石子了，就顺手从身边小弟的手上揪下一只手套来，刷地一下扔进了小湖。小弟尖声大叫，“我的手套！我的手套！！”喊着叫着朝草坡下跑去，两只沾满泥泞的雪靴笨笨地甩着。

小弟扑进小湖的时候，孩子们还在草坡上高声吆喝着，“唉，唉，小弟小弟，老师不让下草坡呀，你快回来！”

那天的阳光很亮很白，小弟小小的身体就在白亮的光里倒进了小湖。小湖本来是比小弟浅的，但厚重的雪靴把小弟拖倒了。那靴子实在太沉重了，小弟想站，却再也没有站起来。

杜杜

晨练

老窦五点钟就醒了，老伴儿还在身边打呼噜。老窦伸手捏了捏她干瘪的嘴，呼噜声被关在里面，变成呜咽。老伴晃着头想甩掉老窦的手，一翻身醒了过来，嘟囔道："你，唉，干什么？"老窦一边穿衣服，一边说："你说你吧，白天安安静静的一个人，怎么这两年一睡着就这么大动静。我看这人老了，什么零配件儿都松巴了，一松巴，就哪儿都乱响，老婆子，你说是不是？"老伴儿翻身坐起，说："哪壶不开提哪壶！最不喜欢听人说自己老，你又说。伺候了你们一辈子，老了接着伺候孩子的孩子，没个尽头儿。老的早也是操劳过度被你们吸干巴的。"老窦呵呵地乐，说："我又不抛弃你，你怕什么老？老了也是我心里的花儿。""老不要脸的！"老伴扭了身体不理他，密密的皱纹里竟透出淡红的羞怯来。老窦说："唉，也就咱俩自己这么找找乐儿，有时想想，人这辈子，不顺心的事儿老是比顺心的事儿多，挺无聊的。到老了，憋在这人生地不熟的地方，当专职厨师和免费保姆……""你小声点儿好不好，小心让他们听见，你就少说几句吧！"老伴儿穿好了衣服，催促说："快点，今天是收垃圾日。一会儿人多了，咱们就不好意思'晨练'了。"老窦斜了老伴儿一眼，起身去卫生间，脸上挂着满足的笑容。不管怎么说，有老伴儿伴着，日子再不顺心也过得去。

姑娘女婿孙子的房间鸦雀无声，老窦老两口蹑手蹑脚地溜出门，老伴儿利利索索地从车库里推出小孩推车来。

小区里还很静，一个溜狗的女人穿着运动衣小跑着经过，老窦点头说 Morning！女人也说 Morning！老伴儿桶了桶他说："你还挺像回事儿的。"老窦扬了扬骄傲的头，说："你没发现吗，只有这个"Morning"让咱觉着自己和这个西方社会多少有点平等的牵连。移民一年多了，整天除了你对着我、我对着你、你我对着孙子大眼瞪小眼，我看咱俩基本上过的就是个特等残废那种与世隔绝的日子，不会开车，听不懂广播，不会讲英文，还不就是个瘸子聋子哑巴残全乎了的残废？"老伴儿说："唉，你就别抱怨了，没出来的时候，你巴不得来，来了，没有一天不听你抱怨的。"

两人转过街角，走进那条坐落着不少城堡一样巨大房屋的小街，老窦一眼就看见不远处垃圾桶旁放着一个两层的小书柜。两人都不言语，径直朝目标走去。小书柜的油漆有些剥落，但不缺胳膊不缺腿，像个健康的人，只是显得面老。两人默契的好像一个人，两分钟之内就把书柜横架在小车上了，老窦推着，老伴儿扶着，晃晃悠悠往家走。老窦笑嘻嘻地说："连着两周没看见什么象样东西了，知道今天一准儿有收获。"老伴儿也笑，说："放门口壁橱里当鞋架正好，你今天就打磨一下，让女儿买罐漆，一刷就崭新了。"老窦说："还不知道他们愿不愿意让咱们把它拿进屋呢，你没看那天女婿要收拾车库时的表情，盯着咱们捡回来那半车库的宝贝，一脸的厌恶。你说咱们还不是为了帮他们省点儿钱？这些洋鬼子太浪费了，这么好的东西就扔了，多可惜。变废为宝有什么不好？"老伴儿摇了摇头说："你还不明白吗？孩子们是怕咱给他们丢份儿。女儿那天不是支支吾吾劝咱们别再捡破烂了吗？说都不好意思打开车库门，怕给人瞧见堆满的破烂。你说，咱们眼里的宝贝，到他们眼里就是破烂。"老窦有些愤愤："我看这一年咱俩倒腾进来的'破烂'把他们家装饰得有模有样，他们还有什么不满意？大到桌椅板凳咖啡壶电吹风，小到墙饰花盆锅碗瓢盆，他们不是也用得好好的？不知道省了多少钱。"

两人一路唠叨着，车小书架大，很难平衡，小车推得歪歪扭扭，两人的额头都渗出些汗来。路边的草堆卡了车轮，老窦停下来呼哧呼哧喘气，老伴用脚踢了一下车轱辘，才又咯吱咯吱走起来。"今天的'晨练'双丰收啊，得了书架，还出了一身汗。"老伴儿嘿嘿笑道。

到家了，老窦伸手抹了把汗，密码一按，开了车库门。车库里堆满了物件儿，老窦看着越来越充实的车库，脸上的皱纹都舒展了，他摸着一架仿古台灯说："这可都是咱'晨练'的战利品，看着就高兴。"老伴儿的脸也不那么干瘪了，皱纹的缝隙里都是笑容，她说："能让你高兴，不抱怨，我最高兴。咱们不管他们怎么干涉，坚持'晨练'吧。"

两人进了屋，家里仍是鸦雀无声，孩子们还没醒呢。

Fork

幼芬很怯， 她双手递给老板娘的工作简历“简”到没有“历”，确切地说那只是个类似流水账的东西，在中国读小学中学大学的学校、地点、年份和她留学生的身份说明。

中午在学校餐厅吃饭，她偶然听邻桌的陌生女孩说这家中餐馆刚走了服务员，就留了个心赶紧来问。真是无心插柳柳成荫，那陌生女孩竟帮她开了一个打工糊口的大门。

老板娘还没等她急急忙忙逃跑的背影消失，就追了出来，说，哎，姑娘，你会说什么话？她的眼睛羞怯低垂，因为身材高挑，低下的头正好接住老板娘注视的目光。我，我会普通话和一点英文，英文不好。那张漂亮脸蛋儿话没说完就红透了。老板娘被那张红脸蛋儿映得心软，说，我们刚好周末缺人手，你这个周末就来上班吧。

她高兴得几乎想流泪，想拥抱，想放声歌唱，怎么会这么容易？怎么会？

丹尼尔是不会说国语的马来华裔移民，在附近一家电讯公司工作，餐馆的常客。幼芬的 Dimsum 小车推到丹尼尔身边，丹尼尔说：“May I have a fork please?” 幼芬刚出国一个月，让她写整篇的英文文章她不怕，让她慢吞吞地把学校的功课说清楚，她也不怕，可就是怕人和她讲话，她听不懂。

Fork? 这是什么？她的慌张一下子摸消了她大脑里所有的英文库存。她眼神迷茫，呆在那里，手里推着小车不知所措。丹尼尔看幼芬傻着，就又说了一遍，I need a fork. 幼芬嘴里念着 fork、fork、fork，推车来到后堂，悄悄拉住一个跑堂的问，fork 是什么？那跑堂的死死盯了幼芬一眼，顺手从餐具架上拿了一支叉子递给她。

幼芬红着脸把叉子递给丹尼尔时，他慢不经心地问，Are you new here? 幼芬小心翼翼地说，Yes. Sorry， I didn’t understand “fork”. My English is bad, I am so sorry. 幼芬的眼神是游离的，她离去的脚步是逃跑的。丹尼尔的心里突然有了点儿异样的感觉，幼芬微微鹰勾的漂亮鼻尖上那一粒粒晶莹的小汗珠儿让他无法释怀。

幼芬把上课打工之外的所有业余时间用在了餐饮用语的学习上，刀叉盆碗、冷拼热炒的中英对照词句持久地飞舞在她的脑海里。

从此，丹尼尔每周都是固定时间来吃饭，这个时间固定在幼芬当班的时间。幼芬已经不再慌张，丹尼尔那些莫名其妙的额外要求已经难不倒幼芬，小到拿个辣椒酱、换个茶杯，大到介绍个特色菜肴、解释肉馅儿的具体成分。幼芬的鼻尖不再出汗，心脏却突突地跳得快了。她渴望上班，渴望推车经过丹尼尔的那一刻。

这天丹尼尔没来，幼芬工作得心不在焉，收工之后闷闷地低头往公车站走。

丹尼尔的车截住幼芬时，幼芬吃了一惊。坐进丹尼尔的车子，他说，知道我今天为什么没来吃饭吗？因为我要留着肚子请你吃西餐去。知道吗？今天是我认识你一周年纪年日。一年前的今天就想请你吃西餐，可你连 fork 都听不懂。感谢那只 fork，如果当时你听懂了，不知道我今天会不会还想请你吃西餐。

幼芬笑了。她想，Fork，多么简单的一个字啊。

头发

理发师刷净紫霞脖子上的碎发，把她身上的绸子围布解开，对着镜子里精干的短发女子笑了笑，说："看你的短发多精神！这个决心还是下对了吧？"

紫霞呆望着镜子里的自己，神情恍惚。她试着回忆半小时前自己长发飘飘的模样，竟然想不清楚。她盯着理发师把那沉甸甸一整把油黑发亮的长发用皮筋儿绑好小心翼翼装进袋子，然后又端着艺术品似的把袋子摆进面前理发台的抽屉里。

抽屉砰地一声关上的时候，紫霞的心痛了一下，好像那头发还长在自己头上。她下意识地抬手去耳后捞头发，刚开始就结了束，扑了空的手掌不得不对着两寸长的头发又捞了两下，尴尬地放下手，头上的轻松忽然使她感觉有点凄凉。

理发师拍了拍紫霞的肩膀，说："这把优质头发很快就会去美丽那些缺少头发又渴望头发的人了，你多幸运啊，剪个头发赚了一笔不说，还造福了别人！"

走出理发店的紫霞径直回了家。大利肯定还没到家，得赶紧烧几碟好菜，不管他面试结果如何，今天都是个值得喝一盅的日子。留了十八年的头发，终于咔嚓出六百块钱来，在这一切都不顺心的日子里，光这点儿"失去"换来的"收获"也值得乐一乐。

葱爆腰花在锅里打卷儿的时候，香味儿瞬间就弥漫了，两块钱的腰子不是一样可以使晚餐像节日一样嘛？这和花二十元搞个葱爆牛肉没有区别。紫霞脸上挂着一丝笑意。

大利就是这时进的门，他立在忙碌的紫霞身后一声不响。紫霞对着锅台，心跳咚咚地雷着，假装坦然，也不回头，她说："怎么样，顺利吗？"话音没落，胳膊就被大利抓住，一把就被轮了一百八十度，"你头发哪儿去了？？"大利眼大嘴大声音大的面孔扭曲地贴着紫霞的面孔喷出话来。

"你放开我，吼什么呀？"紫霞小心翼翼地说着，眼神怜惜地看着大利青筋暴露的额头。"面试又不顺利？"紫霞想抬手去摸大利的脸，被大利一甩头躲开了。

大利转身走到沙发前坐下，把公文包扔在地上，就两手抱着头，整个上身埋进臂窝，把身体弓成虾米，一动不动了。

大利丢了工作快三年了，简历发出去几百份，面试也有过几十次了。随着时间的推移，那个弓着的、沉默的虾米形状和沙发越来越多地融合为一体了。紫霞于是学会了对着那个形状自言自语，只要那个形状在自己面前，她就可以长久而漫不经心地自说自话。

这时紫霞的眼角正时不时地瞥着那个静止的形状，她嘴角扯了一下，好像要笑，又中途改了主意，同时把准备叹的一口长气咽回肚子里。紫霞开始了她的自说自话："唉，吃饭吃饭，看我炒的这四个菜，真是色香味俱全啊，醋溜白菜是红的，葱爆腰花是红绿相间的，清炒萝卜丝是白的，红油海带粉丝口条丝是黑白红的！让我来计算一下这些菜的价值，嗯，成本不超过五块钱，可这效果可是五十块的效果，看这老婆本事大的！"

"你不吃，我就先吃了啊！对了，这么好的菜可得喝一盅小酒。闻闻，多香！这还是五年前回国带来的酒吧？洋酒怎么都比不了的香醇。"

"唉，我这头发可剪得真爽呀，挣了六百块钱呢，够咱俩两个月的伙食费了。那家理发店说可以用我的优质头发漂染后给别人做hair extension，就是把别人的短发瞬间变成长头发。你说这世界是不是有点古怪？长头发的剪短发，短发的要接成长发，自来卷儿的要烫直发，直头发的要烫卷发。自己没什么就想什么，何苦来呢？"

"我今天碰上小姚了，她问了我半天当护士的情况，可能也想去学护士，我说护士的工作是很好找的，但很辛苦。她说只要容易找工作就行，干什么都不容易，那些学了计算机的现在还不是时刻等着被炒？这国出的，找工作成了生活的唯一目的了。"

"唉，饭菜都凉了，你赶紧来吃吧，别胡思乱想了。我一个人工作咱们紧巴点儿又不是不能过，工作总会找到的，急个啥？"

"嗯，我跟你说的让你去看医生，你好好想过没有？我看你越发忧郁了，如果病了咱就治，该吃药就吃点药，总不能老是这样没精打采的。"

"我今天夜班，一会儿就走。我借了几片周星驰的搞笑电影，你没事儿看看，散散心，早点睡吧！"

紫霞自斟自饮自说自话完了就去卧房换衣服。她知道只有她不在跟前，大利才会起身吃饭。他现在除了和紫霞发脾气时可以借着愤怒的勇气正视紫霞，别说没有对话，就是目光的正常交流也早就萎缩成零了。

出门时，外面风很大，紫霞的眼睛一下子涌满泪水，她用手套擦了一下，自言自语道："风泪眼，风泪眼，讨厌的的老毛病，该死的过敏症！今天可真够冷的！"

紫霞下夜班到家时已经半夜三点，她疲惫地踱进厨房想给自己倒杯水喝，看见餐桌上一张纸条上写着几行字，就顺手拿起来，上面写着："你知道当年我是多么迷恋你的头发，你明明知道。十八年了，你没变过发型，因为你的头发是你的，也是我的，我舍不得让你剪，你明明知道。为了六百块钱你剪断了头发，也剪断了我的心，剪断了我生命的欲望。霞，我对不起你，对不起你的头发。我大利已经活到要老婆卖头发来养活了，我还是个男人吗？我还配......"

紫霞扔下纸条，奔进卧房，卧房没人，卫生间的门虚掩着，她冲了进去。

大利躺在浴盆里，脸色苍白而安详。他穿着那身体面的面试才上身的西服，板板正正的身体浸在粘稠发黑的液体里，搭在胸口的手腕朝上翻着，曾经汹涌而出的鲜血已经凝结了，一滴还没有滴下的血滴一动不动地挂在外翻的皮肤边缘，很圆，很圆，很圆......

“奶奶！”

四十五岁的魏琴是房产经纪人，客源稳定，收入丰厚。先生赵奇在高科技公司工作多年，业务娴熟，颇受器重。儿子十八岁，学习良好，升学有望。出国二十年来，白手打“江山”，“江山”已经多骄。养儿育女的责任即将大功告成，大房子好车进进出出，一家三口可谓和和美美，其乐融融。

傍晚魏琴两口子手把手绕着小区公园散步，街坊邻居迎面碰上，插科打诨寒暄一番，扭头望望两人缠着手指头走远的背影，都禁不住羡慕地咂嘴。

魏琴说：“咱们终于熬出来了，你我该好好安排一下生活，趁着还不算老，也二人世界一下，规律运动，定期旅游，把这后半生过得滋滋润润的。”赵奇呵呵笑着，说：“老婆的旨意至高无上，尊旨尊旨。”

生活到了这种幸福的顶峰状态会发生如此重大转折，魏琴始料未及。

儿子托马斯面对魏琴两口子愤怒的目光，脖子梗得笔直，一副敢做敢当的英雄气概，“不打，坚决不打！她家是基督徒，不能打胎。再说了，我们彼此相爱，这是爱情的结晶，怎么就不能生？”

“你生你生！你们自己还都是孩子，连自己都养活不了，怎么养孩子？通知书都来了，你还上不上大学了？你这不是要把你爸你妈气死吗？中国移民里有你这样的孩子吗？你让你爸妈的脸往哪儿搁？”魏琴气得浑身发抖，恨不得把他揉巴揉巴揣回肚子里取消了生过他这个事实。

“我十八岁了，我的事儿我自己做主，不要你们管！”托马斯的决裂当机立断。

中学毕业典礼刚结束，孩子就生了，是个儿子，长着妈妈的白皮肤、高鼻子，爸爸的黑眼珠、黑头发。

小两口在河那边魁北克租了便宜套房，赵奇去看孙子，回来一脸的喜气洋洋：“我说，你就别跟孩子呕气了，再无理也是咱的孩子，孙子总归是咱的孙子。哎，跟你说，混血儿就是不一般，那孩子刚生下来就好看得要命，黑、白那叫分明，跟假的似的。我给他起了个小名儿叫‘娃娃’！”

“我就是拗不过这口气，他眼里有爹妈吗？辛辛苦苦把他养大，高中还没毕业，就生孩子，国外的乱七八糟学得多到位，悄悄咪咪的实干家！大好前途就这么毁于儿女情长，还死硬，说搬出去就搬出去，就不能给爹妈一个软话？这个儿子真是白养了！”

赵奇摇头说：“你就不能想开点儿，他是你儿子，还是仇人？我倒要看看你们娘儿俩能决裂到什么时候！”

魏琴一把抢过赵奇手里的数码照相机，一张又一张端详着孙子的照片，说：“你说咱俩后半生的好日子是不是从此就要毁在这个小祖宗手里了？”抱怨的面孔虽然紧绷着，眼神里却流露着一丝温柔的流盼，嘴角露着隐藏的笑意。

魏琴和儿子的冷战从春天持续到秋天，又从秋天跨过冬天来到夏天。托马斯在外打工养家，女友专职看小孩。魏琴对赵奇偷着给儿子送钱的事儿假装不知道，专心把业余时间用在宝贝相册里，赵奇每次拍回来孙子的照片都被魏琴大摞大摞地洗出来归档成卷，动不动就捧着复习，嘴里还念叨着：“其实带带孩子也很锻炼身体，应该比旅游更有趣呢”，赵奇听了就在一旁嘿嘿嘿怪笑。

谁也没想到会在商厦里碰上小两口和孙子，儿子和妈面对面傻站着，谁也不开口。赵奇从小车里抱出孙子递给魏琴，说：“来来来，好好让奶奶抱抱。娃娃，咱们表演一个， What is Grandma in Chinese?”

娃娃毛茸茸的黑眼睛滴溜溜盯着魏琴陌生的脸，小手肉乎乎地伸过来抓魏琴的眼镜儿，嘴里脱口而出：“奶---奶---！”

魏琴抱着孩子的手就抖了，眼里瞬间汪满了泪，石头心肠也禁不住这嗲嗲的一声啊。她侧头躲过孩子的手，腾出一只手摘下眼镜儿递给孩子，一张脸笑成一朵盛开的大菊花，她说：“好宝贝，奶奶教教宝贝儿，This is‘眼--镜—’！”然后扭头对托马斯两口儿说，“你们这就去退了房子回家来住，准备准备九月份回学校修课，大学总归要上的，娃娃从今天起我和你爸就负责了，听到了？越大越不懂事！和你妈闹，算什么本事？”说完，就把孩子放回小车里，说，“你俩去逛吧，累了一年多了，去享受一下二人世界。娃娃宝贝儿，跟奶奶逛街去罗……”

再散步的时候，老两口中间多了一辆小车。熟人见了，藏起心中的嘀咕和惊讶，夸道："多漂亮的孩子啊，你们可真有福，四十几岁就当上爷爷奶奶了，不知道的还以为是你们的孩子呢！"魏琴呵呵乐着："是啊，趁着还不老，我们得好好把余热贡献给下一代的下一代！"

落日的余晖洒在魏琴几乎还没什么皱纹的笑脸上，小车里的娃娃欢天喜地地叫着："奶奶！"

杜杜

豆豆，你在哪儿？

豆豆的大眼睛从生下来就备受欣赏。“多漂亮的小帅哥呀！”孟黎推着小车在小区公园里一站，就能收获许多这样的夸奖。

小帅哥长到三岁时，身上有了许多坏习惯。最严重的就是那块蓝色的小绒线毯从来不愿离手。吃饭搭在腿上，睡觉拥在怀里，连上厕所都要抱在胸前，去幼儿园时如果忘记带上，豆豆的一整天都会泡在眼泪里，同时让所有小朋友和老师的耳膜接受震天哭声的持久锻炼。被震得几乎想改行的幼儿园老师严肃地对孟黎说：“去带孩子看看医生吧，我觉得这孩子跟别的孩子不太一样，很难接近，不合群。”

孟黎怀疑“不合群”的可治疗性，但哭哑的嗓子的可治疗性孟黎是深信不疑的。回想起老师的严肃状，孟黎看着孩子的眼神顿时郁闷起来，见到医生时，那郁闷就成了泪如雨下。为了止住雨水泛滥，医生开了少儿语言专科、少儿心理专科、少儿神经专科等若干个专科医生的转诊单。

一路检查下来，孟黎不敢相信白纸黑字的诊断，自闭症！严重的神经系统疾病。极难治疗。可能会终身不愈。

孟黎的天空就是在那张薄薄诊断书的遮掩下一瞬间变得漆黑了。一个将来无法自力于社会的孩子该怎样生存呢？孟黎本来如花似玉的脸蛋在这个持续困扰的问题面前雪打冰封了一般，本来有付丰满结实的身体，里面的油脂没几天就好像被儿子的疾病带来的不安和燥热融掉了，剩下皮包骨头。从此弱不禁风的孟黎三天两头请病假，即使上班也是红着两只被泪水泡小的眼睛呆呆地像变了一个人。

孟黎不得不因为越来越严重的忧郁症停止工作的时候，豆豆的爸爸吴用工作的软件公司被经济危机大潮第一批冲垮，吴用被裁，只好回家一边领着政府的失业金，一边找工作。被裁，在这个高科技公司集中的城市本来不是什么新鲜事儿，但在这个节骨眼上被裁就几乎把一家人推进了暗无天日的水深火热之中。

吴用在计算机前发第二百封个人工作简历的时候，是中午十二点钟。孟黎刚带着豆豆到儿童自闭症互帮小组参加活动回来，小组里那几个父母无奈的点点泪光还印在孟黎昏昏沉沉的脑子里。大家的孩子虽然得的都是自闭症，孩子的反应却千奇百怪，豆豆相对来说并不是症状最严重的，这让孟黎的心情多少平衡一些。

豆豆早已不去幼儿园，在人前病歪歪的孟黎在豆豆面前却仍然是个最富耐心最称职的好妈妈。好像孟黎对周遭世界所有人和事的兴趣都一股脑集中起来用在了豆豆身上。她面对豆豆的那张慈爱温和、充满深情的面孔，一转身就会变成一付蜡制失神的雕像。

“今天的讨论好吗？”吴用站起身来，伸了个懒腰，冲着正在门口挂外套的孟黎问道。“嗯。”孟黎没抬头，径直朝里屋走去。外套没挂好，哗啦一声落在壁橱地下。吴用望着妻子单薄的背影，长长地叹了口气，弯腰把衣服捡起来挂好。“你叹什么气？”孟黎回转身来，一对空洞的大眼睛盯着吴用，语气温和但哀怨：“我知道你讨厌我，嫌弃我，对不对？孩子是个病孩子，我也凑热闹生病，班也上不了了，你烦我，是不是？叹气！叹气！你老是叹气！替我挂了挂衣服，又是功臣了，以为我不懂吗？”吴用对这莫名其妙劈头盖脸糊上来的一顿抱怨无言以对，眉头却立刻紧紧地皱了起来。他从孟黎身边擦过，没理她，径直往厨房走去。该做中午饭了。日子怎么难过，总得把一家人的肚子先填饱。

吴用把水锅放到炉盘上，准备下面条，一边洗西红柿打鸡蛋做卤。孟黎抱着豆豆坐在客厅看电视，两人一动不动，像尊圣母圣子雕像。吴用看了娘儿俩一眼，那口气没敢叹出声，唉，每天一看这娘儿俩，最想干的就是叹气，现在连叹气都是罪过了，这日子！

电视上在演一个爱心社的公益广告，鼓励捐钱抚养无家可归的动物，他们会定期汇报动物的健康状况，也可以从那里买动物回家养。豆豆突然指着屏幕上一群小动物大声说：“我要动物，我要我要！”喊得心急把蓝线毯在嘴里使劲咬起来。孟黎连哄带骗才从豆豆嘴里掏出线毯，轻声说：“买买买，不闹不闹，豆豆乖。”放下孩子，她起身跟吴用说：“医生说饲养小动物可以转移孩子的注意力，特别是喜欢动物的孩子，我们养个什么吧？”吴用拨拉着锅里的西红柿炒鸡蛋，说：“听说养狗跟养个孩子一样麻烦，咱俩现在都不工作，不能养狗，要养就养个猫或者仓鼠之类的，节省精力、时间和金钱。”

终于有了妞妞。妞妞很漂亮，长着棕黄色的长毛，两只小圆眼睛一付胆小怕事的样子，这眼神使主人孟黎和豆豆一下变得十分强大。这只仓鼠连上笼子、饲料、铺垫木屑一共花了五十块钱，比较符合家庭危机时的经济状况。

孟黎和豆豆的喜悦是遮挡不住的，家里突然热闹得有些异常，豆豆对妞妞的热情几乎超过了热爱那块蓝线毯，他盛开的笑脸让孟黎兴奋得时常在心里欢呼。

孟黎天天提醒豆豆给妞妞换水、添食，每周给笼子换木屑。豆豆把妞妞捧出来玩儿时最开心，他让妞妞在自己的小胳膊上散步，从肩头走到手指尖，两手一连，妞妞成功地跨越，从指尖又走到肩头。妞妞的小爪子细细尖尖的，散步散得豆豆浑身痒痒，他大眼睛笑眯了，声音大得嘎嘎嘎地响，抖碎了一盘玉珠子似的。他还喜欢静静地陪着妞妞坐着，看她在转轮上拼命跑，看她滑滑梯，甚至看她睡觉时轻微起伏的身体。让豆豆学说话学摆拼图他不听话，只要说一声："今天想不想跟妞妞玩儿了？"他马上乖了，变得比正常孩子还正常。家访护士一周来一次，对孟黎说："妞妞可以成为治疗计划的一部分，看，豆豆除了哭闹，也爱笑爱说话了，不可思议！"自闭症互帮讨论会上，妞妞更成了明星，经验被妈妈们传颂着。

大夫说五六岁前矫正自闭症是关键，需要全力以赴，孩子大些，就无法矫正了。有了妞妞，孟黎好像看见了豆豆的未来，曙光就在前头。

日子是按部就班的，吴用有过几次面试，僧多粥少，工作还是没有。但他却很开心，他的开心一贯以孟黎的开心为前提，而孟黎的开心又以豆豆的开心为前提，现在豆豆的开心仰仗妞妞了。妞妞的到来显然使家庭发生了一些变化，吴用想了想，发现自己很久没有叹气了。

那个给妞妞的透明圆球是吴用买的，妞妞一被放进去小腿就紧捣腾，一捣腾，圆球就满地乱滚，妞妞一下子有了大于笼子的活动空间，兴奋极了，小腿儿倒腾得越来越欢。 她隔着那层透明塑料把厨房、客厅、家庭娱乐室、书房的地板都滚了个遍。这才像个家庭成员嘛，除了楼梯不会上，家里每个可以容下圆球的角落她都了如指掌了。豆豆喜欢跟着妞妞满家跑，一跑一身汗，这和豆豆的运动计划很合拍，孟黎不去管他们，豆豆跑累了，睡觉睡得特别香，然后做自闭症校正训练也容易集中精力。

这天下午，吴用去厨房倒水喝，突然发现透明球散在地上，妞妞的笼子也是空的，厨房连着后院的门大敞着。吴用脑袋一蒙，咚咚咚跑去摇醒了正在和儿子午睡的孟黎。孟黎下楼一看，就毛了，她带着哭腔指着吴用说："你怎么这么粗心，为什么没把妞妞放回笼子里就离开？这球怎么自己能散开？"吴用说："午睡前是你陪孩子在和妞妞玩儿，我怎么知道你们没把妞妞放回去，这球难道是我打开的？"孟黎呜呜呜哭了起来，她跑到后院，嘴里不停说："一定是球的锁扣没扣好，妞妞一跑撞在家具上把球撞散了。完了完了，肯定丢了，得赶紧找回来。"吴用跟着孟黎，说："不用你找，你回家去，我去找找看。"豆豆这时从背后跑过来，追着拉住孟黎的裤脚喊："妞妞呢，妞妞呢？我的妞妞！"孟黎蹲下来抱着豆豆，说："你怎么起来了？是爸爸妈妈吵醒你了？妞妞会找到的，妈妈这就给你找去，你回家去。"孟黎说着甩开了豆豆，大踏步朝后院对着的树林里走去。吴用紧赶了几步，他喊："你冷静些好不好？这么大的树林，你怎么找？你回家去，要找也得我去找！"孟黎停住脚步，回头恶狠狠地说："我不冷静，是吗？你知道妞妞对豆豆有多重要吗？你知道吗？让我冷静，你冷静一个让我看看？"

两人吵了一阵，吴用才连拉带拖地把孟黎拖回家。一进门，两人都傻了，前门大开着，豆豆呢，豆豆在哪儿？

一天后，孟黎爬在沙发上早就哭不出眼泪，吴用坐在跟前呆呆地等警察电话，家里很安静。

"咯吱吱，咯吱吱"，厨房里传出响声来。

什么声音？吴用起身顺着响声拉开储物间的门，"妞妞！"他惊呼道。

孟黎腾地从沙发上跃起，她抓过吴用手中捧着的妞妞，手上劲道很大："你跟我藏猫猫，你藏，你藏！我让你藏！豆豆出去找你去了，你还我儿子，你还呀！"

吴用从孟黎手里抢过奄奄一息的妞妞，他双眼通红，扯着脖子对孟黎喉："你疯了吗？你？还不是你把豆豆丢下不管，要找妞妞惹得祸？要儿子，也得问你要，你还我儿子！"

孟黎嚎啕大哭起来，哭嚎中伴着呜咽的喊叫："豆豆，你在哪儿呀？"

叮铃铃……叮铃铃……电话铃兴奋地响起来，两人同时奋不顾身地扑了过去……

色盲

结了婚我就开始享福，拥有一个小巧玲珑但出奇地吃苦耐劳、出奇地踏实实在的老婆，成就了我这个衣来伸手饭来张口的大老爷们儿，也成就了我“色盲”这个毛病。

话得从我年轻时说起。那时我和所有对未来充满期望的外地青年一样，毕业以后没有回老家，勤勤恳恳在北京漂着，漂出个幸福生活是我的理想。我起早贪黑帮中关村的哥们儿开店，把计算机鼓捣得即能计、又能算，然后把软件硬件一齐卖给还不会计、不会算的人们，再负责让他们学会计、学会算。这样，我们的工作有了普及科学的意义，我们店也可以算是在祖国实现四个现代化的进程中为科技现代化做了微小贡献。这个神圣的想法让我们哥儿几个激动不已，渺小变得伟大，哥儿几个的生活也好像有了更多废寝忘食的理由。

我老婆当时是个小保姆，从我们县城出来打工给忙碌的双职工看小孩。她休班时常常来看我，给我们做饭洗衣。那年冬天她用北方刺骨的冰水给我洗衣服冻了手，裂了五十个口子，每个口子都好像一张小嘴儿在跟我呐喊，它们说，我为你别说裂点儿小口子，就是撕心裂肺也在所不辞！我心软了，捧着那些小嘴儿说，我不用你撕心裂肺，变成我老婆你的心肝肺都和我密切相关，撕不得也裂不得。这些小嘴儿长得太残酷，咱先想法儿把他们封了。

哥们儿都说我俩有些不般配，她的文化层次只够得着我脚后跟儿，哥儿几个怕我后悔。我不顾哥儿们的劝告，大意凛然地娶了她。事隔多年，事实证明我的选择是英明的。

今年夏天带老婆一起回国和老友相聚，哥儿几个发财的发财，升官的升官，敢说自己家庭幸福的却没有一个。老大离了两次婚，身边从没少过女人，他拍着我的肩膀说：“大成，你小子捞着了，娶了个死心塌地跟你过日子的铁媳妇。哥儿们算是心灰意冷了，现在愣是看不出个真心实意的女人，都是冲钱来的，逢场作戏，老子早就不再把女人当真了。”兔子呢，家里红旗不倒，门外彩旗飘飘，他说：“大成，你看我老婆有学问吧？牛X着呢。你在外面搞，她也在外面搞，家就是那么个摆设，离也没劲，干脆各干各的，井水不犯河水。外面那些小妞儿呢，不冲着钱，就冲着性，谁真跟你动真情？碰上一个动情的，也坚持不了一两年，西方不亮东方亮，又找别的红太阳去了。爱情，见鬼去吧。”

那天晚上我拒绝了哥儿们带我去洗脚的建议，回到住处休息，住处是从朋友家借的空闲房子。老婆见我回来，微微一笑，冰茶就端了上来。我在沙发里歪着看超女选拔赛，一边眼花缭乱，一边拼命扇扇子，房子老，没空调，蒸笼一般。“真他ＮＮ的热，早知道这么热该和他们去洗脚了，听说洗脚的妞儿也有去参赛当超女的，不去洗脚可吃了大亏了。”我浑身冒汗，豆大的汗珠挂在脸上，看她安安静静坐在一边，慢悠悠地扇着扇子，白净的额头一滴汗珠都没有。她是心静自然凉。结婚二十多年来，她就这么心平气和地在我身边听我没完没了的牢骚，我那已经上了大学的儿子也和我一样是个牢骚大王，她也是这么笑咪咪地听了二十年。很多时候，她不声不响的微笑让我爷儿俩对自己的牢骚感到莫名其妙的惭愧。

这时老大电话来了，说明天晚上带我去个好玩儿的地方，我问他能不能带老婆一起去，老大电话里就火儿啦，骂骂咧咧地说我不够爷们儿，奔 50 的人了还被老婆拴着，没自由，在国外住成了色盲，外面的灯红酒绿声色犬马都看不见吗？洋插队插成傻 X 了，连福也不会享了。我也骂骂咧咧地说，我他 M 的就愿意当色盲，我他 M 根本就不觉得那是福，我他 M 根本就不用老婆栓就不想和你们一起去享那个狗屁福。

哥儿几个第二天就拎着酒菜来了我们的住处，说要看看我老婆。

“呦，嫂子，你没整容吧，怎么跟刚结婚时差不多呢？”我老婆就笑，不慌不忙地说了一句英文：“You are kidding me！”老大说：“弟妹，你连英文都耍这么溜，利害，怪不得把大成的心拴得死死的。”我老婆就又笑，说：“我在国外老人院伺候老人，每天多少讲点儿英语。大成的心哪里要我来栓，他是自己土气，不懂你们那套，你们教教他。”说完就不声不响地一道又一道上菜，上了三十个菜之后，我们早已酩酊大醉，横七竖八地歪了一地，我老婆就把吐的呕的都清洗干净，一个一个把我们摆得整整齐齐好象立正的姿势。兔子热得把自己衣服撕开了，我老婆就坐在旁边给他扇了一晚上扇子，像保姆照看婴儿一样。服侍人是她一辈子的本职工作，她做得踏踏实实服服帖帖尽心尽力，特别专业。我和我儿子就是被她的这个专业熏陶得健康强壮，幸福快乐。现在回国，她又在以实际行动熏陶着我的哥儿们。

早晨哥儿几个刚醒，老婆就把刚熬好的米粥端了上来，咸鸭蛋切得跟开了花儿似的，凉拌黄瓜特别醒酒。老大一口喝完一碗，我老婆第二碗就递过来了。正喝着粥，手机响了，老大啪地一下就把手机关了，说，老子十年没在家里吃过一顿热乎早饭了，谁来搅局我就跟谁急。

那天之后，哥儿们没再拉我出去，老大也懒得说我色盲了。他说，这些年大成你是住在国外还是住在上个世纪呀？我怎么觉得你家的日子过得跟辛亥革命那时差不多呢？老公是一家之长，在外挣钱，老婆是一家之辅，相夫教子。怎么那么旧社会呢？旧得让咱这新社会的爷们儿都有点羡慕了。

我说，得得得，羡慕就免了吧。生活不就是那么回事儿？不管在国外还是在国内，也不管是辛亥革命还是二十一世纪，日子最终都避不开老婆孩子热炕头来说话。黄泉一刻，怎么赤条条来的，还得怎么赤条条地去。找个自己喜欢的活法儿，好好儿活，就得了。四化早实现了，咱哥儿几个天南地北的也都把远大理想变成了现实。我看我的色盲挺好，你的火眼金睛也亮得够累的，要不有空就色盲上一回？生活就是这么回事儿。

离开北京的时候，老大送了我老婆一个几千块的皮包，说，弟妹，大成那个傻子生在福中不知福，守着你这么个宝贝，也不知道把你装备完善，他要是敢对你不好，你给我来电话，我就立马把你接到我身边给我当老婆，他已经答应让我色盲一回了。

我老婆不紧不慢地笑着，说，大成别的本事没有，撕了你的皮的本事好像还有两下。

兔子也给我老婆带了礼物，是一套长长短短玉制的按摩捶按摩棒，他说，嫂子，你每天光想着照顾别人，也该想想自己个儿，腰酸了背困了什么的也招呼大成给你捶捶。要不，你带我出国，我给你专职捶背吧？咱把大成甩了，咱俩私奔？

我老婆还是那么不紧不慢地笑，说，我不甩大成，留着大成撕完老大的皮，再来撕你的皮。

回了这趟国，我才知道国外蓝天碧草下这个二十年如一日平平静静的家成就了我“色盲”这个伟大的毛病。花红酒绿对我不过是黑白电影，电影里那些花哨的故事永远不会停止上演，但在我眼里却已经永远失去诱人的色彩了。

色盲，嘿嘿，不错。

菜地

今年不顺，经济危机的滚滚大潮把白钢家这朵小浪花席卷了进去，白钢所在的公司没有任何预告就突然把三十多个研究人员都裁了，白钢没能幸免，在家一呆四个月就过去了。眼看着夏天冷兮兮湿淋淋地来了，白钢和妻子陶玫玫没一个心情好，这几天搞起了冷战，原因是院子里的那块菜地。

事情是这样开始的。白钢在家呆得越来越忧郁，脸上胡子拉碴，身上皱了巴叽，走路摇来晃去，开车不分东西。陶玫玫心里有气，一个大男人，丢了工作就丢了魂儿吗？经济不好是全球性的，卧春城被裁的难道就你一个？见过谁变成这么个鬼样子？可是，心里不满归不满，陶玫玫是不能明白说出来的，靠老婆养活的滋味一定不好受，自己如果再给他脸色看，无异于雪上加霜。陶玫玫倒真不在乎自己是家里的经济支柱，这些年两人都在高科技公司工作，家底儿不薄，何况自己的工作基本稳定，全家靠这一份工资完全可以吃喝无忧，她只是希望白钢能振作些、精神些，工作得找，但不怕慢。

陶玫玫看着白钢委靡不振的样子，终于憋不住，她的直肠子小小地拐了一个弯儿，寻思怎么让白钢找点儿事儿干。这天，她对白钢说："哎，你看咱家后院那块地是不是该开发一下了？这样吧，咱们先在家里发点儿苗儿，中国种子，上海嫩黄瓜，东北肉豆角，今年夏天你就替咱把这块地承包了吧？"白钢哼哈着竟答应得异常爽快。

第一批发出的菜苗，白钢挺上心，浇水晒太阳，小苗苗绿汪汪地出了藤。他等着 Victoria Day 一过，就种了出去，可是没过两天，夜里的低温就毫不留情地把菜苗都冻死了。白钢不甘心，又在家下了种儿，这回他更勤快，天天跟着太阳的走向给那几个育苗的酪乳盒子挪窝儿，一天挪好几次，好让苗儿出得快些。陶玫玫看老公兴高采烈地育苗，心中暗喜，想着人就是得有点儿事儿干，才有精神气儿，自己的直肠子真没白拐弯。可是，这批苗儿种出去才一天，又都打了蔫儿，几天后死得彻彻底底。白钢心里窝火，人倒运，连农民都当不成？他的怒气变成了和天斗和地斗的干劲儿，这回他做了深入的调查研究，采取了网上学来的新"科技"育苗儿建议，在湿润的纱布里包上黄瓜籽，每天淋水，等出了芽立刻下种，避免冻伤。功夫不负有心人，这次小苗儿长势迅猛。地里的活计骤然多起来，平整地、加粪土、除杂草、搭架子、浇水，白钢不知不觉就变成了菜地里的一个重要组成部分，日出而做，日落而息，总共不过巴掌大的一块地，让白钢的每一天活得和杂草一样旺盛。

陶玫玫公司项目收尾，忙了一天筋疲力尽，下班回家发现水池里还剩着满满一池锅碗没洗，晚饭没影，计算机没人碰过，火儿就来了。这两个多星期，她简直受够了！白钢的生活重心转移到户外成了全职农民之后，就放弃了户内的所有劳动，他的精神头儿都长到地里去了，这和陶玫玫肠子拐弯时的希望大相径庭。

晚饭八点钟才做好，吃饭时陶玫玫阴阳怪气地问：“人家好歹也每天上网查查哪儿招人，或者去学个 Java 之类的实用东西，好去捧个政府的铁饭碗，你这农民当得这么玩儿命，还记得怎么开计算机吗？还会写工作简历吗？”

白钢低头拨饭，脸色越来越黑，好像思想里恼怒的墨汁染黑了肤色一样。他几口就吃完了饭，闷头到了后院。看着自己每天起早贪黑的一洼心血，他嘿嘿地冷笑了两声，五分钟不到，他就拔光了幼苗，又挥着铁锹，把那些幼苗铲得稀烂。

冷战就是这么开始的，陶玫玫不说话，白钢也不说话。

后院的菜地很快就被杂草吞没了。

老四

魏晴雨傻眼了，从诊所一出来，她就急急忙忙给冬哥打电话。

“都是你害的，还说不可能，就是怀了，大夫说如果留着，婴儿被避孕环儿卡住哪儿都说不准，有危险，搞不好生个畸形儿。如果要引产就不能再拖，四个多月了。你赶快拿主意吧。” 魏晴雨急促不安地说。

冬哥提早下了班。他坐在夏日迟落的夕阳下抽烟。烟是买了备用的，在抽屉里放了好几年了，终于“备”到骑虎难下黑发搔白的今天才“用”上。

怎么办？怎么办？？烟雾缭绕中冬哥的眉心皱成一团疙瘩，本来平湖秋月般的皱纹一天之间变成了无边涟漪。他想抱怨自己，没有抱怨的热情，他想怪罪魏晴雨肥沃的土壤，缺乏声讨的理由。神为什么赐下这样的无奈和忧虑？扼杀生命，就是拒绝神的赐予，是神不喜悦的，可如果生下个畸形儿，今后的生活会怎样地难堪难熬难耐呢？ 他扔掉烟头，抱住头向神祷告，求神指引方向，竟流下一脸泪水。

晚饭时魏晴雨时不时窥一眼冬哥沉默而苦恼不堪的脸，大妞从二小盘子里抢披萨饼，魏晴雨啪地把她的手打开，说：“当姐姐的从弟弟碗里抢东西，害羞不？”大妞一边抱怨一边撇嘴哭起来，哭声还没落，三妞就大声嚷起来：“妈妈，我要喝饮料，我要喝饮料！”魏晴雨起身给三妞倒饮料，嘴里还在数落大妞，心里心外都是烦烦的。哎，这三个孩子已经把人累死了，要是有了老四，如果再是个畸形儿，那日子可怎么过？

打胎的日子定在一大早。三妞半夜里开始发烧，清早就开始呕吐，魏晴雨手忙脚乱地收拾孩子，心想，这是怎么说，好好地又发烧又呕吐，得带孩子上医院啊。冬哥一边帮着换吐脏的床单，嘟囔了一句：“莫非神安排今天……”魏晴雨停下手里的活儿，认真地盯了冬哥一眼，说：“赶紧收拾吧，陈奶奶一过来，孩子交给她，咱们就去打胎，三妞先吃上泰诺，回来再说。”嘴上说着，心里却咯噔了一下。

外面大雨磅礴，那个预约的打胎诊所要开一个多小时才能到。魏晴雨坐进车里的时候心里还在惦记三妞的病不会是传染病吧？应该提醒大妞二小与三妞隔离才是。冬哥看了看天，说：“可能会迟到啊，能见度太低了，又是上下班拥堵时间，开不快。这天气，我心里觉得不对劲，神是不是在……”魏晴雨侧脸看着被雨水遮掩得模糊不清的车窗，心头一片迷朦，她没有答茬儿，却想着同样的问题，难道神真的……？。

车驶出街口的时候，经过正在修缮的下水道口，激起了扇形的宽大水幕。砰！巨响时，冬哥的刹车已经踩下去，车子骤然间停了下来，却横在马路中间。对面拐进来的车已经在那片遮挡视线的水幕里撞在车子侧面的后门上。魏晴雨惊魂未定，冬哥已经跑下车了，竟是对门邻居，两人检查了车况，在雨里叽哩哇啦地说了几句。冬哥上车就开始倒车，后轮咯吱咯吱地响，冬哥说：“车坏了，不去打胎了，给医院打电话取消吧，明摆着神不让这孩子走，撞上的那一下，我心里突然间就轻松了，今早的一切都是朝着这个方向发展的，不撞倒怪了。”

魏晴雨笑嘻嘻地听着冬哥说话，心里心外倘佯着淡淡的惬意，车被撞了倒好像一件挡不住的喜事儿挂在她脸上。车坏了可以修，孩子打了，可是条再也回不来的生命。魏晴雨在心中默默向神献上感激，她的脑海里已经在绘制一幅四个娃娃在脚边吵嚷蹦跳的喧闹图画了。既然神不让我打胎，那他就一定会保守孩子的平安，他总是把最好的给他的孩子。魏晴雨心里一个重担已经在撞车的一刹那卸去了。

孩子和那个未取出的避孕环和平共处了五个月之后，平安出生。是儿子，顺产，八磅，五十六厘米长，哭声响亮，健康无恙。

冬哥在产床边拉着魏晴雨的手，两人泪眼汪汪地对望着，冬哥说：“感谢神！”魏晴雨微笑着看着怀里的老四，放心地合上了疲劳的眼睛。冬哥额上的无边涟漪又变成平湖秋月了，伴着一张笑容盛开的脸。

约定

“你在说我家人坏话？什么女人？没人跟你散步，自己走吧！”王奇的脸突然变成了猪肝，一双浓眉扭着麻花，一对大眼鼓成蛙眼，闪烁着恶狠狠的光芒，说完猛地转身，毫不留情地走了。

朦胧夜色中，尤小琴被甩在街头，她的脑袋全蒙了。那张脸曾经多么英俊地让自己百看不厌啊，可刚才那扭曲的模样，不用化妆就可以扮个恶鬼。尤小琴的嘴哆嗦着，双手下意识地按着肚子，她突然觉得冷，我该去哪儿？我的家在哪儿呢？缩紧肩膀，她继续朝前走。

王奇当时的确有言在先：“我是老大，得替我家人负责，你嫁了我，就嫁了我家，你和我结婚就等于和我家人结婚。”尤小琴那时并没觉得奇怪，多么负责任的男子汉啊，对家人能如此，对妻子还能错了吗？

王奇父母从国内移民来的那天，尤小琴要参加硕士论文答辩。王奇说：“去把答辩延期吧，你必需一起去接！”尤小琴没招，这一延就延了半年才毕业。这半年里，尤小琴一边准备毕业，一边在超市打工，回家还要负责做全家的晚饭，每天累得就盼着早点和枕头亲热。王奇是坚决不让父母动手做家务的孝子，公婆是高高在上心安理得接受儿子孝道的公婆，尤小琴呢，乐意不乐意都得老老实实履行她任劳任怨贤妻孝女的角色。

尤小琴不会抱怨，更不会吵架，只会在王奇饭后几小时陪公婆聊马拉松天儿的时候，躲在房间里自怨自哀。王奇有过和自己说过这么多话的时候吗？尤小琴的记忆库里是完全的空白。这个空白就那么又继续了四年，这四年里王奇的两个妹妹、一个弟弟都被王奇帮着办了出来，尤小琴这才明白自己嫁给王奇就等于嫁给他家到底是什么意思，王奇大救星一样兴高采烈地穿梭在爹妈弟妹之间救苦救难，忙得马不停蹄。她尤小琴在王奇的棋盘上连军马炮都排不上，充其量是个任人摆布的小卒子。

尤小琴是趁着今晚公婆去了王奇弟弟家，拉王奇出来散步的。她有件重要的事情要说，可一开口就走了嘴，她说：“咱们多久没散步了？你总被你妈占着，我觉得和你说句话都得排队，还总是被你爸你弟你妹加了三儿。”

王奇竟然为这么一句话翻脸成了恶鬼。

尤小琴默默地在夜色中走着，她知道自己没资格评论他的家人，这是不成文的约定，和结婚时那个“嫁给我就是嫁给我家”的约定一样不容更改。那么她在这个家中算什么呢？王奇他爱过我吗？尤小琴问自己。不能说不爱，他履行所有丈夫应该履行的职责。可对自己的爱比起对他家人的爱，就仿佛鸿毛与泰山，这根鸿毛在泰山脚下有什么用处呢？

尤小琴这么想着突然间明白了一个道理，王奇对自己是没有夫妻之爱的，他对自己的爱是一种对财产的爱，比如一个人对一张床的热爱，人需要床，于是使床变得舒服的工作是要去做的，一个好的床垫，一幅好的床单，一床好的被子等等。王奇对尤小琴尽的责任就是装备那些床垫床单和被子，床如果摇晃了，再订个钉子加个木条把它弄结实，来维持拥有者和被拥有者的稳定关系。

尤小琴想通这个道理，就停了脚步，一双手静静地搭在自己小腹上。她深深地吸了一口气，转身往家走，急步如飞。她必须和他谈谈，她不要做那张王奇的床，她要做一个名副其实的妻子，一个在他家人面前同样重要而平等的女人，她要她的孩子有个泰山一样重的母亲，这是她要还给王奇的约定，这个约定能否实行将决定腹中这个小生命的去留，她要定了这个约定。

尤小琴的头发在微风中飘着，她迎风的脸几乎挂着笑意，那只搭在小腹上的手充满柔情。活在你王奇那霸道约定里的日子该结束了，即使不为孩子，我尤小琴也早该翻身得解放。三周，王奇，大夫说再过三周就没办法打胎了，你王奇还有三个星期时间用行动来说话，你得对我好，你得把我当人看，你得为我牺牲一些和你家人在一起的时间。三周，就三周，约定成功，你就会有个孩子，约定失败，你我分道扬镳，我不愿意嫁给你全家，我只想嫁给你，王奇，你懂吗？我受够了，我不能拖着孩子心甘情愿当那颗棋盘上的小卒。

路灯光伴着她的脚步把尤小琴的影子拉得忽长忽短。她摸着小腹，轻轻说，孩子，谢谢你给妈妈思想和抉择的勇气，你看，我们的家就在不远的前方。

邻座

晓霓在渥京城里念高中，每天在公共汽车上要花两个多小时上下学。十七岁的花季，皮肤粉嫩透明，身材苗条灵动，眼神清澈单纯，打扮时尚青春。黑头发黄皮肤挤在黄头发蓝眼睛的乘客里面，异国情调的优美娴雅就那么出水芙蓉般醒目着。

这天晓霓上车后坐在了后排的长座位上，和往常一样，她把 Ipod 耳机带好，让自己枯燥的旅程沉浸在轻摇滚激扬的音乐声中。

一个体积大她 3 倍的巨型男子坐在身边，一张屁股坐满了两个人的位子，男人手里举着当天的 Ottawa Citizen 报纸在看。晓霓在他身边坐下后，他尽情地伸开双臂把报纸打到最大，一只胳膊就在晓霓面前形成一堵肥肉垒的墙，那堵墙在离晓霓鼻尖半尺之处坦然耸立，它不时略微颤动，短袖袖口挤出的肥肉就随着报纸的沙沙声嘟噜噜地晃荡。晓霓虽然对这堵肉墙的位置和形状十分不满，但考虑墙的主人正沉浸在阅读的快乐之中，也就不得不把心里的厌烦压了下去，人家读报不犯法，你面前的空气更是公家的。

局势的转变是在两站地之后。男人举着的胳膊估计是累了，他两臂挺直大大地伸了个懒腰，然后顺势把举在晓霓面前的手臂垂直向下落去，那只巨大的肉手握着报纸的一边稳稳地着陆在晓霓只穿了短裤光溜溜的腿上。晓霓一下子不知所措，这，这，这是干什么？那又粘又热的肉手丝毫没有不小心的意思，心平气和地歇在晓霓腿上，好像晓霓的腿就是他的腿。晓霓气坏了，她猛地把身体靠向车窗一侧，甩开了那只恶心的手，又低头把自己的书包从地下捡起，使劲塞在了自己和男人中间。男人好像没什么感觉，他的手自然而然地收了报纸，自然而然地移到了他自己腿上。 Pervert！（淫棍！）晓霓在心里骂道。这几天体育课上正在教女子防身术，现在正好把那些技术和理论复习复习。嗯，危险时刻要会喊叫，会攻击对方的要害之处，还要善用指甲挠、掐、刮、抠的功能采集对方的 DNA 证据。

正复习着，晓霓突然感觉自己的屁股下面好像有点儿动静，她扭头看了看自己和男人之间的书包，好好的，可能是幻觉。片刻之后，屁股底下又有了新动向，那里正孕育着一场突破，好像一只软软的毛毛蚕虫缓慢而执着地要拱出蚕茧。蚕虫显然是从书包下面悄然发出的执着，这与幻觉的显著区别就是它的蠕动使晓霓身上的皮肤立刻覆满了鸡皮疙瘩。晓霓倏地站起身拎起书包，低头她瞥了一眼自己坐过的座位，只见那只肥手正平铺在自己座位的边缘，手心古怪地朝上，粗大的指肚泛着恶心的油光。

晓霓拉了铃，前面正好到了一个大站，很容易转车。车门打开的时候，她一脚迈了下去，又好像想起了什么似的，返回身来，她对司机喊道，请您稍等一下，我忘了东西。她走回那胖男人身边，抬起脚，使足了平生最大的力气跺在男人穿了凉鞋的脚上，男人的惊呼是短促、低沉、抑制的，晓霓盯着他因疼痛扭曲的大肥脸微笑着说："对不起！"一脸十七岁的真诚。然后也不顾周围人惊异的目光，旋风一样跑下车去了。

车门在身后关上的时候，晓霓脸上的笑容鲜花一样盛开着。

毛衣

雪妮父亲去世后帮母亲办了移民，母亲来到加拿大就申请了政府给老人分配的福利公寓，单独一人住城里。楼里住着不少相同背景的华裔老人，母亲的生活并不寂寞，买菜，学英语，散步，唠嗑儿，日子如飞。

一晃十年了，母亲美滋滋地拿到了政府发的千数块钱养老金，经济的独立好像金属脊柱一样，撑得老太太的腰板笔直笔直。母亲容光焕发，对雪妮说："妮儿，我这次回国呆好几个月呢，你有想要的东西，随时给我打电话，这儿的钱拿回去花，一块当六七块用，值！"雪妮笑着，她想，妈呀，我需要从国内买什么呢？您就省省心吧，不给您添麻烦了。可她嘴里却硬梆梆地说："妈，别说我不放心您的审美观，就是放心，我也懒得麻烦您。"

"我的审美观怎么了，我这就证明给你看看。前几天你不是说要买毛衣吗？你先别在这儿买，我一回国，就给你买一件寄来，你就等着吧。"

"您这不是找事儿吗？好好的那么远寄一件不必要的毛衣？您听好了，第一，我不缺一件毛衣。第二，如果缺，我可以在这里随便买一件，能挑能试，不会买错。第三，就算您在国内买了毛衣，也没必要寄过来，回来的时候带回来就成了，干吗好像我没有这件毛衣就过不了了一样？"雪妮有些泛急，一和母亲说话，她就感觉血往上涌，平时的心平气和就恶化成了焦躁不安，这个从小落下的坏毛病怎么都改不了。

"我买不买、寄不寄是我的事儿，用不着你操心了！"母亲说着，拎起包啪地摔门走了。

雪妮看着那扇关紧的门，心脏跳的咚咚的。不可理喻！不可理喻!!雪妮对母亲倔强固执的性格毫无办法，只好叹着气安慰自己。和不讲究唯物辩证法的母亲难以沟通，已经不是什么新鲜事儿了，何必自己气自己？

母亲回到国内的第二天就来电话问雪妮要邮件地址，雪妮说："妈，你咋不听人劝呢？我不会给您地址的，毛衣您买了就等回来时带回来，别寄！太不 make sense 了。"

"你以为你不给我地址，我就没办法吗？"母亲笑嘻嘻地放了电话。

徐奶奶来电话时，雪妮目瞪口呆。徐奶奶说："我和你妈虽然做了 5 年邻居了，可我还真和你妈说不通。小妮，她托我的这个事儿我害怕我完不成任务。这个包裹我去取不合适，你妈寄到自己的地址，收件人是她自己，让我冒充代领，人家如果看出是假的，还不叫警察啊？还是得你过来陪我去，万一有个事儿，你能讲英语，也说得清楚。"

雪妮专门请了半天假，冰天雪地大老远开车进城和徐奶奶碰了头去取包裹。两个人一路上商量该实话实说呢还是该假事儿真做。徐奶奶紧张得好像要去刑场一样，雪妮一路上一边安慰徐奶奶，替母亲赔着不是，一边在心里埋怨母亲，唉，你说这一件毛衣至于要求外人弄虚作假吗？给你女儿和邻居带来多少不必要的麻烦和心理负担呢？真是不可理喻！不可理喻！！

雪妮和徐奶奶几乎是胆战心惊地站到邮局办事员面前的，雪妮选择了实话实说的策略，两人坦白完毕就互相交换着心虚的眼神，相互激励相互安慰。办事员终于明白了故事的来龙去脉，记录了两人的证件信息就把包裹给了雪妮。办事员说："你有个这么好的妈妈，你很幸运啊！"雪妮听了愣了一下，尴尬地笑了。出邮局时，雪妮想，"这么好的妈妈"，怎么自己没想到呢？

毛衣小了一号，纯毛羊毛衫，是领口带一圈绣花的陈旧式样，古板的咖啡色，穿在开始发胖的雪妮身上好像裹得紧紧的香肠皮，雪妮觉得自己在这件毛衣里缺点全突出了，优点全掩盖了，一下子老了 10 岁。雪妮把毛衣小心翼翼地迭好收进储物箱。关上箱盖时，一种轻松的解脱感瞬间就席卷了雪妮。

"喜欢就好，这下你知道我高级的审美观了吧？是有羊毛标志的百分之百纯毛的，你看那领口绣花多么古典风雅，颜色多么富贵庄重，最配我大方朴素的女儿了。"母亲在电话那头兴奋地夸耀着。

毛衣

雪妮笑眯眯地放下电话时，外面正在飘着大雪。天地混沌。她想，如果不下雪，现在就应该出去逛逛街，是该添一件好看的毛衣了。

秋叶零落的日子

五年了。她还好吗？她还会记得秋日那片森林里落叶上的那场温情吗？

他柱着长爪耙犁望着门前枫树下厚厚一层落叶发了呆。

“爸爸，爸爸，你快帮我耙树叶装袋子呀！”女儿的小辫子在秋风中甩来甩去，她手里那只巨大的橘红色 Halloween 树叶袋子被她挥舞得呼呼作响，很浪漫很自由。

他一下一下把树叶归拢成堆，铁耙的金属尖端刮磨草地的声音是跳动而富有弹性的，令他想起他们在树叶上翻滚的声音。当时是有些小树枝在树叶底下的，在身体的倾轧下发出嘎嘣嘎嘣断裂的响声。她停了下来，推着他压下来的胸脯说，本来是来散步，怎么就滚到树叶上来了？听，我们把树枝都压断了。她脸色绯红，裸露的胸口上映着树叶缝里渗下来的斑驳光芒，于是那片胸脯有了斑驳的动感，像山丘上飘着走动的云。他把头埋了进去，在感觉柔软白云的时刻，他的身体失去了理性，变成了一头饿坏了的熊……

一周之后，他娶了她。还有三个月她就要结束留学生涯回国了。她留了下来，成了他老婆。

他想念她。在迅速堆垒成丘的树叶山前想念她。如同大树想念一片曾经悬挂在自己枝杈上的美丽树叶，只有轻微痛楚的遗憾，没有怨气。那片树叶在成熟的秋季飘落了，再也无法回到树枝上来。大树花了整整一个春天又整整的一个夏天为树叶酝酿金黄，她在最美的成熟时刻离他而去。这是树叶和大树必然的命运。

“爸爸，我撑开袋子，你帮我往里装树叶吧。”小女孩清脆的声音和头顶排着队伍南飞的加拿大雁一样嘹亮悦耳。

他大把地捧起落叶，塞进女孩手中的袋子。袋子很快有了一个鼓囊囊的肚子，袋子上印着的南瓜嘴渐渐地弯起来笑得平展舒畅了。“看呀，爸爸，你看到它的笑脸了吧？！”小女孩松了袋子，拍着手跳了起来，无比快乐。

她如果在这里，看到小女孩儿这样的笑容，一定会很开心。他想。如果当时他不说那样刺激她的话，她会回心转意吗？他当时真的说错了什么吗？他从来没有说过她一个“不”字，她那么年轻，比他小十五岁，像他的孩子，他怎么舍得说她？他只是自嘲地可怜自己，他说，我是个本地搬运工，和那些异地搬运工的区别是省了货品的运输费。那些从国内把女人搬来又让女人甩了的异地搬运工和我一样只会做亏本儿买卖。她生气，动了真格的，在最短的时间里离开了这座城市，雾一样消失在西部那个沿海城市潮湿的空气里，那里有她国内大学时的恋人。她的肚子里怀着小女孩儿的时候，她就开始每天和那个曾经的恋人隔山隔水地通电话了。

也是这样一个飘着落叶的秋天，小女孩儿满一岁了，在摇篮里睡得很香，嘟着小嘴好像在撮一只无形的乳头。她低头亲了亲女孩儿。眼角有泪，却面无表情。

站在门口，她拎着箱子，甩着柔美的长发回头说，我告诉你，我没有利用和你结婚来骗取留在加拿大的身份，当初我是爱你才嫁你，今天离开你是因为不爱你了。我给你生了女儿，我不欠你。你没有权利侮辱我。我不是货品，供你搬运，我是一个活生生的女人。你当初选择了我，我也选择了你，这是生活。现在我选择离开你，你没有了我，但你留下了孩子，这也是生活。

她的影子在门口的光里泛着一圈金黄，门外枫树上的树叶正在瑟瑟秋风里奋不顾身地飘落着。

“爸爸爸爸，我们把它扎紧吧，它真像一个开心的胖南瓜。”小女孩兴奋地笑着喊着。他收回思想，拿了草绳把装满树叶的“南瓜”扎紧，敦敦实实地放在门口。“南瓜”的笑脸饱满充实，太阳一样光明地守在门前。他弯腰把小女孩儿抱起，确切地说是从腋下把她拎起，他咧开嘴在草地上旋转起来，嘴里嚷着：“宝贝，我的宝贝五岁了！”孩子的小身体在空中抡起了美丽的圆圈，她嘎嘎嘎地笑着喊：“爸爸，我真高兴，过生日真好！爸爸，爸爸！哈哈哈……”

秋日丰满艳丽的光晕罩住了父女俩旋转的身影，树上的叶子还在零星地飘落着，树叶沙沙的声响好像哑着嗓子在为小女孩贺喜，那沙沙声里有着快乐的忧伤：生日快乐！

离

秦以能和孟宁结婚快五年了。孟宁是那种把老婆当珍宝一样热爱的丈夫，这珍宝捧在手里怕摔了、含在嘴里怕化了、太阳下面怕变色儿、厨房里面怕熏坏。朋友一起下馆子，孟宁的注意力基本凝聚在菜肴与妻子胃口之间的关系上，这种关系仰赖他孟宁的筷子来连接。夹一筷子菜放到妻子的盘子里，他说："这个油小，颜色好，你尝尝。"又一筷子夹过来，他说："这个菜咱们不常吃，材料稀罕，快吃吧。"于是，整顿饭秦以能就一直沐浴在满桌子羡慕她的目光中。外出郊游，孟宁总拎着个中国特色的折迭小马扎，腰不好的秦以能走着走着，手一扶腰，孟宁的马扎就支在她屁股底下了。秦以能的好友春雨啧着嘴说："多好的福气！"秦以能不屑地说："是他的福气，还是我的福气呢？"春雨心下想，唉，以能你也别臭美，就算你长得美，家境优越，人家孟宁也不欠你的，带你出了国，供你供成神仙了，你还有什么不知足？阴阳怪气的。想归想，春雨没说出来，秦以能太要强，听不得半个不字，少不得记恨自己。

秦以能是在春雨家的派对上认识陈大庆的，他刚从国内移民来。陈大庆的爷爷是俄国人，导致陈大庆天生一付人高马大、英俊潇洒的模样，他是投资移民，在国内有家大工厂。秦以能躲避着陈大庆一对俄罗斯种儿的抠抠眼儿，她的心却没禁得住那火热的目光。

秦以能找借口和陈大庆约会时对孟宁说："我不是你的花瓶，我得有我自己的生活圈，周五晚上我要放松一下，和几个女友吃吃饭看看电影去。"孟宁说："那我怎么放心？我陪你去吧，她们哪能照顾好你。" 秦以能摔门出去，临走恶狠狠地对孟宁说："我几岁了？啊？你要是敢跟着我，我就跟你离婚！"

陈大庆请秦以能吃西餐，秦以能割开自己盘子里的牛排，隔着桌子刀叉一递，就放了一快最好的在陈大庆盘子里，说："这里的牛排最地道了，肉嫩汁儿香，你尝尝。"陈大庆就大刀阔斧地一口塞进嘴里，眼睛半眯着盯着秦以能说："想不到美人还挺会疼人呢。"秦以能微红着脸，眼帘低垂，说："只会疼你。"陈大庆可想不起来给秦以能夹菜，他会海阔天空地闲聊，让她的眼睛、耳朵、大脑、心脏都充满新鲜事物。陈大庆拥抱秦以能时也不像孟宁那么温柔小心，刚进他家门，他哗啦一下就把秦以能拉进怀里，她正琢磨自己胳膊是不是被拉脱臼了，陈大庆的嘴就糊上来了，舌头被硬生生吸过去，她就几乎半虚脱地任他摆布了，陈大庆把她的嘴按在他下体上时，秦以能乖得一塌糊涂。

孟宁打电话给春雨，问："周五以能是常和你们在一起吗？"春雨说："没有啊！" 撂下电话，春雨就打秦以能手机。秦以能说："没什么事儿，你急什么？我又不是他孟宁的附属品，干嘛干什么都得让他知道？"春雨说："孟宁那么爱你，你出去让他知道你的行踪也是应该的呀，我看他急得不得了。" 秦以能说："春雨，你倒比我还疼孟宁呢，你去安慰他好了！"春雨哆嗦着撂了电话，一撂就撂了两年多，自己的日子自己过吧，犯得着惹这个骚吗？

两年以后秦以能打电话给春雨，她带着哭腔说："春雨，我不识好歹，你还在生我的气吗？我和孟宁离婚后这一年，我的日子并不好过呀。陈大庆在国内有老婆孩子，这边要我伺候他，又不想跟我结婚，你知道家务我会做什么呢？陈大庆给我脸色看，我那么努力，他还说我不实用，我受够了！我后悔得要命。我想和孟宁重婚，能不能请你帮我搭个桥？"

孟宁接起电话，还不等春雨开口，他就兴高采烈地说："哎呀，春雨你这电话打得太巧了，我正在给你写请柬呢。记得上次老魏家派对认识的那个学烹饪的留学生吗？就是甜点做得像展览品的那个，对对对，就是那个天生该做贤妻良母的女留学生，我和她下个月结婚，谢谢，谢谢恭喜。到时候你就可以常来我家里解馋了！"

静悄悄地放下电话，春雨踱到窗前。风中，一些黄叶正悠然从枝头飘落。哎，老树发新芽的日子，要等到明年了，到那时，每一片叶子又都是新的了，没有一片会和今年的重复。

杜杜

应该吞咽

伍爷爷在国内时生活在一个炼钢厂旁边，钢厂再过去，就是一个拥有众多煤矿的县城。钢厂大烟筒里常年浓烟滚滚，往来煤矿与城市之间的车辆也足够慷慨，漫不经心地散漏煤尘。城市于是有了比较特别的标志，天空是灰的，树是灰的，街道是灰的，人也就一起灰了。任你是什么白领工作，只要半天，也就变成黑领了。伍爷爷半辈子呼吸着富含杂质的空气，自然而然地加入了慢性咽炎的行列。这个说病不是病、说不是病又是病的毛病，在这个城市里并不罕见，这点从城市里满地随处点缀的痰渍可见一斑。

伍爷爷被女儿接出国来，有了比较，对加拿大的蓝天白云和新鲜空气就格外喜爱。呵呵，白衬衣一个月不洗都是白的，干净！每天出门遛弯儿就成了必然的功课。走在穿插在小区中间的林间小道，白云悠悠如棉，天空碧蓝如水，小鸟啾啾如歌，野花艳丽如画，真仿佛走进了陶潜那个人间天上的桃花源。伍爷爷心里一高兴，就想哼两句京戏。他“吭吭吭”，清了清嗓子，一口浓厚的粘液就咳了出来，噗地一口，吐进树丛，他开始清唱：“我正在城楼观山景，耳听得城外乱纷纷……”每次心情好的时候伍爷爷一定会想起《空城计》，诸葛亮的沉着智慧和宽怀不惧的气度，特别符合老人家舒坦伏贴的心情。

老人婉转悠扬的唱腔飘荡在小路上，吸引了岔路口刚转过来的一位步行者。步行者年纪和伍爷爷相仿，银发碧眼，穿着运动衣裤和雪白的耐克球鞋疾步走着。伍爷爷多少有点尴尬，赶紧住了口。那步行者走近了，笑着冲他点头，嘴里叽哩咕噜地说着什么，伍爷爷站下来听，只懂得“very good”两个词。伍爷爷从兜儿里掏出小本本和笔来，递给对方，打着手势让他写，一边说：“you write, me understand.（你写，我懂）”伍爷爷小时候是上过教会学校的，英语本来有些底子，怎奈多年不用，听和说是怎么都没法儿赶上来，虽然出国前拼着老命复习英语，也只能读懂一些比较基本的词汇。所以他每天出门都会带个小本和一支笔，有备无患，做交流的辅助工具。

只见那个老头儿在本上写：“I love your voice. The song you sing is very different!（我喜欢你的声音，你唱的歌很不一样。）”伍伯伯就哈哈地笑了，大声地说：“三个有，三个有！（Thank you!）”

两个老头就这么认识了，经常在一条路上散步，低头不见抬头见，伍爷爷就时常给对方唱上两句儿，那个小本上的字也越写越多。每当小本上有了陌生的内容，伍爷爷总是似懂非懂地哼哈应答着，对方从不难为伍爷爷，笑眉笑眼地道别。伍爷爷回家就赶紧搬了字典出来，把不认识的字查清楚，要是还不懂，就求教于女儿女婿，透透彻彻地明白了，眉眼才能舒展开来。

这天，伍爷爷在字典前就犯了愣，“spitting?”伍爷爷努力回忆着，什么意思？“Is this spitting action part of Peking Opera?（吐痰这个动作是不是你们京剧的一个部分？）”伍爷爷端着小本来找女儿。

“爸？您是不是随地吐痰了？”女儿眼睛睁得老大，声音有些抖，藏着惊讶。

“我吐痰了？没有吧？哦，我开口唱京戏前就是清了清嗓子，不清嗓子怎么喉得出韵味和抑扬顿挫？”

“我的老爸呀，您难道不知道不可以随地吐痰的吗？让人笑话死了。您要是非得散步时吐痰，您随身带上纸巾包起来揣了，看见垃圾桶再扔。”女儿急得脸都红了。

“那我要是没带纸巾呢？”

“对不起您了，老爸呀，那您就应该吞咽回去，反正不能吐。您看让人家以为咱京戏里开场得从吐痰开始呢。真是!”女儿脸上是哭笑不得的表情。

伍爷爷还是每天出门散步，他却不再走原来那条路了。碰上天高云淡的日子，伍爷爷还是想唱，他带了手纸，仔仔细细把清出的这口唾液包了揣进兜里。在加拿大住久了，脓痰没有烟尘煤灰的滋养，都淡化成了稀薄的唾液，可这个吭吭吭清嗓子的习惯一直顽固地陪伴着他。多了这道两分钟包唾沫的工序，伍爷爷的嗓门却怎么都亮不起来了。他在嗓子眼儿里哼着的曲调也不再是《空城计》，变成了《三家店》，“将身儿来至在大街口，尊一声过往宾客听从头，一不是响马并贼寇，二不是歹人把城偷……”

唱着唱着，伍爷爷心里多少有些揪心，他想起了家乡那条满是煤灰的街道和街道上密集的痰渍，老棋友齐小个儿老是和自己蹲在那样的街口下棋，不知道那老头还吐痰不，自己吐痰的射程可从来都没超过过齐老头儿。这么想着，伍爷爷抬头望天的眼睛就有些潮湿。他望着空空荡荡干干净净的小径，把喉头的京戏咽回肚里，干脆闷闷地住了嘴。

伍爷爷的脚步仍然在小区小径里不分冬夏密实地环绕着，却没什么人听得到伍爷爷嘹亮的京剧唱腔了。

谷歌地图

小余上班很闲，每天七个半小时的三小时就可以完成。家里的预算呀、开支呀，周围商场的促销呀、打折呀，小城四围好吃的、好玩的呀，全在上班的空暇时间里研究计划妥当，除了家里的卫生没法儿带到单位里来打扫，需要在计算机上操心的家事儿都在上班时间解决掉了。

这天，小余忙完了公事又忙完了私事儿，就开始在网上闲逛。看到人们在论坛里感叹谷歌地图里的照片清晰到连门前树上的树叶都看得一清二楚，就忍不住逛到自家的地图上，竟然是一张开春时的照片。草坪黄泛绿，天空晴有云，枯树新枝举，果然清楚得正是彼时彼刻的此门此户，门前停着自己的车和另外一辆深色轿车。小余盯着那汽车看了看，发现是好友小爽的车，嘴角浮出笑意。

小爽移民后和自己在大学里一起改行读计算机，从那时两人就一直要好了这么多年，无话不谈，两家人你来我往十分频繁。小余嘴上经常小爽小爽不离口，小余先生大朱就说："你怎么好像不提小爽就不会说话了似的？"小余答："我和小爽就是好呀，再说小爽多出色的一个女人，你说是不是？聪明美丽善良样样都占了，怎么看怎么顺眼。你不觉得吗？"大朱随声附和："当然当然，你那个小爽好像真是个完美的女人。"小余忽然就噘了嘴："哎？我可以说别的女人完美，你可不能！再完美也是人家的。你眼里只有一个女人可以是完美的，就是你老婆！这是基本原则！懂了？"大朱就笑："行了行了，跟最好的朋友还吃醋？没病吧？"

小余想到小爽，心中充满柔软，就顺手敲了小爽家的地址。小爽家的照片在小余的鼠标牵拉下一点一点变大变具体了，同样是春天的照片，小爽家门前漂亮的花砖地苍白地裸露着，大树梢头还没有整片的树叶，车道上停着一辆暗红色 SUV。小余盯着那车看了两眼，怎么这么面熟？她把照片拉近，模糊不清，但的确很像他的车，怎么会？他什么时候去小爽家了？这照片至少是半年以前照的，没听他说起来呀？太奇怪了！小余脑子里闪过一片阴影，她忽然就心神不安起来。

那之后的几天，小余心事重重。一到中午她就约小爽出来吃中饭，赶巧小爽单位要交活，抽不出时间，中饭时间和小余闲聊几句就撂了电话。这天中午，小余又拿起了电话，响起了小爽的留言。小余心脏突突地跳着，赶紧给他打电话，也是留言。小余放下电话，就和头儿请假说出去吃午饭回来晚点儿，然后咚咚咚下了楼。

天阴，小余仰头看了看天，在门口台阶上踌躇了一秒钟，还是毫不犹豫地上了车。

半个小时以后，小余来到了城市的另一端。不再是一张模糊的照片，那辆暗红色的 SUV 实实在在是停在小爽家门口的。果真如此！小余把车停在几个房子之外，静静地看着那个房门，目不转睛，脑子一片空白，心脏好像早已停止了跳动。她在等什么呢？她不知道。

一个小时以后，那个熟悉的身影开门出来进了 SUV，车静悄悄地开走了。不一会儿，车库的门开了，小爽的车从里面开出来，也静悄悄地开走了。那个房子门前剩下了寂静的空白，空无一物，什么痕迹都没留下。小余的心却被那片空白塞得满满的，令人窒息的堵塞。

小余呆坐在车里，她忽然笑了，是耻笑自己。她想：我真的太闲了，我为什么要去看谷歌地图里的照片呢？如果不看地图，会看到小爽和大朱如此这般的忙碌吗？日子还不是静静地过着？现在呢，一切都改变了，日子该怎么往下过呢？

车子缓缓地驶动了，向着单位那个确定的方向。小余心中的方向却在那一刻彻底迷失……

灰太狼和红太狼

齐蔚从国内回来买了不少 DVD，婉儿很快就对动画片《喜羊羊》上了瘾。每天吃过晚饭，婉儿就缠着妈妈一起看。

这天，齐蔚搂着婉儿刚看了一会儿，就站起身来走进书房对计算机前的丈夫魏明说："我请求你一起来看《喜羊羊》。"

魏明双眼盯着计算机屏幕，头也不转，说："那不是婉儿的动画片吗？我不看。"

齐蔚不挪脚，也不吱声，静静地站在魏明身边。

寂静，在两人之间显得格外庞大，像一条宽阔的河流阻隔着两个遥遥相对的岸，河对岸的风景清清楚楚，就是没有桥，过不了河。

魏明终于转过脸来，看到齐蔚死死盯着他的目光有些吃惊，他说："怎么了？干嘛让我陪你们看动画片？"

齐蔚目不转睛地盯着魏明的眼睛，静静地说："我--请--求--你！"

魏明看着齐蔚严肃的样子，皱了皱眉头，勉强站起身来，心里烦烦的。什么事儿这么大不了？股票市场分析刚看到一半，逼人去看动画片？女人真是莫名其妙。

动画片里红太狼正一如既往地逼灰太狼去抓羊，灰太狼一如既往地为红太狼的命是从，并且对红太狼打过来的铁锅只有躲闪之力，无还手之功。可怜的灰太狼虽竭尽心力想抓住肥羊去讨好红太狼，却总是搞得浑身伤痕累累，望羊兴叹。羊村一群小肥羊欢天喜地地快乐着。

一家人挤在沙发上，魏明一贯绷着的脸也舒展了，陪着婉儿笑着。齐蔚斜眼看着魏明，忽然微笑着问："唉，你觉得这个灰太狼怎么样？"魏明撇了妻子一眼，答："他？是个没出息的'妻管严'！在外在羊面前是败将，在内在老婆面前是三孙子。够可怜的。"

齐蔚若有所思地说："人家有民意测验，说所有的女人都希望有灰太狼那样的男人做丈夫。"

魏明淡淡一笑："所有女人？你也在其中吗？"

齐蔚的眼睛盯着电视机，幽幽地说："一个丈夫能有半个灰太狼那么好，也就够了。他多爱红太狼啊，时刻为红太狼着想，体贴关心，尽心尽力为红太狼做事……"

魏明的眉头皱成疙瘩，站起身，他说：“你就是为这个让我看《喜羊羊》？这是电视，知道吗？不是real life! 我哪点儿对不起你了？有病！”说完，转身回了书房。

一集结束了，婉儿转头跟妈妈说话：“妈妈，再看一集吧。唉？妈妈，你怎么哭了？你不是最喜欢陪我看《喜羊羊》吗？”

齐蔚擦了泪，笑着对女儿说：“妈妈是喜欢看呀！看得太高兴了，都高兴得流泪了。”

她紧紧搂着女儿的小身体，心里想，是的，这不是real life，这不是！那么，real life里的红太狼真的找不到灰太狼吗？如果红太狼要尝试去找，会有怎样的结局呢？

灯光下，齐蔚的面孔光洁闪亮，她的眼睛里有一种掩饰不住的渴望。母女俩面前的电视机上又响起了铁锅砸在灰太狼头上发出的乒乓声，灰太狼喊着：“老婆，我一定会抓住小肥羊的，你就放心吧！”

探亲

李冰晶从旅店大厅里看见老爸从出租车里下来，赶紧跑出门来，她跑下几级台阶，朝爸爸跑去，爸爸提前伸手握住了她大大张开的臂膀，截住那个拥抱，顺势拉着她两只手使劲握着，说，回来了好，回来了好。李冰晶的心被那个搁浅的拥抱搞得郁闷，她微皱着眉问，爸，这次怎么是您来接我，我哥怎么没来？爸摇着头说，唉，你哥单位领导找他谈话说不让他见你，说如果和你接触就一个月别上班，怕你万一带回来猪流感传染给单位同事，他们单位正忙着交活儿呢，不能有缺勤的，情有可原，情有可原。李冰晶心里犯堵，后悔没让飞机票作废了。她说，爸，我不是已经住了一天旅店？你看就因为飞机上三排之内有一个乘客发烧。可现在已经查过了那人不是猪流感，国家都放我们各自随便了，怎么你们还这么大惊小怪的？我根本就没得猪流感。爸爸说，没得就好，没得就好，大家不过小心一点，你可别往心里去。

出租车把李冰晶拉到了哥哥还没进住的新房子里，在四环外。爸在车里支支吾吾地跟冰晶解释说，晶晶啊，你哥这房子条件比咱家好多了，你得享受享受，爸就先不接你回咱家，你妈替你哥带小孩呢，爸爸陪你。李冰晶扭头望着窗外，眼里瞬间浮上来一层厚厚的水雾，整洁美丽的北京在这层浓雾之后模糊不清。她想，我回来是为了享受个条件好点的新房子？还是为了回家看看、陪陪你们呢？

李冰晶每年都要回国，爹妈老了，又不肯移民，见一次少一次，孝顺的她总是一次探亲之后就立刻规划下次探亲的时间和假期。先生阿鼎有时会抱怨两句，你的假期就这么都用掉了，咱们家连长途旅行的机会都没有，真是！李冰晶回嘴说，谁让人都是爹妈生的呢？四月订票时阿鼎还反对说，这猪流感到七月还不定怎样呢，你能不能今年就别回了？咱们去 PEI 玩儿两周。李冰晶说，今年年底项目收尾，走不开的，你说除了夏天我还有什么时间可以回国看我爸妈？PEI 可以不去，爸妈不可以不看。

李冰晶到派出所登记之后，就和爸爸呆在那个新房子里与世隔绝了，派出所建议一周之内别出门。居委会刘大妈每天来一个电话，问，今天怎么样，没发烧吧？李冰晶撂了电话，对爸爸笑着说，爸，这辈子我从来没像现在这么重要过，而且是在陌生人眼里，比如我哥单位的领导和同事，还有这什么刘大妈。而对咱家人呢，我是一只烫手山芋，好吃不好吃？好吃。能不能吃，得晾凉了再吃。

爸爸脸上不自在，他低头摆弄遥控器，忽然笑着说，我不是不怕烫的？

这个晾凉的过程用了一周，爸爸因为和她有接触，也一起晾，一周没回家。第二周，妈和哥是带着口罩进门的，大家保持着相敬如宾的距离，就是伸长手臂够不着，唾沫星子飞不到的距离。李冰晶见着亲人特高兴，一件一件从箱子里往外掏东西，妈，这是给你的保健品，哥，这是给嫂子的名牌化妆品，这是给孩子的英文 CD……妈说，跟你说别乱买东西你不听，现在国内啥没有？哥说，谢谢，买这么多，你先别往外掏了，我以后慢慢往回拿，现在不能往家里拿。哎，晶晶，我在碰不到同事的饭店订好座位了，我们出去吃饭吧，被他们撞见，就糟了。

李冰晶想不到自己带来的东西也成了嫌疑品，需要隔离，更想不到憋了一周出去吃顿饭得像搞间谍工作一样，心情骤然低落。她说，哥，我不想出去吃饭，对不起，我又不是没吃过饭的。说完，就不再注视口罩后面的几张脸，自己认认真真地盯着电视机。见大家沉默，她笑着说，电视真好看，想不到现在国内的电视节目这么丰富，这回回来最大的收获是过够看电视的瘾了。

爸还是低着头，哥和妈目光一碰，就游离开去。天热，谁都不自在。

后来几顿团圆饭是从饭店叫了菜，在家吃的，哥家的小孩和嫂子一直没见着。这第二周，刘大妈虽然只来了一个电话，李冰晶却自觉地坚决不出门了。她说，平时在国外太忙，我这次回国就是专门想要痛痛快快过够看电视瘾的，你们就别瞎忙活了。

回加拿大的飞机起飞后，李冰晶望着窗外的朵朵白云，悠然地想，明年就听阿鼎的话去 PEI 住两周吧，爸妈身体都不错，下次回国的事儿，过两年再说吧。

H1N1?

早晨送了小孩，夏艳就换了紧身运动衫，粉红的色彩顿时让萎靡的她精神焕发。她冲着镜子笑了笑，嗯，还算精神。“阿-----嚏！”一个喷嚏猝不及防而来，夏艳揉了揉鼻子，唉，一夜低烧到底消耗了不少体力，头晕没劲儿，今天一定走不远，会不会真的得了 H1N1 ？到底该不该去健步呢？

夏艳没改主意，她到健步伙伴凯瑟琳家时，凯瑟琳正拿着电话着急：“艳，我得先约好医生，你进来。真气人，阿曼妮嗓子哑了，昨天就开始约她的儿科大夫，一直打到今天，还是约不上，说最近病人太多了。”夏艳赶紧说：“没事儿，我不进去了，那我们就不去健步了，孩子重要！”“去走去走，你先回家安排好我就去找你。”凯瑟琳说。

夏艳不敢进别人家，如果自己真是 H1N1 携带者，不是害了别人？女儿丽丽上周病得多离奇？突然高烧，虽然烧的时候咳嗽头昏呕吐，烧一退就活蹦乱跳没事儿人似的。大夫不给做化验，也不知道这孩子是不是 H1N1，要说不是，为什么自己昨夜也发烧？传染得这么快。

凯瑟琳和夏艳还是去健步了。凯瑟琳的丈夫在家工作，照顾阿曼妮。夏艳想了想，没忍住，说：“我家丽丽班里小孩轮着病，症状都一样，先发烧，会呕吐咳嗽，两三天就好，丽丽上周歇了两天，高烧。阿曼妮班里也有孩子病吧？阿曼妮发烧吗？”

并排的凯瑟琳身体忽然紧张了一下，她往夏艳这边扭头扭了一半，又扭回去，问：“她不烧。你是说咱们孩子的学校在流行 H1N1？”“是啊，我和几个家长聊天，听说每天班里都有因为发烧缺勤的。医生又不给做化验，怎么知道？早间新闻说卧春城有两例死于 H1N1 了。”夏艳尽量保持自己的呼吸朝着前方，两人疾步走着，虽然谁都不说，但心里都知道谁都可能是病毒携带者。

“现在发烧的，肯定是这个病！”凯瑟琳坚决地说。

到娜塔丽家时，两人都汗津津了，太阳很毒。娜塔丽开门说：“进来吗？”凯瑟琳立刻说：“不不不，一起走吧？”娜塔丽说：“对不起，今天不想走。”三人就坐在门前的凉椅上你好我好地随便说话。夏艳望着娜塔丽红红的脸问：“你脸色这么好，怎么今天不想健步？”娜塔丽说：“好像我有点感冒，怕走得急了，加重病情。”三个人都愣了一下，凯瑟琳忽然笑着说：“还不如现在得了 H1N1 呢，等病毒变种了死亡率提高再得这个病就危险了。”夏艳说：“嗯，可没病也犯不上去找病得，娜塔丽你抱抱凯瑟琳，亲亲她，看她干不干？”三人都笑得很爽朗，但没有一个人往彼此跟前迈近一步。

娜塔丽和两人道别后进了屋，她靠在门框上闭着眼睛，这烧发到三十九度实在太难受了，又该吃退烧药了。

走回家的路上，两人脚步慢下来，毒太阳压在头顶，热！两个人的脸都红得里外着火。凯瑟琳突然停了脚步，她低头，好像犹豫不决，终于抬头笑着说：“艳，对不起，我想我家感染了 H1N1 了，我不想瞒你。阿曼妮在发高烧呢！”

夏艳拉了拉凯瑟琳的手，说：“哎，走吧，凯瑟琳，‘即来之则安之’是我们中国的古话，毕竟只是个感冒！”她顿了顿，脸更红了，说：“是我对不起，我，我昨晚发烧了。”

相视而笑。一片乌云遮了太阳，顿时笼罩来一股舒服的清凉。

两人分别时互相叮嘱着说：“别忘了好好洗手啊！”“当然不会！咱们都会快快好起来的!”

虽然年轻，但也很老

“你怎么一点儿都没变呢？还这么年轻！”穗穗一见小韦就赞叹道。小韦微笑说：“你还不是一样。”穗穗睁大眼睛，也不忌讳身边这圈多年不见的老同学个个都在盯着自己，隔着衬衣用手拎起肚子上的肥肉，说：“哪里哟，看我腰里这个‘救生圈儿’，一看就是孩子他娘，整个一个大妈了。”几个女人咯咯咯地笑起来，陌生的感觉一下没有了，好像多年的分离只是昨夜星辰，穗穗大大咧咧自嘲的话像早晨热情的太阳，瞬间驱走了黑夜的沉寂。大家亲亲热热、你一言我一语地谈论起分别这些年各自的生活工作状况。

小红从法国进修回来进了外企，已经做了三年部门经理，婚离了，现在享受单身白领高收入高消费高情调的自由生活；小青结婚以后和先生一起开了家饭店，生意日益兴隆，现在一家变为三家，饭店成了酒店，老板娘成了董事长；小丽在国营单位没挪过窝，安安稳稳地一步一阶升到了处长，管着肥得流油的物资分派，她谦虚地说“哦，房子啊？只有三套，只有三套。哦，只有 140 平米，不大不大。”小韦呢，嫁了个进出口商，早就赋闲在家当专职太太，专职负责女儿的成长，同时专职花钱、专职享受；小蕊比较另类，嫁了个作家，写点小诗，两口子给什么刊物当签约作家，动不动就徒步旅行到山沟、沙漠去体验生活。只有穗穗出了国就成了洋插队的落户模范，坚守在太平洋那边的外国小城，嫁了一同出来读书的校友，两个儿子都已渐渐长大，两家父母也都接在身边，过着平静安宁无起无落的生活，每年度一次假，墨西哥呀夏威夷呀古巴呀转一转。

酒席是在小青的酒店里摆的，几个女人围席而坐，穗穗就显得老土，身上的行头没一件是名牌，上上下下普通得空气一样，无味无觉的，和国内这些锦衣华服财大气粗的同学相比，有点丑小鸭的感觉，当年的宿舍室长穗穗可是出类拔萃地令人瞩目啊。小红怂恿穗穗说：“你回来吧？凭你的本事，到我们公司年薪拿到六十万一点问题没有。”穗穗笑了，说：“我那两个宝贝儿子自由宽松的学习环境可不是六十万买得来的。我那个踏踏实实守家立业不用抵抗太多诱惑的丈夫也不是六十万守得住的。我自己心平气和相夫教子运动健身看书看报不攀比不自卑的平稳生活也不是六十万换得来的。这些都得有个远离浮躁的大环境来造就啊。”穗穗一改一贯大大咧咧的说话方式，语气和缓平静。大家忽然沉默了瞬间，穗穗身边的小丽夹了一筷子菜给穗穗，说："吃菜吃菜，我说穗穗，你还没喝呢，就醉了？这么深沉的话我们可是都听不太懂啊！还特别崇洋媚外，是不是？""罚酒罚酒！"大家喧哗起来，你推我让地吃起来。

酒是小红点的一千块的白酒'水井坊'，几个姐妹在大学里就被穗穗带着喝酒，人人能抿两口二锅头。酒至半酣，个个面如桃花，醉眼迷蒙了，小韦忽然问："哎，你们说，这穗穗大老远地回来，到底是年轻了还是老了？"小丽说："你们看，小红去年切了眉提升了眼睛，小青半年一次激光嫩肤，我今年刚做掉了眼袋，小韦整天泡在美容店里，五花八门的东西都试过，只有小蕊风里来雨里去，脸上有些风霜，有两根眉心的皱纹标志着写作留下的痕迹。这个穗穗吗，连美容店都不知道进，也不懂得自己保养做面膜，两个孩子的妈妈经了十几年风雨还可以没有什么皱纹地来见大家，当然是年轻了，人家这是真正的'纯天然'。"

小蕊叹了口气，说："穗穗长得是年轻，肚子上的'救生圈'更是做母亲的骄傲，女性美的象征。不过，我觉得穗穗也很老，她的精神比你我都提早进入"四十不惑"了，你我整日奔波，功名利禄里摸爬滚打，她却已经可以对人生淡然处之，喜悲自控了，她的"老"造就了她的年轻，我们的年轻是假的，她的年轻会持续到永久呢。"大家听了，不置可否，有人心里不以为然，也不说破。穗穗万里迢迢的回来，谁也不愿扫兴。哎，个人的日子个人过，惑不惑又怎样？今非昔比，中国早已不是过去的中国，外国的月亮本来就不比中国的亮。至于什么淡然处之、悲喜自控，谁又不明白呢？活得舒心快意，有什么理由不淡然，又有哪个不会悲喜自控？

那晚，每个人都很开心。在以后穗穗离去的日子里，穗穗很少皱纹的脸和肚子上可以提起来的小小一圈赘肉还会时不时出现在同学们的脑海里，一闪即逝，彗星一样……

分手

杨羊点了“send”发了邮件，泪水就在眼眶里打转。她合上计算机，爬在桌子上，薄薄的袖子很快就被眼泪浸湿了。杨羊觉得自己拿着尖刀剜了一块自己的肉，她痛得死去活来，但这块有病的肉会让病毒蔓延全身的，剜掉，是唯一解救自己、保持健康的出路。

她对自己想出的办法感到骄傲，把翟力的邮件传给陈浩，胜过千言万语。翟力给她的邮件是这么写的：“羊，没有你在身边的日子，我仍被你控制着，我的头脑需要用对你的思念来充满，我的手需要用对你照片的抚摸来安慰，我的眼需要看到你我的合影来满足，我的嘴需要对你柔唇的回忆来滋润。数着你快要回国的日子一天天近了，我食不能寝不安。你一个人在国外读书的辛苦是我在经济上给你多少支持都无法替代的。你对我的朝思暮想我都理解，因为我和你一样受着思念的煎熬。我天天都在后悔送你出去，我怎么可以舍得把我可爱的妻子就那么放走呢？……”

陈浩这回一定会死了心，一定会相信她对翟力的爱胜过对他的爱，一定会打消离婚之后娶杨羊为妻的主意。这回分手的事儿一定会成功的，让一个不会有结局的故事有个结局吧，不管这个结局是天堂还是地狱。

杨羊的眼前又出现了陈浩妻子柳卿卿挺着大肚子到学校来找她的情景。

“我知道你是他最得意的学生，早就想请你来家里吃饭，陈浩总说你忙。你看他带的另外几个研究生都来过了，我想了想就亲自来看看你。”柳卿卿圆润的脸上荡漾着孕妇普遍拥有的宽怀而自豪的笑意，眼神却隔了一层警惕，若有所思地上下左右仔仔细细地打量杨羊。

杨羊避开柳卿卿的目光，她被对面这个巨大的腹部震惊了。陈浩从来没有提过他们正在迎接一个孩子的出生，这个大肚子使杨羊的世界顿时天旋地转。杨羊恨陈浩的隐瞒，恨自己的愚蠢，两人的关系再继续不仅仅伤及柳卿卿，还会伤及一个无辜的弱小生命啊。杨羊就是在那一刻下定决心和陈浩分手的，她别无选择。

可是剪不断理还乱的爱情似乎不允许两人轻而易举地来理清、来剪断。

陈浩拥着杨羊不停地亲吻她，嘴里嘟囔着："你知道我爱你爱得发疯，我要娶你，请你给我时间，等孩子生了我就和她离婚。我知道你爱我并不比我爱你少，你不会嫌弃我，我们就这样相爱，永永远远不分离。"杨羊就一次又一次地投降，她知道自己在深爱陈浩这个事实面前不堪一击。

离孩子出生还有两个月了。杨羊不敢想象自己和陈浩这样不伦不类的爱情会怎样伤害那个婴孩纯洁的生命。她必须抉择。翟力的事儿就是那时告诉陈浩的："我骗了你，陈浩，对不起，你放了我吧，我是已婚的，我先生在国内，他叫翟力。"

陈浩的惊讶并没有抵消他对杨羊的爱情，他只用了一天时间来调整突如其来的消息，然后就又用他宽大的臂膀拥住了杨羊："这很简单，你也离婚，我们更接近了，如果你爱他，你不可能这样爱我，我明白你。我不放手。"陈浩的坚决令杨羊再一次感动，再一次动摇，再一次投降。可一到夜深人静，那婴儿的眼睛就固执地出现在她的梦里，她不能面对那单纯的目光，她的负罪感如大山一样压得她的日子沉重不堪。

杨羊一直在犹豫要不要把自己和翟力缠绵的邮件传给陈浩看，她写那些邮件时不就是为了这摧毁的一刻吗？让陈浩看到她杨羊虚伪的假面具，一边和陈浩爱得如胶似漆，一边和远方的丈夫爱得水深火热。什么样的爱情经得住这样的摧残呢？她杨羊变成了一个多么可怕的戏子了？陈浩一定会放弃，一定会！

可是万一，万一陈浩还是不放手呢？翟力，还是得靠翟力。

杨羊爬在桌上的头抬了起来，她擦干脸上的泪水，把计算机打开，以"翟力"登陆，满怀激情地给杨羊发邮件。她写："羊，我的爱妻，我和你一样正在数着日子计算着团聚的时间……"

杨羊的手指轻快地在键盘上敲着，世界上如果真有个翟力，会是怎样一幅情景？杨羊不想去想。总有一天，她会找到一段完美的爱情的，没有任何包袱，肆无忌惮地相爱，爱得死去活来。总有一天，总有一天……

小脸儿

姚立春的网名叫“小脸儿”，在卧春市的华人论坛上建了博客，隔三差五地发日志。

“小脸儿”是个温柔贤淑的江南小女人，一幅古代仕女的水墨画做头像，细眉细眼细腰身，日志一篇篇柔情似水。音乐的辗转悱恻、绘画的高远深邃、食物的润泽香口、购物的精致讲究、情感的朝花夕拾，衬托得“小脸儿”很小资、很多情、很娇媚。

卧春市不大，男男女女网上你来言我去语就酝酿了网下的帮帮伙伙，打网球的一团团，午餐聚的一团团，跳扇子舞的一团团，下围棋的一团团……这一团又一团都没有把“小脸儿”团进去。每每有人邀请“小脸儿”入伙儿，小脸儿就说：“谢谢了，我怕人群。”时间久了，团体活动人们就不再邀请“小脸儿”，背后少不了议论：“她怎么那么怕见人呢？看她的日志挺开放的，大龄单身，衣食住行都写遍了，心里心外透明着，又不准备独身，怕人群？一准儿长得丑。”

猜归猜，“小脸儿”娇娇女的形象到底讨人喜欢，每每发了日志，跟贴的排了长队。悄悄话信箱里动辄收到邀请：“日餐馆新张开业，有空出来吃顿饭吗？”“今晚剧院演费加罗的婚礼，要不要一起去看？”“有个服装时尚讲座，我有余票。感兴趣吗？”

“小脸儿”就在悄悄话里悄悄地说：“最近忙，以后再说，好吗？辜负你这次的美意了，对不起啊。”然后再贴上一个红脸蛋儿的笑脸表情符，温温柔柔地打发了。

于是悄悄话的里里外外就埋下了许多失望和希望，失望是因为难睹娇容的遗憾，希望是因为有“以后”那两个美好而充满诱惑的字眼。不管失望还是希望，悄悄话的拥有者们一如既往地跟贴，有没有缘份认识一下庐山真面目倒放在其次了。

“小脸儿”刚发了日志，谈 Dior 一个香水瓶的独特设计怎么比香水的味道更迷人，就下了网。站起身来，姚立春揉了揉太阳穴，顺手把刚才参考的那本青年时尚杂志 Seventeen 合上，到厨房给自己泡茶。心想，这回估计能把那个网名叫“祁鲁”的俊男引过来，这小伙子喜欢品牌和时尚，在美眉里备受推崇，我就不信她们能争得过我。想着，立春的脸就舒展得一脸阳光了。

豆豆正在厨房吃冰激淋，她嘴里哼着 Avril Lavigne 的歌儿。

立春问："哎，这首歌儿就是"Girlfriend."吧？"

豆豆奇怪地盯着立春说："是。我发现我们年轻人喜欢的东西您什么都知道，您怎么对这些这么感兴趣呢？我买的那些杂志都被您抢着看了，尽喜欢我们女孩儿家的东西，多怪呀！您应该去看'Money sense''Times'之类的杂志才对啊！妈妈，您说他是不是倒着活呢？还活成女的了。"

姚太说："豆豆你住嘴，太没样子了，怎么可以这么讲爸爸呢？没大没小的！"

姚立春端着茶杯，抹了一把秃了的额头，冲姚太笑了笑，看着豆豆的眼神变得很朦胧很模糊了。

"我是中国人"

"我是中国人，你看看我的脸，我的皮肤，我的眼睛，我的头发，我是一个地地道道的中国人，这对你也许不重要，但对我很重要！"秦艺说完，从沙发上拎起包，坚决地说："我得走了，不早了。"她的脸涨红着，显而易见，那红晕来自不可抑制的气愤。

"别走。对不起，我没有侮辱中国人的意思，我只是说我不喜欢……"迈克拉住了秦艺的手，他高大的身躯挡住了秦艺出门的路。

秦艺甩掉迈克的手，说："我累了，我需要冷静冷静，我先走了。"说完就推开迈克的身体，拉开门走出去。

秦艺知道这次又失败了，她不能容忍自己未来最亲近的人从心底看不起中国。坐在车里，她乱麻塞脑，试图想清楚今晚的不快是怎么发生的。

和迈克在交友网上相识已经三个月了，两人除了天天发邮件，还每周约会一次，一起吃顿饭、看看电影。和以前在网上认识的其他几个西人男性相比，迈克是第一个愿意迅速确订婚恋关系的一位，这让秦艺感到安全。从迈克的外表和他自己介绍的生活背景来看，他是一个可以信赖的人，稳定的经济顾问工作，现成的房子，体面的衣着，无儿女牵挂的现状，儒雅的风度，坦诚求偶的态度，好像一片又一片红透的叶子长在一处，给你那一树绚丽艳红的成熟而丰满的秋实之景。交往这些日子，秦艺几乎在感叹自己的幸运了，他果然表里如一，没有造作的痕迹，两人交往虽然没有很多激情，倒也基本愉快。可今天的争吵，却好像飓风袭来，一片片红叶在瞬间就被吹扫干净，剩下干枝枯藤，那一树诱人的丰满转眼就烟消云散、单薄不支了。

"我去中国好几次了，老实说从来没有喜欢过中国。"迈克是这么开始的。

"为什么？"

"太脏了！空气脏，街道脏，人们说话声音太大。"

"那你怎么会喜欢中国人呢？"

"我喜欢你，你很特殊，我可没说过我喜欢中国人。你看看这里的中国人都干些什么？多伦多的色情按摩院是不是很多华裔小姐？做生意坑蒙拐骗的是不是华裔的比例很大？你看那些小小的女留学生搭上一个金发碧眼的帅哥，是不是第一天就想和人家上床？我在中国的时候更糟糕，男女老少对我的那个巴结，我都不好意思说。”迈克没注意秦艺的脸这时已经绷得很紧了，一对杏眼正在酝酿灼人的光芒。

“哦，那你看见这儿高科技公司里有多少中国人没有？你看见大学里尖子学生有多少中国人没有？你看新移民不吃政府救济，勤劳肯干白手起家自己养活自己的中国人有多少没有？”秦艺问着这话时，笑眯眯的，满嘴挑衅的味道没有被迈克察觉。

“那倒是。不过高科技公司的中国人有的连一句完整的英文都说不上来，也不知道是怎么工作的。那些念书好的中国人，每天除了读书什么业余生活都没有，读书读不好就奇怪了。新移民努力工作自食其力，可他们把一堆一堆的老年人接过来享受政府救济也不见得就光荣。”迈克还在轻轻松松顺理成章地表达着他的想法。他丝毫没在意秦艺的脸已经升起燃烧的红云，双眼眯成细缝，好像一个严阵以待、时刻准备扑猎的母兽。

“呦，那我怎么这么特殊，受到你的青睐了？你说说看。”秦艺仍旧眯眼盯着迈克，她的脸却不再有一丝笑意。

迈克似乎感觉到什么，他忽然低头微笑，将傲慢融化在笑容里，变得很温柔，他说：“你可爱，我爱你，这就够了。虽然人到中年，你还如此美丽动人，你受过良好教育，自食其力，你温柔善良善解人意，你没有那些中国人的粗鲁和卑贱，你是一个文明而独立的女人，有时候的确希望你是个南韩人或日本人，可惜你不是。不过，没事儿，你这么可爱，是哪儿人都不重要，关键你是那个让我天天想日日念的人。答应我，艺，尽早和我确定关系吧，我已经准备带你去纽约见我父母了。”迈克说着伸手抓住了秦艺的手，想把她拢进怀里。

秦艺躲开了，她想如果不是迈克今天喝多了点儿酒，他会这么坦率地表达他对中国和中国人的偏见吗？不会，永远不会。他虚假的文明外衣一直巧妙地掩盖着他内心对中国这个民族的鄙视。她抬眼看着迈克，还是那张棱角分明动人心魄的面孔，却在此时失去了迷人的魅力，那眼神是居高临下的，肤色是苍白没有情感的，那苍白的笑容笼罩着一种虚伪的温柔。他怎么能这样区分自己和自己的同胞？No way!迈克的心是从根上砍倒了中国这颗大树，自己不过是树上的一个小树芽，这个可爱的小树芽在他心中那倒塌的大树上会存留多久新鲜美好的感觉呢？他说出这些对中国人毫无情感的论断时，想到过对面这个女子的父母兄弟都生活在那块遥远的土地上吗？他考虑过他面对的这张脸上的细皮嫩肉是那块土地上的风霜雨雪滋润而成的吗？他想过她作为一个中国移民的感觉吗？

秦艺想给他上一堂课，却突然没了兴趣，凭自己几句话怎么可以改变一个人根深蒂固的想法？荒唐！滴几滴眼药水是无法治疗瞎子的。

就在那一刻，秦艺站起身，不顾迈克的阻拦，走了出来。

秦艺发动了汽车，眼前还闪烁着迈克那张傲慢的脸。她在心里仔仔细细地在那个脸上画了个红红的巴叉！我否定你，我用一个中国人的尊严来否定你！她冲着自己微笑起来，然后自然自语道：要爱一个中国女子你得先学会爱她的种族，即使那个种族有着数不清的毛病，你都得学会透过那些毛病看到光明美好的一面，你得跟着这个女子一起爱它！这个基本功课学不会，那就 bye-bye，去找你的韩国妞日本妞去吧。

她把音响开得很大，让自己跟着那欢快的节奏哼起小调来，车子很快就融进了高速公路上成串的车流里。

那个晚上，在那条车的河流里，有一个单薄的中国女子给自己立下了一个关于未来的小小誓言：和我相伴一生的那个他，不管他是什么民族，必须学会说一句中国话-----“我爱你这个加拿大中国人。”

夜很黑，星星密密麻麻地亮着。

流感疫苗

全钢临睡前就把表玲上到六点钟，这回提早去排队一定不会排不到号。前两次红雨去的都太迟，没排到，也只有靠自己了。孩子属于高危猪流感人员，必须尽早打预防针呀。他叹了口气，转头看着身边沉睡中的红雨，心里多少有些纳闷儿，她怎么总是这么能睡？都当了三年妈妈了，什么心都不想操，三年来每天晚上都是自己这个爸爸照看孩子。唉！钻进被窝，他不再多想，赶紧睡，明天又是忙碌的一天。

鱼白肚刚在天边抹出一缕白来，全刚就悄悄动身了，临走前爬在仍然沉睡的红雨耳朵边上轻声说："我去排队拿号，毛毛再过半小时就醒了，你招呼他上厕所、喝奶、吃早饭，啊？"红雨翻了个身，迷迷糊糊地嗯了一声，也不知道到底听到没听到。

全刚到达时长龙已经排到了大厅外面，接待员说里面已经有好几百人了，早晨五点钟就有人来排队了。猪流感把这座城市变成了一个勤快的城市，人们起早贪黑，废寝忘食地排队打针，疾病给人们带来的恐惧，风一样刮遍了全城。

全刚虽然穿了羽绒服，站了一小会儿，还是禁不住挪动双脚，抵抗脚趾间越来越刺骨的寒冷。虽然才十一月份，清晨却已经是零下。排队的人们都很安静，有人端着咖啡，时不时嘬上一口，看一眼杯口蒸腾的热气，即使没喝到自己肚子里，也好像多了层暖意。全刚从那女子捧着的咖啡杯口收回目光，翻了翻手里的书，眼前却浮现着红雨睡眼惺忪的模样，睡梦中的她知道自己正在寒风中为全家排队吗？她当然不知道，唉，这么个没心没肺的老婆。

全刚身后已经在短短的时间里又排了上百人，这使全刚心情略微轻松了一些，至少自己不是垫底的，今天拿到号码一定没问题了。

"唉，全刚！"忽然听到叫声，一抬眼，原来是公司同事小金。小金和自己前面的人打了个招呼就凑过来跟他说话。"唉，我这是第二次来排队了，昨天中午来排，白排了二十分钟。今天应该不会再拿不到票了。"小金是个娇小的女子，这时小鼻子冻得通红，嘴巴一张一合散着热气，全刚禁不住同情地问："这么早，又冷，你没让你先生来排队？"小金笑了，说："他昨天睡得晚，舍不得叫他。我睡觉少，起得早，用不着烦他。"小金的脸上没有丝毫的抱怨，兴高采烈地笑着，又说："今天没问题，一定会拿到号的。我把今天家里的活动都取消了，今天就干这件头等大事，不管等三小时还是十小时，针今天一定要打。”“这些事儿都是你操心？”全刚假装漫不经心地问。“当然了，这些女人该操心的事儿我用不着他张罗。这些事儿你家不是你太太操心吗？”小金仰着的脸很自然地笑着。“噢，当然当然，她来排了两次都没排到，今早要来，我没让，她在家看毛毛呢。”全刚说完就转了话题，问起公司项目的事儿。

两人说着话儿，时间不知不觉快了许多。说话中间小金两次打电话嘱咐先生准备早饭和孩子洗涮穿衣的事情。七点半队伍终于开始移动，室外刺骨的寒冷很快就被室内的温暖驱散了。九点钟两人才拿了号，道别回家。

往家开车的时候，全刚脑袋里都是小金给家里打电话时的模样。那些事无巨细的嘱咐是细声细气、温柔舒缓、周全耐心的。红雨酣睡的模样也在同时闯进全刚的脑袋，有些他从来没想过的问题开始在脑袋里划着问号：同样是老婆，怎么这么不一样？过去怎么没有意识到？

下午两点钟，全刚带着全家按规定时间来打针。坐在大厅里等候的时候，毛毛要上厕所，红雨懒懒地说：“让你爸领你去。”全刚突然说：“你带他去。”红雨斜眼瞪着全刚，说：“平时不都是你带他去吗？今天你怎么老看我不顺眼呢？我不去，你带他去！”全刚也瞪了眼睛，说；“你是他妈妈，你现在就带孩子去上厕所。”红雨恶狠狠地说：“我不会去的，你去。你今天得神经病了！”全刚感觉心里有股莫名其妙地怒火正在熊熊地燃烧，胸膛被热气蒸得快要炸开来。正在这时，毛毛哇地哭了起来：“我尿裤子了！”全刚赶紧弯腰收拾孩子，嘴里念叨着：“没见过你这样的妈！孩子好像不是你生的一样。什么老婆？什么妈妈？”红雨站在旁边，气得说不出话，她忽然扭身就走，说：“你爱说啥就说啥，我不打针了，我回家了。”

全刚看着那个离去的背影，心里充满了厌恶。他抱起湿漉漉的孩子，哄着说：“不哭了，不哭了，对不起，很快就轮到咱们了，打完针就回家换裤子，毛毛乖，坚持一下，坚持一下。”

全刚抱着毛毛打完针出来，正好碰上小金一家，小金说：“打完了？你太太没来？”全刚说：“哦，她一会儿来，一会儿来。我们先走了，先走了。”说完逃跑似地转身走了。

全刚抱着毛毛，毛毛的裤子湿得冰凉，全刚的心也同样冰凉。快走到车跟前了，突然看见红雨连跑带颠从马路对面奔过来，全刚皱着眉头恶狠狠地看着她，心里一根绷紧的弦却突然松弛了。红雨也不理全刚，跑到跟前就上气不接下气地对毛毛说："妈妈去街那边宝宝家给你借裤子去了，来来来，到车里把湿裤子换下来吧，对不起，毛毛，湿乎乎的难受了吧？"说着，抱过毛毛就钻进车里了。

全刚站在车外，心头迷蒙，刚打过针的胳膊微微地痛着。他叹了口气，弯腰进车，说："你去打针，赶紧吧，我来弄孩子。快去。"

说这话的时候，他的心头竟是柔软的。流感疫苗可以抵御流感，生活里的摩擦如果是疫苗，是不是可以增强抵挡矛盾和困难的免疫力呢？

"爸爸，我们等妈妈要等多久呀？"毛毛问。

"不管多久，我们都会等着。"全刚亲了一下毛毛，笑了笑。

夜

夏文文专门买了一块机械闹表，每天临睡前上劲儿的时候，拧到紧得拧不动的时候，一整天蹦蹦跳跳的心才松了劲。就让一天的疲劳随着那个到了头的旋钮拧进表里去吧。她抬头望了一眼一动不动坐在计算机面前的丈夫罗扬说，我先睡了啊。如她预料，没有回答，罗扬的心正在那个彩色的显示屏里远远地飘着呢。她从来不指望面前这个人给自己一个什么回答，连“晚安”都是奢侈的。哎！叹了口气，她翻身上了床。

四肢舒展的她感受着自己的肌肉在床上有依有靠幸福而松弛的感觉。睡觉真好！她静静地想，每天以一件如此幸福的事情做结束，上帝真是聪明，他很会安顿人类的能量分配，他让你在黑暗和疲倦的时刻拥有幸福的睡眠，又让你在光明和精力十足时拥有劳作，多么完美的平衡。

入梦前，她伸手抹去儿子柔嫩的嘴角边挂着的一滴口水，下意识地伸到自己嘴里舔了一下，嗯，五岁了，还是这样一股奶香，这是妈妈最好的安眠药。盯着孩子均匀的呼吸，脸上浮起一层淡淡的微笑，她合上了眼睛。

罗扬爬上来的时候，夏文文正在那个旧梦里遨游，她下意识地分开腿，下意识地数着数，下意识地陪着罗扬哼了两声，下意识地伸手从床头柜上抓了纸巾递给罗扬，一切的进行都在黑暗和半睡眠中迅速而按部就班地完成，没有准备工作，也没有激动人心的一刻。罗扬翻转身背对着她睡过去的时候，她也正背转身去摸这边的儿子，孩子睡衣下小胸脯的温度迅速传进手掌的时候，她心中的快乐比刚才罗扬那两下甜蜜多了。闭紧眼睛，她的梦境很快就和先前的梦境接壤了。

这个梦仍是灰白色的，二十世纪的花红酒绿成了三十年代的老电影，无论怎样重复，总是旧旧一副模样。梦里，夏文文总是在擦一块模糊的玻璃窗，仔仔细细地擦呀擦呀，擦了一会儿，她就把眼睛贴在玻璃上往里面看，里面人影晃动，却都虚着边缘，罗扬好像在人前昂扬地歌唱，这和现实中的五音不全内向含蓄的罗扬大相径庭。屋里的男女老少露着谄媚的微笑，鼓掌喝彩，夏文文想打开窗户进去看看究竟，不懂罗扬是怎么使大众如此爱戴的？窗子却怎么都打不开，汗水劈里啪啦地落下来，心里一团乱麻。正手忙脚乱着，忽然一个男孩从后背拍了她一下，她一回头，那孩子竟转身跑了，好像是儿子又好像不是，她扔下抹布，赶去追，那孩子却转眼不见了。

身边突然一个人影都没有了，一座房子也不见了，她被一团模糊包围着，没有风，没有声音，没有颜色，没有质量，也没有重量。她的心膨胀在雾里，红红的大大的，咕咚咕咚地跳着，一鼓一鼓的，心脏外面包裹着的身体都不知道哪里去了。她想出声，却没有嘴可以用来喊叫，她想挪动脚步，却没有腿用来移动。缠着大红心脏的乱麻是白色的蚕丝，一层又一层，当着她的面一圈一圈地绕着缠，越团越大，越团越乱，越团越麻烦，大红心的蠕动不再清晰，呼吸一点点萎缩，窒闷的喘息声，呼，呼，呼，逐渐增大、增大，终于肆无忌惮地占据了整个梦境......她伸手拼命抓着自己的胸口，想要移走那团憋闷，却猛地从梦中醒来。

天上那弯窄月昏黄地照进来，眉毛一样美丽而服贴。昏黄里出现了公司好友兼同事麦克浅蓝色的眼睛，麦克说：为什么你总把自己搞得这样劳累？为什么你不能开诚布公地和他讲出来你想要什么？你的要求并不高，你只是想要他作为丈夫每天应该给予一个勤劳的全职妻子应得的赞赏和温柔的拥抱，这是他作为丈夫应尽的职责啊，份内的，一个男人对一个朝夕相处的女人使用一些身体语言，还需教诲吗？她凝视着麦克的眼睛，缓缓抽出被麦克捏着的手，说：你不懂中国男人，特别是理科男人，他们脑子里从小堵满的公式把对女人的关爱挤得公式一样简单清楚，老婆就是老婆，各自表演一个家庭的角色，各自分工，和家具差不多，不需柔情亦可摆放得当。看着麦克惶惑的眼神，夏文文叹了口气，又说，唉，改变一个人知道多难吗？麦克，很多人一辈子都是不会改变的，和海水是咸的，河水是淡的一样，都是水，却完全不同的味道啊，再往河水里倒盐，河水也变不成海水的。麦克又把手伸过来握着她的手，低声说，文文，为什么你不愿意让我来填补你生活里的不足呢？你明明知道你生活里缺少的正是我可以给你的啊！文文注视着好像认识了一千年的麦克，苦笑了一下说，麦克，虽然和你连夫妻的隐私都可以交谈，但走出那一步，我做不到，这也是无法改变的事实，你是波澜壮阔的海水，我是清幽寂寞的湖水，各不相干的，你明白吗？而我和罗扬，尽管没有浪漫激情，没有每日亲密的身体语言，却多年来相安无事，生活平和自然，我们夫妻原本是同类，都是安静的湖水，适合在寂静的森林中湖光潋滟，没有波涛，但把持着一种永久的稳定。我还是让大海的波澜壮阔永远停留在心灵深处吧。说着，她坚决地把手抽了回来。

弯月一点点朝下降落，天空开始泛出灰蒙的白来。夏文文伸手把滑下去的毯子给罗扬盖上，背转身，把手伸进儿子的睡衣，那温暖立刻充满了她的全身和大脑，眩晕嗜睡的感觉渐渐充满。谢谢你，孩子。谢谢你不愿和爸爸妈妈分床，你总能在妈妈失眠的时候充当妈妈的安眠药，有了你，妈妈的生活就足够美丽了，还想其他干什么呢？那月亮不是也圆圆缺缺周而复始吗？人生不过如此，完美与残缺，都是自然。

表铃叮铃铃响起来的时候，夏文文不得不艰难地睁开那双布满血丝的双眼，她的脸却不易觉察地微笑着，新的一天又开始了。

杜杜

“我爸说…”“我妈说…”

我本来是一个喜欢笑的女孩儿，今年十二岁了，我爸和我妈都很疼爱我。可是自从我爸和我妈离了婚，我就笑不出来了。我不喜欢他们离婚，我大哭大闹，不去上学，可是他们没听我的，小孩儿只有听大人话的权利，哪有大人听小孩话的呢？不过，我自己不认为我是小孩，他们以为我什么都不知道，其实我什么都知道。

我爸那年一个人回国看奶奶，我妈打电话回去老是找不见爸爸，我妈就跟我说，我今天下午三点钟给你爸打电话，那边是半夜三点，看找不找得到他，白天出去走亲访友，半夜三更总该在家睡觉吧？可是奶奶接了电话，妈妈还是没和爸爸说上话。妈妈很生气，说奶奶是帮凶。我问妈妈什么是帮凶，妈妈说就是帮你爸爸做坏事儿的人。

爸爸回来后，他们就开始吵架，妈妈总是说爸爸的魂儿被狐狸精勾走了。我知道狐狸精就是说像狐狸一样的女人，像一只野兽的女人一定不是好女人。爸爸不和妈妈吵，但爸爸也不再和妈妈说话。然后他们就要离婚，还假惺惺地征求我的意见，我的回答就是又哭又闹的抗议，我怎么能没有爸爸，又怎么能没有妈妈呢？他们如果真爱我，为什么不能在一起好好地爱我？

可是我又哭又闹不上学的第二天，我家就插了卖房子的牌子，他们一切早已蓄谋已久，我算个什么？我不过和家里一个桌椅板凳一样。做一件不会说话的桌椅板凳，只能默不作声地被人去使用它，比如饭桌，就是被冷的、热的、好吃的、不好吃的各种杯盘碗肆无忌惮地放置，桌子有权利抱怨太冷了太热了吗？而我这件家具的功能就是在他们离婚以后的日子里，被他们高兴的时候接过来，不高兴的时候送回去，在我爸家和我妈家之间像一个皮球一样滚来滚去。

忘了说，我家原来的大房子现在变成了我爸和我妈各自的一座小房子，两个房子里都有我专门的房间，我的东西都成了两套，比原来多得多，大部分时间我跟我妈住，我妈管我吃喝拉撒、上学和课外活动，周末我去我爸家时，我爸带我出去玩儿，我想要什么我爸都给我买，从来不问为什么，我知道他心里觉得对不起我，以为给我买东西就会讨我喜欢。

我的一个家变成了两个家，一样东西变成了两样东西。我妈为让我成才把我的时间排得很满很满，我爸为让我高兴把我的周末搞得很

fun 很 fun。可我感觉自己比起原来简直一无所有，这些“多”加在一起都没有“爸爸妈妈在一起”这一点好。我爸我妈都拼命比着对我好，但我觉得他们好像都带着面罩，离我远远的。

我心里知道我是个多余的人，如果没有我，他们就不用这样努力讨好我，他们就可以随心所欲地做他们想做的事。我想我还是把自己藏起来好，所以一回家就把自己关进自己的房间。可是他们不让我清静，总是找我说话。我烦他们，就想出一个刺激他们的办法，我在我爸面前不停地说“我妈说……”，在我妈面前不停地说“我爸说……”，他们经常就哑口无言了，他们想要和我一起做的事情也都因此而搁浅。看到他们那种沮丧的样子，我心里说不出的解气，我喜欢看他们面对我无可奈何的样子。可一回到我自己房间，这解气的情绪就会转化成呜咽哭泣，陪伴我很久很久。

我妈说要带我去看心理医生，我说：“我不去，我爸说我没毛病。”我妈一反常态，她没有像平时一样避开，她说：“我问过你爸了，你爸说支持我带你去看看。”我吃了一惊，我妈会因为这个又和我爸说话？我心里乐开了花，想不到她会为了“我爸说…”这句话去找爸爸证实真假。周末我去爸爸家，爸爸说：“你妈说带你去看医生了，你要好好听妈妈的话好好配合医生的治疗。”这回我更吃惊了，爸爸对妈妈那边的消息从来没有这么灵通过！

从此我嘴里的“我爸说……”“我妈说……”变成了爸爸妈妈嘴里的“你妈说……”“你爸说……”。

我很高兴自己生了这个病，我的病是爸爸妈妈之间那条鸿沟的填充物，一座桥，他们为我着急的时候忽略了各自的私心和仇恨。我忽然就变得开心多了，可在医生面前我还是病人，我必须是，因为我不想好，如果我好了，我爸我妈之间那条大沟用什么来填呢？为了多听几句“你爸说…”“你妈说…”，我必须继续听他们的话，好好生病，好好看病。

杜杜

拖把

半个小时过去了，芮芮还在那排清洁用品的货架前踯躅。买不买？买不买？？

拖把的把可以伸缩加长，减少弯腰，还可以在一个特殊设计的水桶上逼干水分，看起来特别方便实用。拖把和水桶一共是二十五元。芮芮抬手看了看手表，不能再磨蹭了。她咬了咬嘴唇，毅然拿起了拖把和水桶。

到家时祁巍还没下班，芮芮把水桶和拖把放进厨房的壁橱里，就开始烧饭。她安慰自己说，不就是买了付拖把吗，我也全职工作十来年了，早就想换个拖把了，难道我连这个主还做不了？你祁巍从来就没拖过地。

全家坐在饭桌前的时候，芮芮感觉自己的心脏咣当咣当地跳着，她不想这样忐忑不安，可就是止不住端着菜盘子不停抖动的手。出国这些年来，总是祁巍安排家里的大小开销，家里家外大人小孩添置东西都是他提前制定预算，多花一分钱都是不可能的。多年来从没作主买过东西的芮芮已经被祁巍的精打细算熏陶得不敢、不会、不舍得花钱了。今天自己胆大包天买了这个拖把，该怎么向祁巍交待呢？

"今天上班累了？"祁巍疑惑地看着芮芮一阵红一阵白的脸。

"噢，没，没有。"芮芮给儿子夹了口菜，又低头吃饭。

"我今天去银行了，谈了谈贷点儿款再买一套房子的事儿。"祁巍不再注意芮芮，自顾自地说。

"又买房子？都有一套在出租了，还买？你这投资没完啦？赚那么多钱，又舍不得花，钱有什么用？"芮芮一边嚼饭，一边小声嘟囔着。

"你懂啥？钱多了会发霉生锈？这是投资，未雨绸缪，总会派用场，又不用你操心。你周末把时间匀出来，咱们去看看房子，这回咱们还买市中心的房子，好往外出租。"祁巍果断地说。

芮芮显得心事重重，买不买房子做投资远不如那个拖把更让她焦心。她起身收拾饭桌，暗暗恨自己没出息，怎么一个拖把就张不开口呢？她站在水池边，借着哗哗的水声，给自己鼓气儿。"我今天买东西了。"她终于扭头说了一句。

祁巍本来已经准备离开厨房，这时又转了回来，惊奇地看着她问：“买东西？”他嗓子里挤出些类似笑声的叽叽咕咕的声音。“买什么了？”

“拖把。”芮芮发现自己一旦话已出口，竟没那么害怕了，豁出去了。

“在哪儿？”“壁橱里，你自己拿出来看。”“怎么还带个桶？”“你看能逼出水的，这样我就不用弯腰了，把还可以伸缩呢，好像很好用的。”“多少钱？”“二十五元。”“二十五？就这么个烂拖把？是原价吧？我看这拖把和我给你缠的拖把也没什么区别嘛。”芮芮把手里正洗着的碗放下，直视着祁巍说：“我想买个好拖把想了很久了，我喜欢这个拖把，人家都用电动 Swiffer 什么的了，我又没买那些时髦的东西。”祁巍笑了笑，他低头把拖把的包装重新包好，直起身来，说：“我知道了，我赶明儿给你计划一下，这个月没做买拖把的计划，拖把不是目前家里必需的东西，我缠的那个拖把还好好的呢，你这拖把买得很不经济，知道吗？明天去退掉吧。”祁巍说着，走到芮芮身边，拍了拍她的腰，温和地说：“你这样花钱，很浪费，知道吗？不必要的东西不买，必要的东西要等降价再买，明白吗？花钱的学问你得跟我学。这么浪费，哪还有钱买第三座房子？”

芮芮张了张嘴，嘴巴却好像被浆糊糊住了，她咽了咽唾沫，没说出话来，低下头又接着洗碗。祁巍又拍了她两下，说：“洗完碗你过来，一块儿上网看看房子的行情，明天好有地放矢地出去看房。”说完就转身走了。

芮芮叹了口气，房子买得起，拖把买不起，这是什么样的日子？算了，退就退吧，没什么大不了的，那把祁巍用旧纯棉内衣撕成条缠的拖把除了难看点儿，的确还好好的，需要弯腰拧就弯腰拧吧，几辈子人不都这么拖地的吗？哎！

她擦干手，朝祁巍走过去。计算机上的售房网页上成堆的房子正等着他们大把往里扔钱呢。芮芮在祁巍身边坐下，很快，两人就沉浸在对众多房子的详细研究上了，那个拖把，似乎已经被他们遗忘了。

我真羡慕你

楚玉一眼就认出了人群中的小敏，她挥着手大声叫道："小敏，小敏，我在这儿！"。小敏推着行李车七拐八扭地走过来，满面春风。

"你还是这么靓，一点儿都没变！"楚玉笑嘻嘻地上下打量着小敏，目光如 CT 扫描，没有一个细节逃过她的火眼金睛。小敏穿一件乳白色长风衣，一双细眉搭在一双细眼儿上，淡妆轻扫的面孔看不出一点儿旅行的疲劳，整个儿中国古画上下来的美人儿，眼角笑出几根皱纹，也不显老，倒把脸蛋衬得格外真实生动。

小敏抓着楚玉的手也忙着上下打量着，"啧啧，美人儿，你才真是没变呢，十几年了，看你这神仙日子过的！"楚玉永远鹤立鸡群的模样此刻在机场的人群里仍旧鹤立鸡群，她笔直的长腿穿一件紧身塑身裤，小腰儿还是一把就抓得住的细，脸上的大墨镜遮不住细嫩透明的皮肤，一只普拉达皮包甩在腕上，随意中漫不经心地透出高贵来。

两个久不见面的好朋友友勾肩搭背叽叽咕咕亲热了好一会儿，才磨蹭到楚玉的奔驰车前，小敏啧啧叹道："我们回国是农民进城，等着你这种富翁来扶贫呢。"楚玉一手握着方向盘，一手推了小敏一把，笑着说："扶贫不敢当，权且让你们资本主义分子回来接受接受社会主义再教育吧。"语气里挡不住的优越感震得小敏的神经一跳又一跳。

随后的几天，小敏充分享受了"再教育"的优越性。楚玉住在松江价值一千多万人民币的别墅里，有厨子杂工伺候着，平日里养尊处优，这几天却为了小敏放下身价当了专职司机，拉着小敏东跑西逛。山珍海味天天尝，美酒佳肴日日有，美容健身加发廊，按摩修脚全登场。楚玉说："上大学时咱俩一个饭盆里吃了四年饭啊，什么感情？我这地主是做定了。地主之谊是什么？就是我花钱，你享受。"小敏推不过楚玉的盛情，就心安理得地享受起来，心下想，如果楚玉哪天到加拿大来玩儿，就算自己成了孙悟空也没法儿变出同样的规格招待楚玉。这么一想，心里酸溜溜地不是滋味。

当年小敏和楚玉是学校里有名的两朵校花，楚玉的美貌略胜一筹，小敏的多才多艺在楚玉之上，毕业后，小敏走了留学的洋插队之路，苦读多年也算功成名就，在高科技公司里当了个小主管，丈夫在联邦政府捧着铁饭碗，一儿一女，在国外过着平平静静上班下班周日周末的百姓生活。楚玉毕业后嫌分配的工作不好，去当了售楼小姐，结果被老板看上，结婚的那天就转行成了全职太太，专职享受生活。小敏在国外寒窗苦读的时候，楚玉已经过上了衣来伸手，饭来张口的日子，生了儿子也雇保姆专人看护，楚玉每天进进美容院、健身房，参加个太太俱乐部，和一众太太们一块儿看看戏唱唱歌买买东西。小敏和楚玉就好像两条相交的直线，曾经交叉在一个点上，然后就越延长距离越远了。

这天两人逛街回来，累得稀松酸懒，订了外卖的微辣鸭颈歪在沙发里一边听音乐一边啃鸭脖子喝洋酒聊大天。小敏说："楚玉，咱俩虽然这十几年过着天差地别的生活，这点儿爱啃骨头的爱好可还是一模一样。"楚玉大口喝酒，一会儿就喝大了，说："天差地别？嗯，你自食其力，我不劳而获，你在国外做普通百姓，我在国内做富有阶级。小敏，你说实话，你羡慕我吗？"小敏放下酒杯，伸出双手捧住了楚玉的脸："是女人，就没有不羡慕你的，美丽、财富、幸福你都占了。"楚玉醉眼朦胧，她愣愣地盯了小敏一分钟，却忽然摆脱了小敏的手，翻身爬在沙发上，肩膀莫名其妙地抽搐起来。

"你醉了，楚玉，好好的，不哭。"小敏突然就心酸起来，一边劝着，一边自己的眼泪也莫名其妙地滚落下来，嘟囔说："醉了，为啥就哭，应该笑！"楚玉翻转身来，说："我没醉，小敏，我知道你不羡慕我，你的一切都是你自己奋斗出来的，你是一个活生生的脚踏实地的人。是我羡慕你，我羡慕你的独立自主，我羡慕你家庭的其乐融融。我算什么，我不过是个吃喝玩乐的行尸走肉，我一无所有。我穷，穷的只剩下钱，这钱也不是自己赚的。如果老公是我的也罢了，这老公一年半载都见不到一面，我有一个大房子，但我没有家。小敏，我羡慕你，我羡慕你……"

那夜，小敏搂着楚玉坐了一夜，她无语地抚摸楚玉滋润的头发，一遍又一遍。在这个美丽的躯壳里，她不知所措，那里需要填充的东西实在是太多、太多了。

杜杜

四季

阳春五月

“你去哪儿？”黄凡窝在沙发里，从一堆报纸里抬起头来，问道。

“我不是早晨跟你讲了，我参加了一个同学召集的羽毛球俱乐部吗？从现在起每周六这个时间我都要去打球，你看我胖成什么样了？”沙颖颖一边换衣服一边说，临走还努着小红嘴儿给了黄凡一个飞吻。

黄凡想说你别去了，我们说说话不好吗？好不容易有个周末，我难得在家，你还往外跑，是不是心里太没我了？可是话到嘴边又吞了回去，说有什么用？看她那副行头，早就装备齐整了，说也是白说，倒惹她不快。算了！黄凡又低下头，开始读报，心想，自己一个人在家清静清静也很不错。

沙颖颖的球一打就是三个小时，满面通红地开门进来，高声说：“小凡，你真该跟我一起来，运动运动多舒服，出了一身汗，感觉年轻了好几岁呢！”

黄凡迷迷糊糊在沙发上睁开眼，听见沙颖颖的大嗓门才发觉自己竟然躺在沙发上睡着了，从老婆出门，自己就没动过窝儿。黄凡长长地伸了个懒腰，缓缓坐起来，仍是一副睡眼惺忪的样子。

沙颖颖看了他一眼，略微皱了皱眉，说：“你一直在睡吗？你为什么老是这么累？我看你就是太缺乏运动，越不动就越懒！”说着，咚咚咚上了楼，一会儿就听见楼上传来开淋浴洗澡的声音。

黄凡心想，我为什么老是这么累？还用问吗？每天上班面对一台破计算机，编那些破程序，动不动就加班，不就周末能这么无忧无虑地睡一觉吗？养家糊口就靠着这份辛苦兮兮的工作啊！没我这么撑着，能有你现在的无忧无虑吗？你当然不累，学学英语，上网聊天儿，出门买买东西，做做饭都不上心，动不动给我夹三明治，我可没抱怨过，说我不运动，哎，我哪有劲儿运什么动！

黄凡心里虽然愤愤不平，表面上却仍是安详平静的，像一只慢炖锅，里面咕咚咕咚热翻了天，外面却是绝不烫手的。

刚洗完澡的沙颖颖散发着护发素芬芳的气息，她咚地一下坐在沙发上，把包在头上的毛巾揪掉，湿漉漉的头发甩了甩，溅出来的小水珠落在黄凡的脸上冰凉凉的。黄凡的心随着这些水珠的溅落微微地颤抖着。这个美丽的老婆，浑身充满朝气，她原本就该这么轻松快乐呀，把她娶到加拿大来，难道想让她像自己一样变的疲惫不堪吗？黄凡心中那点儿愤愤不平的热浪就这么在几滴小水珠的安抚下迅速地冷却了。哎，谁让你当初取了个这么可爱的老婆呢？黄凡想伸手去拉沙颖颖，却被沙颖颖不经意地躲掉了，她仰倒在沙发上，长长地呼了口气，说："该轮我歇一歇了，今天你做饭啊，你知道我最喜欢吃你做的面条儿了。"说着，双眼闭了起来，长睫毛盖在白净的面孔上像一道画出来的黑色封锁线，提醒着黄凡，别来打搅我，我困着呢。

炎炎八月

"你去哪儿？"黄凡坐在计算机前，扭头看着刚从淋浴间出来的沙颖颖，问道。

"这么久了，你怎么还问？我不是去打球吗？"沙颖颖一边穿衣服一边说。

黄凡扭过头继续看他的计算机，心里说，沙颖颖，你天真烂漫的外表下是怎样的虚伪，马上就要真相大白了。你是从什么时候开始在打球以前要冲澡的？三周前？四周前？多么滑稽，三个小时洗两个澡！这球打得多么卫生！再老实，你丈夫也不是个傻子啊。

沙颖颖前脚开车走了，黄凡后脚就奔到路口，钻进停在那里事先租来的车里。他们只有一辆车，平时黄凡送了沙颖颖去学校然后才上班，沙颖颖偶尔要用车的时候，黄凡就乘公共汽车。嘿嘿，黄凡心想，沙颖颖啊，你再聪明也想不到为了今天的计划我会提前去租车吧？

黄凡远远尾随着沙颖颖一路开上了高速公路，还真是朝沙颖颖说的那个体育馆方向开。黄凡想，如果你今天真是去打球，就是我多心了，回去我给你做一百顿面条儿。

下了高速，沙颖颖的车笔直地开向体育馆，黄凡的心里说不出的高兴，原来真是我多心了，颖颖啊，我的好颖颖，看来一百顿面条儿是逃不脱了。

沙颖颖的车却轻飘飘地经过了体育馆，没有停。黄凡松开的心又重新揪紧了。你这个小婊子果然不是去打球，可有好戏了。黄凡尾随着，一颗心擂鼓似地跳动着。

沙颖颖的车停在了一幢连体镇屋前面，开门的是个高大的金发俊男。沙颖颖探着身子和那男人嘬了一下嘴，看着那扇门在老婆的身后结结实实地关严了，黄凡的脑子完全蒙了。沙颖颖！沙颖颖！你真做得出来呀！淫妇！婊子！贱货！我该怎么办？去敲门捉奸吗？今天就离婚？

黄凡浑身轻微地哆嗦着，爬在方向盘上，脸憋得通红。我黄凡戴了绿帽子了，哈哈！你这个大傻瓜，你带着绿帽子还心甘情愿地供着这个婊子吃喝玩乐呢，她竟然敢在光天化日之下，在你眼皮底下冲洗得光眉俊眼儿地出来跟别人鬼混，她根本不把你放在眼里啊，打球？打到床上去了！黄凡啊，黄凡，你这个窝囊废，你现在这样揪肝扯肺地痛苦着的时候，屋里那个贱人正在和黄毛鬼老翻云覆雨呢。你就这么窝囊着吗？

黄凡没有去敲门，他静悄悄地回家了。

沙颖颖回家的时候，他端着刚做好的一碗面条走到刚进门的沙颖颖跟前笑嘻嘻地说："你打球打得怪累的，先吃面条吧！吃完了再洗澡。"

沙颖颖愣了一下，说"哎，你今天真古怪，怎么这么早就做饭？我哪能吃得下？我还是先洗澡，再下来。"说着就准备上楼。

黄凡另一只空手伸过去攥住沙颖颖的手腕，用力一拉，把沙颖颖拉了一个趔趄，厉声说："我让你现在就吃饭！"

沙颖颖睁着惊讶的眼睛望着黄凡，说"你哪根筋不对了？你弄疼了我了！"

"我弄疼你了，我就是要弄疼你！我要弄死你！"黄凡咬牙切齿地说着，伸手就把沙颖颖的衬衣撕开了，扣子劈里啪啦掉了一地。

沙颖颖惊呆了，盯着黄凡扭曲的脸说不出话来，眼里满是惊恐。

黄凡望着沙颖颖被胸罩托着的美丽胸膛嘿嘿冷笑着，说："你这个臭婊子，我让你骚，我让你骚个够！"说着伸手就在沙颖颖的乳房上狠狠掐了一把！

黄凡在沙颖颖的尖叫声中把她扑倒在地上，一跨腿骑在她身上，手里的面条哗地扣在沙颖颖脸上，他两手抓着面条拼命往她尖叫着的嘴里塞，不一会儿，沙颖颖的嘴就被面条塞满了，尖叫变成了呜呜的哽咽，一头秀发和一张粉脸浸在乱七八糟的面条里像一块烂抹布。黄凡看着沙颖颖半睁的眼睛里涌出凶猛的泪水，嘿嘿冷笑着，一手按着沙颖颖，一手去掀她的裙子，手指迅速找准地方猛烈地抽插起来，嘴里念叨着："我让你骚，我让你骚个够！骚到洋鬼子头上去了，我今天就让你骚死！贱货，你以为我这个丈夫是白当的吗！洋鬼子那两下，我也会！"……

萧萧十月

"你去哪儿？"沙颖颖在围裙上擦着手，怯生生地问黄凡。

"大老爷儿们的事儿，你少管！"黄凡一摔门，走了出去。

沙颖颖放下手里正切着的猪肉，呆呆地在饭桌旁坐下。这都是报应啊！活该自己这么可怜，自找的啊！自从那天被黄凡发现了自己的出轨行为，日子就变得度日如年了。过去一贯少言寡语的黄凡整个变了一个人，对自己曾经的百依百顺变成了张嘴就来的呵斥谩骂和讽刺挖苦。过去稀稀拉拉的性生活变得极其频繁而粗暴，常常令人疼得死去活来，他从哪里学来的那些残忍的招术？这个人是真的恨透了自己啊！这样的肉体和精神的折磨到什么时候才能结束？有什么办法摆脱吗？来加拿大两年了，还在学补习英语，英语不能自由使用，工作更谈不上了，生活不能独立，哪里来离婚的勇气？再说，自己何曾要离开黄凡？

当时为什么会和杜克混到一起去的？蠢啊！怪自己把持不住吗？可又有几个人能够顶得住那样英俊的金发帅哥的百般引诱呢？天啊，自己难道真是淫妇？这个时候，还在给自己的行为找借口。沙颖颖几乎要抽自己的嘴巴。那天，打完球为什么要去他家喝茶？明知道他的罗马尼亚女朋友玛雅回国探亲了，为什么还要单独和他相处？你啊，沙颖颖，你从一开始就没把一切当真啊！莫名其妙地进了那个毛茸茸的臂膀时，你明知道这一切不过是逢场作戏罢了，你发热的头脑可有想过今天？那帅哥连你的名字都经常叫错，除了性，他能给你什么？同样，除了性，你能给他什么？玛雅不是回来了吗？他还请你喝过茶吗？你怎么会这么愚蠢呢？

沙颖颖站起身来，走到菜板前继续切肉。心想，黄凡，我错了还不行吗？我就默默地做饭做家务伺候你，你就是铁石心肠也该看在我悔改的份上原谅我吧？你看我现在还像我吗？过去那个自信昂扬的人现在一见你就好像老鼠见了猫，我这副任你宰割的可怜样子，还不能化解你对我的恨吗？

沙颖颖努力切肉的时候，黄凡并没走远，他只是在家里觉得透不过气来。当初决定通过每天对沙颖颖的折磨来报复她对丈夫不忠行为的决定，是对还是错？黄凡完全没了主意。

折磨沙颖颖的过程，黄凡觉得自己的痛苦比沙颖颖要多出百倍，每一次看到沙颖颖泪眼汪汪的模样，他的心就颤抖着想停止这一切，可又每每硬着心肠，决不手软。随着时间的前进，这种折磨好像变成了一种恶性循环，越痛苦就越折磨，越折磨就越痛苦。这个越长越大的大山，沉沉地压在黄凡的心上，让他喘不过气来。昨夜看到沙颖颖爬在自己身体之下痛苦的模样，黄凡对自己突然产生的厌恶感，不是一下就让自己泄了气吗？黄凡啊，黄凡，你是在折磨你自己啊！这短短两个月，你看你老成什么样子了？面黄肌瘦，满眼血丝，上班时精力完全不能集中，回家后张口就骂人，闭口摔东西，上床就变成牲畜，这就是你奋斗出国想要的幸福生活吗？刚从国内把年轻美丽的沙颖颖娶回来那阵儿，两口子兴高采烈地买房换车，营造的那个温馨小家庭就这么一去不复返了吗？她玷污了这个家庭，可是，你在干什么？你是在毁灭这个家庭啊！何去何从，你得有个主意了！

黄凡坐在门前的台阶上，两手抓着头发，整个头深深地埋在两腿之间的膝盖里。一阵风来，枫叶红红黄黄的刮得满天都是，天上的乌云和黄凡的心情，一样沉重！

茫茫一月

“你去哪儿？”沙颖颖端着刚洗好的一大篮衣服问正在穿棉外套的黄凡。

黄凡顿了顿，虽然没抬眼，却还是嘟囔了一句：“铲雪。”

“你等等！”沙颖颖放下洗衣筐，跑到门口的壁橱架上翻出一顶毛线帽子转身帮黄凡摘了棉衣帽子，认真把毛线帽子戴在他头上，说“你戴上这个，带着棉衣上面的帽子铲雪不方便，头都转不了。好了，铲完了，我给你下点儿馄饨，热乎乎的吃了暖和。”

黄凡听凭沙颖颖踮着脚尖给自己戴帽子，她说话的热气吹在自己面孔上，让黄凡感觉浑身不安。他把头埋在领子里，默默地开门出去了。

沙颖颖端着衣服上楼，拣了那间能看到停车道的房间，把衣服倒在床上，一件件迭起来，眼睛时不时抬起来望望窗外正在铲雪的黄凡。车道上的雪有半尺厚，黄凡瘦高的深色身影在茫茫白雪中显得孤单而弱小，雪铲在他手里变得硕大而沉重，但他铲雪的动作却是稳定而有力的。沙颖颖的心随着黄凡铲雪的动作一上一下地翻腾着，有点儿揪扯，但很甜蜜。

黄凡最近的变化令她欣喜，他对自己的漫骂指责是越来越少了，虽然还是不大理睬自己，却看得出他对自己的恨正在一天天地萎缩。晚上的日子比前一阵好过了许多，不用再担心那种毫无准备的粗暴折磨。

一想起昨晚的事，沙颖颖的脸上竟浮起一层幸福的红晕。多久没有那样被他温柔地抚摸了？尽管他是趁着自己熟睡的时候，可他犹豫的手指刚一伸进自己的睡衣，她立刻就醒了，他指尖那股久违了的柔软不是一下就让自己的心中充满无限的感动了吗？虽然一直不敢睁开眼睛，泪水却还是不听话地淌了出来。多久没有享受那样美妙的高潮了？后来黄凡松懈地趴在自己身上时，嘟囔了一句什么？“你是我的！”虽然没有答话，可自己的一颗心是怎样的波澜壮阔啊？我当然是你的，你这个傻蛋，即使和杜克鬼混的时候，我也没有一丝变心啊！我承认自己在诱惑面前的软弱，所以我认真赎罪，我低声下气，我足不出户，我勤理家务，你都看不出我对你的虔诚吗，我应该用怎样的“橡皮”才能擦净你记忆深处我曾经对你不忠的记忆呢？

沙颖颖这么想着，眼睛盯着窗外的黄凡，就呆了，眼泪静静地流下来，也不去擦。这一瞬间，沙颖颖突然明白了一个从来没有试图去总结过的问题，自己是爱着黄凡的！自己并不是因为离开黄凡不易生存而留下，几个月来，是爱支撑着自己做个如此卑贱的女人啊！黄凡的文质彬彬，黄凡的踏实可靠，黄凡对自己的百依百顺，黄凡对这个小家不掺假的一心一意，不是从一开始就让自己满心甜蜜了吗？出国以前自己不就是向往着这样一个老实巴交对自己好的丈夫吗？

一想到自己是爱着黄凡的，沙颖颖突然觉得眼前豁然明亮了，目光落在窗外猫腰铲雪的黄凡身上，心情好象雪花一样洁白而柔软，嘴角飘上了一抹春风般清淡而温暖的微笑。

放下手中的衣服，沙颖颖咚咚咚下楼去烧水，准备下馄饨。水在锅里冒起泡儿的时候，沙颖颖好像看见像这锅水一样热气腾腾的生活就在不远的前方向她招手呢。哎，苦尽必然甘来，这“甘”一定会比没尝过“苦”的人所拥有的“甘”，甜美而持久。

撑着雪铲站在路边的雪堆旁边，冰天雪地里的黄凡脸上淌着汗，那热气腾腾的样子正像沙颖颖的馄饨锅。看着铲过的柏油路面黝黑地在阳光下放光，黄凡觉得浑身筋骨特别舒畅，他的心情也和筋骨一样舒畅。

那场自己和自己打得热火朝天的持久战，终于有了拨云见日的进展，战斗虽然还没最后胜利，但胜利的曙光已经划破了漆黑的夜色露出光明了。昨夜迈出了那一步，使得黄凡心头那座压得他几个月喘不上气的大山，瞬间就坍塌了。

这几个月，黄凡是怎样的度日如年啊，一个声音说，你要继续折磨她，她是不容原谅的！她要为她的行为负责任！另一个声音说，你为什么不给她机会？她明明白白地在向你低头呢，你原谅了她，日子不就可以继续前进了吗？你难道想永远活在她出轨的阴影里吗？

黄凡躬身继续铲雪，头脑里转着无数的沙颖颖。娶她的时候，她就告诉过你她不是处女，你那时何曾在意？她的美貌，她的热情，她的青春气息，她愿意和你同甘共苦的决心，使你怎样地对她朝思暮想啊？那天在杜克屋外，你不是一下就否定了离婚的念想吗？你觉得不能吃这个亏的同时，你为什么不愿承认你不愿和她分离，这个铁一样的事实呢？你爱她！就是这么简单！你折磨她的时候，你更爱她，爱得心如刀搅。多少次你想紧紧地抱着她说句软话，别离开我，我不能没有你！可总是临阵逃脱。昨晚，你没逃，你放下了你恨的假像，你拿出了你的真爱。

想着昨晚抚摸沙颖颖的时候，她眼角泉水般的泪水，想着从出事后就没再听到过的，她那失声的欢叫，黄凡直起腰来，长长地呼出一口气，浑身舒展，好像满身的污浊都从这一口气里排除干净了。

一阵风刮来，刚铲完的碎雪扬在黄凡脸上，冰凉凉的，好像沙颖颖甩来甩去湿辘辘的头发。黄凡看着铲完的车道，平坦地夹在两边高高的雪堆中间，如同一个沉静的老人展开两只白色的手臂，袒露着宽阔的胸膛拥抱着他。

哎，人生有许多不如人意的事情，发生在眼睛可以看到、手指可以摸着的现实世界里，却没法儿用眼睛和手指去改变和修复，能够改变和修复伤痕的，只有那眼睛看不到、手指摸不着的宽厚和仁爱，悔改和谅解啊！

天上又在缓慢地飘雪了，雪花硕大，天和地白白地连成一片。加拿大的冬天，洁白得令人感动！雪啊，你潇潇洒洒遮盖一切有形物体的时候，也来遮去一切无形的伤痕吧！

仰望着苍白的天空，柔美的雪花纷纷扬扬，黄凡的脸上露出了一抹灿烂的微笑。

较劲

菲菲长得美，四十岁的年龄，三十岁秀美的娇容，二十岁撩人的身材。菲菲爱自己的青春气息，爱自己的美丽容貌，爱自己那颗热爱一切的心。爱上菲菲的时候，每次和菲菲见面，对我来说，就好像仰头看着干燥的天空，等待几滴湿漉漉的小雨，又好像暴雨过后，渴望天边跃出那一挂艳丽的彩虹。因为菲菲总会来赴约，我的天空就经常十分富有，干旱的时候就来了缠绵细雨，风暴之后一定见得到美丽的彩虹。我迷恋着菲菲，像蜜蜂迷恋花朵，鸟窝迷恋大树，白云迷恋蓝天。她那股奋不顾身爱着一切的朝气，让我迷恋得常常忘记了自己和自己的年龄。

我比菲菲小八岁，菲菲总说，你眼光开阔点儿好不好？天底下好女孩儿那么多，你就不能喜欢个比你小的？别缠着我了！我呢，还真是个死心眼儿，除了菲菲，眼里的女人都是中性，连我妈我姐都好像变成了机器人，机器人的话我当然不愿意听，我觉得自己比机器人聪明嘛。机器人说我和菲菲不般配，说我找个比我大八岁的女人是成心糟蹋自己，说我浪费了多年来机器人对我的苦心栽培，是狼心狗肺。

我承认自己是狼心狗肺，管我妈我姐叫机器人，就不是人该说的话。我爸爸死得早，我妈在多伦多缝衣场当车衣工，拉扯我姐和我长大，我姐说劝我妈改嫁的人被我妈骂走了一拨儿又一拨儿，我妈怕后爸对我们不好。我姐的话我本来是最喜欢听的，我妈上夜班的时候，我姐就顶替了我妈，给我喂吃喂喝，讲故事哄我睡觉，不听我姐的话我听谁的话？谁让我姐比我大八岁的？可我姐说菲菲是狐狸精，这话我不爱听。我好歹是个高知白领，硕士学位，稳定的高薪工作，怎么会连狐狸精也认不出来？我倒宁愿我姐是机器人，说出这种话是因为机器大脑短路，程序出错，才发生了滥用语言的故障。

我爱菲菲，可不是因为菲菲比我大八岁，像我姐似的。事实是菲菲从来不像我姐一样正儿八经地教训我。菲菲什么时候都是嘻嘻哈哈的，她从来不记得她比我大八岁这个事实。她最常说的话就是，我伟大的男朋友，你说去哪就去哪儿，今天的我就归你了，你就是把我卖了，我也会心甘情愿地在卖身契上给你签字。你看，在菲菲眼里，我是个响当当的男子汉，这和在我妈和我姐面前，那个永远需要管教和照顾的宝贝儿子宝贝弟弟，简直是白天和黑夜的区别嘛。

和菲菲结婚是突然的决定。我说，不等了，今天就去登记！就拉着菲菲去政府添了一张表格，半个小时就成了法律认可的夫妻。菲菲始终在笑，好像在玩儿一个有趣的游戏。从政府大厅里出来时，天上下着大雨，雨哗啦啦地从伞的四周细密地垂下，环绕着我们，像奏着一首响亮的结婚进行曲。她仰着红扑扑的脸蛋儿，冰凉的手指伸出来摸着我的脸，说，你怎么这么傻？眼泪掉下来的时候，她美丽的小嘴儿还是那么美丽地笑着的，她的眼泪很像文人们说的“断线的珍珠”，比伞沿上落下的雨滴更密集。她说，下个星期就开始化疗，就算癌症好了，身体里那么多化学药物，孩子也不知道还能不能生，我怎么摊上这样一个没脑子的老公啊！那一刻，菲菲的眼泪和哗啦啦的大雨都好像在宣布我当了世界总统，令我感觉像救世主一样伟大。拥紧菲菲的时候，我想，哎！不能救一国一省一城一镇的劳苦众生，可我没准儿真能救了一笑一颦一喜一忧的菲菲呀。

一想到菲菲那美丽的胸脯里藏着个杀人的肿瘤，我就喘不上气来。我的手天天都光顾的地方，藏了这样的恶魔，竟浑然不觉。耽误到二期，难道没我的责任？加拿大政府允许的一年一度的体检常常都是老人们防病于未然的医疗法宝，年轻一点的人，好好的也想不起来去用它。要不是菲菲月经有点儿失调，她怎么会想起来去体检一下呢？不体检怎么会摸出那个不痛不痒的疙瘩？看着我这没用的大手，我恨不得砍了它。

我妈和我姐从多伦多来卧春城看我的时候，菲菲的化疗正在水深火热之中，呕吐厌食伴随着菲菲的生活。我说，菲菲你还不如别吃东西，反正吃了也得吐出来，怪麻烦的，要不，我替你吃也行。菲菲说，呦，感情你的聪明才智都在这儿呢，谢谢提醒，以后你就替我吃，那么我怎么吸收呢？我就把嘴紧紧贴到她还散发着呕吐的酸臭味的小嘴儿上，说，就是这样吸收的。我们就在充满着酸臭味儿的房间里热闹得云蒸雾绕，那股酸臭味转眼就变得比花香鸟语还受用百倍了。花香鸟语之中，菲菲的脸总是笑着的。

我妈和我姐见到了光头的菲菲。光头，其实并不确实，菲菲煞白的头皮上还零零星星地站着几根稀松的短发。诚实地讲，菲菲裸露的头形是非常完美的，该圆的地方圆得一丝不苟，这样的完美过去藏在密实的头发里，很可惜。爱美的菲菲却不这么想。大夫告诉她是癌症的时候，她好像装了铁石心肠，没哭没叫。大夫说化疗时头发会全掉光，她的眼泪一下就决堤了。秃子，我菲菲要变成秃子了！我当时伸手去擦菲菲的眼泪，说，你看演林黛玉的影星陈晓旭，剃了秃子还是大美人儿，咱们就跟她较较劲，看谁秃得更美。菲菲说，美人有什么用，人都没有了，和谁较劲？我说，她秃了她不治疗她去死了，咱们秃了咱们治疗咱们不死，这就是较个生命的劲。菲菲擦了眼泪说，没看出来你还这么深刻，那咱们就较一把劲吧。

我妈和我姐从多伦多给菲菲带了很多好吃的零食，菲菲开门的时候是戴着假发、画着妆的，我妈我姐看着她仍然美丽的样子，递上零食，淡淡地笑了笑，就忙不迭地跟我说话，不再搭理菲菲。菲菲烧了四个菜给我妈我姐接风，饭桌上大家闷头吃饭。菲菲说，妈，姐，您们尝尝我做的香酥鸡，是我小时候最爱吃的菜。我妈伸过碗去接过那块鸡，说，你现在生病，还是尽量别吃油炸食品为好。菲菲说是是，低下头，不停地往嘴里扒饭。姐姐倒是夸了几句菲菲做菜的手艺，她说，想不到菲菲还这么会烧菜，到底是年龄大点儿有生活经验。菲菲转头冲我笑着说，看姐姐也说我做的菜好吃。我低头不响，心想，姐啊，你的机器脑袋可别老是这么短路啊，求求你了。

菲菲晚上又开始难受，起身跑到主卧房卫生间里去呕吐。隔壁是母亲和姐姐住的客房，冲厕所的声音一遍又一遍地响着，整个房间里弥漫着痛苦和疾病的味道。我扶着上气不接下气的菲菲走回床边时，我妈和我姐俩人都起来了，推开我们的房门，正站在门口张望。菲菲惨白的头皮在床头灯的映照下又光又白，像个商店橱窗里的模特假人儿。

菲菲冲着她们笑了笑，说，对不起，把你们吵醒了。说着，一只颤抖的手就去抓了床头的假发扣在头上，着急，戴歪了，后面的头发带在前面，把一只眼睛全遮住了。菲菲连声嘟囔说，不好意思，不好意思，一手扶着床架，一手去正那个假发。我姐和我妈都跑上前来，两人眼眶全红了。我姐伸手扶着菲菲说，你快躺下吧，都是自家人，还怕丢人吗？不戴它了。话没说完，眼泪顺着腮边流了下来。我姐帮她摘掉假发，扶她躺好。我妈说，你想开点，放松睡觉，现在的癌症已经不可怕，五年之内不复发就算治愈，北美的癌症治愈率高达百分之五十，乳腺癌的治愈率更高，你没事儿，一定会好，一定会好！好孩子，什么都别想，睡吧！睡吧！菲菲咧嘴笑了，两排小牙白得耀眼，她说，谢谢妈！声音混浊，好像鼻子里塞满了棉花。灯光下，她的眼睛变成了两汪晶莹的小水潭，亮晶晶地闪烁着湖光波影，映得满屋子都是亮的。

菲菲的光头，照亮了我的生活。我妈和我姐自从见了菲菲真实的头颅，就再也没抱怨过菲菲。她们自己头上那些根基扎实的头发使她们面对菲菲那颗空空然的头颅，满怀歉意。这是一种居高临下的歉意，一种悲天悯人的宽容，一种我有你没有、我没病你有病，我能活你将死的不平等的包容。这包容使我生活的空气一下子变得明快而柔和。我姐的机器脑瓜再也不短路，没毛没发的菲菲，怎么都构不成狐狸精了，更何况连她胸前那两个完美的女性性征都要在不久的将来永远地消失了。我妈呢，她烹煮蒸炸的手艺总算有了大显身手的机会，于是兴致昂扬地占领了厨房，菲菲每每走进厨房，就被她坚决地阻挡在外。她还拐弯抹角地打听到一个在北京同仁堂的远房亲戚，死缠硬磨地让人家给了优惠价托人捎来了极其昂贵的“冬虫夏草”，每天逼菲菲吃那些丑了吧唧的小“树枝”，说是治癌特效。

我从此再不把“机器人”的帽子给我妈和我姐戴了，因为我觉得她们做妈做姐都很合格。那些日子，我叫“妈！”、“姐！”的声音就格外响亮。我姐笑着说，小弟，你怎么嘴这么甜？你放心，你不叫，我也不会辞职不当你姐的。

化疗控制了肿瘤的体积之后，菲菲就做了乳房全切手术。腋下的淋巴都切除了，两个乳头也没能保住，整个胸脯被两道细长的疤痕占据了，像是两个填空作业，等着谁在那两道平平的横在线写点儿什么。那段日子，菲菲的脸仍是笑嘻嘻的。她说，傻老公，你老婆现在变成平板玻璃场了，你的手都无家可归了，有何感想？我说，这样的老婆才叫独特呢，你看见谁的老婆有“填空”？说着，我就拿了一支红色的白板笔，在她胸前的疤痕上边写了“乳”“房”两个字。菲菲跑到镜子前面仔细地照，说，你的字怎么这么难看，比例失调，早知道我就该嫁个书法家了。我从后面把她翻转过来，拥住她纤细的腰身，两手自然而然地扣在她的屁股上，说，去他的书法家！你刚才不是担心我的大手无家可归吗？你看这个新家不是更好吗？说着，我就掐了两掐。她的尖声大笑就在空气里肆无忌惮地荡漾起来，一直笑到眼泪流了出来，她才说，不闹了，不闹了，紧上厕所了。说着就跑进厕所去。那些日子，她把自己关在厕所里的时间总是特别长，我怀疑她上厕所的时间与她眼睛里的液体直接相关。

不在厕所里的时候，菲菲还是一样的叽叽喳喳嘻嘻哈哈，她那高兴的样子，让所有的健康人都会感觉羞愧。我姐有一次背着菲菲跟我说，小弟，姐姐现在才明白为什么这个女人会让你这么着迷，她是个从来不“抱怨”的女人，她身上热情的火把周围的生活烧得亮堂堂的，自己的痛苦却压在深深的心底，像糖衣药片，外面甜，心儿里苦，她总让人觉得她比世上最最健康最最富有最最成功的人都幸福得多。哎，这样的女人，姐姐没话说。

我姐和我妈回多伦多的时候，菲菲的放疗已经结束。她身上已经找不到癌细胞，毛茸茸的短发正在努力长满那颗完美的头颅，两颗清澈的眼睛黑亮黑亮的，看世界的目光像个刚会坐起身看着世界的婴儿，那个贪婪啊，那个渴望啊。提前结束了病休，她快快乐乐地回公司上班去了。

菲菲戴着假胸的身材仍然动人心魄地挺耸着，脸上的笑容十分灿烂。我说，看看，菲菲你真的比陈晓旭硬。她得意地摇头晃脑说，让我也跟你“深刻”一下吧，生命是根弹簧，你硬它软，你软它硬。陈晓旭硬不硬我不管，我就是要硬硬地跟自己的生命较较劲，这才只是刚刚开始呢，癌细胞说来就来，以后有的是好玩儿的仗要打呢！说着，两眼变成了两个小太阳，照得我眼前金光闪闪，全是光明。我搂住她柔软又坚实的肩膀，说，那我就陪着你较劲吧，直“较”到地久天长！

幸福的白鸽子

冯静放下嚎哭的孩子，狠狠地看了贾一刚一眼，满眼含着泪水，一手扶着儿子的小床栏杆，一手指着贾一刚，颤抖着声音说：“你真心狠呀！这么小的孩子你都舍得不要！你还是人吗？”

贾一刚的脸因激动扭曲着，那扭曲里的嘴仍是笑着的，他说：“小妞本来就是你想要的，怪不到我头上！这些年我也没什么对不起你的，分开就分开！我正好可以想干什么就干什么，没牵没挂多好！”

“分开你也得带着大伟，怎么叫没牵没挂？你是父亲，不是单身！”冯静气得全身抖动得像一片风中的落叶。她看了一眼仍在大哭的女儿，又弯腰把孩子抱了起来。孩子的小脸因为嚎哭显得不成比例，大眼睛被张大的嘴巴挤成了一条缝儿，白净的小脸儿哭得紫红紫红的。冯静把脸贴在孩子的小脸儿上，一边晃悠着孩子，一边抖抖索索地对女儿叨咕着：“不哭，不哭，我苦命的孩子，还不到两岁就要被当爹的抛弃了，妈妈为什么造孽生下了你啊？”冯静的眼泪终于小河一样淌出了眼眶，滴滴答答落在孩子身上。她勉强抬起头，在模糊的泪水里瞪着贾一刚，咬牙切齿地说：“你行行好吧，滚回你房间去！日子就算不过了，你也得让孩子睡觉吧？”

冯静整晚都在半梦半醒之中，她明明看见儿子大伟半睁着双眼摸到她床上来，说，妈妈我渴了！一坐起身，却发现是梦，身边只有小妞均匀的呼吸声。她摸索着走到大伟的房间，黑暗中八岁的儿子露在被子外面的光胳膊光腿，在窗帘缝隙中挤进的月光照耀下，发着淡淡的白光。孩子的小脸儿是平静的，平静得让冯静不得不低头爬在孩子的脸上去感觉他的呼吸。摸黑走回床上睡下，一闭眼，却全是贾一刚扭曲的笑脸和他那些无情的话语。哎！难道这十几年的婚姻真的就要完结了吗？当初的柔情蜜意就这样走到了横眉冷对的终点？

冯静想起十三年前的自己，骄傲的大学生，年轻貌美，朝气蓬勃，娇小的身体里装着对博士生贾一刚满腔的热恋。贾一刚收到加拿大 M 大学博士录取信时，她正在大课阶梯教室里听宏观经济。贾一刚从教室后门儿猫腰进来把她叫出去，在并不空荡的楼道里一把就抱起冯静轮了个圈儿，含着眼泪笑着叫着：

“我们的出国梦就要实现了！”

冯静课也不上了，两人跑到学校后花园小湖边席地而坐，在婀娜柳枝的密密阴凉下，憧憬未来。冯静的头靠着贾一刚的肩膀，手里玩儿着一片柳叶，问："你会不会一去不复返，把我忘了？"

贾一刚环抱着冯静肩膀的手紧了紧，说："别傻了，我到了加拿大马上就着手帮你申请学校，你尽快考托福，一两年之内我们就又在一起了。要不是你才大二，年纪太小，我今天就先娶了你！"说着，另一只手臂也环了过来，把冯静严严实实地裹在怀里。

十三年，弹指一挥间！国门跨出来了，洋书念完了，工作有了，孩子有了，汽车有了，房子有了，"共苦"中肩并肩过来的夫妻，怎么在丰衣足食的日子里无法"同甘"？

枕边小妞吭吭叽叽地翻身，冯静伸手摸了摸孩子，轻轻地拍打着孩子裹着尿布的厚厚的小屁股，孩子很快又进了沉沉的梦乡，四周悄无声息。冯静脑子里有一团浑浊的稀泥一样的东西，粘稠地淌着，稀泥里的形象果冻一样软塌塌地变换着，一会儿是贾一刚环紧的手臂，一会儿是他歪扭的笑脸，一会儿是小妞大哭的小嘴儿，一会儿又是大伟沉睡的安详。明天可怎么上班？冯静左右翻着身，一夜就这样在一团充满幻觉的稀泥中模模糊糊地度过了。

电子表滴滴滴的闹铃响起来的时候，冯静的浅梦像一块薄薄的纱帘一下就扯掉了，液晶显示是六点十五分。坐起身来，冯静觉得脑袋沉沉的支撑不住，好像是别人的头颅，又好像是一块久腌的芥菜疙瘩。她摇晃着走进卫生间，把水管拧到最凉的一边，低头用冷水拍脸。小妞的哭声响了起来，冯静湿着脸奔过去，一手摸着孩子的小脸，一手给孩子解尿布，嘴里说："宝宝乖乖，不哭不哭，妈妈在，妈妈在！"

正给孩子喂奶的时候，张奶奶来了，冯静一手抱着孩子，一手帮孩子扶着奶瓶，下楼去给张奶奶开门。张奶奶住临街，是请来帮忙看小孩做饭的。小妞一岁刚过，冯静的产假到期，就回联邦政府农业部上班，两家老人在国内都年老多病，指靠不上。好在这个小区中国人聚居，在家闲呆的中国老人很多，找人帮忙并不困难。

冯静把小妞交给张奶奶，就咚咚咚奔进厨房给大伟、贾一刚和自己带午饭，大伟是个不挑食的省心孩子，带什么都吃，冯静就牛肉鸡肉猪肉换着给他夹三明治。贾一刚就难伺候得多，喜欢中餐，连着带两天三明治就没有好脸色给冯静看。冯静把昨晚准备好的大米饭和牛肉炖土豆给贾一刚装进饭包，又放了酸奶和苹果进去，儿子的小饭包里也塞了香蕉和奶酪条，匆匆把孩子的书包拉好就上了楼。大伟已经睁开了眼睛，看见妈妈进来，兴奋地说："妈妈，我做梦了！梦见我坐在飞机上看冰球比赛，球星 Mike Fisher 的脸看得清清楚楚的。"

冯静从壁橱里揪出一身牛仔衣，扔在孩子床上，说："好梦好梦！好了，你快穿衣服吧，快七点了，妈妈马上就得走了，你自己洗脸刷牙，七点四十五分叫爸爸起床送你去上校车，土司你自己烤了吃，牛奶让张奶奶帮你倒，吃饱了再走，听到没有？"

冯静到单位的时候，已经有好几个同事早到了，大家 Morning! Morning!地打着招呼，从休息间里端着咖啡出来。冯静等几个同事腾空了微波炉，才从冰箱里拿出牛奶倒在大杯子里，打了个鸡蛋在奶里。因为每天来单位吃饭，冯静总是存点儿方便的食品在冰箱里。

微波炉嗡嗡地转着，冯静斜靠在水池边，长长地叹了口气，哎！每天的日子就是这样从繁忙和疲惫中开始的，还将在繁忙和疲惫、外加争吵中结束，这就是自己想要的幸福生活吗？贾一刚要和自己分居的话这次看来是真的了，他的脸竟然是笑着的，可恨！可自己真的能和他分居吗？小妞这么小离开爸爸会怎样？自己又怎么能舍得让从未替孩子操过心的贾一刚去带大伟？可是，不分开，就这样每天生活在战争中吗？两个人已经忘记了怎样正常讲话，开口就是横眉怒目，这样下去又有什么前途？为什么自己一看到贾一刚就忍不住心中的怒火呢？自己每天忙得以分钟计算时间，这个贾一刚竟然能稳稳地坐在电视机前看着老婆陀螺似的在眼前快速旋转，而熟视无睹，又有几个女人能面对这样的木头男人不发脾气？你上一天班，累了，我上一天班难道就不累吗？你的身体是肉做的，难到我的身体就是铁筑的吗？是谁先把离婚挂在口上的？现在两人说离婚比拉屎撒尿还频繁，日子真好像一块干燥的荒芜沙漠，一点吸引你的风景都没有啊！

冯静揉着太阳穴，端着牛奶杯往自己的办公间走，迎面碰上临时经理九黎，九黎站住问："静，你没事儿吧？你看起来有点累。"

冯静勉强咧嘴笑了笑，说："多谢！我没事儿，昨晚没睡好。"

"你要是觉得那份档今天可以赶完，就早点下班吧，上面催得紧，不然可以让你请病假休息休息。"九黎说完，翻了一下蓝眼珠儿，耸了耸肩，做出无能为力的样子。

"我没事儿，今天一定写得完，你放心。"冯静心里骂了句，笑里藏刀！她明白这个黄头发的漂亮经理对自己有偏见，别人的活从来不催，一到自己头上就总给很少一点时间，还总是挑错。我的东方面孔就那么令你心烦吗？经理莉萨在的时候，哪有这样的事儿？可惜莉萨修产假呢，该着自己倒霉。

冯静在计算机前一坐就到了中午，文件总算赶出三分之二了，好坏就不管它了。鬼英文，写了这么些年还是写不地道，让九黎头疼去好了！冯静掏出饭包里的三明治，也懒得站起来，就在座位上吃。周围同事陆续起身去用餐，又有人回办公室拿太阳镜，经过她时还招呼说："静，跟我们去健步吧？你好些天不和我们一起健步了。"

"谢谢，改天吧！今天不想动。"冯静敷衍道。她觉得自己头晕眼花，完全没胃口，三明治只吃了一半就咽不下去了，要是能睡一会儿该多好呀！冯静爬在桌上，身体是静止的，沉重的脑袋却异常活跃着，两个太阳穴像有根弹簧拽着，还有无数的小人儿在弹簧上舞蹈。贾一刚啊，咱们的日子真的要散伙了吗？小妞，你就别哭了，妈妈知道我们的高声叫喊吓着你了，你要是能一夜之间就长大该多好啊！大伟，妈妈可不是狠心，是实在管不了两个孩子啊！离婚!离婚!是不是应该找个律师问一问？分房子吗？我带着孩子出去住还是他带着孩子出去住？我就要成了单亲母亲了吗？我有这样的能力吗？

人们陆续回来的时候，冯静才从桌上直起身来，计算机上的字都是模糊的，像隔着一层水雾。她起身去休息室给自己冲了一杯咖啡，又开始写档。键盘上的字被她机械地敲上去，大脑似乎指挥着自己的手指，又似乎没指挥，可行性？实用性？投标手段？项目预算？一行行小蝌蚪勇敢地往计算机屏幕上冲着。

冯静的嘴抿成苦苦的一字，目光呆滞，她的头发好像三天没梳通过，乱乱地在脑后绑着一个马尾巴。一件穿了好几年的旧绒线套头衫，灰乎乎的好像罩着一个中性人，只有那个缺血的大脑还在挣扎着努力运转着。

下午三点，冯静终于敲完了最后一个字，觉得自己身体的每个细胞都变成了一个又一个英文字符随着键盘的敲击从身体里被掏空了。她长长地出了口气，仰头望着天花板，让疲倦的脖子松松地靠在椅背上休息，脊髓从颈椎骨里顺畅地流过的声音，好像小河一样在她耳边哗啦啦响着。累啊！歇一歇多么好啊！冯静想。她觉得自己的身体急需一个水平的床板来平展展地支撑，再坐下去，自己就连回家的力气也没有了。她坐起酸胀的身体，把文章用邮箱发给了九黎，说先走一会儿，就关闭计算机，提前下了班。

车上了高速公路的时候，下班的车流还没有开始密集，人们刺溜刺溜地变着线，从冯静身边快速地穿过。同样一条路，如一只吸管，吸了这么多不同的命运朝着同一个方向飞快地流动着。等在终点的都是什么样的生活呢？幸福的目的地在哪里呢？这些能早下班的人，应该是幸福的！我也是他们中的一个，我幸福吗？冯静好像看见了那张平展展的大床，躺在那里当然是十分幸福的！她望着那张大床，微微地笑了，苍白的脸孔一下子松弛地舒展了，这张总是绷着的脸，这一刻动人而且美丽。她的眼睛慢慢地合上了。

人们看到那辆银色的丰田 Camery 冲着路边的水泥栅栏冲了过去，弹得老高，在空中斜着扭了个身，砰然落地，玻璃的碎片二十米之外都看得到。

失去知觉之前，冯静的双眼微睁着，她的头被方向盘里弹出的气袋挤得怪模怪样，身体里好像有什么爆裂开来。关于“幸福”的问题还在她怪模怪样的脑袋里悠悠地盘旋着，像一只雪白的鸽子，转瞬间朝着遥远而清澈的蓝天，越飞越远了。

附录：

房间是安静的，初秋温暖的阳光照在我的计算机键盘上，影影绰绰。手边放着一块毛巾，我的眼泪在流。冯静是死是活我不知道，她失去知觉之前浑身的疼痛就像疼在我身上，让我的眼泪无法停歇，我不想让她死。安排这样的结局，是我潜意识的逃避。因为我完全不知道她的婚姻会走向何处？也无力知道。在国外，许多出国五到十年，甚至二十年的中年人在经历了许多艰难困苦，物质生活已经相对稳定的时候，心中却渐渐地空落起来。很多漂亮房子里面藏着争吵不断、疲惫不堪的生活。身为女性，我小视自己狭窄的思维和局限，却渴望为那些勤劳而勇敢的小女人们喊出点儿什么，喊出她们的苦与乐，喊出她们的疲惫和辛苦，喊出她们隐藏着的彷徨和无奈。小说安排了悲剧的情节，完全出于我虚弱的笔力。现实生活中，我希望所有的彷徨都有拨开迷雾见太阳的一天，所有的无奈都有柳暗花明又一村的惊喜。我希望我的希望能像那只雪白的鸽子，可以在干干净净的透明蓝天中，永远自由地飞翔。

假面

娟儿一家刚从迪斯尼乐园度假回来，她就满身阳光味儿地上班去了。在电梯里碰见梅梅，也不顾电梯里还有别人，俩人就叽叽喳喳地聊起来。

“你晒黑了一大圈呀，玩儿痛快了吧？”梅梅笑嘻嘻地问，也是一脸阳光滋润过的笑容。

“还说我，看看你，黑得快不是你了，在海边晒痛快了吧？”娟儿笑着说，用胳膊肘撞了撞梅梅圆溜溜软绵绵的腰。“哪天回来的？”

“回来几天了。那地方真美得像仙境，我劝你下次度假，一定得租个木屋，去那儿呆两周。”梅梅细声细气地说着，一脸神往的模样，好像那颗心还留在爱德华王子岛上似的。

“我们不喜欢静止的度假方式，你又不是不知道，每次都是捡热闹拥挤的地方玩儿，我们两个大老粗可学不来你们两个那种超级小资情调，云呀风呀，情呀蜜呀，光俩人儿冲着一块蓝天就能高兴起来，我们是万万做不到的。要是把我们放在那孤零零的木屋里与世隔绝，保准天天互相找茬儿，谁看谁都不顺眼。哎，你说你们也算老夫老妻了吧，看那卿卿我我的模样，真跟新婚燕尔的没两样，你这个老婆到底是怎么哄得刘维文那么迷你的？”娟儿说着，和梅梅肩并肩走出电梯。

“不和你说，老没正经，怎么说着度假，就扯到迷不迷的，烦人！”梅梅小嘴儿一抿，脖子娇滴滴地一歪，朝自己的工作间走去，又回头娇嗔地瞪了娟儿一眼。娟儿呵呵笑着，也转身朝自己的工作间走去，回头冲梅梅大声说：“中午一起下楼吃饭啊，给你看照片。”

娟儿和梅梅同学四年又同事三年，年纪相仿，背景相同，都是在北京念的大学，随丈夫一同出国，又在卡尔顿大学改学了计算机软件工程，毕业后又鬼使神差地进了同一间公司，两人的丈夫碰巧在国内还是校友，这两家人就渐渐地走得近了，每年都会想法儿聚几次，冬天一起滑雪，夏天一起烧烤，秋天一起看枫叶，春天一起到树林里散步。娟儿和梅梅自然而然地成了无话不谈的好朋友。

梅梅长得圆圆的小小的，一对漂亮的大眼睛总是脉脉含情的，白皙的脸庞瓷娃娃似的光滑透亮，身体丰满匀称，除了身高不大够得上标准，其它都可以用美丽来形容。美丽的梅梅天性温柔娇嫩，嗓音细如绢丝，动作轻如炊烟，走路如风吹杨柳。娟儿和梅梅站在一起，就显得有点五大三粗了。五大三粗的娟儿虽然长相平常，却天生一股生龙活虎的朝气，讲话爽直痛快，表情逼真，笑声爽朗，不出三句话就让人觉得亲近可靠，在单位里反倒比梅梅有人缘儿。大大咧咧的娟儿偏偏喜欢温柔内向的梅梅，有事儿没事儿招呼梅梅，梅梅就静悄悄地跟娟儿走，两个人叽叽咕咕的，好像全世界的话都不够她俩说。在挤满了一群黄头发蓝眼睛的写字楼里，这一高一矮两个中国女人就好得格外显眼。

在娟儿眼里，梅梅最值得人羡慕的是她那如胶似漆的爱情。梅梅的丈夫刘维文好像从始至终把梅梅当女皇对待，梅梅娇滴滴地一指东，刘维文就朝东走，眼睛决不会朝西漂上半眼。这和娟儿的丈夫司马洋简直天差地别，娟儿要是指东，通常情况下，司马洋是朝西走的，两个人谈恋爱时就如此，结婚以后简直变本加厉，孩子都四岁了，两个人谁也没有改了自己的强劲儿，久而久之，如果有一天娟儿指了东，司马洋就顺势朝东的话，娟儿一定会觉得那天的太阳得了神经病，怎么从西边升上来了？

可聪明的娟儿心里却明镜似的，别看日子这么吵吵闹闹地过着，两个人的心却是贴得紧紧的，司马洋下班从不外出找乐，咋咋呼呼的娟儿更是咋呼了孩子咋呼老公，上班、回家两点一线，这“一线”上就从没分过叉。娟儿心里对自己的生活是相当满意的，如果真让司马洋变成刘维文那样对自己百依百顺的样子，娟儿一定会觉得没劲透了，这男人怎么没一点男人的硬气儿呢？这样的想法，娟儿当然不能跟梅梅坦白出来，对于梅梅这样软绵绵、娇滴滴的女人，刘维文当然是最合适的，这就像一个泥制的花瓶不能不伦不类地插那些精致的绢花，随意插几只野花就又协调又好看，绢花就该插在打造精致的花瓶里才能显出美丽高贵，人以类聚、物以群分嘛！

娟儿常常对梅梅说司马洋这不好那不好，说完就哎声叹气地说，摊上这样的老公真倒霉，不做家务，不照看小孩，还不恭维老婆，真该把他休了。梅梅就说：“你这个人，明明自己心甘情愿地惯他宠他，还假惺惺地抱怨，累不累？鬼才相信你会离开他，更何况还有孩子晚晚。”娟儿就偷笑，是啊，我满足的时候为什么不能停止抱怨呢？看人家梅梅，从来听不到她说刘维文一句不好，还动不动爱来爱去地挂在嘴上，全世界的人都知道她是爱着、而且是被爱着的。娟儿搞不明白的是，为什么人家梅梅两口子的幸福就像个高级蛋糕，即好吃又好看，自己的幸福却像一颗鸡蛋，看着白兮兮光秃秃，营养全躲在里面呢？

中午在楼下餐厅吃饭，娟儿和梅梅面对面坐着，一人拿一摞照片在手里翻，娟儿看的是梅梅和刘维文在爱德华王子岛度假的照片，这两人一直没孩子，照片里除了你就是我，再不就是你我合影，此外就是静静的天、纯纯的绿、清清的水，这一摞照片拿在手里，闲适和温情就在手心里转圈。梅梅手里的照片可就大不相同，娟儿四岁的女儿豆豆和红红绿绿的大型玩具是照片的主角，做爸爸妈妈的只是偶尔的配角。照片除了大型玩具鲜艳的色彩就是活波的小女孩天真烂漫的笑脸，连娟儿两口子常常横眉冷对的五官也都在迪斯尼乐园的喧嚣中浸透了快乐的笑容。梅梅小嘴儿一抿，说："好幸福的一家啊！"

"幸福啥，照片是没声儿的。从照片上一下来，不吵架就不张嘴的，你又不是不知道，就别讽刺了。你看你俩，啧啧啧，肉不肉麻，抱那么紧拍照，羡慕死人！"捐儿手里指着一张梅梅两口子相拥的照片，嘴里一边嚼饭，一边儿嘟囔着，又问，"梅梅，你老实交待，你真的从没烦过刘维文吗？"

梅梅嗔道："你又来了，你知道他对我好，人心都是肉长的，我就是感动也得配合配合呀，何况我真的好爱他，这辈子绝不分离。"

"呦，什么味儿？"娟儿抽了抽鼻子，拿勺子在自己饭盒里巴拉了两下，说："我没往菜里放醋啊，怎么这么大一股酸酸味儿呢？"说完就抬起眼睛冲着梅梅眨巴着。

"讽刺我？让你骂我酸，再欺负我，我可走了。"梅梅假装生气的样子，伸过手来掐娟儿，撅着的小嘴下面却藏着忍不住的微笑。俩人正嘻闹着，一个中年白人男子端着托盘坐在了娟儿旁边，眼睛却盯着对面的梅梅，微笑着说："什么时候看见你们两个，你们都是这么高兴。"两个女人同时收了自然任性的笑容，换上了庄重矜持的微笑，"彼得，你好！"两人同时说。娟儿和梅梅在一个项目的不同小组里编程序，彼得是项目经理，算是两人的共同大老板。

"看什么照片？让我也分享分享。"彼得问。

"没什么，出去度假的照片。"娟儿把梅梅的照片递给彼得。

彼得翻着，时不时抬头看看梅梅，说："是爱得华王子岛吗？你和你先生玩儿得满开心呦！"

"度假当然要开心！你会去度一个不开心的假吗？"梅梅答着，眼睛却望着娟儿，一脸漫不经心的模样，语气里隐约有种让娟儿感觉异样的东西，是什么呢？娟儿说不清楚。

“我可以看看那些照片吗？”彼得问梅梅。

梅梅把娟儿一家的照片递过去，目光很轻地从彼得脸上扫过。

娟儿说：“这次去迪斯尼乐园，真是玩儿痛快了，就是夏天去有点儿热。”

“哪有一个季节是完美的呢？假却总是要度的。你的女儿真可爱！”彼得说。

“谢谢！”娟儿笑着说：“彼得，听说你也休假去了？去了哪里？”

“全家到我丈母娘在蒙特利尔的乡间木屋去住了两周，很安静放松的假期。天天可以游泳钓鱼划船，孩子们都不想回家来。”彼得说着，抬眼望着梅梅问：“梅梅，你和你先生在爱德华王子岛上住着，想回来吗？”

“你真说对了，就是不想回来，这儿又没什么事儿让我牵挂！”梅梅懒洋洋地说。“咱们公司呀，这么好的公司难道不让你牵挂？”彼得调侃着问。

“所以呀，现在我就坐在你面前了，回来好好地为你编程序来了。”梅梅说着，目光又轻飘飘地从彼得脸上划过去。

“为我？当真吗？”彼得笑嘻嘻地问。

“那还有假？”娟儿伸手把那摞照片拿回来，笑着说：“因为彼得能给我们发钱啊！”

三个人就哈哈哈乐了起来。

娟儿和梅梅吃完饭和彼得道了别走出饭厅，梅梅说：“你先上楼吧，我得溜出去给刘维文买个热敷袋去，他最近老喊后背疼。”

“整天就是惦记你那个刘维文，快去吧，贤妻同志，我可得上楼了，这两周堆了几百条邮件得处理呢，回头再聊啊。”娟儿说着，已经按了墙上的上楼键，电梯门哗啦就在面前打开了。

度假回来后，娟儿忙得焦头烂额，连着几天处理积压的邮件，总也没法儿集中精力编程序，眼看着下次小组会就要开了，自己拿不出一点东西在会上说，就有点儿发毛，忙着跟司马洋说，自己得加几天班，豆豆有婆婆照顾，倒也不必担心。

夏天公司里人们轮番度假，加班的人并不多，整个楼层都是空荡荡的。娟儿在计算机前坐累了，就起身去看梅梅，梅梅这些天也在加班赶活儿。梅梅坐在公司尽头的工作间，娟儿经过彼得总是半敞着门的办公室时，看见办公室里没人，娟儿知道彼得没走，他要是走了，办公室就会锁门了。梅梅不在她的工作间，娟儿看梅梅的工作台上端端正正地摆着刘维文的照片，是刚换过的，镶在一只刻着 Love 字样的精致镂空金属镜框里，就顺手拿起来看，心想，这个梅梅，真是一心扑在刘维文身上啊，这照片几乎是几个星期就会换一张，自己可真得像梅梅学习学习，自己的办公桌上只有女儿的大照片，还真没想过要把司马洋天天摆在面前呢。娟儿从梅梅的工作间转出来，伸了个懒腰，朝厕所走去。

清洁工刚刚打扫过的厕所里散发着一股清洁液虚假的花香气，洗手台子雪白锃亮，镜子亮得好像照出的人也变靓了很多。娟儿一边洗手，一边望着镜子里自己方方正正的脸盘儿，心想，要是下巴瘦一点就好看了。自己这个热闹的假度得好象不但没瘦，反倒胖了几磅，真得减减肥了。这么想着，娟儿就撩起衣服在镜子里看自己的肚皮，真胖！从肚脐上缘朝下圆圆地鼓出个肉包包来，娟儿用手朝那个圆包一揪，一大块肉就横着拎了起来，哎，这还了得，生了一个孩子，就成这样了！不行不行，得锻炼啊。

娟儿出了厕所，心想现在就去二楼健身房看看得了，又一想，不行，现在快晚上九点了，健身房早关门了，还是明天去把会员卡更新一下，制定一个全年计划为好。想着，就走回自己的工作间。坐了一会儿，怎么都静不下心来，眼睛看着屏幕上的程序，眼前却是镜子里自己肚皮上那一块揪起来的肉包包。不行，要不我现在就出去跑跑步算了，反正也是没法儿专心加班，说不准跑一跑，出点儿汗，大脑血液循环活跃了，再回来才好专心编程序。好，这就去跑。想着，已经站起身来，这个梅梅，跑哪儿去了，该拉她一起去跑。

等电梯的时候，娟儿忽然改了主意，外面这么黑，自己出去跑可能不安全，干脆在楼里跑楼梯算了，据说爬楼梯消耗的卡路里是最大的，还从没试过呢。娟儿隐约记得大楼的尽头好像有个楼梯出口，就绕过实验室，往尽头走。在这儿工作了三年了，从没走过楼梯，这半座楼是另一家公司的实验室，本来就很少过来，晚上没人，娟儿悄无声息地在长长的走廊里走着。因为个子高，娟儿从不穿带后跟的鞋子，长年穿着平平的软底儿鞋，现在多好，锻炼也省掉换鞋的麻烦了。娟儿这时想爬楼梯的心思已经从刚才的小苗苗长成了大树，禁不住加快了脚步。娟儿在十楼上班，她心想，爬两趟十楼不知道能不能见汗，反正今天一定要见汗才罢休，坚决不能让这肚子发展成大皮球。

楼梯门是沉重的推拉门，门上粗大的自动关合装置悄无声息地把门关在了绢儿身后，楼梯里亮着昏暗的灯。娟儿长长地呼了口气，长腿一伸，就轻盈地往下跑。才跑了两层，就隐约听见什么动静，好像是从楼下传来的很有节奏的撞击声，咚，咚，咚。娟儿吓了一跳，停了脚步，那声音这时也停了下来，却听见一个娇滴滴的女声说：“Don’t stop, don’t ! Please----”咚咚声又响了起来，这次还掺差着女人微弱的呻吟声和一个男人呼呼的气喘声：“Yes! oh, yes!”

寂静的空气里弥漫着腻腻的淫荡的气息。

娟儿一下子吓傻了，呆呆地站在楼梯上，进也不是，退也不是，天啊，我这是撞上谁在偷情了？愣了两秒钟，娟儿想，赶快逃跑吧，还等什么呢？正准备转身，又觉得什么地方有点儿不对，那声音好像有点儿耳熟呀。娟儿的脚步这时不听她大脑下的“逃跑”指令，竟下意识地一级一级往下蹭，声音越来越近了，娟儿从楼梯扶手的缝隙间弯腰朝下面拐弯的平地处探头看了一眼，浑身象被火烫了似的，迅速直起腰来。娟儿感觉自己的脑袋正无限制地涨大，眼前发黑，心跳都停止了。她努力抓住楼梯扶手，定了定神。那些声音还在愉快地继续着，娟儿缓过神来，暗暗地骂自己，你还不跑，在等什么啊？慢慢回转身，娟儿踮着脚尖，一级一级地上了楼。这两层楼梯是娟儿这辈子上的最艰难的楼梯，心跳快得要撞出胸口，两腿沉得像爬了喜马拉雅山，满身大汗淋漓刚淋过雨似的，到了楼顶，连拉门的力气都没有了。

筋疲力尽地回到自己的工作间，娟儿爬在桌上，眼泪静悄悄地流下来，那一眼摄下的镜头这辈子还能忘记吗？彼得面对后背靠着墙悬空的梅梅，两手拖着她穿着短裙的身体，梅梅两条雪白的大腿在彼得腰间环绕，她美丽的头颅向后仰着，双目紧闭，柔嫩的红嘴唇微张，头发随着彼得的动作上下颤动着，颤动着……

不知过了多久，娟儿觉得有人拍她肩膀，娇滴滴的声音说：“你就这么加班吗？困了就回家吧。我得走了，刘维文今天又腰疼了，我得早点儿回去。”

娟儿默默地抬起头，盯着梅梅，这张美丽的脸啊，后面还有多少假面啊？

“你怎么哭了呢？告诉我你这是怎么了？”梅梅伸出手来抹娟儿的脸。

娟儿一歪头躲过，说：“别碰我！”就赶紧低头收拾提包，站起来就往电梯走。梅梅在身后跟着问：“你怎么了？等我一下呀，我还没拿包呢！”

电梯来了，娟儿默默地走进去按了下楼的按钮，门合上之前，听见梅梅咚咚咚跑过来的脚步声，“你怎么了，为什么不等我呀？娟儿----”

门静悄悄地合拢，把梅梅的身影和声音坚决地关在了门外，那一瞬间，娟儿好开心。电梯下降的时候，娟儿在窄小的电梯里想，梅梅啊，你和我再也挤不进同一部电梯了。

胖丫

胖丫名叫欧阳美丽，因为人长得胖，在我们一群里又最小，就得了这个雅号。一个朴实得掉渣的绰号替代了她原本很资产阶级化的名字。这很象她的经历，出国后一个自食其力、脚踏实地的女大学生替代了那个衣来伸手饭来张口、进门佣人侍候、出门车接车送的大小姐。面前的胖丫是我自己认识的，以前那个欧阳美丽是胖丫对我产生信任之后，很神秘地讲给我听的，胖丫的爸爸是当大官的，这在我的故事里无关重要。无论欧阳美丽如何变成胖丫，我眼中的胖丫一直就是胖丫。

胖丫是我在芬兰念书时交的第一个朋友。

头一次见到胖丫，以为她是日本人。那是我入学后第一次上课，讲的是芬兰语言发展史，教授是个大胡子老头，说着呆板而纯正的英国英语。开课十几分钟以后，胖丫才进来。她背着一个硕大的双肩书包，穿一身深兰色粗布宽松衫，头发乱乱地披在肩膀上，头上戴一顶小沿的帆布帽。对于从小学到大学从不迟到早退的我来说，胖丫的行为实在太散慢了，完全不象中国学生。她一边进门一边从肩上卸下双肩书包，脚步拖泥带水地顺着墙边往里走，目光大大咧咧地扫视整个教室，挑选适合自己落座的位置。她坐在了我的旁边。我当时正十分努力地听课，却也只听得懂一小半，更甭说记笔记了。崭新的笔记本上零星地用英文和中文混起来记了些标题和要点。一眼看去中文比英文还多。

胖丫坐下就开始东张西望，当然一眼就看见我那中英文混合笔记。

“中国人？”她小声问。

我点点头，心里很高兴。原来她不是日本人，这下有救了，听不懂的可以互相切蹉。

“你怎么用中文记笔记？这样哪儿跟得上！你才来吧？”她毫不顾忌地说。

我脸上涌起一股热潮，小声说：“我是第一次上课。”

胖丫噢了一声表示理解，也开始听课，不再做声。下课以前，老师问，大家有什么问题？胖丫把整个一条胳膊举过头顶。教授冲她点了点头，她也不站起来，用流利的英语大声说：“我来晚了，没拿到这学期的课程提纲。”教授就把发剩下的提纲抽出一张递给她。

我心里对胖丫的胆量和胖丫的英语都佩服得五体投地，就跟在她屁股后面走出教室。

胖丫走起路来简直象飞，和她的胖身体很不相称，令我想起一只滚动着的球。她一边“飞”走，一边问我：“去吃饭吗？”

我说：“去！”

她说：“那就快走，省得一会儿排长队。”

我迈开大步，虽然比胖丫高出半个头，也只勉强跟得上她。我赞叹地说：“你走路真快。”

胖丫说：“是吗？这里的人走路都这样快，走得多了就练出来了。”

我留意了一下，真是，大书包重压下的男男女女个个健步如飞，我们走的虽然矫捷，还是有许多人蹭蹭地超过我们。

后来在赫尔辛基呆得时间长了，才知道人们掐着点去搭乘从来都是十分准时的公共汽车和火车，形成社会习惯，用分秒必争来形容这个城市人们走路的节奏，一点都不夸张。

来到学校最大的自助餐厅，果然已经有二十几个人拿着托盘在排队了，队伍缓慢地向前移动。

胖丫一边掏学生卡，一边嘟喃：“真饿死我了。”

我一边从拖盘托盘架上抽出两个托盘，一边问道：“你没吃早饭吗？”

胖丫说：“今儿早上贪睡，没顾上。所以中午这顿要大吃一顿。”

我们要好主菜和饮料，付了帐，就找了面对面的座位把东西放下，又去拿面包和生菜色拉。我因为是第一次在学校吃饭，很庆幸有胖丫在自己面前做榜样。胖丫坐回来的时候，端了满满一大盘生菜和一大盘不同样子的主食面包。我心里想，怪不得胖，吃这么多！胖丫好象读出了我的心思，卟哧一笑，小声说：“我告诉你呀，这十来块钱一顿饭，面包和生菜可是随便吃的，不吃白不吃啊。”说着用餐巾纸把两个圆形小面包包起来，以迅雷不及掩耳之势塞进书包里，然后嘿嘿一笑说：“人家可没让咱吃不了兜着走啊。”说完，一边把一大口生菜塞进嘴里，一边又说：“你别大惊小怪，我这还不算什么，只是为晚饭省点钱。我认识的几个中国老哥，为了省钱，一天只吃这一顿饭，朝死里撑，那才叫水平呢。”

我虽然感觉这种作法很有点不体面，转念一想中国留学生生活的种种艰辛，也就不以为然了，甚至在以后的日子里还有过几次大胆仿效。

看胖丫吃饭，每一口的摄入都是一种享受，不论什么平淡的饭菜到了她的嘴里都好象变成了山珍海味。她那大口吞大口咽的模样，立刻使我想到“饥不择食”这个词。可她吃饭的整个过程却又那么不紧不慢的，吃一口，停两分钟，一边说话一边东瞧西看，和她那每一口急急忙忙的样子判若两人。我从小吃饭就慢，这倒很合我的胃口。后来我才知道她这种吃长饭的习惯是和夏天里的芬兰人学来的。明媚阳光下的芬兰人一坐到饭店酒吧门口的凉桌旁，一杯啤酒在手，时间就停止了，什么工作了学习了，统统放到脑后，天塌下来也不忙着跑。

胖丫摆出一付老大姐的模样一边吃一边向我传授在赫尔辛基大学里念书的心得体会。诸如哪里可以搞到二手课本啦，哪个图书馆的自修室有软椅子，可以半躺着翘着腿看书了，怎么加入中国学生电子信箱网了什么的。一顿饭还没吃完，我们已经象十年的老朋友似的，无话不说了。临了，各自抄了对方的电话号码，宝贝似地揣起来。

胖丫在学生物化学，二年级的学生，年纪却只有十九岁，是在国内高中毕业就闹着让父母帮着安排出来念大学的，当然胖丫本人也是个争气的孩子，小小年纪托福就考了六百多分。年轻本身就是一个生存最强有力的武器。胖丫这武器正处于尖锐锋利，初露锋芒的阶段，很有点以一当十的魄力。胖丫的每一天都如同上战场一样，除了上四门课之外，还打两份工，一份是在游船上的三等舱做清洁工，一份是周末在一个当地芬兰人家里做小时工保姆，照看两个小学年纪的孩子。

我说：“胖丫，你真是精力旺盛，功课这么重，还有时间打这么多任务。”

胖丫就咧嘴一笑，胖胖的脸把眼睛挤成了一条缝，很自豪地说：“这就叫做鱼和熊掌可以兼得也。”。然后嘿嘿嘿地把小巧的帆布铅笔包拿在手里转着玩，说：“实话告诉你吧，我念书的成绩在中国人堆里真难于启齿。上学期有一门课差一点不及格。哎，我打工的劲头远比我读书的劲头大得多。我发现这自食其力的荣誉感真跟抽鸦片一样上瘾，想放都放不下。我妈昨天来电话，又催我辞工，我才舍不得呢。反正这里读书也没有压力，一次考不过，递个申请表，再考一次就是了，又不额外交钱，上学听课全是免费，想念多久就念多久，想什么时候毕业就什么时候毕业，你没看见有的芬兰人一读就是十来年，老婆孩子都一串儿了，才毕业。”

我心想，到底年轻，才会如此没有紧迫感。就忍不住说：“你是有年轻这个资本啊！到了我这个年龄，打多少工就不太重要了，有口饭吃就成。只恨不得四年的课程一天就上完才好，快快有个立身之本是正事，哪舍得花时间反复学一门课？每门课要学还是拼命学好是上策，一次完成任务。”我这么说，一半是含着对胖丫“年轻”的羡慕，另一半则是提醒胖丫，莫等到“白了少年头，空悲切”的道理。

赫尔辛基大学是最典型的没有围墙式的大学。学校的几个学院分布在城市的几个不同地点，学生宿舍也零星地分布在四面八方，由一个叫 HOAS 的部门统一管理，依申请人的先后次序排队分配。所以一个系的学生不见得住到一起，住到一起的又互不相识。上学时大家象飞蛾见了灯一样，从四面八方聚拢在一起，见了面含喧几句，一起听课，下了课便如灯熄蛾散，分道扬镖，各走各的路，完全没有在国内念大学的那种校园氛围和置身集体的感觉。因此，我和胖丫虽然成了朋友，却因为分别住在城市相对的两个端点，难得互相拜访一次。不过，那学期我选的课有两门和胖丫是相同的，所以一周能有好几次见面机会，下课后我们一起吃饭，连吃带聊。上课和吃饭就成了我们建立友谊的桥梁。

胖丫的迟到并不是偶而为之。她在游船上的清洁工作是晚上去做，然后乘一个小时公共汽车回宿舍，常常就是深更半夜了。

胖丫说：“三等舱是四床一室，两个上铺两个下铺，把几十个舱上上下下的被子迭好就搞得我浑身是汗了，加上拖地擦门窗，做完身体跟拼起来似的，一不小心，擢一擢就会散掉一样。怎能不睡个大懒觉恢复恢复？”

于是，我的笔记就成了胖丫的救命稻草。当然了，课听得多了，我的中英混合笔记里的中文已经渐渐消声匿迹，英文逐渐占据了统治地位。一个学期下来，我的那两门课都拿了三分（相当于 A），胖丫也拿了一个二分，一个二正（相当于 B+）。

从布告栏看了成绩出来，胖丫乐呵呵地说：“走走走，今天午饭我请你，这学期你是我的大救星，比红太阳还红呢。”

吃饭的时候，胖丫说：“哎，昨天晚上回宿舍，你知道的，有半夜十二点多了。我和你提过的那个住我隔壁的意大利男孩碰巧也从外面回来，又跟着我不放了。上电梯的时候我真恨不得有个地缝钻进去。

电梯里只有我们俩，他就那么死死盯着我，还色迷迷地冲我挤眉弄眼。我心里直犯恶心，个子还没我高，也太自不量力了！你猜怎么着，出了电梯，他要请我去他房间里喝咖啡呢。你说说，深更半夜的，喝咖啡是什么意思？想得美，我白了他一眼，就回房了。我在猫眼里往外看，他还装出可怜兮兮的模样伫在那儿，倒好象我欠了他什么似的。我可不吃这套！”说完，胖丫大大地喝了一口橙汗，好象彻底解放了似的呼出一口长气，说：“老姐，我的意志够坚定的吧？”

我笑着说：“你也太狠心了点，孤男寡女的，正好是烈火和干柴，干吗不发发慈悲？你没听说过救人一回胜造七级浮屠吗？”话还没说完，胖丫举着叉子的手已经隔着桌子朝我戳了过来，我俩肆无忌惮地笑作一团，闹得吃饭的人全朝我俩看。

胖丫从未谈过恋爱，却早已情窦初开，对男女之事敏感而好奇。有一次，胖丫嘟着嘴对我说：“上高中的时候，我们班里有好几对谈恋爱的。不知道是因为我太胖还是因为我爸官大，反正没有人追求我。其实，我自我感觉也挺好的，好歹是个出名的三好学生吧。胖是胖了点，也不至于丑吧？那些男生够没档次的，你说是不是？”

我赶紧点头，说：“岂止是没档次，简直就是空长了一副眼睛，我们胖丫是百里挑一的好姑娘，聪明伶俐美丽大方善良活泼，这么样样具备，他们怎么都是高度近视熟视无睹呢？”

胖丫见我假里假气地随声逢迎，就乐了，说：“呀，老姐，你就饶了我吧，净拿我寻开心。过来，我给你看我小时候的照片。”说着，从书包的侧袋里掏出一个小影集，翻开来指给我看她家里人。爸爸妈妈哥哥还有十二三岁的她。那时候的她果真清秀美丽，出水芙蓉一般站在一块大石头上，长发迎风吹着，适中的身材匀称挺拔，浑身上下散发着朝气蓬勃的气息。那那副俊俏的样子怎么也没法让人和面前这个圆滚滚的胖丫联系到一块来。

“你变化可真大，怎么搞的？”我忍不住问道。

“我也不知道，只是越来越能吃，就象吹气球似地胖起来了，搞成现在这样面目全非的样子。”胖丫很遗憾地嘟囔着。

“减肥减肥，还等什么呢？恢复你的本来面目，不就更锦上添花了吗？”我热切地鼓动她。

“我不想管住这张嘴吗！人生在世，什么苦都吃得，唯独这嘴上的苦吃不得。也许有一天，我觉得这个“胖”防碍了我的幸福，我会开始考虑减肥。现在的我感觉十分良好，你看我和这些老外相比不是小巫见大巫吗？原来在国内得穿 XL 号的衣服，现在可好，L 都嫌宽大了。不急不急。”胖丫甩着头发，蛮不在乎地说。

“那你就别抱怨没有男朋友。现在的男孩有几个不看外表的？”

“只看外表的男孩我还不稀罕呢！对了对了，告诉你一件好玩的事，不提那些臭男孩，我还忘了这碴了。你知道我们系的马丁吧？就是那个老和你们系那个学中文的芬兰男孩在一起的大高个。那天我在我们系的餐厅里吃饭，和他们坐一张桌子，你猜他俩给我讲什么？”胖丫脸上挂着神秘的笑容。

“还不是什么中西文化差距之类的，那个芬兰男孩最喜欢谈这个了，好趁机眩耀他对中国的了解不在我们之下。怪烦人的。”

胖丫把嘴朝下一撇，说：“没有了。他俩当着我的面大谈特谈去公共裸体泳池游泳的心得体会，什么哪个洋女人屁股有多大，胸脯有多高之类的。后来，马丁干脆从书包里掏出一盘录相带，问我看不看。我问是什么带啊？他俩就对着眼笑，说里面有母鸡扇翅膀，猴子尖叫。我说原来是动物世界啊？我一天连觉都不够睡，哪有闲功夫研究动物，不看不看。马丁就说，胖丫，我们是看你年纪小，太单纯，需要受点启蒙教育，打打预防针，专门拿来给你看的，看了包你血液循环通畅，睡眠效率成倍增涨。我寻思了半天，才反应过来，原来是人兽交欢的黄色录相带，你说他俩黑不黑，这不明摆着教唆我走“资本主义”道路吗，我可不上阶级敌人的当。我看他们是念书念的太苦，想拿我开心找乐子，真该千刀万剐了。”

“那你拿没拿那盘带子？”

“当然没拿了。看了那种东西，以后怎么再见面？不过，我心里痒痒得很，真想看看鸡是怎么扇翅膀的，可恨没长第三只手把那带子偷过来。”胖丫不无遗憾地说。

我被胖丫的话逗乐了，心中却凭添了一分担心和不安。“外面这么乱七八糟的，我要是你妈，可怎么放心让你小小年纪只身闯天下呢？”

胖丫一听我提起她妈，就开始哎声叹气。“我妈来电话说又有一个什么代表团到这儿来访问，让人给我带了好多吃的穿的，我真烦死了，我最恨在他们的阴翳下生活。出了国，她们还是把手伸到这儿来照顾我，丢死人了。”

“这可是你的不对了，爹妈疼孩子的心都是一样的，听你这么报怨，他们不气坏也要伤心坏了。别人巴不得大树底下好乘凉，你倒有趣，恨不得跑到毒太阳下面去晒掉一层皮。”我说着冲胖丫翻了翻眼睛。

“我可能就是这样的命吧。我倒希望看一看一切全靠自己，我是不是比别人差。”这个时候的胖丫完全可以用得起“壮志成城”来形容了。

寒假来临，胖丫应请她做保姆的那家芬兰人邀请，和他们全家一起到一个小岛上度假。我忙着打工赚钱，挣出下学期的生活费，三份工打得我焦头烂额，白天黑夜连轴转，一直没有合适的时间和胖丫通电话联系。在餐馆洗盘子的时候，胖丫的圆脸常常闪现在脑海里，不知那个丫头在做什么，想必度假一定是有滋有味的了。

圣诞节一过，学校开课，人们开始返回正常的生活。我只有一门副课和胖丫选的课相同，见面的机会一下子少了很多。

胖丫度假归来，显得容光焕发，胖胖的身体暖洋洋的，一张嘴滔滔不绝。

我说：“胖丫，和芬兰人在一起生活了这么多天，讲点好玩儿的让我开开眼吧！”

胖丫就深呼吸一口，露出灿烂的笑容说：“就数第一次洗桑那浴让我尴尬了。你知道这儿家家都有桑那浴室，而且几乎三两天就洗一回。他们租的林间小屋当然也有设施齐全的桑那浴室了。那天，他们全家就那么腰里毛巾一围，男男女女一起进去了。这可难为死我了，我哪儿见过这种阵式呢？犹豫了半天，还是穿着大背心和大短裤进去的，可是蒸气一熏，没十分钟我的汗就它们全打湿了，身体是看得一清二楚，还不如穿比基尼利索。我就目不斜视，只敢看自己的脚底下。他们一家老小却全不在乎男女有别这回事，一边嬉戏打闹，一边帮对方用树枝抽打身体，跟咱们互相措背是一回事。小女孩还一个劲地在我身边跳来跳去逼我脱衣服，我说别急别急，让我适应适应，心里却七上八下的，坐也不是站也不是。那男主人竟然跑到我面前教我怎么往热石头上浇水制造蒸气，我就老想，他毛巾里面是什么样子呢？。”说到这，我俩都忍不住大笑起来。

胖丫停了停又说：“这文化的差距实在是太大了。我发现这里的人根本就不是开放，而是从古至今还没有从蛮荒进化到文明社会呢，他们一代一代就是这样在桑那房里共浴长大的，对身体的不同早已经视而不见，中性化之了。不然怎么会有那么多男女共浴的场所，还有随便就能在马路边上看见的穿著三点式晒日光浴的姑娘呢？可我得脱去文明的外壳来适应，就有点难度了，是不是？”

“那你以后不跟他们一起洗就好了？”我好奇地问。

“那多不礼貌，芬兰人请客，共同洗桑那是一种高规格的招待。何况我也懂得入乡随俗的道理呀。”

“这么说，你一定已经随俗了？”

“那当然，你看我象不象个胆小怕事的人？洗得多了，就无所谓了。实话跟你说，只穿三点就是舒服自在的多。蒸气熏上两三个小时，一边喝上啤酒，浑身烫的象火，然后跑到雪地里打个滚，哎呀，那才叫痛苦得爽快呢。我猜想当初七仙女下凡一定就是这样的滋味，明明知道男耕女织辛苦劳作的日子比不了天上衣食无忧来得容易，却就是想尝尝这劳作之后感觉格外香甜的饭菜，体会和董永同甘共苦的蜜意情长。”

“哪和哪呀，胖丫，我看你关于七仙女下凡的理论来形容你出国求学才更贴切呢，至于零下三十度光溜溜往雪里钻的事，料定七仙女是没胆量一试的。”

“你是说我出国的行为可以和七仙女下凡同日而语了？这么胖的七仙女，怕是要创吉尼斯世界记录了，而且得上减肥课呢。”我们俩又停不住地笑起来。

那个学期胖丫还是打着两份工，船上的清洁工作换成了食品超市的清洁工。我们大家因为胖丫的工作变动而受益非浅。超市定期清理巧克力，饼干之类的过期食品，胖丫常常装满满一书包来学校散发，于是我们的肚子都充当起“垃圾箱”的角色。可是不管肚子怎么当垃圾箱，嘴上的甜美滋味是没法形容的，也从没听说谁吃了过期巧克力拉肚子。大家吃了胖丫的巧克力，自然一张张嘴就甜甜腻腻起来，捧得胖丫晕头转向，那时候的胖丫走到哪儿，哪儿的空气里就甜滋滋的，胖丫则是一副精神抖擞的模样。

可是，胖丫脸上的笑容却一天天生涩起来，胖丫说，有几个年青人老在食品店跟前找她麻烦。

那是一个夏天的早晨五点多钟，趁超市还没开门，胖丫去把昨晚剩下的活儿干完。赫尔辛基的夏天是格外明亮的，因为纬度高，凌晨一两点天就亮了。人们受光线的招唤，也晚睡早起。那家食品超市门前有一大块空地，常有几个十几岁的少年半夜三更在那片空地上玩儿滑板。

那天，胖丫干完活儿，正好背着大书包出来锁门，一个男孩儿就过来搭讪，说："哎，你过来跟我们跳一会儿迪斯科吧？"

胖丫自然不搭理他们。那几个男孩儿就在胖丫身边滑来滑去，专门挡她的路。胖丫虽然心虚害怕，表面上还是镇静自若的，大声呵斥他们说："你们再闹，我要叫警察了。"

这时其中一个男孩儿滑到胖丫面前，嘻皮笑脸地指着胖丫的鼻子说："Who do you think you are? You are a Chinese fat bitch! F--- you!"(你知道你是什么吗？你是一个中国肥母狗，×你！)他见胖丫呆呆地愣怔在那，又绕过来补了一句："你以为你配和我们跳舞吗？你也就配做个清洁工，抱抱拖布罢了！"

胖丫第二天没上课。她在电话里讲这件事的时候，时断时续，不停的抽泣："他们为什么这样侮辱我，侮辱我们中国人？我觉得好憋闷，闷得要爆炸了。我为什么笨得从来没想过要好好学几句英文骂人的话反击他们？为什么笨得象个木桩子立在那儿，不知所措？"人在极度伤痛的时候，语言也显得苍白无力。

我手里拿着电话，脸上的泪水就淌下来了，受辱的是胖丫，我心中的痛苦却有过之而无不及。我强忍心中的愤怒和屈辱，尽量用平静的声音劝说胖丫；"想开一点，胖丫，你想哭就哭，想笑就笑吧，痛痛快快地冲着老姐发泄出来吧，人生哪有一帆风顺无波无折的道理，千万别让几个毛孩子的雕虫小技坏了你的心情，只要我们昂着头做人，你的骄傲就会筑成一付铜墙铁壁，别人的恶语中伤也耐何不了你,是不是？等你几年之后功成名就，回想今天的事，只会耻笑那几个少年的浅薄无知，而不会象今天这样委屈难过了。"

那一刻，虽然说着这样强壮的话，我的心却被乌云笼罩着。这样一个文明友善的民族，人人和颜悦色，路不拾遗，问个路都会有人把你送到要去的地方，怎么会产生如此纨绔，刻薄的青年呢？即便有了种子，如果没有适合生长的土壤，种子也是不会发芽的啊。

胖丫静静地在电话那边听着，悄无声息得象消失了一样。接着，长长地叹了一口气，我感觉那口气几乎吹掉我手中的话筒，"好累啊！"胖丫说，"我要睡一会儿！"然后就放了电话。

胖丫不久就辞了那分食品店的工作，回游船上去了。她仍然是拖拖拉拉地上课，忙忙碌碌地打工，大口吃饭，高声聊天，看不出那件事对她影响有多大。我知道世界上有一种人是永远长不大的，心想胖丫可能就属于这种人吧。大家虽然因为失去了大嚼过期巧克力的甜蜜滋味而深感遗憾，但看到回到胖丫脸上的爽朗笑容，心里比吃了巧克力还要甜蜜。

那一段胖丫在学业上似乎不够顺利，说有两门专业课的报告没有及时上交。我一见胖丫就老忍不住劝她用功一点，她总是嘻嘻哈哈地搪塞过去，说在考虑转专业转学校的事。

“我越来越觉得我根本不喜欢化学，我这种个性应该干点很具有挑战性的职业，比如经济，金融之类的职业，即容易找工作，也更前卫，把我关在化学实验室里每天和公式和试管打交道，真是大材小用了，你说是不是？”胖丫嬉皮笑脸地说。

我说：“其实在国外念书的中国人有几个是在学习自己喜欢的东西呢？生存需要立身之本，拿个学位就是第一步。你年纪这么小，当然有很多选择余地，如果当真要改专业，就该及早动手，这样子漫不经心的念书，总是不对，没个文凭，鬼知道你有才没才。”

“我以后总会让你知道我有才没才的，鬼知道不知道，我倒不在乎。”胖丫虽然还在打哈哈，语气里的坚定却使我坚信她重新选择人生道路的决定已经是弓在弦上了。

那年暑假，人人忙着打工，我没抽出机会和胖丫联系。秋天开学，胖丫却没了踪影。和她住同一个宿舍区的同学们也不知道她在忙什么，只说胖丫突然就搬走了，偶尔在街上看见也是匆匆忙忙打个招呼，并不多说，问她，也只说“瞎忙！”来敷衍了事。这可太不象我所知道的胖丫了。我就到处翻找和胖丫有关的电话号码，不停的打，终于在打给请她当保姆的那家人时，抓到了她。

电话那边，胖丫吭吭哧哧的，嘟嘟囔囔了半天也没说明白她在干什么。

我说：“胖丫，你老实交代，到底怎么了，在老姐面前还有什么秘密要这样遮掩？在家靠父母，出门靠朋友的道理你想必知道，有了好事，大家巴不得和你一同分享，遇到难题，也能帮你出出主意，想想办法，三个臭皮匠还顶得上一个诸葛亮呢，你倒好，变成闷葫芦了，还是个失踪的闷葫芦。”

胖丫笑了，听得出是勉强的笑。然后出了口长气，说：“算了算了，难为你这么关心我，就跟你坦白交待吧。”

原来上学期胖丫果然有两门专业课都没及格，这使她更加坚定了改换专业的决心，可是因为误了她想申请的那所学校的秋季申请日期，所以只能申请春季入学。从不委屈自己的胖丫自然不会再选赫尔辛基大学的化学课，碰巧，他当保姆那家人在找 live-in maid（入住女佣），胖丫就义不容辞地做了起来，这样把住房的钱也省下了。胖丫因为自己念书如此一塌糊涂，所以羞于见我们这些努力用功，成绩优良的中国学生。而另一所学校的录取信还没拿到，一想到自己前路未卜，出国来两年了，除了打工一事无成，一边还得装笑脸，编瞎话骗爹妈，心情就郁闷起来。最糟糕的是胖丫竟然对入住人家的男主人害起了相思病。

她是这样说的："你不知道他的眼睛有多么蓝，简直跟没有一丝云彩的天空一样清澈，一样透明，还有他那有点儿害羞似的笑容，可爱得象个大男孩儿，你恨不得上去摸一摸。我每天一看见他就心跳，他每天上班一走，我一边擦擦摸摸，心里想着这儿是他坐过的，这儿是他的手摸过的，这儿是他用过的浴巾，干起活儿来就好象在复习一个温馨的故事，感觉真好！"

多么美秒，又是多么危险的感觉。我禁不住问："那他和他太太有察觉吗？"

"哎，我在他们眼里不过是一个会干点儿家务，能和孩子们一起玩玩闹闹的大小孩儿罢了！他们从来对我就象对孩子一样。其时，老实讲，我觉得现在这样暗恋，是不对的，而且完全不会有任何结果，我也没奢望什么结果，只是这样的感觉来了，哪有什么对错可言呢？"胖丫的语气中只有沉重的无奈。

我的眼前出现了一只美丽的麋鹿陷在长满绿草和鲜花的沼泽地里。她挣扎着，却越陷越深，一双美丽的大眼睛惊恐地穿过叶片向外张望着，她一定在渴望着营救。当初，她被那绿如泼墨的草地，艳丽欲滴的花朵吸引，怎么会想到这美丽之下的泥泞？

我知道这正是伸出一只有力的臂膀，拉她一把的时候：我说"胖丫，你能不能听老姐一句话，别在他家干了好不好，你知道除了让你越陷越深，这是毫无结果的。既然已经知道结果，就不该尝试无用功，更何况最后受伤的是你自己。"

"那我现在去哪儿住？我这个学期不赚钱又能干什么？去哪儿上课？你告诉我，你告诉我一个解决的办法。"胖丫在电话那边几乎在喊。

我也激动起来，大声说："你来和我住一起，有我的床，就有你的床，拿到录取信，你就可以申请那个学校的学生宿舍了，至于打工，你过去能找到别的工，现在就也能找到。相信我，不搬出来，你会着魔的，最后还不是害了你自己？"

"你怎么知道我一定会收到录取信呢？"胖丫反问。

我承认心里也没底，可还是用满怀信心的口气说："你的高中成绩那么好，又有很高的 TOEFL 成绩，不录取你，录取谁？"

胖丫嘿嘿地苦笑了两声，叹口气说："老姐，别安慰我了，我呆在这儿，觉得挺好的，你就别为我操心了，谢谢你。世界上没有爬不过去的坎儿，再说我也不是小孩子了，没事儿的。"

那次通了电话以后，我再找不到胖丫，打过去电话，总是别人接，说胖丫不在或在忙，我明白胖丫在躲避，躲避着朋友的同情和怜悯，躲避着不愿意去面对的压力和困难。想想，人的一生许多苦要亲自去尝，才懂得甜的珍贵，许多错要亲自犯了，才懂得吃一堑长一智。哎，就随她去吧。从此，我打消了找胖丫的企图。想不到那次通电话，竟是这些年来，最后一次听胖丫的声音。

再次得到胖丫的消息，是半年以后。胖丫发来一个长长的 EMAIL，字里行间充满着熟悉的自信和爽朗。她竟然在瑞典的一所名牌大学里读经济专业的本科，和一群国际学生住一坐小小的公寓楼，这些人黑的，白的，黄的什么颜色都有，好象一个大家庭一样亲密无间。她一学期选五门课，打一份工。过着周日忙忙碌碌读专著，写论文，忙打工，周末全"家"人逛酒吧过 PARTY 的愉快生活。EMAIL 里还附了一张近照，园园胖胖的脸上挂着极灿烂的笑容，向日葵似的鲜亮和醒目。更出乎意料的是胖丫竟然准备减肥了，说是要从戒掉巧克力开始行动，目的是为了赢得英俊男生们挑剔的目光。

那以后的日子，每逢过年过节，总有胖丫的电子贺卡送来温暖的节日问候，有时还会见到她一段极为成熟的英文段落，详细描述她近期的生活，只是爱情问题只字不提，而且收件人一栏总有长长的几行，几十个 EMAIL 地址，我只是其中的一个而已，心里未免失落，在慨叹和赞赏胖丫日新月异，丰富多采的生活的同时，忍不住骂一句：这小胖子，早不把老姐当回事儿了！

在我准备完成这篇关于胖丫的故事的时候，恰巧收到胖丫刚发来的一个 EMAIL，她早已 MBA 毕业，正出任瑞典某跨国贸易公司驻北京办事处的首席代表，扫描过来的照片上，胖丫穿一身黑西装，梳着干净利落的短发，仍然圆圆胖胖的脸上除了鲜亮爽朗的笑容之外，眼神里更多了沉着，自信和勇气。看来，胖丫减掉的不是身上多余的脂肪，而是稚嫩和胆怯，减掉了这些附件的胖丫，大概没人再称呼她胖丫了。

革命

齐妙和青梅在大学里成了好友。齐妙来自香港，青梅来自上海，两人都是在家乡高中毕业后出国来留学的，都有着东方女子的娇美娟秀，两双单眼皮走在一起，宛若四只月亮勾勾地照着。除了容颜秀丽，还都是学霸。同出同进，较着劲比试着门门功课拿 A，积极上进的正循环就这样循环了四年。毕业后两人都留了下来，齐妙进了一家私人公司，青梅进了政府。隔三差五，两人相约着逛街吃东西，好友一直好了下去。

不久，香港女齐妙嫁了上海男魏宁，上海女青梅嫁了香港男许威。再见面，经常是四个人，这样交叉着配了对儿，和谐得跟清风配着明月，明月照着秋水一般。

这天，两人不约而同给对方发了短信："我们得见见面！"

青梅到星巴克时，齐妙已经为两人点好了咖啡。青梅扔下包，就抱怨："许威真要把我气死了！他、他、他竟然因为香港的雨伞革命和我大吵了一架！"

齐妙咯咯笑了起来："天啊，这样巧？我也刚跟魏宁吵了嘴，也是因为香港占中示威！他让我劝说香港的家人回家睡觉！真可笑！"

青梅一愣，目光狐疑，抿了一口面前的法布奇诺，试探地问齐妙："齐妙，你，你是不是支持港民占中示威啊？"

齐妙也警惕起来，反问道："那你、你觉得呢？"

青梅想起爸爸电话里的话："小孩子，懂什么？中国这么大，要象西方那样从基层彻底普选，非乱套不可，最后就是四分五裂！王法何在？一人一票，还嫌不民主，瞎胡闹！中国的事儿，中央集权是必须的！香港这样搞，搅乱经济和治安，是自讨苦吃！让西方势力渔翁得利！你们年轻人不懂不要乱讲。你告诉许威，别以为他是香港人，就得为"占中"摇旗呐喊！香港早已不是香港，香港就是中国，中国的一切政策法令都会在香港强力实施。让他提醒家人，乖乖呆在家里，别上街！等"胡椒粉喷雾"用雨伞挡不住的时候，别怪我没提醒！"青梅的爸爸是上海某局局长，说话从来都是掷地有声。

齐妙见青梅欲言又止，说："青梅，我家人都在旺角街上呢！占中的要求过份吗？你虽然在大陆长大，但也在国外生活了这么久，民主普选市政长官，难道不是件很正常的事情？西方的民主制度都实施了几百年了，大陆还……"

青梅皱着眉头，说："齐妙，你知道我，一贯对政治不感兴趣，可是我关心许威的家人，万一局势有变化，还不是老百姓倒霉？再说，也影响市民生活和工作啊！你也该听魏宁的话，赶紧给家人打电话，别在街上呆着了，我奉劝你！"

齐妙摇了摇头，说："青梅，什么时候你变得这样胆小如鼠了？我如果在香港，我一定会呆在街上！我不会劝我家人的，人总要有个正义感吧？如果人人都明哲保身，世道就永远不会向着好的方向进步了！"

青梅的脸红了起来，声音高了几分："齐妙，你，你怎么跟许威一样不识时务呢？是你了解中国，还是我更了解？占中停滞经济，对香港有什么好处？还振振有辞！真是滑稽！"

齐妙也红了脸，挑衅地说："我倒觉得你和魏宁很像，只想做缩头乌龟！怪不得大陆的民主搞不成，都是你们这样的人民，守着一亩三分田就明哲保身自得其乐，心甘情愿接受独裁统治，出了国，还是一样的奴性思维！"

青梅气的双手发颤，咖啡杯敲着桌面咯噔咯噔响。旁坐的一对长者关注地侧目望着她俩。

"我，我来见你，不是为了吵架！你、你们香港人真不可理喻！"说着青梅已经拎包站起身来。

齐妙毫不示弱，说："你们大陆人可以理喻吗？专权政治，俯首臣服！没觉悟！"

两人前后脚气冲冲出了门，被大雨拦在檐下。青梅从包里掏出折迭伞，打开，斜眼看了看望着大雨发呆的齐妙，叹了口气，说："还不钻进来？我送你到你的车跟前去。"

齐妙白了青梅一眼，嘴角撇了撇，挤进了青梅的伞下。说："我不跟你搞雨伞革命！我回家跟魏宁去搞！"两人噗哧都笑了。青梅说："我也不跟你搞，我回去跟许威搞！"这个"搞"字让两人都十分开怀。

雨很大，不是胡椒雨，是清爽干净的秋雨。伞下的两位女子，肩并肩，快步走着，步履一致如同一个人。瓢泼的雨丝很快就把这对身影淹没在远离革命现场的和平世界里了。

天下雨，人打伞。日子，不管有革命还是没革命，就这样往前过着。

杜杜

今夜无光

伶俐站在“一角发屋”门前`，风悉悉索索地吹过，伶俐的长裙就象一面旗子飘扬起来，伶俐用手赶紧按住群子，两颊已经起了一层鸡皮疙瘩。老板苏珊并不常常晚开门的，不知什么事把她耽搁了。伶俐咚咚咚地跺着脚，活动着全身，驱赶冷风袭卷来的寒冷。

麦弟的红色小汽车拐进了还是空空荡荡的停车场，嗝的一声停在街对面，一双美丽的长腿跨出车门，黑衣黑裤裹着圆滚滚的身体。她拎着一个鳞片闪闪的黑色小手包，砰的关上车门，一扭一摇地朝伶俐走过来。

伶俐每天看到麦弟，心中总忍不住赞叹她的美丽。这么美丽的女人实在是赏心悦目，凹凸起伏的身体，直溜溜不打一点弯的长腿，直挺挺象牙似的耸鼻，一双深深大大的眼睛总是一汪深潭似的闪着令人琢磨的迷人光芒，自然上卷的眼睫毛一把小扫帚似的盖在眼皮上，几乎根根可数，凭添了多少分勾人魂魄的魅力，嘴唇厚的浑圆鲜嫩，口红永远是鲜亮闪光的，好象可以挤出水似的新鲜诱人。出国以前，伶俐脑子里的黑人都是高额头大嘴巴扁鼻头的样子，原始得让人联想到大猩猩。万万没想到一个黑姑娘能如此美丽的超乎寻常。伶俐一看见麦弟的那一刻，就只剩下欣赏，连自惭形秽都顾不得了。特别是那天偶然得知麦弟还有那样一颗善良博爱的心，对麦弟的美丽，简直就从欣赏上升到崇敬了。世界上竟有这么里外都美的精致的人，实在让伶俐每每想起就感动得想掉泪。

记得那天早晨，头一天在“一角发屋”上班。怯生生的伶俐被老板苏珊扯过来扯过去，向每个美发师做介绍，嘀哩嘟噜的外文名字搞的伶俐满头雾水，结果谁也没记住，不免有些忐忑不安。

麦弟的工作台挨着伶俐的工作台，麦弟伸出手去握伶俐的手，说，我叫麦弟爱垂西丝，你叫我麦弟容易些，你是中国人吗？伶俐说，是呀是呀，你一眼就看出来了吗？麦弟就笑了，露出白得象假的似的两排碎牙，说，你好！伶俐吃惊不小，问，你会说中国话吗？麦弟就格格地笑得浑身乱抖起来，高高的胸脯也跟着颤动着，说，我只会这两句，骗你玩儿的，说的好吗？伶俐说，真好真好，几乎没有口音。麦弟说，告诉你吧，我是学语言的天才，我可以说五种话，法语、英语和三种完全不同的非洲地方话。你说几种话？伶俐一边赞叹麦弟的语言天份，一边不好意思地说，我只说中国话的国语和英语，即使英语，也讲的不很好。麦弟就很大度的说，没关系，你在加拿大呆久了，英语不会有问题的，你看我的英语也是来了这儿才学的，也只用了三年，就说成现在这样了。伶俐谦虚地说，我可没你那么好的天分，再说，中文和英语相差十万八千里，要克服许多障碍才学得好英文。对你来说容易，对我来说就很复杂了。麦弟不以为然，说，哎，从今天开始你就教我中文吧，我教你法语。伶俐忍不住笑了起来，说，我可一点学法语的打算还没有呢，你就想收学生了？我还是把注意力放到英语上吧，教你中文当然是小菜一碟了。麦弟马上问，怎么说“我爱你”？伶俐就一字一字地说，我一爱一你。麦弟跟着说了一遍，一点儿不差。伶俐说，你真行，说的真准。麦弟顽皮地拍打着伶俐的肩膀说，我一爱一你！伶俐跟着笑起来，心想，这美丽的黑姑娘真是随和可爱极了。

一天下午不忙，麦弟端着一杯浓浓的咖啡坐在理发椅上，翘着一条深棕色没穿袜子的长腿和伶俐闲聊。麦弟说，今天早晨忙死我了，我儿子学校里有“怪发式”比赛，要把头发做出与众不同的样子。我把他的头发用染发液染成一缕黄、一缕红、一缕绿，支棱八翘的样子，不知道他能不能拿个第一名回来。伶俐问，你都有儿子了吗？他多大了？麦弟掏出口红补妆，俯身把嘴巴凑到镜子前面，嘟着紫红色的嘴唇说，十五岁了。伶俐腾地从椅子上跳起来，嘴张的比脸还大，说，你别吓我，你才几岁，就有个十五岁的儿子？麦弟看见伶俐大惊小怪的模样又格格格地大笑起来，眼睛里闪动着顽皮的光芒，说，我今年二十六岁，我十一岁生的儿子。伶俐张着的嘴巴怎么也合不上，天啊，你在骗我吧？难道你就是那种少年妈妈？麦弟笑得喘不过气来，说，你真逗，我说什么你信什么。算了算了，还是告诉你吧，我二十岁的时候，刚刚结婚，当然是在非洲，还没有移民加拿大，就收养了这个儿子，他当时九岁，在街上流浪。噢！伶俐好奇心的闸门顿时大开，又问，你那时候那么年轻，怎么会想到收养孩子？麦弟说，哎，还不是看见他可怜吗，我虽然没有工作，我先生倒是有份不错的工作，我特别喜欢孩子，就那么收养了他，要是有条件，我还准备再收养一两个呢。麦弟说这些话的样子随随便便的，好象天生她就该收养穷孩子似的。伶俐突然就觉得面前这个女人变得不真实起来，怎么能把这么年轻、摩登、漂亮的女人和一个流浪儿连系起来呢？

麦弟站起来说，别发呆了，我给你看我孩子们的照片。孩子们？伶俐简直不敢相信自己的耳朵。麦弟掏出钱包，打开来，露出插信用卡的塑料片下面的照片来。麦弟指着说，这就是我儿子，这是我另外两个孩子，是我生的，两个女儿，一个五岁，一个三岁，你看他们多么可爱。伶俐仔细端详照片上的三个孩子，那个大男孩，皮肤炭一样黑，消瘦挺拔，两个小女孩长得很象麦弟，棕黑色的皮肤，梳着许多根非洲小辫，扎着无数头饰，可爱极了。伶俐禁不住赞叹说，想不到你这么年轻，就有这样一个大家庭呢。麦弟说，这哪算什么大家庭，我爸爸有五个老婆，你知道在非洲很多国家都允许取好几个老婆吧？光我妈就有十个孩子。我呢，还想再生至少三个孩子。伶俐象听天书似的愣在那儿，问，生这么多孩子要有好多钱来养活呀！麦弟用手撸了一撸自己的短发，耸了耸肩，说，孩子怎么都养的活，有什么可担心的？不要去想明天，这是我的原则，好好过今天，明天的事明天再想不迟，这样你就没有烦恼了。

伶俐觉得麦弟真是大智若愚，多么深刻沉重的话经她的口说出来，怎么都轻飘飘的，生活完全没有一点负荷似的，外国人真的活的都这么潇洒自在吗？怎么中国人就活得这么累？伶俐想想自己，养一个孩子就感觉吃力，要送孩子学音乐、学绘画，孩子才五岁就开始为他上大学攒钱了。出了国，衣服衣服舍不得买，头发头发舍不得做，穿的用的都是从国内带来的。特殊的日子才去看一场电影，下一次馆子，这是怎么一回事？别说四五个孩子，就是第二个孩子，让要也不敢要呀！伶俐对麦弟如此轻松的生活态度真是打心眼儿里佩服，心想，自己只要学会十分之一，可能就会比现在快乐十倍，轻松十倍。

每天和麦弟在一起工作，麦弟就象一阵暖风，轻轻飘飘暖暖烘烘地围绕着伶俐。有麦弟在，伶俐就说不完、笑不完，自己觉得自己热闹年轻了很多。和麦弟聊天，伶俐总是听的多、说的少。麦弟的英文虽然没问题，开口就来，词汇量却不大，有时伶俐讲点自己上大学时候的故事，麦弟就一脸听不懂的样子。麦弟的法语则流利优美。老板苏珊有一次对伶俐说，我留麦弟在这儿，就是冲着她的法语说的地道，在加拿大做生意，有个会法语的方便多了，你瞧，麦弟是不是留住了许多说法语的好客人？苏珊嘴里的好客人就是指那些有钱又舍得花的客人了。伶俐想了想，真是。渥太华是首都，政府部门的工作人员都说双语，和魁北克这个法语省一河之隔，说法语的人自然很多，麦弟的熟客一大半是讲法语的。

伶俐有一次听见麦弟很激烈地用法语和客人聊天，往客人头上抹染发液的刷子拍着客人的头皮啪啪地响着，就问麦弟，你在说什么，有人得罪你吗？麦弟冲伶俐狠狠地说，我在骂男人，男人没有好东西，我眼中的男人都是猪！伶俐说，也包括你先生和你男朋友吗？麦弟回答道，他们吗？我先生是猪王国里的国王，我男朋友是掌管实权的总理大臣。话还没说完，麦弟自己就笑弯了腰。伶俐和客人也忍不住一起大笑起来。

其实，麦弟有一个很好的丈夫，从非洲搞便宜东西到欧洲去卖，半年一载地不在麦弟身边。麦弟耐不住寂寞，每天都有一个浅黑色的男朋友陪着，她也不保密，我男朋友长、我男朋友短地挂在嘴上。伶俐听的多了，也逐渐适应，觉得这么美丽的女人没有男人陪伴似乎也不太可能，倒装了一肚子理解。

有一天麦弟穿了一件新的紧身短群，包得屁股圆得要掉出来，伶俐说，麦弟，你好性感，难怪你男朋友缠着你不放。麦弟转过脸对伶俐说，外面性感算什么，你猜他最离不开我的是什么？伶俐摇头。麦弟压低声音，在伶俐耳朵旁边说，我那个地方是火烫火烫的，他进去就不想出来。伶俐觉得自己的脸跟火烤一样地热起来，麦弟却一点羞怯之意都没有，打着哈欠，揉了揉布满血丝的眼睛，掏出口红补起妆来。伶俐说，你又和他战斗了一夜吗？看你哈欠连天的累样子。麦弟冲伶俐挤了挤眼睛，也不回答，嘟起圆圆的厚嘴唇在镜子里端详自己，镜子里的麦弟真是漂亮的象个妖精。

伶俐实在佩服麦弟的“想得开”，大儿子已经到了打工的年纪，常常在外面打工不回家，麦弟自然不去操心。两个小的她也经常扔给请来的小时工去照看，自己逛街，和男朋友约会。麦弟一天一身衣服，都是时髦、突出身材的那种衣服，还常常换几双样式很夸张的凉拖鞋，扭扭摆摆地晃来晃去。尽管麦第的手艺不错，工作也称得上勤恳认真，苏珊还是付麦弟很低的薪水。因为麦弟还在学徒期，一千个小时还没做满，是拿不到加拿大美发师的执照的。伶俐纳闷儿，麦弟那里来这么多钱买新衣服。麦弟每天也不做饭，总在外面买了吃。据麦弟自己说，她家里的盘子都是一次性的，用了就丢，省得洗。

麦弟还有一个爱好，就是喜欢变换发型。麦弟长着很典型的非洲头发，短的时候卷曲着帖在头皮上，长长了，就会蓬松得毛绒绒，象顶了一个大球。所以，麦弟总把头发留的极短，然后抹足发胶在额前固定一绺弯弯的头发，帖在脑门儿上。时不时地带个假发换换口味。有一回，麦弟披着齐腰长的深棕色长发来上班，伶俐说，你又买了一个假发吗？麦弟抓起伶俐的手去揪，揪不动。麦弟得意地说，我花了五百块钱去做了一个“头发接长”，花了一整天的时间呢！你看是不是象我的真头发？伶俐拨开麦弟头发一看，呵，原来是把长头发一小缕一小缕地绑在自己的真头发上，绑得仔细，所以根本看不出假来。伶俐说，早听说美国加州的大明星们喜欢接长头发，原来是这个样子的，怪不得贵，要买好的真头发，染成自己相配的颜色，再这么几根几根地绑起来，多费事啊！不过效果真是绝，跟真的一模一样。麦弟说，咱们也学着做吧，以后咱们俩自己开店，这可有钱赚了。不过，实话告诉你，我昨夜整夜睡不着，头皮拽的生疼，不习惯一下子增添这么多负担。那个发型师告诉我，要疼两个星期呢。天啊，伶俐想，倒给自己钱，也不会去受这样的罪。

麦弟追求新奇刺激的花样还不仅仅停留在频繁地改变自己的外部形象。一天早上，伶俐正在打扫工作台，麦弟一进门，就夺下伶俐手中的清洁液，把伶俐拉到厕所，说，我在身上打了一个环儿，你看好不好。说完，就拉开紧身小毛衣和红色偻空胸罩，伶俐还没来得及反应过来，麦弟左面的一只大胸脯已经亮在伶俐眼前。只见嫩红色的乳头上垂着一个指甲盖大小的银环儿，像是山头上迎风的一面旗帜在飘动，招唤着全世界的颂扬。伶俐啧着舌头说，好看是很好看，疼不疼啊？麦弟说，疼一下就可以一直美下去，还在乎疼吗？说着，把胸罩拉好。伶俐问，你男朋友怎么说？麦弟扭着肩膀，做出色迷迷的样子说，他说舌头舔着这小环儿，特别容易兴奋。噢，那滋味....说着，双手握在胸前，一付很神往的模样。伶俐推了麦弟一把，说，你这个小色鬼，快干活去吧，大白天也不忘说梦话！

和麦弟相处得久了，伶俐觉得麦弟就象一个五光十色的玻璃球。从不同的角度看，就闪烁着不同的色彩，有时会变化出咄咄逼人的绚丽色彩，有时又会洁净清亮得玲珑剔透。不过，麦弟也有欲言又止的时候。有一次，她问伶俐，你说我是个好女人，还是个坏女人？伶俐说，就冲你收养孤儿这一条，你就配称做一个好女人了。麦弟却露出一丝伶俐从未看见过的苦笑，眼神里闪烁着忧伤，好象明亮的湖水一下子被阴云遮住了。人其实是很复杂的，麦弟呐呐地自言自语着说。

冷风还在呼呼地吹，麦弟穿过马路，小跑了几步跑到伶俐面前，说，你早啊，伶俐！伶俐说，这么冷你还穿凉鞋，小心得关节炎。麦弟摇了摇涂得红红的脚趾甲笑着说，我有那么娇嫩吗？伶俐跺着脚，用手捂着冻红的脸说，苏珊今天可该早点来，不然咱们俩要冻僵了。

伶俐和麦弟经常是这个美发厅里最早来上班的，伶俐是从小在国内养成的从不迟到早退的好习惯，而麦弟这么个随便潇洒的女孩儿也会这么守时，就有些出人意料。伶俐记得麦弟说过，因为不去想明天，所以就好好地、认真地过今天，也许按时上班就是麦弟“认真”的一部分吧。

麦弟也开始跺脚，一边说，你猜怎么着，我女儿昨天晚上从楼梯上摔下来，吓得我半死，幸亏我在家。我开快车送她去医院，被警察拦在路边，我心里着急，眼泪就下来了，我说孩子看病要紧，对不起了，那警察就把我放了，连我的驾照也没有要，要了就麻烦了，你知道我一直无照驾驶吧？伶俐说，天啊，你开车开的那么好，干什么不考个车本呢？麦弟耸了耸肩说，懒嘛，真该考个车本了，然后我就换个敞蓬吉普，到处兜风，那才过隐呢。伶俐说，真没见过象你这样无忧无虑的人，好好的车又开腻了，车本也没有，就想兜风，从不知道节省，亏了有你丈夫养你。麦弟说，我和他之间说不清，没准明天就离婚，谁要他养，我自食其力。

伶俐心想，嘴硬的麦弟，尽管你住的是政府救济的便宜房子，孩子每个月也有政府帮助收入低的家庭提供的牛奶金，可瞧瞧你那开销，苏珊给你的那几百块钱怎么够花？谁会相信你自食其力呢？倒也不去拆穿她，回头问，孩子摔的怎么样了？麦弟摇着头说，虚惊一场，不过是擦破了一层皮。今天早晨送她去幼儿园，她对幼儿园的阿姨说，你看我妈妈多漂亮，象不象巧克力？亏这孩子想得出来，伶俐，你看我的皮肤真的和巧克力一个颜色呢！

伶俐笑了起来，这可爱的麦弟，她的生活似乎拥有没完没了的笑料，所有的问题到她那里都大而化小，小而化无了。伶俐对这种无忧无虑的人生态度羡慕得要死，只可惜自己总是想了丈夫想孩子，想了今天想明天，想象麦弟那样潇洒起来，可真是不容易啊。

伶俐和麦弟正说着话，一个穿着运动衫跑步的中年白人男子从她们的身边跑过，又好象想起什么似的转过身冲着她俩走回来。那男人走近后，眼睛紧紧盯着麦弟，上上下下打量她，不久脸上就泛上来一股嘲讽的笑容，他问，你白天在这里上班吗？剪个头发要多少钱啊？麦弟脸色一下子变得僵硬起来，也不回答，猛地背过身去，盯着“一角发屋”的招牌看起来。伶俐尴尬地对那个男人说，剪吹一共是十九元，一会儿开了门，你来剪吧。那男人眼睛仍盯着麦弟的后背，冷笑了一声，不情愿地走开了。

这时苏珊的车停在门口，推开车门就连声说，抱歉抱歉，临出门接了意大利老家的电话，不好意思挂掉，多说了两句就耽搁了，让你俩等急了吧？伶俐说，没事没事，我们在原地跑步锻炼身体呢。麦弟一直没再做声，进了屋里，也一直沉默，好象在想什么心事似的。伶俐觉得那个男人的出现好象令麦弟十分不安，可也说不出哪儿不对劲。客人陆续进门，伶俐忙碌起来，就把身边有点古怪的麦弟忘到脑后去了。

秋去冬来，伶俐每天过着上班做头发、下班做饭带小孩的生活。一成不变的日子好象一个自动手表，嘀达嘀达地往前走。伶俐的丈夫大伟在电话公司做电力工程师，薪水不错，两口子很恩爱，虽然社会地位比不得在国内的时候，小日子也算是蒸蒸日上的。不久，伶俐把母亲接了出来，帮自己看小孩儿，伶俐和大伟开始有了一点属于两个人的时间，可以出去散散心。

这天是星期天，伶俐赖在被窝里不起床，丈夫歪在枕头上看报纸。

伶俐推他一把说，你到底带不带我去？这么个小小的要求，求了你几年，你都不肯答应。在国外生活，这好歹也是外国文化的一部份，看看有个感性认识，就怎么了？要不是为了你的感觉，我早就和女朋友们一起去看男人脱衣舞表演了。大伟扔下报纸，转身看着妻子那付赖稀稀的样子，伸手捏了伶俐的小鼻子一下，说，你真闹，没见过一个女人家这么想看脱衣舞表演的，我一个大男人不是也一次没看过，身上少了一块肉没有？伶俐翻了一下白眼，抱怨说，又不是让你脱衣服，你干嘛这么正人君子？你带我去，咱们就去看女人表演，你如果不带我去，我可真的要去看男人表演了！大伟叹了一口气，说，去就去吧，我是怕那种东西看的多了，会污染你纯洁的心灵。我怕什么，我巴不得看一看老外的大乳房呢。伶俐格格格地笑了，伸出胳膊绕住大伟的脖子说，今晚上就去，好不好？真金不怕火练，考验你的时候可是到了。大伟用下巴蹭着伶俐的额头说，真拿你没办法。伶俐说，我们就去那种男女都可以进的脱衣舞厅。有个客人告诉过我，门票大概十元的样子，是不准摸的那种，都是姑娘们脱衣服，是不是很合你的胃口啊？大伟翻身搂紧伶俐，说，有这一个对我胃口的还不够吗？

大伟从电话簿上查到一个规模似乎不很大、距离不太远的脱衣舞厅。天黑下来，两个人就兴高采烈地开车前往。

伶俐钻出汽车的时候，心里跟有个小兔子在蹦似的兴奋着。舞厅门脸不大，门框上面的霓虹灯阴森森地闪着幽暗的光芒。四周围看不到什么人进出。

伶俐问大伟，是不是走错了？大伟说，没错没错，进去不就知道了吗？伶俐跟着大伟走进门，震天响的音乐一下子装满了耳朵，屋里灰蒙蒙人影晃动。因为是可以吸烟的舞厅，可以嗅得出浓烈的烟味和啤酒香气混合在一起的味道，这味道像是发酵粉似的让伶俐觉得全身有要膨胀的感觉。大伟买了票，两个人手把手往里走，找了一个空桌子坐下来，要了两杯汽水。桌子靠墙，躲在灯光的阴影里。两个人都有一种藏在身体里面的羞耻感，虽然是看别人脱衣服，却好象自己很不光彩似的。灯光的阴影正好掩盖了两个人的不安。隔了三四张桌子就是一个圆形舞台，舞台上彩灯闪烁，一个穿着三点装的金发女子正把身体贴在一根闪光的柱子上，蛇一样蠕动着，做出极具挑逗性的动作。女人的双臂交叉在胸前，转眼之间胸罩就不见了，腾跃出一对硕大鲜活的乳房来，四周响起一片高低不齐的喝彩声。伶俐虽然是女人，也感觉到全身每根汗毛都准备站立起来似的兴奋昂扬。扭头看大伟，大伟也看伶俐，很尴尬地笑着。伶俐从桌子低下伸手去摸大伟的裤子，一下就碰到硬邦邦的东西。好没出息，这才刚坐下呀，怎么能经得住考验呢？伶俐调侃着说。大伟拨开伶俐的小手说，快看快看，花了钱，就得饱个眼福，不要造成浪费。别看我，回家有的是时间看我。

伶俐朝四下里观察了一下，看客多是单身男人，也有几对男女和伶俐他们一样坐一张桌子的。伶俐的目光停在不远处一个男人身上，这男人好象在哪儿见过，好眼熟。这时身边响起一片轰鸣，伶俐收回目光往台上看，只见那女人已经一丝不挂，随着音乐，一条腿踢的半人高。伶俐混身燥热起来，她忽然想到这女人的母亲，谁的母亲会想象自己的女儿做这样的职业？

这时，伶俐听见那面熟的男人大声地招呼侍应生，说要什么人来跳“桌舞”，伶俐皱着眉头想不出在哪儿见过这个男人，又想，咱也借光见识见识什么叫“桌舞”吧。台上的女人还在左摇右摆，大伟突然从后背推了伶俐一把，说，你看你看。

伶俐顺着大伟的手指方向看去，只见一个黑女人带着银色的大眼罩，头上顶着一个银色的高冠，披一见银色披风，从边门象幽灵一样飘向这边。披风下面是银白色长羽毛装饰起来的三点比基尼。女人走到那陌生男人面前就开始随着音乐优美地摇摆起来，披风跟着抖动，伶俐几乎感觉得到披风掀起的气流忽强忽弱地扑面而来。女人跳着跳着爬上了男人面前的桌子，一只手揪开披风拿在手里在那男人面前撩来撩去，另一只手慢慢地顺着自己的身体往下摸。那男人仰靠在椅背上，咧着嘴笑着对那女人说着什么。女人身上的羽毛胸罩和小裤衩后面拖着的长羽毛尾巴随着她身体的扭动颤抖着，因为羽毛是白色的，她的皮肤更加显得黑亮透明，光嫩无比，整个身体在摇摆之中仿佛完全没有骨头似的。那男人的目光顺着她修长的大腿往上爬行，伶俐感觉到自己的小腹一阵紧一阵热，好象也在热切地等待她脱光的那一霎那。

天啊，看这样的表演，男人怎么能受得了呢？幸亏不许动手摸，否则这女人还不被这群男人生吞活剥了才怪呢。伶俐看那女人并不着急，只见她变戏法似的把胸罩上的一根羽毛揪下来放进自己的两片嘴唇之间抿了抿，用两片指头夹住，在那男人鼻尖前面扫来扫去。另一只手在胸罩上面做着抚摸的动作，像是要解开，又忽地转了方向去抚摸一紧一缩的肚子，这样反复了好几次，伶俐觉得自己的喉头被挑逗得十分干渴，忍不住抓起汽水喝了一口。这时，那羽毛胸罩后面的尤物终于在千呼万唤之后突然地展示出来，骄傲地拱起，丰硕得如同打麦场上平地上隆起的麦垛，上面撒了鳞粉，闪着跳跃的银光，左乳头上一个摇曳的小银环轻巧地摇晃着。

伶俐的脑袋一阵悬晕。伶俐闭上眼睛让自己歇口气，又睁开来，不知道自己是不是眼花了。那女人的银色大眼罩遮住了大半张脸，看不清表情。只见那眼罩下面嘟着的一张厚嘴唇，鲜亮闪光，口红抹的一丝不苟。这张嘴，伶俐在理发镜子里看到过无数次，熟悉的可以背住了。那女人左手高高地绕过自己的后脑勺，右手在小腹上画着圆圈，一点一点地往自己的小裤衩里伸去。她脚下的男人张着嘴，半个舌头露在外面，一伸一缩地做着下流动作。

伶俐的胃开始绞痛，一股酸水涌上喉头，她想起来这就是那天早晨穿运动衫跑步的那个男人。眼前的一切一下子变得模糊起来，震耳的音乐和人们的大呼小叫离自己好象很远很远。伶俐呆在那里，脑袋空白得象一张白纸。悲哀，烟雾一样在伶俐身体里弥漫开来。你怎么了？怎么突然哭成这个样子？大伟焦急地问着，一只大手来抹伶俐满脸的泪水。到底怎么回事？怎么好好的就哭了呢？伶俐傻傻地扭过头看着大伟，呐呐地说，大伟，那就是我每天挂在嘴上的麦－－弟。大伟也愣了，他默默地站起来用身体挡住伶俐的视线，一边给伶俐擦泪，一边拉起伶俐，说，走吧，我们走吧！

两个人沿着墙边绕到门口，伶俐回头望去，桌子上的麦第在泪水后面模糊得象个黑色的影子，影子身上的羽毛尾巴已经不见了，两个圆滚滚的屁股猛烈地抖动着，两腿的姿势很象中国武术里的马步。又一股泪水涌入眼帘，黑色的影子被灯光笼罩，幻化出五颜六色的光芒，汹涌的泪水吞噬了那影子，剩下一团五彩的颜色在伶俐眼前晃动、晃动。

两个人默默地走出舞厅，大街上静悄悄的，像是另一个世界。大伟搂着伶俐瘦消的肩膀，用自己的脸贴着伶俐的头发。伶俐仰头看天，叹了一口气，说，天怎么这么黑，一颗星星都没有啊！

邀请

妮歌特请赵鑫去她家给戴维做按摩，赵鑫心存忐忑，吃饭时忘了给迟行宜倒饮品。

迟行宜和以往一样，坐下就懒得站起来，他说："老婆，麻烦你给我倒杯橙汁吧。"赵鑫起身倒了橙汁咚地摆在他面前，橙汁飞溅出来，立刻洇湿了桌布，他的眉毛跳了一下，"哪儿来这么大火儿？"他白了赵鑫一眼。

闭紧嘴唇，她沉默，心里恨着：世界上再没见过这么懒的丈夫！一进家门手脚就瘫痪，儿子暑假回来都知道帮我洗洗碗。我也是人，我也全职工作，我也知道累！一杯橙汁自己不会倒吗？

整顿饭赵鑫一句话没有，心里气哼哼的。这么个丈夫，真对他做点出格的事也没什么对不起他，给他当牛做马二十五年了，怜香惜玉完全不懂，床上的温存，床下的体恤，都是零。凭什么我就得无休无止地隐藏真性情，无休无止地压抑自己，无休无止地对丈夫忍耐和付出？妮歌特电话里的话，这时咄咄逼人地穿插在她内心对丈夫的抱怨声中："你给戴维按摩的时候，我抚弄他下身，你就看着，如果有感觉，我们就继续，没感觉就保持现状。"赵鑫感觉头大，烦躁异常，三人性事邀请，到底该怎么答复她？一拖再拖，今晚就要答复了。

拾掇厨房时，赵鑫手里忙着，大脑比手更忙，妮歌特的影子怎么赶也赶不走。

妮歌特是个忠诚的客人，跟了赵鑫十五年，像森林里被科学家研究的动物身上打上的编号铜钉，动物想甩是甩不掉的。还是在 Spa 上班的时候，妮歌特就迷上了赵鑫的按摩，每周来做。赵鑫的手和尼歌特的皮肤上上下下发生密切接触的同时，两颗心的距离就电路一样连通了。按摩着，有一搭没一搭地聊着天，什么家长里短，什么新欢旧爱，彼此的秘密抖落个清白，客人和美容师的关系就多少有了些朋友的亲密，尽管除了在 Spa 见面，她们并没有额外的接触。

赵鑫的美容小店开张的时候，妮歌特义不容辞地跟了过去。赵鑫是光杆司令，老板和雇员就她一人。做一个没有野心去发财的单干老板，有个莫大的好处：乐是自己，累也是自己，饿不着，发不了，图个自己说了算，想开就开，想关就关，这小店于是更像一个让她自由自在释放身心压力的场所。这个场所坐落在赵鑫家侧门开出的一个套房里，隔着一道门就是赵鑫家厨房，确切地说，它是属于她家的一部分。

妮歌特跟了过去，住得远，一周一次美容变成了一月一次，深闺之秘一如既往地翻来覆去说不尽，可叹人类在每个新的一天里都未曾停止过制造故事，女人的嘴里就永远不会缺少谈资，话题是长江水一般滚滚而来，流不尽的江水，唠不完的磕儿。赵鑫自己的时间自己掌权，一小时的美容三小时也做不完。公共的美容场所变到家里，妮歌特的到来就多少有了点串门儿的意思，早早的赵鑫会泡了茶等她，有些盼望的心思。碰巧高兴了，做到一半，拎出红酒来，两人碰了杯，喝得微醺，粉面桃花，明眸流盼，再接着劳动的劳动、享受的享受。钱是照付的，妮歌特总嫌赵鑫收的便宜，额外加上胖胖的小费。

每年有那么一两次，两人约好了出门吃饭。妮歌特喜欢尝试新鲜事物，就着赵鑫这个中国朋友自然赖着要吃中餐，赵鑫就义不容辞当个就餐指导员。妮歌特嘴硬，说自己使筷子很老练，是前日本男友训练过的。第一次吃烤鸭就露了馅儿，她握着筷子的细头用粗头夹葱丝，赵鑫忍不住乐，头次见颠倒了用筷子的，才知道一些自然而然的事情对于另一些人是相反的自然。妮歌特据理力争，说用细头夹菜难度明显增大，发明筷子的人一定搞错了。赵鑫笑说你那日本男友看来是假冒的，妮歌特也不忌讳，说前男友只处了十天，日本男的关键部位不够规格，床上不协调，立刻散了伙，日本餐只吃过一次，筷子不会使就用手，寿司有海菜皮，有皮的东西原本就是方便用手抓的，床上都挥洒过了，餐桌上的矜持也就省略了。

妮歌特艳遇很多，她喜欢具有外国风情的男性，亚非拉青年兼收博采，阴茎做过包皮手术的尤其受她青睐。“他们能持续更长时间。”妮歌特说起床上的事基本无遮拦，对自己的性取向深表满意。“你们怎么样？时间长吗？”她的问题直截了当。

“很长，长到我们夫妻彼此足够满意。”赵鑫撒谎撒的不露痕迹。为什么要把人生最隐私的秘密泄露出去？不愉快的隐私更应该打包封藏，让它远离现实，以减少曝光的痛苦。没有一个朋友可以亲密到胜过夫妻之间的肌肤相亲，也就没有一个朋友可以分享这个顶级的秘密，在赵鑫的人生哲学里这个限制级一直存在。

赵鑫一直认为自己是有多重人格的女人，表面的平静包裹着内心的躁动，贤慧的瓤子是歪门邪道。她装得很好，结婚这么多年迟行宜都没发觉，儿子都上大学了。认识迟行宜之前赵鑫是有过几个男朋友的，有些男友很会体谅女人，床上的高潮和床下的高潮都会就着女人，所以高潮她是懂的。可惜那些明白一种高潮的男人往往也比较会寻找各种各样不同的高潮，对于赵鑫的人生理想，那是很奢侈的追求，失了平稳笃定安宁的境界，这样的男人做不得老公。过日子是柴米油盐的平平淡淡，分分秒秒日日月月地翻页，和高潮距离遥远。迟行宜天生是个做老公的料，义无反顾地嫁他，二十五年过去，赵鑫对这个选择从不后悔，他对高潮理解的幼儿园水平最好忽略不计。

关于“护手霜”的使用，赵鑫是不觉得羞耻的，尽管她明白这可能构成对迟行宜的藐视。那时她三十出头，情欲正旺。在外早九晚五辛勤工作，在内照顾小孩承担家务任劳任怨。忙完一天，累的骨酥筋软，就渴望一双坚实的臂膀紧紧地相拥相扶，很好地高潮一下，释放疲劳，平衡荷尔蒙，为明天充电。可惜这样的渴望只能停留为永远的渴望。迟行宜两个月无房事也不会感觉憋屈，那个臂膀缺乏温度，拥抱的功能几乎没有。赵鑫怀疑他性冷淡，可她不能说，如果真冷淡，说了也热不起来，还会冷上加冰，造成他的心理压力。赵鑫的煎熬漆黑一片，那“护手霜自救术”几乎成了暗夜中一盏充满希望的明灯。

护手霜搁在卧室的梳妆台上，是一个别致的设计，圆形的盖子，圆润温柔地罩在粉色的塑料管上，它模样乖巧，体积合适。那是一个多么神奇的发现啊，她几乎被自己胆大妄为的想法吓坏了，但赵鑫没有力量停止这个罪恶的念头。确定家里没人，她起身拿起它，走进卫生间，用香皂给它洗了一个彻底的澡。美观是需要的，卫生是需要的，尽管它要承担的的工作如此不堪。

它工作得很敬业，受她控制，听她摆布。它的整体就是它的定义和性别，它任劳任怨，强度持久，角度多变，不达目的决不罢休。她与它的交流是专注而任意妄为的，不需在乎它的感觉，不需体谅它的体力。它的毫无头脑如此刺激着她膨胀的渴望和感受力，它的优秀令她疯狂。世界在它和她身体亲密欢愉的时刻悄然遁去。那是一个晴朗的白天，窗外艳阳高照，清风徐徐，树影斑驳。床上的她如那风中的树影一样抖动不安，肌肤欢乐着，思想欢乐着，灵魂的悬浮自由自在。潮水的退去缓慢而持久，赵鑫像做了一场史无前列的黄粱美梦，久久不愿醒来。

迷上“护手霜”是无法抗拒的，它和从前一样静静摆在梳妆台上，却富有了生命的珍贵意义。赵鑫从它身边经过，轻扫一眼，心中立刻琴弦般搏动一下，甜蜜掺杂着羞耻心，幸福伴随着罪恶感。它不言不语，不会泄密，它忠实地顺从她，填补着赵鑫生命中一断难言的空虚。

每每和它亲密之后，赵鑫便加倍地善待迟行宜，他的衬衫熨烫得格外平整，饭桌上给他夹菜更加频繁，冲着他的笑脸十分阳光。她可以给自己的行为找到无数恰当的借口，这与红杏出墙有着本质区别。感情没有出轨，身体的投降只是对一个不言不语无思无想的物体，这投降挽救了生活，平衡着乱套的荷尔蒙，释放着积压成愁的怨烦。她的脾气小了，抱怨少了，生活更加和风细雨了。这一切良性改变的直接收益者就是迟行宜。她开始忽略他的冷淡，够了，有他模范丈夫的大众角色，有护手霜的隐秘陪伴，生活是完整无缺的，她满足。

对妮歌特撒谎的时候，护手霜的美丽与魅力在赵鑫头脑里稳固停留。“很长，长到我们夫妻彼此足够满意。”这里的“夫”是个迟行宜加护手霜的综合体。在妮歌特把恋人家具的尺寸和拥抱力度对赵鑫详细评说的时刻，假装专注的她心中却升起莫名的悲哀。她羡慕妮歌特的真实，厌恶自己的虚伪。护手霜是不会拥抱的，它没有思想和温度，她所制造的甜蜜只是一个让自己满意的假像，假得几乎像真的一样，骗得自己完全相信了甜蜜的存在。

顺便说一句，妮歌特是个良家女子。她金发碧眼，长着西方女性典型的枣核形身材，从胸脯到臀部的肿大是漫画型的，庞大的中部上端，顶着一张好看而精心装扮的脸。妮歌特爱美，除了美容美甲常年如一日地持续，每日的化妆也一丝不苟，衣着和首饰搭配讲究色彩与质地。她在政府部门做法律顾问，律师是从法学院毕业就考上的。

妮歌特进入那个特殊的减肥计划之后，每周规律地去见医生做血压心脏等多种测试，每月的美容也变为两周一次，除了全身按摩和修眉做脸，还增加了配合减肥的腹部除脂按摩。她的身体像漏气的气球，以惊人的速度缩小着。半年，一百磅就在赵鑫眼皮下蒸发没有了。那半年她享受着人们惊讶的目光，少了那一百磅，她漂亮得几乎像了电影里女律师的标准角色，得体的白领套装裹着匀称的身体，步伐轻快如飘在水上，下颚上扬，露出自信的神采。她那精干来自甩掉了累赘的解放，人看起来年轻了十岁。只有赵鑫知道她的紧身裤里打着大褶子的大腿是怎样的与众不同，那里藏着的残酷是手术刀欲解无解的难堪。

赵鑫抚摸着她日渐松弛而多余的皮肤，夸奖了，再接着夸奖，心里却为她泪流成河，她大腿上多余的皮肤可以拎提出一张 A4 大小的纸张来了。只有赵鑫可以看到她从十八号减到十号的衣服下面这层多余的隐秘，这张隐秘的 A4 丑陋不堪。

赵鑫说："你想过做手术去处这些皮肤没有？"

妮歌特摇头，说："反弹了怎么办？减肥最艰巨的问题不是减掉脂肪，而是让减掉的脂肪不再回来，现在割了这些皮，脂肪万一回来，往哪儿放？"赵鑫无言以对，她眼角的一丝泪光让她不知所措。赵鑫甚至对自己的苗条感到羞耻，她没有条件与妮歌特同甘共苦，她无法体会多余的脂肪给生活带来的沉重考验。

她的同情心在指尖温柔地输出，按摩格外仔细。

妮歌特用手指着，说："这里的肉还算紧。"

赵鑫就在"那里"多抚摸了一会儿，嘴上说："真为你骄傲，脂肪都减成肌肉了。"

"那里"是大腿根部。妮歌特说："不管你说的是不是真话，你总是夸我，给我自信，我恨死了自己难看的身体，可在你面前我觉得自己的身体是很美的，你按摩着我，我很快乐，我越来越离不开你了。"说这话时她爬在按摩床上，看不见她的表情，但她声音里颤抖着深情，有种甜腻的暧昧在空气中弥漫。赵鑫庆幸她看不到自己尴尬的表情，当面赤裸地表露这种心迹，是在考验她的承受能力。

那丝暧昧让赵鑫的确感到局促不安，却给了她一种前所未有的兴奋。她感觉指尖燃烧着烈火，它并不在乎对"那里"甚至对"那里的邻居"进行抚摸。那暧昧甚至刺激了它探索的欲望，这让她感觉恐惧。她抑制着心里加速流淌的血液，抑制着超出友情的杂念，手指下意识地远离了"那里"。必须撤离。良家女子是不可以让手指燃烧的，这太过分了，你没有开放到那个高度。手指的火焰就这样被人为地熄灭了。后来，每次给妮歌特做按摩，都会有三番五次的燃烧和熄灭，这种看不见的斗争使赵鑫站在雷池边缘而岿然不动，良家妇女于是一直保持着行为上的纯洁 。

妮歌特认识赵鑫的这些年，结婚与离婚，衷情与奸情，完整的记录片在赵鑫面前播放。相识、恋爱、欢乐，争吵、分手、痛苦，五味酱瓶揭了盖子让她逐一熏陶。赵鑫试图理解妮歌特感情的渴望和善变，全力支持也好，一知半解也好，全盘否定也好，都微笑着点头倾听，还给她的永远是理解的目光。

头一次她带戴维来的时候，赵鑫没有思想准备，她不做男客的原则在妮歌特这里只好作废，有她陪伴，男客也没了男客的忌讳。戴维面前这个竭力讨好的女子，却令她吃惊。过后，她沙哑的嗓音在电话里兴奋地说，我就是想给他一个享受，他的可爱是只有你见到了才可能体会的，你见到了，体会到了，是不是？我可不在乎为他花钱，只要他高兴，花多少我都乐意。

戴维是个高挑的法裔中年男子，一张生就的笑脸在相识的一瞬就缩短了陌生的距离。他皮肤白皙光滑，中年的松弛恰到好处。赵鑫奋力抚摸他后背的时候，妮歌特就坐在床脚给他揉脚，他俩有一搭没一搭地调情。妮歌特说："我揉脚该得布隆宁点数（bronwnie points，口语中值得夸耀的奖励点数）"他答："我周末修了你的新花园，点数累积，你赶不上我。"妮歌特说："这样就赶上了。"说着就挠他脚心。戴维就伸长了脚踹了她的胸脯，妮歌特说："你就不能等到做完了按摩回家踹？抽上 Pot（迷魂药物），你想踹哪儿都行。"说完俩人就不遮不拦地荡笑。想象一下赵鑫在这种环境里的尴尬处境，笑也不是，不笑也不是，插话也不是，不插话也不是。她却总是笑着，时不时和妮歌特交换一个默契的眼神，不插话也似乎插过话一样的随便。他俩畸形的恋情在赵鑫面前可以任意挥洒，这里没有社会公认的道德法规来评判这对恋人的难舍难分，她变成了他俩的同谋。她是个敬业的美容师，专心工作，做同谋的时候让客人感觉舒服是赵鑫的职责。

戴维的确懂得疼人，言语慷慨，褒奖之词决不吝啬，他说："我不想起来了，你的魔术手让我陶醉，这是世界上最好的按摩。"

妮歌特得意洋洋，说："我什么时候骗过你，我能给你的都是最好的。"

妮歌特已经付了帐，戴维在门口抽烟，他的烟也是妮歌特买的。在独善其身的西方社会，妮歌特这样金钱上的大包大揽非常罕见，即便她赚得比戴维多得多。除了深爱和唯恐失去戴维，没有其它原因可以解释。

戴维表演着繁忙的两面人角色，一演就是 2 年。他是水厂技术员，不固定的倒班工作制，容易躲过妻子儿女的耳目。据说他是个好父亲，喜欢陪六岁的儿子玩旱地冰球，会给四岁的女儿梳辫子。他的妻子在政府工作，半职。两人曾经也是爱得死去活来的，有了孩子，妻子的重心转移到了孩子身上，对戴维逐渐冷淡甚至忽视。戴维是个需要很多爱的人，于是上网求友，就和妮歌特恋上了。网恋到电话恋到见面恋，顺利而迅速，目标明确，性伴侣。

妮歌特和戴维一周一次在汽车旅店翻云覆雨了三个月，还不知道戴维叫戴维，彼此的真实姓名都心照不宣地隐藏着。妮歌特对她描述两人的床戏时用了代号 Big P，戴维的阴茎很大。他们疯狂的性游戏包罗万象，口交、肛交，性工具的使用无不尽其极。一次妮歌特来月事，她兴奋地对赵鑫说："太好了，可以理所当然地肛交了，那种高潮是截然不同的体验，你愿不愿意试试？"赵鑫笑着摇头。妮歌特说，有一天我会说服你的。她没有说明说服什么，和迟行宜肛交是下辈子的妄想，妮歌特也不会去说服迟行宜，那么她要说服赵鑫的是什么呢？

妮歌特减肥的艰苦过程把她和戴维的爱情引上了健康发展的康庄大道。戴维的精神鼓励和频繁的身体问候令妮歌特感动得不知所以。戴维心善，从不耻笑妮歌特的胖，他甚至夸奖她的肥厚，说："能减就减，减不了也无所谓，你的肉让我陶醉。"妮歌特的心中就不由自主升华了爱情，尽管妮歌特明白什么是坦率的真，什么是善意的谎。除了坦白了真实姓名和职业，妮歌特义无反顾地迷恋戴维，待他像丈夫，领他会朋友，见父母，开始公开在家留戴维过夜。她暗下决心，就算为了戴维，也一定要减掉这身滴沥浪荡的赘肉，那才对得起精干的戴维和戴维不忌肥肉的爱。单纯的性上升到爱所需要的铺垫被妮歌特减掉的肉垒了个厚厚实实，所有胖女的自卑在戴维眼里都变成了夸奖和鼓励的美词，妮歌特的软弱在爱情的滋养下转变为坚强，一百磅的消失就是爱情的证据。

妮歌特和前夫离婚后买了一所漂亮镇屋，在家里自由自在地生活和云雨，原本就即经济又舒心，比那汽车旅馆更像一个过着的日子。戴维两头住，上班五小时他会和妻子说十小时，于是有了额外的五小时和妮歌特厮守相伴。妮歌特家的花园被戴维拾掇得像花店，邻居邻里看见戴维弓在花园草坪上的身影，都微笑着打招呼，那是一个公开的正式男友的形象，谁也想不到他的另一半拥有法律凭据的家人正在等候这位丈夫和爸爸回家。

妮歌特的故事赵鑫偶尔会对迟行宜说两句，戴维的婚姻背景是省略的，男女之楚河汉界在迟行宜的世界里清清楚楚，婚外情是丑恶的非道德行为，坚决排斥，人性的渴求与难以定义，对迟行宜来说虚无缥缈。赵鑫知道自己对戴维和妮歌特畸形恋的认可态度如果向迟行宜坦白，立刻会迎来严肃批斗，被禁止和妮歌特继续交往也是可能的。所以关于戴维和妮歌特如何在她面前调情，戴维的皮肤如何松紧适度，迟行宜一无所知。她工作时，工作间禁止家人进入，客人需要隐私，服务需要隐私。

做美容客人是一项工作，在迟行宜脑子里和他面对计算机的办公室工作一样简单明了，糊口的一碗饭。他常年面对机器的大脑想象不出、也不去想象自己的妻子在人来人往的工作环境里，大脑会有怎样无边的可能性。整日与人相处会怎样造就一个人思想的变化，故事会怎样莫名其妙地产生，都超出迟行宜的想象力。如果知道他自己的家里经常会上演一出奸夫淫妇挑逗淫亵的“恶心”秀，赵鑫的家庭生意就再也别想存在了。

妮歌特和赵鑫好，迟行宜是明白的，但赵鑫的客人大多都和她好，迟行宜对妮歌特的特殊性没有感觉。妮歌特离婚时迟行宜说：“他们老外，经常离离婚，正常。”赵鑫说：“你知道为什么妮歌特对前夫不满意吗？他不懂得体贴女人，对妮歌特没有足够的身体语言和言词上的肯定，妮歌特倔强，不高兴就离，如果换了我，就没有这个勇气。”赵鑫说这话的时候有个小心眼儿，说好听点儿叫影射，说难听点儿就是指桑骂槐。妮歌特前夫的毛病恰好也是迟行宜的毛病，迟行宜能从她的话里体会这种共性和危机吗？迟行宜没接茬，他的心思用在怎么装修家里的地下室。他认为“体贴”、“身体语言”、“言词肯定”都是些虚的东西，生活中毫无现实意义，无意义的事情做它干什么呢？所以他从来不会生出内疚感。赵鑫曾经要求他上班之前拥抱告别，他做了两天样子，拥抱的臂膀没有温度，她感觉不到他温柔的心跳与告别的亲密，他的形式主义立刻让她厌倦了这像模象样的形式。他从来不知道婚姻的和美也需要男人委屈点儿自己的心性来讨一下女人的欢心，他更不知道他的妻子和妮歌特一样强烈地渴望这些虚的东西。

自己的被动和软弱赵鑫是明白的，有一条没有桥的大河横在她和迟行宜中间，她看得清清楚楚，但迟行宜看不见。她想，责怪盲人看不见日光是不应该的，因为“盲”，他有理由看不见。又好像动物世界，狮子永远不会对山羊的食物青草发生兴趣，各归其累，各尽其责似乎已经足够，世界因此平衡。她于是选择沉默。这是闪烁着理性光辉的沉默，是一种委屈求全的大度和慷慨，是一种家庭里弱者的服从与奉献。如果这种理性可以持久和坚定该多么好，赵鑫就不会痛苦地寻找自救术，护手霜就永远只是一只普通的护手霜了。很遗憾，她的理性经常会遁去，它在身体的欲望和感性的渴求面前，不堪一击。迟行宜的不痛不痒和他望着她好像望着一件家具的目光经常令她委屈和气愤，但赵鑫不言不语，心里流着岩浆一样热腾腾的血液，只能是不为人知的地下河。她温柔顺服的性格给她的嘴巴贴了封条，她无力撕掉这封条。咚地把橙汁溅湿桌布，也就到了头。

关于她与迟行宜的问题在外人眼里完全没有问题，一对相濡以沫的夫妻。男人，不嫖不赌不抽不喝，两点一线上班下班，对妻子不温不火和颜悦色，家里财政开支、外出旅游、购衣购物，一应事宜全盘包揽，不需妻子操心操劳。女人，知书达理、温文尔雅，工作勤恳、家务勤快，相夫教子、任劳任怨，锅台炕下窗明几净。主内的尽责，主外的尽职。这是一个和美甜蜜的家，一个无可挑剔的家。

所以她不得不经常怀疑和责怪自己，不满来自内部。如果自己眼睛太亮，看到了别人都看不到的东西，错的是自己，不是别人。妮歌特对自己的暧昧吸引是不是上帝派来专门弥补生活的缺乏，她不得而知。但每当她倾听妮歌特的床事，每当她的手接近“那里”，那种冲动的向往的确和迟行宜的失职有着密切关系。如果迟行宜像戴维一样懂得调情，懂得先女人之忧而忧，后女人之乐而乐，懂得让女人在黑夜与白天都高潮迭起，如果她的火山可以在迟行宜面前自由喷发，如果她不需要护手霜就可以欢天喜地，如果有如果，世界上的很多故事就没有了形成的土壤。

回想 3P 邀请的来历，应该追溯到妮歌特的比基尼脱毛。妮歌特因为肥胖，比基尼的毛发都被肥肉拥挤住，不见天日，本来是不需要脱毛的，泳装她从来不穿，海滨也不去，做干净那里的毛发，除了花钱买痛，没有实质意义。她减肥减到大腿根部的肌肉不再拥挤时，突发奇想开始要求增加比基尼脱毛服务了。蜜腊脱毛是北美美容业务里最普通和大众的项目，比基尼脱毛更是脱毛服务中比较常规的服务，赵鑫没有理由拒绝，但她知道暧昧的升级在那样的服务里轻而易举，特别是妮歌特这样已经对她时常暧昧的客人。

妮歌特的比基尼内裤很漂亮，白底红花，薄而透明，隐隐刺出些细软的棕色毛发。赵鑫需要她用手把她大腿根部的皮肤拉紧，她很努力，松弛的皮肤几乎都被推到了肚皮和屁股上，蜜腊顺着大腿根的毛发薄薄抹一层，贴好脱毛布，熟练地快速撕拉。哦，妮歌特尖叫着，似乎来自疼痛，又似乎来自兴奋。哦，哦，哦，很快比基尼外围的毛发就脱净了，光溜溜的大腿罩着美美的底裤。这是一次容易的服务，毛发并不茂密，方向整齐规律，撕拉方便快捷。她在手掌里倒了柔和的脱毛润肤霜，擦在她脱过毛的地方反复擦拭，安抚刚刚受过刺激的皮肤，也把残留的蜜蜡清理干净，这是比基尼脱毛必须的一步善后服务。润肤霜冰凉镇肤，她发出舒适的呻吟。赵鑫的手正准备脱离，妮歌特的手却抓了上来，她闭着眼睛，说，再给我揉一会儿，她的手指引着赵鑫的手重新放到了她的大腿根部。心跳加速，她的一抓一放自然而然，妮歌特没有把她的手放在“那里的邻居”上面，她够矜持，这要求不过分。赵鑫没有逃避，这是合理的工作部位，不是雷池。她轻轻抚摸那略微犯红的皮肤，多余的皮肤被她推成了梯田，松开，变作抖动的果冻，再推，梯田，再放，果冻。赵鑫望着她微闭双眸潮红漫涌的面孔，浑身竟然燥热起来。羞愧，难道自己是双性恋？赵鑫庆幸妮歌特没有把她的手放在“那里的邻居”雷池之上，如果她那样放了，会怎样？那一刻，赵鑫想到了迟行宜，也想到了戴维。想迟行宜，她心里生出无奈和责任，想戴维她心中生出热情和欲望。妮歌特说：“你的手真可爱，你令我兴奋。”赵鑫不答，妮歌特睁眼望她，那眼神里有个钩子毫不掩饰地钩抓她的心。妮歌特说：“我知道你喜欢，你不必矜持，你骗的是自己，委屈的也是自己。”赵鑫低了眼睛，顺手把白毯子盖在她身上，说：“我出去，你可以换衣服了，换好了把门打开，我倒杯酒咱俩喝。”两人坐在起居室喝酒，妮歌特伸手搂了赵鑫，嘴唇贴上来，她没拒绝。妮歌特的手伸在她胸上，赵鑫也没拒绝。她的手朝下移动，赵鑫站起身，说：“你给我点儿时间。”她不理解自己的行为，也不想理解，她只是平生第二次随了自己的心情。而第一次，是随了自己的心意改变了护手霜的用途。

那天，和妮歌特的告别拥抱和平时不同，尽管她已经减掉了一百磅，她身体的庞大还是笼罩了赵鑫，那种笼罩是垄断性的，除了笼罩了肉体，也笼罩了精神。

那天晚上，赵鑫主动亲吻了迟行宜的下身，这在婚后的日子里很罕见，他反应强烈，但之后的一切速度很快，她没有迎来高潮。但赵鑫竟快乐了，因为对迟行宜的讨好如此容易地释放了罪恶感。她没有和迟行宜接吻，她害怕混合的味道，特别是混合了妮歌特和迟行宜的味道，我怕自己会恶心。

之后的见面妮歌特再无行动，她却带来了戴维。妮歌特和戴维的挑逗开始逐渐升级。一次，她把手伸进了盖在戴维身上的毯子底下，身体的中间部位。赵鑫正在给戴维做头部按摩，她装着没看见。那中间部位越来越高涨的时候，戴维抓着妮歌特的手坐了起来，他亲了一下那只大胆而多情的手，他们交换着兴奋而克制的眼神，赵鑫似乎看得到那眼神里播放的幻灯片，各种工具的形状轮番变换着，两人的体位也横七竖八地闪烁着。赵鑫突然觉得自己是肮脏的，皮肤上沾着一层洗不净的粘液，眼睛里装着淫亵的罪恶，她想冲破罪恶的捆绑和那层粘液的阻拦，让眼睛重新清澈，让皮肤可以痛快地呼吸。假装要上厕所，她逃跑一样走了出去。厕所里，她发现自己的底裤早已湿透了。

那些日子，即使妮歌特不来的时候，她也不管不顾地到赵鑫脑子里来串门，一并来的还有戴维慷慨褒奖她魔术手的笑脸。甚至夜里当迟行宜罕见地在她身上努力动作的片刻，她的脑子里也会突然闪现出妮歌特和戴维变换体位的神态和身姿，尽管那不过是语言转变成的视觉联想。这样的时刻，她的身体没有感觉，迟行宜如同一个机械行动的机器人，不存在温度和思想，也没有共鸣和对话，有的只有被完成的任务和任务完成者的劳作。所以她的走神是神不知鬼不觉的，她的歉疚感也可以隐秘地自生自灭，机器人只要自己按照设计程序正常工作，就够了。

有必要提一句，迟行宜是既没有前戏也没有后戏的，即便在浪头汹涌的最高峰，他也无声无息。床上和床下沉默而按部就班地度过了十几年之后，赵鑫的麻木早已变为生活中的必然。和妮歌特的相识相处成了一个彻底的扫盲过程，点点滴滴刺激着她的麻木，她如同一个久睡的狮子，忽然清醒，顿时想到干瘪的肚皮。妮歌特的露骨描述，好像一锅好汤，迅速地填充着腹部的干瘪。那些透彻而无遮无拦的描绘，让她看到了大山背后的平原和海洋。原来自己关在山里如此之久，没有见过大海，甚至没有听过海洋的故事，愚昧地以为世界上只有山。她想到了护手霜，即便发现它美妙之处的时候，她仍然满怀愧疚，向内，向着自己，她的箭戟从不朝外。她从未产生过责备迟行宜的念头，她以为世界上婚后的丈夫都是他这样的“大山”，压根就没有波涛浪涌，没有温煦的海风。妮歌特对她的唤醒让她有些不知所措了，戴维的温存和细心让她大开眼界，也让她无比吃惊。网上相识，神速发展的恋情，其亲密程度怎么会轻而易举地超越一个二十年婚姻关系的亲密？难道自己的生活里竟然缺少着这么多的“原本应该”吗？

赵鑫明白妮歌特和戴维正在拉着她的手想带她走出深山，去海里踏浪，去浪尖玩耍嬉闹。可她的脚步沉重不堪，没走出过深山，她不敢。

她不声不响地做完了厨房的活儿，又不声不响地坐在了电视机前，脑子里纷乱无比，所有的图像都焦距在妮歌特与戴维的欢愉和自己的苦闷之上。她应该走出深山，什么理由可以阻止她渴望海洋？她几乎决定了自己的选择，她需要解放。

电话就在手边的茶几上，她随时可以拎起话筒，她答应妮歌特今晚给她回复，不论是拒绝还是接受。

迟行宜静静地走了过来坐在妻子身边，双眼看着电视。赵鑫觉察到他紧挨着自己的大腿有着轻微的抖动，他似乎有些紧张。她挪开了一点，没出声。他的腿却又移动过来，仍然轻微地抖着。结婚二十年了，他还是会羞，可怜的是她竟然习惯了他这古怪的羞怯。赵鑫扭头看他，他迅速看了她一眼，头又扭向电视机，问："你后天安排什么事儿了吗？"

"后天？周六？"赵鑫没明白他为什么问。"周六我有客人，这次要去客人家里去做。"她在说妮歌特，3P 邀请是周六去妮歌特漂亮的小房子。

"你几点回来？我买了你想看的音乐剧 Cats 的票，这剧里有你最喜欢的那首女高音唱段 Memory，英国歌剧皇后伊林佩吉的那盘 CD 我给你买过，那个英国达人苏珊大妈也唱过的。"迟行宜没再往下说。

赵鑫不相信自己的耳朵："你买了 Cats 的票？"她死盯着他，怀疑他在说谎。

出国二十年，从一穷二白奋斗到今天有车有房，省吃俭用，步履艰辛。看戏是可有可无的事，是安居乐业之后的奢侈，她一直在给自己找各种借口拖延这种奢侈。她想看音乐剧的欲望就这样被自己压抑了十五年。迟行宜多次的建议，总是被她的吝啬阻挠。一张排次不好的票也要 100 块，两人去看就是 200 元，车贷、房贷、儿子上大学的贷款样样需要钱，她怎么舍得为这仅仅两个小时的视觉听觉的享受花掉 200 元？她不舍得。

迟行宜抬起了眼睛，他肤色黝黑，但那层羞怯的红晕还是被赵赵鑫尽收眼底："周六下午五点钟的。本来想给你个惊喜，怕你约了客人，还是今天告诉你，你好有个余地取消客人。后天是……是五月十八日。"

赵鑫不知所措，兴奋和愧疚同时铺天盖地地汹涌而来。五月十八日，怎么彻底忘了？结婚纪念日，二十五年了！银婚啊！妮歌特偷了魂魄，她竟然忘了二十五年的结婚纪念日。她和迟行宜同床共枕二十五个日日月月，竟然忘了。

“Cats 是我最想看的剧。”她低头嘟囔，眼里涌上一层水雾。本来想说“谢谢”，到了嘴边，还是咽了回去。

“你不要多想。不能总舍不得。孩子大了，我们老了，开销越来越少，钱省下没用，从现在开始，你想看什么剧，就看吧。几百块钱在一生里算什么？戏票算什么？只要你高兴，就好！原谅我先斩后奏，否则你永远有理由不去看你喜欢的戏。”迟行宜说完，伸出手拍了拍她的后背。她似乎在卸掉一个沉重的大包袱，又好像在拍着一个孩子，一个需要他照看和关爱的孩子。

这个拍的动作，对他来说已经是很夸张的身体接触了，是他白天里最自然亲密的示爱法。当一个人不懂得拥抱的时候，除了拍，他还能做什么呢？所以她懂得不去抱怨他不给拥抱，她懂得劝告自己去感激他的拍打，毕竟他在用他唯一的身体语言表达情感。

无奈感，瞬间就淹没了她。难道一张结婚纪念日的戏票，和一下不痛不痒的拍打就可以打碎她为自己建立的理由吗？没有一个强大的理由，她怎么去接受那个诱人的邀请？那是一个大餐，一个她从来没有品尝过的、极其鲜美的大餐。她的身体会因为大餐的鲜美而充实而欢乐，谁愿意拒绝欢乐？尽管这是罪恶的欢乐，淫乱的欢乐，背叛的欢乐。但欢乐就是欢乐，就是那个每个人从出生就渴望拥有的东西，反反复复，得到，失去，一条起伏汹涌的河流，不跌进低谷，就无法过度到浪尖，波波相连，谁能逃脱人生这追寻快乐的过程？她需要欢乐，她在山里关了太久了，她想瞭望海洋。但赵鑫明白她这是在用背叛和道德的丧失来交换肉体的欢愉和精神的释放。她值吗？

就在这时，电话突然滴铃铃响了，是妮歌特，她性感的声音缓慢地发出问候，她不等她开口，就急急地说：“你再等一会儿，等我打给你。”妮歌特咯咯咯地笑，说：“别骗自己了，没有什么会伤害你，还犹豫什么？你将体验的只是你永远忘不了的快乐，何况你可以随时退出。”她坚持，说：“我明白，可我还需要一点时间，你等我电话。”

撂了电话，赵鑫站起身来，她已经知道她该怎么做。她要去和迟行宜温存，她要感激他，她想做最后一次努力。一切都交托给他的反应，一切都在他，如果他不配合，就不再是她的错。

他在书房的计算机前坐着，面前的屏幕里闪烁着充满数字元的表格。赵鑫悄悄坐在了书房一角的沙发上，她希望他扭头看她。

一分钟过去了，他没看她。三分钟过去了，他还是没看。赵鑫的怒火积木一样在每一秒的滴答中越垒越高。她暗自决定，如果第五分钟，他还不看她，她就去回电话。她不要什么戏票，她要丈夫把妻子当个生活中最亲的女人看上一眼。

四分三十秒时，他回头了，他憨厚地冲赵鑫笑着："你干什么呢？"赵鑫心花怒放，他站起身来。要勇敢，她给自己鼓劲儿。她绕过Ｌ型的计算机台，来到他身边，我从他工作椅的边上挤过去，坐在他腿上。他皱了一下眉，赵鑫的心抖着，努力忽略他皱着的眉头，这样的动作她从来没做过，他有皱眉的理由。她努力用很甜的声音和很松弛的笑脸对他说："谢谢你买了戏票。我客人在上午，不冲突，我们总算可以去看戏了，我真高兴。"说着她把整个身体拥上去，搂住了他。她等待他的反应，等待他环绕的臂膀，她希望温存就这样开始，并且持续，从书房持续到卧房，发生所有应该发生的事。一个温暖的女性身体如此没有距离地贴着你，你还能有什么别的反应呢？她想，你应该开始亲吻我，抚摸我，干脆把我抱起来，走向卧室，你替我宽衣解带，我们尽情地颠云覆雨，世界应该在这种时刻消失，只剩下爱情的欢乐……

他没动。他甚至对她紧绕着他的身体没有一个基本响应的拥抱，赵鑫是抱着一个僵硬的石雕。她忽视他的坚硬，继续一鼓作气。她把头弯在他肩膀上，嘴唇亲吻着他的脖子，他的皮肤并不光滑，但温度很高，她确定里面流淌着和她一样滚烫的血液。就在这时，他本应环绕她的手臂伸到了她俩紧贴着的胸口中间，那一对手坚决地把赵鑫轻轻一推，推得有了一个距离可以让她看清他不耐烦的面孔。他皱着的眉头如同一个解不开的绳索，把她彻底捆绑。

"你这么坐着，咯得我腿痛，不舒服。"他说。

赵鑫不知道是怎么从他腿上站起来的，她明白，其实，她连一件家具都不如。她转身就走，朝着电话机的方向，义无反顾。她的心在冰川里无力地跳动，她不知道它的鲜活还能在这种冰冷里挺多久。自救，她想，我得逃出冰川，没错。

迟行宜跟着站了起来，他紧紧地跟着赵鑫，在书房门口伸手拉住了妻子的手，他说："你别走啊，你来看看我在干什么，有些事你老不操心，我告诉告诉你。"他的脸上竟然透着微笑，好像刚才把妻子推开那莫名的严重伤害完全没有存在过。

赵鑫麻木地跟着他，回到计算机前，任他把自己按坐在他的工作椅上，他自己跪在了旁边的地上。他指着计算机屏幕上的 Excel 表格说：“你看，这是咱家的财政表格，你看我们俩的退休金已经积攒了十五万了，七万在你的名下，八万在我的名下。”

赵鑫问：“什么叫在你名下和在我名下？”

“你这小生意挣得少，每年政府给你的免税退休金额度很小，我的额度大，所以这些年来我都是把政府给我的高额度分一半在你名下，我每年都把钱分别存进去存满你我的额度。”

“你怎么从来没说过？”

“你不操心家里的财政，我就给你都安排好呗，有我一口饭，就饿不着我老婆。老了咱们有这些逐年增长的退休金可以拿出来用，就会安全地共度晚年。”

赵鑫默默地盯着他，无语。二十五年，他一直都在照顾，以一个丈夫和父亲所能给与的一切来照顾一个家。这就是他，舍得为妻子买她不舍得买的戏票，舍得把养老金分一半给日后老朽的老伴儿共享。他心无二志做着这一切，不张不扬，不显不摆。这个丈夫能给她人生最基本的踏实和安全，他担负着一个丈夫应该承担的重担。他不要她买烟，不要我带他去做按摩，他从妻子这里什么都不要，上班下班，出门进门，他只要吃一口现成饭就心满意足。他舍得把他所有的拥有都和妻子分享，他把自己过去的时间、感情和责任都舍给了这个家，并且还将继续把后半生的时间、感情和责任都和妻子分享。

赵鑫多想拥搂他，用她的身体对他述说感激，可她不能，不敢，不现实，不起作用。他不要拥抱，他对肉体没有欲望。可是，她想啊，她对肉体有欲望啊，她希望用肉体表达情感啊，怎么办呢？谁能告诉她？赵鑫迷惑了。

她的头脑里汹涌着两条湍急的河流，它们互相冲撞，掀起巨浪，咆哮的碰撞声像炸雷一样响在她耳鼓里，“我们老了，会安全地共度晚年”迟行宜说，“别骗自己了，你只会得到欢乐”妮歌特嚷。她头痛欲裂，眼前金光闪烁。

她起身冲迟行宜尴尬地笑了笑，说：“你真好！谢谢你，你该怎么弄就怎么弄吧。我觉得很热，想出去走走透气。”

他说：“天气预报说要下暴雨，你别出去了。”他见妻子不吭气儿，就追着赵鑫的背影说：“那你一定带把伞，下大了就赶紧回来。”

“没事儿，我又不是小孩儿。”赵鑫嘟囔道。

他为什么不提议跟我一起去散步，多少年没有一起散步了？他疲惫地想着，向门口走去。迟行宜早已又坐回计算机前，认认真真计算我们现在的吃喝拉撒，规划着多年之后老夫老妻的未来生活。

赵鑫拿好伞，出门。

天边的乌云好像一个新造的锅盖，铁灰色的厚重质地，不容分说霸占了半张天空。温湿的空气沉重地粘在脸上，仿佛皮肤罩了一层补水面膜，毛孔有了强迫吸收的感觉。赵鑫深深吸气，把冰凉的空气吸进肺部，那里有太多滚热的情绪，需要这冰凉来清醒疏通。

她走在通往树林的小径上，黄昏时分，溜狗的人们跟着狗的步伐急行军一样从身边快速走过。天边轰隆隆地雷声滚涌着向这边接近，零星的雨点开始砸了下来。

赵鑫支起伞来。听着越来越快的雨点落在伞上的音乐，神不守舍，满心茫然。怎么办，不就是一个 3P 邀请吗？她想着，为什么会把我折磨成这样？雨，你下得再大些吧，让雨幕铺天盖地拥抱我。我不想回家，不想去碰那个电话，不想去决定什么，因为什么都决定不了。如果对妮歌特说 Yes,我将终日满怀愧疚地面对迟行宜，活得累得不能再累；如果说 No，我将无休止地在渴望中煎熬，在压抑中期望，活得委屈得不能再委屈。迟行宜是真实的迟行宜，妮歌特是真实的妮歌特，他们都是实实在在走在自己路上的执着的行者。只有我，悬在半空之中，被大风吹袭，左右摇摆，毫无方向，我是谁？

雨越下越大，赵鑫的鞋子和裤脚已经被斜风骤雨吹湿，裤子粘粘地粘在腿上。雨伞在风雨中呼扇，用力想要向天空逃离，她两手握紧雨伞的金属杆，感受着风雨与我双手抗衡的力量。

哗啦啦一个炸雷，狠狠地响在树梢，像要把世界劈碎，好像一个恐怖的警告，预示着什么不同寻常的故事。

停在一棵树下，她浑身发冷，上身也开始被雨点袭击。犹豫不决，这种天气，不该任性再往前走。回家吧，世界上的问题总有一个解，在那个温暖的房子里，有我惦记的日子要过，有个迟行宜仔细安排着后半生的生活，还有一个安静的电话机等着我去拨响。回去吧。她逆着风雨，艰难地撑着雨伞往回走。

又一声巨响在头顶炸开，那耀眼的白光照亮整个世界的一顺间，一股巨大的电流毫不留情地钻进赵鑫握着金属伞把的手掌。她克制不住浑身的抽搐，眼前一片无法对视的光明。时间停止了，在那一瞬间的抽搐中，停止。

别，别这样带我走，我只是想在雨中散个步，我只是想暂时放松一下疲惫的心灵，我正准备回家，让我回家。我还想再看一眼迟行宜的退休规划，我还欠妮歌特一个电话……

大雨还在拼命地泼向大地，大风撕扯着一切可以撕扯的东西。赵鑫看着自己倒在大树下面，身体扭曲，那把伞已经远远地吹得不知去向。她的身体很轻，慢慢地升起，穿过厚厚的云层，飞翔。

云层之上没有风雨，眼前只剩下光明，无边无际的光明。

约会

闹铃响的时候，水秀已经在卫生间往脸上擦粉底霜了。和一个基本陌生的男人到遥远的雪山约会一天，着实激动人心，这激动轻而易举地驱走了水秀一整夜的睡眠。

爱德华六点钟开车来接水秀之前，这个不爱梳妆打扮的女子竟然在镜子面前挥舞着胭脂口红眉笔奋斗了半个多小时。完工的时候，镜子里那张白是白红是红的脸蛋比刚摘下的苹果还好看，黑发油油亮亮地包着这颗诱人的小苹果，美呀。水秀冲着镜子笑了笑，小酒坑儿打了个小褶，苹果的鲜嫩就快滴出水了。

车灯远远地刺进黎明前的黑暗，车里很暖和。Green Day 尖锐的摇滚乐让水秀感觉莫名的温暖和兴奋，她的脸却一如既往地恬静着。爱德华目视前方，安静地把持着方向盘，偶尔扭头看一眼水秀，就淡淡地笑笑，笑得收敛，和水秀还回来的微笑扭捏在一起，两人就同时避开目光，各自心跳着沉入自己的安静里。这时，语言对这两个人都显得很多余。

“你睡会儿吧？还要开三个多小时呢，把椅子放倒，我换个软音乐给你听。”爱德华终于开了口。

“好的，只要你不介意。”水秀抿了抿嘴儿，嘴角的小酒窝儿里汪满了羞怯和顺服。

Sarah Brightman 空明超尘的音乐渐渐使水秀的心跳镇静下来，伴着车身的轻微颠簸，水秀的头脑渐入梦境。“爱德华，爱德华！”水秀的心在半梦半醒中重复着他的名字,三个小时不知不觉就晕乎过去了。

水秀虽然是在加拿大土生土长的第二代华人，却仍然保存着亚洲女孩天然的腼腆沉静。好友把这个虎背熊腰却同样腼腆的白人小伙子介绍给水秀时说，你们俩是天生的一对儿，靠自己谁也别想成家立业，二十好几了，赶紧约会吧。

爱德华憨厚的相貌和张嘴就笑的模样让水秀觉得踏实亲近，水秀的白净、羞怯也让爱德华觉得舒服诱人。知道水秀在学滑雪，第一次约会，爱德华就邀请她去云山滑雪，这座山有着漫长而美丽的林间雪道。

林间雪道载着二人初次约会的沉重使命，优美地盘旋在成片雾松的环抱之中。从山顶俯望，晶莹剔透的雾松林一簇又一簇点缀在蓝天白云之间，远处白光点点的冰河银带逶迤，近处彩色滑雪服疏忽间飘然风逝。雪与松、天与人，干干净净地合而为一，有什么愁情和不安会在这高山之巅、白雪之岭存留不去呢？

水秀和爱德华在山顶的风中对视，笑容的扭捏轻易地被眼前的美景、耳边的清风扫荡一空。茶色防风镜挡不住水秀明亮的双眼，她大声地喊道："对不起，只敢走绿道呀！"爱德华白牙一咧，同样大声地答："走吧，我跟着你！"

云山一截截在脚下雪板的飞驰中矮下去的时候，爱德华的眼睛始终牵挂着水秀略微生硬的身体，一路耐心地在她身前身后小心起伏。爱德华忽低忽高矫健的身姿像一幅画挂在面前时，水秀就会不由自主地朝着那画努力滑行，心中莫名地踏实松弛，等那画儿倏忽停在了身后，紧张立刻油然而生，双腿僵硬，背后那对眼睛烧得她心虚。下了半座山，她终于刺啦转身停下，说："你就别一会儿前一会儿后了，你就在前面滑，好吗？我跟着你！"

水秀的心飘在雪上、浮在风中，知觉自由地随着身体的摆动翱翔着，爱德华显然很乐于简单地示范，水秀的信赖让他兴高采烈。虽然隔着棉衣，还是可以感到他的心和身体一样的热气腾腾。

等缆车时，爱德华摘了防风镜拉下头罩，露出一张快乐的脸，声音从那群快乐的白牙里冲出来："你滑得很好，身体再放松些就更好了，要不要试试蓝道？我感觉你行。拐大弯滑就没问题，反正有我呢！"水秀也摘了风镜，看着爱德华憨厚的笑脸，眼神温柔一闪，摇头说："别，我还是滑绿道吧，这么大的山，不敢。你去滑黑道吧，我在山顶等你滑几圈。"

爱德华没去滑黑道，约会是两个人的事儿，爱德华不舍得耽误公共时间，心甘情愿在绿道上忽悠着，给水秀当保镖兼教练。两人又滑了几圈，这个坡那个坎这个拐弯那个分叉都滑得精熟。水秀浑身泛软，双腿开始打颤，两人才觉得饿了，回山顶大厅里吃饭。

水秀有个爱喝水的毛病，紧张了、兴奋了、焦急了都会喝得更多。虽然山上山下这大半天风里并肩、雪上携手地度过，摘了头盔眼镜，对面这么一坐，水秀还是把一颗苹果脸红得娇嫩异常。一顿饭吃完，水秀成全了一瓶矿泉水、一瓶橙汁、两碗蘑菇浓汤。爱德华没忍住，问："你不吃干的，只吃稀的？"水秀的苹果脸就红的只等丰收了，答："嗯，最爱喝稀的，我妈说我省饭，好养活。"爱德华重复着那句

“easy to raise? ”乐得老大的眼睛挤成了一条缝，大厅里的嘈杂人声再喧嚣也比不过面前这颗安静的小苹果能乱了人心。

武装好，两人又滑了两圈，水秀左脚踝骨却开始隐隐作疼，爱德华说：“那就别滑了，可能是用力不均匀，休息休息会好的，时间也不早了。”

水秀一瘸一拐进了大厅，急急忙忙坐下脱鞋，踝骨腕痛得拔不出来，苹果脸就灰了，鼻梁皱出一堆褶子，被头盔压扁的头发汗津津地贴在额上。爱德华没说话，大大的人已经蹲了下来，一手握紧水秀的小腿腕端，一手握着硬邦邦的雪靴底子，顺劲儿两头一拽，那只玉脚就滑了出来。虽然穿了厚厚的毛袜子，好看的小脚还是让爱德华不知所措了一下，水秀的苹果脸瞬间恢复了红颜色，她俯视，爱德华抬头，两人的目光交叉一电，刷地就分开了。爱德华站起身，一时不知说什么好，憨憨地立着，手脚都没处放了，停了一会儿，才说：“松驰一下，血液畅通，一会儿就好了。你还想喝汤吗？我去买吧。”

水秀喝足了汤，通体热乎，心不再狂跳，起身摇晃着去了趟洗手间。再出现在爱德华面前的小女子，头发齐齐整整地扎着马尾巴，苹果脸干净得透了明，微微一笑就汪了满酒窝的温柔。爱德华赶紧低身收拾背包，头被水秀晃得眩晕。

两人上路的时候，雪场也在打烊。天还亮着，风却大了起来，自由自在的雪片四散飘着，成群结队迎着车窗扑过来。爱德华抽出一张 Sarah Mclachlan 的CD放起来，那柔美舒缓的声音把两人的耳朵和心都熨得软软的。爱德华说：“你想睡就睡吧，这雪看样子越下越大，开不快了。”水秀不想睡，盯着那些奋不顾身的雪花越来越密地抽打着车窗，和雨刷频率协调地扭摆躲闪着，眼神就呆了。窗外是肆无忌惮的大雪，身边是爱德华明火壁炉般的温度。水秀不知自己是在梦里，还是梦在吞噬自己。

路越来越难走了，大雪慷慨地覆盖路面，两条车道没了分界线，变做一条，被前面走过的车辆开出两条模糊的车轱辘印子。“我胆小，你慢慢开，好吗？”水秀颤巍巍地说，声音灌了蜜，细声细气娇滴滴的。爱德华憨憨地笑了，侧过脸说：“放心，安全第一。”

天渐渐地黑了，风雪包裹着车辆，车灯昏黄地照出几米模糊不安的路面，雪花飞旋，车速很慢。水秀没话找话地扯出些话头儿，单位了，同事了，天气了，旅游了，运动了等等，两人有一搭没一搭地说着话。就着话头儿，上车时买的水就被水秀几个咕咚喝光了。

小腹紧张起来的时候，车刚行了一半路程，两侧的树林在纷纷大雪背后黑黢黢地静默着，前不着村后不着店。水秀暗自安抚自己，挺着啊，忍着啊！要争气！千万别坏事！

“这么难走，你估计我们还有多久才能到？”水秀假装满不经心地问。

“至少两小时吧。”

两小时？两小时？一百二十分钟？柒仟贰佰秒？天！水秀迅速计算着，眼睛盯着仪表盘上的时间，她对自己肚子的忍耐力完全没有信心。

“嗯，你开车一定累了吧？要不，我们到下一个路口停下休息一会儿？”水秀试探着问。

“我不累，刚开过去一个叉路口。你要是想下车歇，我们到了 T 城，拐一下，那儿有个麦当劳，看这路况，怎么也得 1 个小时才能开到。”爱德华说完，扭头看了水秀一眼，很宽厚地笑着。

仪表盘上的时间每跳过一分钟，水秀的眼睛就烫一下。她的小腹在这每一分钟的前进中持续而无情地膨胀着。她已经顾不得挑拣话头儿说话了，小腹的感觉吸引了她所有的知觉和注意力，从来没有发现自己的腹部有这么的沉重，这么的庞大而令人厌倦，她几乎要愤怒了，可是又没有愤怒的对象。时间仍然不紧不慢地滴答滴答踱着方步，该死的大雪！该死的车速！

她夹紧两腿，一动不动，生怕一不小心，那个膨胀部位强大的疏通欲望会决堤。

爱德华见水秀静默着，主动担当了挑拣话头的重担，水秀却只是“嗯”“啊”“yes”“no”地应付着。十五分钟之后，爱德华扭头看水秀，就被那张憋红的小脸异常严肃紧张的表情吓了一跳，“你没事儿吧？”

“嗯，有事儿！”水秀彻底投降，苹果脸红得过了头，酱紫了。“我，我，我喝水太多了，想上厕所，憋不住了！”

爱德华抚着方向盘的手猛抖了一下，他赶紧抽回目光，忍住心中的大笑，尽量目视前方，说：“那，那，那我们就只好停在路边了，反正天黑雪大，没人看见的。”说着已经小心翼翼地靠了边。

水秀推开车门迈了出去，左脚一踏到地上，脚腕就钻心地疼起来。外面的大雪比在车里看到的小了很多，柔柔地湿着她的脸，空气清新，令人格外舒畅。她迫不及待地观察了一下局势，车停在路边，旁边树林要下个大坡才能过去，大坡上的积雪深浅不知。水秀甩了甩自己疼痛的脚腕，回头看了看车身，嗯，这个大家伙倒是遮人耳目，越靠近车身越不易被驶过的车辆察觉。想着，水秀已经手脚麻利地宽衣解带了，蹲下的时候，水秀的左脚痛得立不住，就把重心移在右脚上，悬空了左脚，让屁股搭在车门下端鼓出的金属横杠上借了力。

眼前的积雪迅速地融化着，形成着越来越大的暗色圆圈。前所未有的松弛席卷了水秀。人们总是握紧自己所拥有的一切，只有这件事儿你愿意如此慷慨地撒手，多么痛快的释放呀！水秀想着，苹果脸开心地舒展着......

爱德华在车里耐心地等着，脸上挂着隐忍的笑容。女人，就是慢，公共场所的女卫生间总是排长队。可是，不对呀，是喝水喝多了，不是吃饭吃多了呀？他抬手按开那侧的车窗，大声问，“你没事儿吧？”

水秀的声音是在一分钟之后从窗户底下响起来的，“我，我，太对不起了！我，我，起不来了，我需要帮助。”

爱德华下了车，就听水秀对他喊，“你转过来的时候得闭上眼睛，听到了？”

爱德华转到水秀这一侧，就乖乖地闭了眼睛，说：“我闭着眼睛呢，你怎么了？要我拉你一把吗？伸手给我。”

“不行，千万别拉我，我，我，我的屁股冻在车上了，没办法了！”水秀的声音像碎了的玻璃，哭唏唏地尖锐着。

爱德华憋住突如其来的大笑，半天说不出话来，浑身笑得抖散了，又不敢出声，闭着的眼睛几乎溢出了眼泪。

“你倒是帮我想想法子呀！”水秀显然是急坏了。

爱德华终于止了笑，想了想，说，“化开呗，还有什么办法？”

“说的容易，怎么化？”水秀声音颤抖着，不知道是冻的，急的，还是羞的。

“要是有温水就......”爱德华自言自语道。话没说完就顿住了，自己的脸先烧了起来。

水秀的思想在那句话的停顿中迅速地旋转着，她的脸几乎一下子就低得埋进了雪地，即使埋进雪地又怎么能消除这史无前例的火烫的羞怯之心?

风很冷，水秀撑着自己尴尬的姿势，牙齿打着颤，觉得自己马上就要冻成冰雕了。她叹了口气，小声说，“唉！你还等什么？你，你，你就来化吧。”

爱德华说，“那我得睁开眼睛，我连你的位置还没看见呢，总不能浇到不该浇的地方吧？浪费了，就再没有了。”

“不许你笑话我！”水秀怯怯地说。

“怎么会？”爱德华一边解开裤子的前门扣，一边忍住笑，把自己的心情庄重地捋了捋，搞得任重道远了，这才睁了眼。那半截搭在车门杠上的一团白肉就那样在眼前坦坦白白地一览无余了......

那股温暖的热流化开水秀与汽车的连接时，也化开了紧紧缠绕两人的那层整天包裹着的羞怯。雪还在下，风还在刮，两个人的心却很热很热，和那股热流一起灼烫着......

漫天大雪，一辆驶过的车灯在飞雪中朦胧扫过，灰朦朦的光束里一对拥抱着的恋人正站在路边的车旁，深情地吻着......

失踪的戒指

赤、橙、黄、绿四姐妹大学时就是好朋友。这个“好”体现在衣服可以换着穿，食物可以换着吃，作业可以换着做，如果不是面孔区别太大，考试也是可以换着考的。赤说：“什么我都可以和你们分享，惟有一样东西怕是不能。”“男朋友！”橙、黄、绿异口同声地说。

大学毕业后，四人陆续在渥市高科技领域落地生根，各自的男朋友荣升为丈夫后，几年过去，四人竟不知不觉都从姑娘荣升为母亲了。

赤，进了知名的北电，几经裁员的大风大浪，泥鳅似的在公司内部换了两个部门，竟颤颤巍巍地站住了脚，这两年不但没被咔嚓剪掉，还提职加薪，当上了小小的项目主管，管着三五个程序员，做着翻来覆去老也做不完的裹脚布项目。阶段性的忙碌是有的，压力却谈不上。家里的日子呢，有从国内接来的父母一手打点，伏贴得熨斗熨过一般。丈夫是青梅竹马的儿时玩伴，也跻身高科技行业，薪水不薄，两人互敬互爱，有福同享，有难同当，小女儿活泼乖巧，人见人爱。赤的小日子就可以用幸福安乐、无忧无虑、其乐融融来形容了。

橙，进了一家美国人开的小公司，公司拥有者很懂人的潜力取之不尽用之不决的道理，橙的智慧于是被加班加点地取着用着，每天工作超过十小时是家常便饭，薪水倒也年年涨，没几年，橙就成了四人帮里的首席富翁了，加班工作的烦心因此一笔勾销。橙的洋老公保留了法国人特有的浪漫闲散的悠闲气质，心甘情愿地下了班做饭看孩子收拾家务。橙这样的中国女人在他眼里是多么的了不起呀，做妻子踏实忠诚，做白领工人，聪明上进成功，做母亲，给了孩子不可多得的良好基因和榜样的力量，外加美丽动人，不宠她都没有理由。橙就顺杆爬，回家吃喝现成，说话做事一付地主婆指手画脚的傲慢模样。

黄，毕业后就留在了做Co-op时工作的政府部门，大锅饭这一吃上，挣钱多少且放到一边，舒心自在就没谁能比。她管着那文件子数据库，都是重复性的工作，闭着眼睛也能做，年终年底把眼睛睁一睁，新的数据文件存盘归类，就又可以舒舒服服闭着眼睛上班了。橙的老公两年前被裁员，回国去发展了，儿子就成了橙下班后的所有寄托，孩子的节目安排到了最满的状态，下了班橙就摇身一变，成了儿子的司机兼观众，从钢琴课、足球场、游泳池、国际象棋俱乐部、中文学校一路奔波来去，橙的世界就忙碌到工作、儿子，儿子、工作很简单的两维世界里去了，算得上四人帮里最勤快又称职的母亲。

绿，温文尔雅地嫁人，温文尔雅地生孩子，温文尔雅地离婚成了单亲母亲，温文尔雅地把孩子送回国交给老人照看，又温文尔雅地以匀速更换男友。工作上呢，不紧不慢地做合同制软件开发顾问，不紧不慢地面对合同期满失业求职，不紧不慢地在软件开发领域蹦来蹦去，风水轮里轮流转圈。她的温文尔雅和不紧不慢，掩藏着无数的坎坷波折与惊心动魄的不稳定因素，大风大浪里她的温文尔雅和不紧不慢却一成不变，一句“随便混呗！”说得轻飘飘的，还笑容四溢。这份潇洒，四人帮里无人能及。

四个好友的电子邮件在一个链接里，孩子生病老公失业房子装修水管堵塞养鸟种花旅游回国等等大小消息四人有事没事报告一气，各家的故事半遮半掩地互通有无着。几家人过年过节轮流做东，定期团聚，大人小孩其乐融融，小家之外这个大家可以用“亲密无间”来准确形容。

可这却不够缓解四姐妹对彼此思念的饥渴，无论天塌还是地陷，几个人每年一定想办法把家和小孩抛在脑后，外出忘我地疯聚一次，实现真正的four ladies’night，几人谓之曰“四姐妹逍遥夜”，大有赶超Sex and the City的宏图远志。

“四姐妹逍遥夜”的固定步骤一般从周五的晚饭开始。

四人必定先奔了口碑好又从未光顾过的中餐馆品味家常菜肴。赤的姜葱蟹，橙的东坡肉，黄的八珍海鲜煲，绿的素什锦一定照顾到。有比较就有鉴别，几人对以前去过的每个餐馆逐一复习，对相同的菜肴大加评论，交杯换盏之际，对那些吃过的菜肴，留恋的留恋，斥骂的斥骂，几个女人对吃的无限热情在语言和咀嚼中尽情实现着，嘴巴说话的瘾与吃东西的瘾都得到充分满足了，方才酒足饭饱，离席走路。

这时已是明月高悬、云黑风静的夜半时分，霓虹轻挑、音乐喧哗的白雾市场周围的夜间酒吧，正以昏黄窄小的门面迎接着这几颗偶尔休闲的心。

喝酒、跳舞、聊天自然是酒吧里的传统节目。几个人每年相聚都会本着打一枪换一炮的原则，选择不同的酒吧舞厅体会不同的气氛，有时一晚上换上两三个酒吧也是平常。

酒吧里花钱最多的酒水，几个人是基本不买的，矿泉水除外。经验老到的橙从法裔老公那儿学来的一个好本事就是往矿泉水瓶子里灌白葡萄酒或伏特加之类的无色烈酒，步骤简单易行。首先，不会喝酒的黄和不能多喝的绿将两瓶买来的矿泉水一饮而尽之后，早就揣在橙伯柏利提包里的小瓶烈酒和葡萄酒就在卫生间神不知鬼不觉地进入了空的矿泉水瓶子。爱喝酒的赤和橙就在跳舞的间歇光明正大地举着矿泉水瓶子慢饮浅酌，一脸坦然无辜，还时不时逼黄和绿对着瓶口饮上一口。

要说这几个白领女人可不是在这一年一次的逍遥夜买不起几杯高脚杯里晶莹透亮的酒水，实在是多了这点儿偷偷摸摸的阴谋，这酒吧舞厅之夜就变得诙谐幽默、趣味横生了很多。几个人面带诡秘的微笑，互相掩护、装模做样的时候，心底那激动和兴奋是举着高脚杯怎么都换不来的。约定俗成，这桩见不得人的勾当从大学时橙有了法裔男友那时起，就堂而皇之地一年年延续了下来。

今年选了软迪厅，几个人簇拥着，说好了放开来玩儿，谁也不许假正经。赤一脸纯洁地问“那像我这种真正经的，怎么办？”几个人推搡着她说，那你就来“真格”的好了，哄笑的声音很快就被震耳的音乐和旋绕的灯光掩盖了，几个人的心情也随着灯光的闪烁迷离和音乐的燥热声波戏剧化起来。白日里的假面具轻易地一扫而空，几个高贵典雅、趾高气扬的半老徐娘摇身变作叽叽喳喳、热血沸腾的青春少女了。躁动而节奏鲜明的音乐使松弛的舞姿成为身体最自然而然的自由释放。

舞厅里跳得汗津津的四姐妹总是长了一个脑袋一般同步行动，跳，一起跳，歇，一起歇。这是“四姐逍遥夜”多年的规则。一为好时光的真正共享，二为安定团结。正是舞池里舞姿奔放，粉面桃花。吧台前酒光烛影，软语呢喃。

绿在这时温文尔雅地眯着眼睛做娇媚状与凑过来的俊男调两句情就成了众姐妹最开心的时刻，连模范母亲黄平时只会盯着儿子的眼神也游离起来，赤和橙常年专注程序符号的脑袋这时都比较短路，发射着少了逻辑与文化，多了感性与变化的目光。

俊男色迷迷的眼睛漫不经心地扫着绿那件质地精良的 Banana Republic 低胸裙，手里转着酒杯，单肘支在吧台上，侧了脸对绿说：“You look gorgeous!”绿斜眼打量了一眼俊男，那对深陷的褐色瞳孔闪着两团热烈得喷薄欲出的火苗。绿心里笑了一下，小嘴儿一歪，露出一排晶莹白亮的碎牙，问，“Do you think I am pretty enough to be a qualified girlfriend? ”

这时赤刚好猛饮了一口“矿泉水”，浑身的燥热正从胃部沿着每根汗毛孔放射出来。天，绿这小妮子怎么可以这么单刀直入直接进入主题呢？太没过渡了。赤把长胳膊沿着绿的脖子一绕，对着绿的粉脸喷出满口酒气，贴着绿的脸说，“You are always qualified as MY sweet girlfriend, not anybody’s girlfriend. You hear that?”

绿讪笑着把赤软软地推开，冲着另一边的橙说，“快把她拉走，喝你俩的矿泉水去，别在这儿碍事儿嘛！”

橙翻了一下白眼，地主婆的劲头腾地就上来了，说，“这是个没文化的主，看那一胳膊刺身图案吧，没品位！我警告你，你可别给咱姐妹丢人啊。”

俊男看着两个女人叽里咕噜地说中文，知道和他有关，问，“Are you talking in Japanese? Beautiful language!”说着，身体不由得向绿靠近了一寸，一只眼睛很色情地眨了一眨。

绿瞪了橙一眼，嘴角扭曲着，作出要把橙咬牙切齿生吞活剥了的表情。然后，扭头之间，表情就迅速完成了转换的过程，温文尔雅的笑容用蜡凝固了似的罩在脸上。她扫了一眼俊男花里胡哨的胳膊，身体往旁边挪开了一寸，说，“Well, She doesn’t speak English at all! Sorry, boy! Otherwise, she said she can be a better girlfriend! Do you think she is pretty enough to be qualified?”

黄在一旁已经笑出了声，赤和橙好像要忍，又改了主意，咧嘴格格格地朗笑起来，声音越来越大，身体的抖动也越来越放肆好看。

绿呢，温文尔雅的笑容渐渐地顽皮起来，带着些微的调侃和嘲讽。她凝视着俊男，眼里竟然放出了无比慈祥的目光，说，“Look, boy, my whole face just had facelift surgery done. You are too young for me. Do you like to have a grandma as a girlfriend?”

俊男看着几个莫名其妙笑得傻了吧唧的东方女人，那对抠抠眼儿因为微皱的浓眉显得更加深陷。他耸了耸肩膀，绿的低领衫显然不足以战胜这群女人傻笑时给他带来的不友好感觉。犹豫了一下，俊男抬了抬漂亮眉毛，不屑地笑了笑，转身走了，嘴里说，“Enjoy your new face.”

绿温文尔雅地保持着那朵慈祥的微笑，对着俊男的背影大声说，“Bye-bye, kid! By the way, we are not Japanese, we are CHINESE!”

有时，你不得不怀疑这些受过良好教育的中年女人身体里是不是都多少流淌着一些反叛放荡的血液，怎么最正经的女人似乎进了酒吧被这五光十色一笼罩，就多了几分风尘的味道呢？看那暧昧而放肆的笑容在嘴角一圈圈怎样迷人地荡漾着呀。

好在四姐妹目光流盼之际少不了动用余光观察监督着彼此的行动，搅局的活儿她们都在行，可怜那俊男，竟然没在绿身上捞着半点浪漫。感谢俊男拥有加拿大男性同胞比较普遍的绅士风度。

教育，真是个好东西，它使人懂得节制与适度的含义并合理地拿它来活学活用。就连拥有过最多男友又最无牵无挂的绿，也有那温文尔雅的文化气质作挡箭牌，调调情容易，碰碰绿并不容易。

酒巴里和异性交往的亲密程度，目光的接触就是几个女人的极限。今夜的浪漫，是属于四姐妹的，和任何异性无关，这又是另一条约定俗成的规矩。

几个人搂着，俊男的离去，使她们笑成一团，像打了个模拟的胜仗，她们亲密而开心的样子让人怀疑是不是世界上的美事儿都被她们占尽了？

从酒吧疯玩儿出来，已是二更天色，四人歪歪斜斜勾肩搭背到附近订好的豪华酒店宽衣就寝。几个人互相评价着肚子上隆起的赘肉，胸脯下垂的趋势与走向。一年一度，内向羞怯的黄也早被几个姐妹训练得厚颜无耻，穿脱之间不遮不掩。几个人没脸没皮、嘻嘻哈哈，你捅我一下，我揪你一下，都好像又回到了大学时那些青春无忧的岁月。无拘无束的顽皮嬉闹间，她们发现岁月的流逝带来的变化，是体积和面积都普遍增大的身体和深度与广度普遍增加了的头脑。

很久，几个姐妹才安静地挤上两张舒服的大床。月华如链，月光从窗帘缝挤进来窥视着四个女人的身体和身体下面的灵魂。半梦半醒着，几人有一搭没一搭地还在说着话儿。

不知谁开了个头，“哎！我怎么近来总是不很高兴？有时在家无缘无故地发脾气，……”，平时很少涉及的埋怨话儿这一开张就滚滚涌出。对老公的抱怨、对孩子的不耐烦、对老人的无可奈何都汹涌澎湃起来。决堤了的大水，哗啦啦地冲出几张樱桃秀口。少不得有掉泪的，有帮忙擦泪的，有高声哭骂的，有低语安慰的。

中场休息一样，总算安静了一会儿。赤叹了口气说：“哎！绿呀，你也别犯愁，更别嫌自己越来越老，魅力不如当年。降低点儿标准赶紧嫁了吧，换了那么多男友，你没发现人无完人吗？你的完美主义早晚会把你毁了的。”

绿在黑暗中悄悄摸了一下眼角，说：“我哪里是追求完美，你和橙才是真正的完美主义者呢。”

赤说：“我的烦我不是都说了？生活如此平和，只是我不再追求激动人心的生活。就这样平平淡淡地过着柴米油盐、生儿育女的小日子，觉得也挺好！他在我眼里也是一身的毛病呀，又一点儿浪漫都没有，可想想，自己又算个什么呢？就完美吗？和他生气还不是害己害人？不如不生气，大家都高兴。人的一辈子就是那么回事，上班下班，生儿育女。生老病死，转瞬间过眼烟云，终究一把黄土罢了！”

绿的脸在黑暗中显得苍白木衲，一对杏眼呆呆地望着窗帘缝里那缕微弱的月光，哎了一声，答道：“道理我当然懂，可问题是我怎么老是喜欢一个男人就没法喜欢得长久呢？处着处着，他身上的缺点就越来越放大，优点越来越缩小了，没有一个是例外。让我整天和许多大缺点生活在一起，不是受折磨吗？还不如自己过省心。可自己一个人过吧，我又耐不住这份孤单和寂寞，你们说谁又能耐得住？我不换男友怎么办？我就是不愿委屈自己。也许我这辈子永远成不了过着柴米油盐相夫教子的小日子就心满意足的女人。我也只好认了这样一个孤苦伶仃的、颠簸不停的、但多少还自由自在的命吧。”

橙翻了翻身，把绿身上的被子往自己身上拉了拉，说：“其实呀，人都有些身在福中不知福。别人要听到咱们这么七嘴八舌地抱怨生活，还以为我们受了多大委曲似的。就算绿生活一直不稳定，也是自找的。你看你多么幸运有国内老人帮忙带小孩，还有自己永远不败的魅力吸引没完没了的俊男做男朋友，感情上从没干涸过，比起那些婚姻不幸还将就度日的人幸福多少？工作也是你自己为了多赚钱才只做合同顾问，想找永久职位还不是小菜一碟?”

绿翻过身对着橙月光下演讲的面孔，伸出手来摸了一下，说，“怎么在你嘴里我倒成了幸运儿了呢？”橙啪的一声打掉绿的手，说，“你乖乖听，别打岔！好了，我再说说赤。你说老人有时心烦，溺爱孩子，指手画脚管闲事，还恨不得替你当家，那还不是你有福？我想要还没有呢！洋老公的爹妈连个影子都靠不上，人家有人家自己的生活要享受，才不能让儿子的孩子拖了后腿。你说你多省心，什么时候回家都是热气腾腾的饭菜在桌上欢迎你，家里干净的博物馆似的，孩子更是可以随时甩手扔给老人，你夫妻俩什么时候想脱身就脱身，羡慕死人。”

赤呵呵干笑了两声，说，“得，咱们的哲学家酒后吐真理呢，大家准备好耳朵，好好受教育啊！”黑暗中，她把身体翻转了一圈，面对着隔床的橙。橙棱角分明的侧脸轮廓在昏暗中朦胧虚幻，一张薄薄的嘴唇快速地开合不停，动画片一样失了真地美丽。

“黄呢，”橙继续说，“虽然老公在国内，两人不能同巢而居，可人家在国内外企管几百号人，事业多成功？对黄又惦记成那样，三天两头电话，每次回来买礼物，不是顶级名牌都不给老婆买，一套日霜晚霜一万块人民币，拿金子往脸上摸，你们谁有这个福气？黄，你说自己带儿子累，那是你自己舍不得这份政府的轻闲工作？否则回国团聚，还不是不用上班就过着杂志封面那种贵族的精品生活？”

橙扭头冲着隔了过道又隔了赤躺在另外一边安安静静的黄，问：“哎，黄，你睡了吗？听见我说话没？”

“你说，你说，我听着呢！”黄接嘴道。

黄自从进了旅店，第五次给照看儿子的魏奶奶打了电话询问儿子的状况，知道一切平安，精神才彻底松弛下来，瞌睡虫嗡嗡响着，伴着几个姐妹亲密的交谈声。黄是个简单人，脑子里整个一座儿子垒起来的泰山，刚才加入争先恐后抱怨生活的讨论时，她只说过一句话：“谁在乎他事业成不成功、钱挣多少？我只知道人一天只需三顿饭、方圆两平米一张床就够了，儿子见不着爸，一个家没了家样子，劳燕分飞，算个什么？懒得讲。”

一片乌云飘过，遮了月亮，房间突然黑了下来。

橙顿了顿，欠身抓起床头从凉水管接来的一杯水，猛饮一口就来了个底朝天。喝了酒，口干舌燥，赶紧湿润一下评讲四姐妹长短的雅兴。

“哎！”橙放下杯子，接着说，“所以呢，我们都是自找的！归根结底，就是拥有得太多，割舍艰难。欲望值降低些，谁都可以成为世界上最幸福的女人。就算退一步讲，生活真的不够美满，Life often hands us lemons，那也是一种良性的磨练，不是有这么一句话吗？Whatever doesn’t kill you makes you stronger！你们说是不是这个道理？”

赤在朦胧中仍然大睁着眼睛盯着橙的轮廓，那鼻梁，好像一架女性匍匐的身体，高高的鼻尖正好像一个撅起的完美臀部，一条十分平缓温柔的曲线，那形状使赤觉得心陷在一团白云里一样柔软平静。哎，女人啊！她轻声接嘴道，“橙，你说这些现象咱姐妹几个有谁看不到呢？知足常乐的道理谁又不懂呢？‘说’总比‘做’容易得多得多，是不是？你这么个精明人，把我们都说得服服贴贴的，可碰到自己，还不是一肚子牢骚和无奈？彼得那么宠你，你还不是今天嫌他没文化，明天怪他懂你不够？当初你要找有文化懂你多点的为什么不找中国人？人都一样，就是有什么不在乎什么，没什么想什么，谁也逃不脱这个怪圈，劣根性！”

时间在寂静中滴答着，那片遮月的云走了过去，月光又脱了衣服一样白白亮亮地挤进窗帘，直率地射在墙上。

黄本来是背对着大家的，月光的影子在她面前的墙上映出一只古怪的形状，好像一根弯曲的手臂，还攥着小小的拳头。突然几只玉手的图像闪进脑海，“叮咚……”，一声铃在脑子里鸣响起来，她本来半梦半醒的睡意一下子消了大半，睁开眼睛张开嘴，她突然打破了沉寂，说，“哎哎哎，你们别好像都看透了什么似的，我看我们都糊涂着呢，中年困惑！我今天发现一个怪现象，差点忘了。赤和橙，你俩倒是给我解释解释，你们的结婚戒指那里去了？怎么一贯带在手上的婚戒就都突然没影了？你俩是商量好了今天不戴，还是偶然巧合？为什么会想起来把婚戒摘掉了？”

绿发出一阵兴奋的笑声，她说，“真看不出，黄，你进步太大了，有了这样的观察力，佩服！我也早想说这事儿，也忘了。橙，你坦白呀？”绿转身对着橙，一边说着一边在被子下面捅了捅橙毯子下面的腰。

橙哎哟了一声，骂道：“坏妮子，别老动手动脚好不好，我又不是你那位，咋动我我也热不起来。”

橙还没开口，赤就抢着说了话，“真是，这还用解释吗？在国外生活了这么多年，谁不知道已婚女人左手无名指的用途？就是个身份证。不带婚戒，就是不带身份证，你们想想看，什么时候你不想让人认出身份呢？”

“干坏事！”黄吃惊地大声说，“你，赤？你要吓死我吗？”黄说着一翻身面对了赤，大眼睛亮晶晶地好像盯进了赤的灵魂。“你，赤，想干坏事？要是绿，也就罢了，怎么偏偏会是这么幸福美满的你和橙呢？”

橙咯咯咯地笑着说，“黄，别理赤，她充其量就是个有贼心没贼胆的，不过是让手指暧昧一下，别无他求。赤，你可真行，那天电话里还耻笑我跟同事学了这招儿“手指暧昧法”，想不到立刻就活学活用到自己身上了？快坦白，so far 有艳遇没有？”

赤也乐了，“哪儿来的‘so far’?今天不过是第一次‘暧昧’，就是图个和你们自由自在一回，装嫩的目的，省得人们以为咱是不守妇道的老太婆，半夜三更泡酒吧！”

赤笑着说着，口气里就带了点羞涩，她接着说：“还别说，怎么摘了这小小一枚戒指，就多少有点轻松了、解放了、年轻了的感觉呢？橙，你上次电话里说的话还真挺对。不过，我可没有你说的那种通过这种方式向异性发射‘I am available. You are welcome!’的叵测居心。”

“别解释，赤，我们都知道你是个守家立业的好女人，没人把你归到浪荡妇人的行列里去，担心什么？不就是枚戒指吗。我们要的正是‘暧昧’这种朦胧感觉，我们怎么不用‘放荡’那两个字呢？追求朦胧是一种境界！”橙提高声音，几乎是自豪地说出这句话，末了，还用了很夸张的语调把“境界”真的说得特有境界一样。

黄在黑暗里微微地笑了，她满意地翻了个身，嘟囔道；“嗯，‘暧昧’，好词儿！这下我懂了谜底了，谜面却糊涂了。这答案也挺‘暧昧’。咱们几个里面好像我最应该学习这个‘手指暧昧法’，我和我先生，天各一方，都该学习这个暧昧法则。不过，他是不是早就使用了并且成效显著，谁知道呢？”

月亮已经低沉，大家突然都住了嘴。黄的话触及了一个谁也不愿涉及的话题。为什么要涉及呢？就让它那么‘暧昧’着吧！难得糊涂。

橙终于打出了一个天大的哈欠，她把脚下包裹着床垫过紧的毯子踢松，拉到颈下，嘟囔说：“管他的暧昧不暧昧，睡了，明天睡到自然醒，谁也不许早起！晚安了，各位。”

绿也翻转身，不再面对橙，她的脸仍然苍白着，月亮已经沉了下去，天光亮出灰蒙蒙的曙色，映着仍然旋转在她脑海中的‘暧昧’两字。“嗯，还晚安呢，是‘早安’！”她小声嘟囔着，并不在乎是不是有谁听见，慢慢地合上了眼睛。

两张豪华床垫让人睡觉的基本用途终于在黎明派上了用场。它托着几个女人憨态各异的睡姿和那些迥然不同的梦境，好像托着她们此刻共同的人生。这人生，今夜在这两张床上合并，明夜又将被别的迥然各异的床去撑托了。

四人是赶在中午十二点前退了房的，橙、赤和黄叽叽喳喳地挤进了绿的车，任由绿一个个把自己送回家。

一上车，黄就忙着给家里打电话，和儿子腻腻歪歪地说个没完，一边眼睛斜着看身边的赤摸摸索索地从包里掏着什么，原来是一团纸巾，赤小心翼翼地打开来，揉搓得破烂的纸巾里竟包着她那只墨绿的翡翠婚戒。赤小心翼翼地把戒指带上，拨正，伸展手指翻来覆去地看了两眼，才又把烂纸巾团进皮包。她扭头和讲电话的黄笑了一下，黄也正笑模笑样地望着她。黄把手伸过来握住赤带着戒指的手，用力捏了捏，戒指有点儿硌。

赤出了口气，扭头望着窗外，街上一个长发的女孩，正低头寻找着什么。赤想，她在找什么呢？不管是什么，希望你快快地找到吧。赤的脸在疾驰而过的树影中温柔地舒展着。天很蓝。

前座上的橙正伸出手去帮绿擦前窗上的一片污迹。绿说："别麻烦了，等我来擦吧，是该好好洗洗车了。"说着，开车前视的目光扫了一眼橙正在擦着的挡风玻璃，一团亮晶晶的闪光晃了绿的眼，绿的心里咯噔了一下，她扭头把目光再次凝聚在橙擦玻璃的手上，那枚不大却晶莹闪烁的钻石婚戒正在橙修长的食指上发射着耀眼的光芒。

绿收回目光继续开车，嘴角微微扯开一朵舒心的微笑。她不由得跟着广播轻轻地哼起那首正在流行的歌儿来"Oh it’s what you do to me...... don’t you worry about the distance...... A thousand miles seems pretty far but they’ve got planes and trains and cars, I’d walk to you if I had no other way...... I can promise you that by the time that we get through, the world will never ever be the same...... ......"

无伴的骑行

克里斯丁没想到阿米会来敲门，她双眼圆睁，蓝色瞳仁亮的透明，镜子一样映着阿米，那头金发在清晨的朝阳下丝丝缕缕熠熠发光。阿米望着蓝镜子里的自己，心儿跳乱，镜子里的紫色头盔晃晃悠悠，黑白相间的运动上衣裹得身体紧绷绷，精神得像个高中生。她多少有了些自信，身后平躺在草地上的自行车正等着她去骑呢。她笑了，结结巴巴地说着蹩脚英文："对不起，没打电话就来敲门，那天说一起骑自行车，刚好骑过来，有兴趣一起骑吗？"

克里斯丁家的车库门滋扭扭地朝上升起，阿米已经推起自行车等在车道边缘。克里斯丁从墙壁挂钩上摘下头盔，又从胡乱堆在一起的四辆自行车里推出一辆来，说："好像就这辆有点儿气，格里克答应给我打气，说了两周也没做。你说男人是不是靠不住？"

"我家有气筒，我们骑过去打一下吧，我也是刚打满的。"阿米双手颠了颠车前把，饱满的前胎在车道上弹性十足地蹦了两蹦。心想，打个气还要男人帮？看着人高马大的，这么娇气。

两人上了路，朝阿米家骑。阿米家离克里斯丁家只有四条街，也是差不多三千尺的独立屋。阿米家门口的花圃整齐巨大，开着五颜六色的鲜花，比起克里斯丁门前简单的草坪，多少有些华丽张扬。阿米爱花，看到门前繁花似锦，异国他乡的孤独感就会烟消云散，坐在门廊悬吊的竹椅上赏花，端一杯本地特色玫瑰茶，捧着董桥散文集，日子不是天堂也胜似天堂了。

"我开车路过，常看见你在花池里劳动，你不累？"克里斯丁一边看着阿米打气，一边观赏着一簇刚开的八仙花，那些硕大花球密密地拥挤着，是罕见的蓝色。"我见过很多粉色的，这蓝色的挺不一般。"

"喜欢做的事就不觉得累。这蓝色是自己养出来的，每周坚持施酸性肥就可以把粉色的花变成蓝色了。其实是同一个品种。"阿米呼哧呼哧说着，已经帮克里斯丁打好气，随手按了密码关了车库门。

克里斯丁骑上车扭头看着阿米说："你好像什么都知道，什么都会，你哪儿来的时间干这么多事？"

“就是不停地干吧，不知不觉就都干了。”阿米耸了肩膀，飞快地骑起来。“勤劳，是我们华人的优良传统，你看，我们的移民里吃救济金的很少，每个人都拼命干干干。”

“这个，了解不多，你是我唯一认识的华人朋友，你这么说，好像是那么回事儿。这几条街上的华人好像都是双职工。”

两人沿着左侧汽车车流的相反方向骑着，明知道违反交通规则，阿米还是顺了克里斯丁。克里斯丁说这样骑安全，对面来车，不会撞上来，比汽车从背后过来安全。

“往哪儿走？”克里斯丁问。

“随便！我跟着你骑。”阿米做朋友从来不霸道。

两人一会儿就骑出小区，进入了加拿大森林国道。这是一条树林里拓出来的石渣路，专供人们骑车、长跑、散步和溜狗。据说这样的国道四通八达，可以从加拿大版图的东端一直连通到西端。

两人骑的飞快，不知道是阿米在催克里斯丁还是克里斯丁在催阿米，一会儿就出了汗，腿上生风，都比自己单独骑车蹬的快。一路聊孩子，两家小孩在一个学校。国道没有尽头，孩子的事就像国道一样没完没了。阿米听得多，说的少，听到的也是一知半解。克里斯丁说话快的时候，听懂听不懂阿米都点头，出国来早学会了稀里糊涂地和西人对话，如果万事求甚解，就不会有任何人愿意和你讲话了，谁愿意和一个哑巴聋子没完没了地说话？如今，刚移民时的稀里糊涂在日复一日的糊涂里也渐渐地眉目清晰了，别人指东她答西的事不知发生过多少次，丢人，阿米不在乎。如果我说中文，你们连一个字都不会懂，我懂了这么多英文，怎么都得奖励给自己一些自信吧，不能打击自己。几年下来，这么一路丢着人竟丢出了英语的长足进展。看看，都敢不请自来地敲洋人的门了！磕磕巴巴的英文不是照样把土生土长的克里斯丁拉上了自行车？

也有无法浑水摸鱼的时候，上次早餐聚会上，克里斯丁和大家说起自己给丈夫格里克出了个生意上的主意，格里克说给她“布朗宁点数”（brownie points），可以换亲吻。吃早饭的女人们都兴高采烈地笑起来，阿米也跟着笑。身边的黛安娜问她知道不知道什么是 brownie points，阿米犹豫了一秒钟，说不知道，她的脸红的像餐桌上的台布，克里斯丁就大笑着说：“那你还笑得那么欢？”阿米说：“笑是传染的啊？你们都笑，难道我应该哭不成？你赶紧给我解释解释，如果我什么都懂，你不是没了给我上课的机会？”这样善于随机应变给自己找台阶下是阿米的长处，她不卑不亢地树立着自己在这群洋女人们面前华人女性的稳定形象：坦诚，贤淑，智能，好学，温和，善良，热情，语言虽差，交流无碍。克里斯丁见阿米脸蛋儿红的坦率，细细地解释了“布朗宁点数”俚语中的奖励意义，讲完又咪咪地笑，这次没了耻笑的味道。后来克里斯丁提到自己没有骑车健身伙伴，阿米就接了茬，说改天过去叫她一起骑，阿米从小就是个运动健将。她看克里斯丁愣怔的模样，心想，难道你没想到要和我搭伴儿？即使你不是诚心，我可是诚意，没有你不答应的道理，钢铁就是这样炼成的，朋友就是这样交成的，以诚待人，走遍天下都不怕。

回来的路是上坡，阿米的腰隐隐作痛，撅着骑了这么久，真挺累。这地方的自行车都是坐高把低得猫腰骑的赛车设计，失去了在国内上下班坐直腰板儿骑车的舒适惬意。本来这里自行车就是运动工具，不是交通工具，性质一改变，形状也跟着变了。阿米不吭气儿，仍旧狠命地骑。

前面有人迎面跑来，一条大黑狗撒欢地跟在身边，一蹦一跳。克里斯丁说：“我先走让路！”说着就猛骑了几下靠了边，和阿米前后成了一字，省出身边的路来。克里斯丁和经过身边的长跑者Ｈｉ 了一声，阿米也Ｈｉ 了一声。阿米喜欢这样的客气，陌生人之间的礼貌让人感觉世界充满尊重和友善。她快快地猛骑了几下，追上克里斯丁。克里斯丁说：“我感觉到我的腿了。”阿米猜想，这是说累了吧？就像我感觉到我的腰一样。赶紧说：“要不要歇一歇？”克里斯丁就停了下来，说好，拔出车子斜梁上插着的水瓶，喝起来。阿米没想到要带水，看克里斯丁大口咕咚着，悄悄咽了咽唾沫。很多事情需要学习，比如礼貌地让路，比如运动时带上水。阿米低头看了看自己的车梁，也是有螺丝可以安装水瓶架的，却从来没想过要使用它。

“你说你这么瘦精精的，哪儿来的动力锻炼身体？”克里斯丁问。

“我喜欢锻炼，从小的习惯。”阿米侧头扫了一眼，克里斯丁硕大的臀部把整个座位都淹没了。这样胖，锻炼的目的自然是减肥，和我的健身目有一段距离。这么想着，倒觉得自己瘦得不应该，如果多些肥肉，怕是更容易沟通呢。

克里斯丁和阿米骑到阿米家街口就分了手，克里斯丁挥着手说：“今天骑得好，你可真能骑！那就下周三再见吧？我来叫你！”

两人这么一骑，就骑了三年，除了冬季大雪覆盖的日子，两人一周一次并驾齐驱，风雨无阻，方圆十公里都被两人骑遍了。森林里曲里拐弯的国道，小区里罕为人知的花园，泥泞难行的建筑工地，一望无际的宽阔田野，处处留下两对车轮的痕迹。逢着下雨，克里斯丁总是打过电话来取消骑车。只有一次，两人出门前太阳还暖暖地晒着，骑到半路，半个天空已经黑压压地盖了盖子，盖子上面轰隆隆地鸣着鼓。“完了，躲不过这场雨了！”阿米嘿嘿地笑着，很久没有尝试淋雨了，那样的浪漫早成了久远的历史。上大学的时候，宿舍女生专门下雨时手把手往雨里奔，衣服透湿显了身体形状才叽叽喳喳双手环抱胸脯往宿舍跑，那一路笑声在哗哗的雨声里漂荡，每张湿淋淋的脸蛋儿都掩不住青春的蓬勃朝气。“太想淋场雨了！你呢？”阿米高声问，声音盖过了雷声。

“不想也不行啊！淋吧！”克里斯丁的话没说完，雨点已经爆豆子一样劈叭下来。两人拼命骑着，垂直的雨帘在前行的速度里有了倾斜的角度，猛猛地往脸上摔，转眼两人就透明了，克里斯丁穿着露露莱蒙紧身运动衫，隔着弹性胸垫，乳头还是鲜明地鼓起来，她看着骑在前面的阿米哈哈大笑：“你后背太好看了，泥浆甩了一脊梁！白衣服成了花衣服了！”自行车都没有挡泥板，后轮溅起的泥浆照直沿着车轮的圆形曲线把泥水甩到后背上，阿米慢了下来，骑到克里斯丁身后，克里斯丁的粉色运动衫也同样布满黑泥。两人在雨中嘎嘎地笑着，前所未有地快乐着。到家时，天已经大晴，风雨中共过患难，一下子似乎亲近了几分，克里斯丁从车上跳了下来和阿米拥抱，在阿米耳边说：“今天真开心，阿米。”阿米拥抱的手臂就使了十分的力，眼睛竟有些湿。

三年里，逢年过节两人会互赠礼物，相约着去吃顿中饭。这些逐渐养成的习惯却都是阿米的热情在先，克里斯丁的相随在后。

那年圣诞，阿米包好了一张二泉印月的二胡ＣＤ去敲克里斯丁的门，克里斯丁笑着说：“你不给我礼物，我也同样会做你的朋友！”阿米一时尴尬，不知该说什么，天，克里斯丁会如此功利？难道我送你礼物是为了维持和你的友谊关系？我只是表达节日的问候，完全出于善意。她什么都没解释，笑了笑道了圣诞快乐就转身离去。文化沟壑，她尽量安慰自己。这样的误解，是自己的错，还是克里斯丁的错？圣诞不是这里最盛大的节日吗？身边亲朋好友不是都在互赠礼物吗？难道自己在克里斯丁眼里还远不是亲朋好友？她克里斯丁高人一等，需要阿米乞讨友谊？那夜，阿米心里像塞了棉花，堵得难透气。两天后，克里斯丁送来她亲手做的巧克力饼干做回礼，饼干精致醇香，玻璃纸包起来，拦腰系了丝带，新娘子一般美丽，贺卡也是精心挑选的，属了全家的名字。阿米看着喜欢，兴高采烈地收了，心里的疑惑才放在一边，反倒怪自己心小，想太多。

阿米回国的时候，两人通过邮件保持通信联系。克里斯丁迫切地索要中国的照片，想知道中国是什么样子。阿米把新建的高层现代小区照片和家里普通的单位宿舍楼照片都发了过去。回来再聚，克里斯丁就问："那些高层小区是不是只有富人才住得起？"阿米笑着摇头："都是工薪阶层的人买的房产，这两年中国经济发展迅猛，人们有办法赚钱，很多人都拥有不止一套房子呢。"

"那新闻上那些住在茅屋里的穷人都是假的了？"

"新闻？这边的新闻一边倒，只喜欢揭露中国负面的东西。你们看不到完整的中国。我从小在中国的城市长大，城市人民生活水平比以前提高很多，白领阶层的物质生活，已经不比这边差了，花天酒地的享乐可能比这边还夸张呢。"阿米温和地说着，尽量不带成见。她不想提及这些年国内每况愈下的道德人伦社会规范等软指标，她所说的都是实事求是的硬指针，人民生活大幅度提高，全世界人民有目共睹，她没说假话。

"你们家这样能出国，能在国外买房子的，一定是富人吧？"

"我们怎么能算富人？我们是出国念书拿学位一步一个脚印在国外生存下来的，两边都没根没底。房子贷款要还二十五年，回国和同学聚会，我们都像乡下来的，他们管我们叫洋插队的。我们错过了中国发展最快的十几年，同学都成了年富力强的中坚力量，非官即富，不像我们，在这里不过是打工族。"

"你是说你现在的生活比你们中国的生活差？那我家年收入二十万加元，到了中国也是贫民了？"

阿米半张着嘴，回不出话来。她扭头试图看出克里斯丁说这话有无讽刺意味，克里斯丁的金发顺风飘过面颊，挡了半张脸，看不出神情。正好骑到树下，阿米干脆下了车，抽出水瓶喝水，咕咚咽了才说："这里是人均生活水平高，橄榄形的社会结构，比较理想，中产阶级占多数；中国是贫富不均，财富集中在少数富人手里，还是金字塔。你家这样的收入，在这里是中产偏上吧？加拿大的人均家庭收入只有七八万吧？你家这样的在咱们这个区都是高的，到中国就是塔尖尖上的了。”

克里斯丁的脸上闪过一丝傲慢，她看着阿米笑着，若有所思。阿米假装没看见那眼神里的居高临下。

克里斯丁一到夏季就会邀请朋友一同到她的避暑木屋去度两天假。阿米第三年才收到邀请，她却放不下孩子老公，和一群膀大腰圆的白女人住在一个房间，衣食住行习惯不同，自己单薄的身体似乎都是另类，惹人判断，犯不上，她干脆找个借口推掉了。同去的都是早餐俱乐部的女人们。再次早餐聚会，大家都兴高采烈地夸奖在克里斯丁的木屋如何快乐有趣，大家怎么在水上跳床上跳来跳去，怎么一边晒太阳一边泛舟湖上，谁谁烧烤把鱼烤焦了，谁谁一晚上不停放屁，熏的大家不得安宁。大家嘻嘻哈哈，好像不是在饭店，而是还在克里斯丁的小木屋里发疯。阿米插不上嘴，克里斯丁坐在阿米身边，头却一直拗向另一边的黛安娜，不知说些什么。整顿饭阿米没有说过一句话，她笑着听着吃着，安安静静的像人群背后的一幅不合时宜的抽象画。

那之后，阿米就经常给自己找了借口不去参加早餐聚会了，阿米丈夫英伟发问，她答：“其实也挺无聊的，家长里短的几句，都是些没事干的家庭妇女，聊不聊吧！”英伟不置可否，英伟性格内向，西人的聚会从来不喜欢参加，公司集体活动，他跟着凑热闹，自己却从来不曾热闹。一群认识不认识的人端着酒杯东聊西扯能扯出什么内容，聊政治他不感兴趣，聊文化两边有着无法逾越的沟壑，聊运动还不如看场实打实的比赛，聊饮食那是女人的话题。他从来没有喜欢过西人的聚会，就像他从来没有交过一个西人朋友一样，一切都是血液里流淌的自然。他没感觉自己缺少社会应酬能力，也没觉得自己这样做有什么不妥，他反倒觉得本地西人浮浅空虚，肚子里没货，才需要这些没完没了的聚会给平淡的生活填空。他工作积极肯干，业务娴熟，不比单位任何一个本地白人干得差、挣的少，生活顺理成章，聚会不聚会有什么要紧？原来阿米去参加这些家庭妇女的活动，他就不置可否，现在阿米自己懒得去了，他偷偷称是，和她们搅合个什么，好好在家相夫教子就够了，三四十岁了，大半辈子都是在中国度过的，什么融入西方主流社会，哪那么简单？都是扯淡。

克里斯丁虽然是个家庭主妇，却比上班还忙。除了每周固定的几个女人群体聚会，她还经常邀请朋友召开游泳池聚会，投影电影聚会等等，她的家就是一个女人们的社交中心，她的朋友也多得树叶一样数不清。阿米有时接受邀请，也会认真带些吃喝，略微装扮一番去坐坐。她身材姣好，穿什么都有样儿，比起那些穿体恤衫大短裤的妈妈们，总显得与众不同。有一次阿米带了一袋速冻饺子，克里斯丁看着稀奇，问是不是白面作的，如果是白面的，她只能吃一个，因为她从来不吃不是全麦的面粉，白面不健康。阿米很想把饺子拿回去，好过被克里斯丁扔掉，非洲儿童每天忍饥挨饿，这边整袋饺子却要填了垃圾桶。克里斯丁擅长烘烤甜点，那不都是大杯糖大杯黄油大杯精粉堆出来的？比起饺子，哪个更健康？阿米心里敲鼓。那时她还不知道很多本地白人吃东西挑剔，饮食习惯狭窄局限，没吃过的无心去尝试，她天真地以为全世界人民都和她一样是喜欢中餐的。所以笋丝罐头的命运，才真正给了她一个不小的打击。

克里斯丁打来电话的时候，正是艳阳高照，暑假的闷热从户外一直延伸到室内："说定了，就明天中午，带女儿一起来凉快凉快。"

克里斯丁后院里的泳池不大，却是盐水的，没有漂白剂，堪称时尚品味。阿米把换好泳装的女儿安顿进泳池，看着孩子们在泳池里翻腾扑打起来，才转身坐回桌边，掏出带来的一罐广口油辣笋丝。竹子这东西拿来吃，是怎样的境界？跟熊猫一样高级啊！阿米满以为会令诸位女士大吃一惊，出现众人奋勇抢夺爱不释口的局面。结果却大出所料，阿米打开瓶口，那醇香的笋丝味儿瞬间充满了泳池四周空间，克里斯丁正好从厨房端着刚出炉的香蕉蛋糕出来，就抽着鼻子嚷："什么臭味儿？哪里来的？"阿米没意识到自己的笋丝味儿，在自己鼻子里明明是香味儿，怎么会被说是臭？桌旁克里斯丁的好友杰夫尼顺手把盖子盖了，人们就开始吃蛋糕，大家很快就把笋丝忘得一乾二净。阿米有一次想去开瓶，被杰夫尼按住了，阿米就没坚持。席间有人聊起报纸上说中国人什么都吃，杰夫尼就问阿米是不是真的。阿米说："是吧，不过也因人而异，我喜欢吃乱七八糟的东西，英伟就不喜欢。"克里斯丁问："乱七八糟？那你也吃过虫子，吃过蛇，吃过狗？报纸上说中国人很爱吃狗肉呢。"

"天！"四周的女人无不咋舌。在这个以宠物为荣的社会，狗是用来爱、用来疼、用来做伴、用来显示的，不是用来吃的，吃狗？太荒唐了。

"吃，在中国是一种文化。吃什么也很有地方特色，北方人的饮食和南方人的饮食就有很大差别，那么大的国家，那么多人，吃得复杂也没什么稀奇。法国大餐里不是还吃生牛肉 beef tartare 吗，那东西我就不能吃，跟生牛肉馅儿没区别啊。我们有句成语叫“茹毛饮血”，就是说像原始山顶洞人一样吃喝，中国人就做不到。”阿米笑眯眯地答着，这时她的目光从笋丝罐上一扫而过，那瓶盖不像盖在瓶子上，是盖在她心上的。

但那终究是一个快乐的下午，阿米带着湿淋淋的女儿离开克里斯丁家的时候，大人小孩的脸上都挂着水淋淋清爽宜人的笑容。

两天以后，是两人例行骑车的日子。克里斯丁正好在车库里打扫卫生，准备往垃圾袋里扔垃圾，阿米伸手帮着把半满的黑色垃圾袋撑开，就一眼看见了垃圾袋里原封不动扔在里面的整瓶油辣笋丝，克里斯丁搓子里的尘土一下就把那瓶笋丝淹没了，阿米的手抖了一下，克里斯丁第二搓尘土就一半洒到了地上。

骑车上路以后，两人话不多，阿米失了挑起话头的兴致，克里斯丁说有点咽喉痛，也不大讲话，两人沿着小区随便骑了１０分钟天就阴了下来，两人都不想再淋浴，相互一笑，飞快地往家骑，草草道别。

那之后，阿米常常腰痛，克里斯丁的自行车也常常出故障，两人总凑不好时间，骑车活动变得断断续续。

圣诞节早餐聚会的女人们交换礼物，阿米还是去了，她说起自己教会合唱团的表演，希望大家去看，她唱女高音。克里斯丁呵呵地笑着说：“soprano 是什么？我们没文化，你给解释解释！”大家就跟着一起笑。早餐会的女人们只有阿米一人规律地去教会崇拜，阿米想起上次聚会自己说圣诞节是给予爱的季节，耶稣基督的爱这时最应被纪念和学习，大家都哈哈地笑她太宗教了，克里斯丁说：“爱，这东西，不用去教会也可以随时使用。中国人都像你一样什么都认真到要有个道理吗？”阿米心想，你们如此带有成见，“中国人”这样的大帽子也扣上来了，这是爱吗？这不是爱，是嫉妒，是非议，是非公正的判断。自由平等博爱不是这个国家所宣扬的吗？我有信主的自由，你们有不信的自由。

阿米祷告时，请求上帝原谅自己的小心眼儿。农历新年时，她大大方方请克里斯丁和杰夫尼来家里吃中饭，做了大大小小十个菜。克里斯丁和杰夫尼受宠若惊，啧啧称赞阿米厨师手艺高明。油焖茄子、糖醋鱼、皮蛋豆腐、夫妻肺片两人一下不敢碰，茄子从没吃过，鱼怎么带着头，鸡蛋怎么会变成黑色的，猪内脏怪味熏天。朝鲜冷面、红烧丸子、蛋炒米、粉丝鱼丸汤倒颇受欢迎，两位客人酒足饭饱，赞不绝口。克里斯丁问："你真的每天都做饭？"

"当然。"

"每天都炒两三个菜？"

"四菜一汤也是经常的。"

"那得花多少时间啊！累不累？"

"习惯了，累也就不觉得了，吃不到好吃的，才会累。"阿米知道克里斯丁每周只开两次火，也只做些烤鸡烤土豆意大利通心粉和肉碎西红柿酱。中国食品在她们眼里复杂得好像宇宙一样。

"如果我有那么多时间，巴不得躺在院子里在计算机上聊聊天儿。受这苦！"克里斯丁撇了嘴说。

阿米笑道："享受，在你是休息，在我是劳动。"

阿米抱出兔子的时候，克里斯丁也忍不住夸了起来，她说："想不到你还真的是养它做宠物，我一直以为你养它是为了吃它。"阿米吃惊地睁大了眼睛，克里斯丁已经不止一次说阿米养兔子是为了吃，原来竟是当真的。阿米想回个笑容给她，却笑不出来，话一下子变得少了。

两人左谢右谢，拥抱了阿米终于走了。阿米盯着克里斯丁带来的雕花瓷杯发呆。那是一个上好的瓷杯，厚厚的白色杯壁上鼓出来罗马浮雕般的花纹，阿米家任何一个瓷杯都无法与这只杯的精美相提并论，阿米却怎么看怎么不喜欢，她站到凳子上把那杯子放进了很少够得着的顶柜里，眼不见就心不烦了。

那天之后，阿米没有再找过克里斯丁，克里斯丁也没有再找过阿米。阿米还是常年骑车锻炼身体，只有一次和克里斯丁相遇。

克里斯丁和另外两个白人妇女一同骑在国道上。大家下了车，相互寒暄，克里斯丁说："你还是那么精神，样样都好的人给人压力，你自己骑车，没人去给压力了，习惯不？"

阿米挑了挑眉毛，说："压力和自尊都是自己给的，一个人感到压力一定是自找的。我们中国人的友善从来都是博爱宽和的，没有目的性。要锻炼减肥，你应该先治治"自卑"这个病。"说完，看着满面通红的克里斯丁，笑了笑，再见还没说完就一溜烟儿地骑走了。

杜杜

风吹在阿米脸上，清清凉凉。她从来没感觉过一个人骑车，会这么爽。车轮在飞！

小径

从薛从灵家出来往北走二百米，有一条通往树林的小径。小径长一公里有余，宽一米半，够两个人擦身而过，两侧是低矮的灌木丛，低矮是相对于参天大树，灌木其实比人高出一倍。在小径上和灌木林并排行走，听自己节奏鲜明的脚步声，感觉很渺小，如一根行走的草。灌木繁杂拥挤，分辨不出树种和类型，连串的绿簇拥着，似一个无声的绿色卫队，自己便是踏着红地毯的女王，众绿捧月地检阅着晴朗天空和新鲜空气。

每天上午薛从灵都会沿着这条小径走近树林，却从来不曾进入树林。几年来附近有两例喜爱运动的单身女子孤身进入树林跑步或骑车，被变得无影无踪。薛从灵不想被变没，就在小径上来回走，始终不曾把野心扩展到树林中间去。小径很安静，和薛从灵经常碰面的人只有一位中年男子，白皮肤，棕头发，灰眼珠，运动衫，擅点头，无言语，每周三次与她擦身而过，用“擦身而过”，是衣服擦了衣服侧身而过，小径太窄。如果愿意，她可以闻到他身上香草洗澡液的味道。有一次抬头和他对视，看到他玻璃一样的蓝眼睛，下巴有一条深深的竖沟，是只有白人才长得出的沟壑。

薛从灵不上班，专职在家相夫教子。夫上班，子上学，她就没了可“相”和可“教”的对象，只好专职做梦。做梦这件事，说起来容易，做起来难。特别是白日做梦，难度最大。夜间的梦，人人都会做，不用准备，不用预习，不用思想，甚至不用去做，它就自己成就了自己。白日的梦是一种需要填补的空洞，大块空白的时间构成了空洞的基本成分，对无事可做的人来说，需用很多抽象的材料去填补。比如回忆、旧面孔、老故事、老车老房老相册，又比如新故事、新面孔、新计划、新衣服、新东西，现实的，非现实的，今天，和未来。好听地定义， 这是幻想， 通俗点儿，就是走神儿。

没有迷上小径的时候，薛从灵不知道小径会使她着迷，它甜涩的青草气息，草丛里啾啾的虫鸣，形成一个巨大的漩涡，把她吸引进去。她就那样对它迷恋起来，好像海洛因对于吸毒者，歌曲对于歌唱家，黑板对于教师，小径对于一个喜欢走它的人。

薛从灵原本是个大城市长大的女子，相貌普通，生于小康家庭，从小倍受独生女的特殊宠爱，婚后倍受丈夫尊重，没吃过苦，也没受过罪，可以归类为养尊处优。是移民生活使一切变得四不像。薛从灵过去从未走过类似的小径，在国内，她居住的那座城市只有灯红酒绿和高楼林立，这样随便就可进入的绿林小径，在那样的城市里或者被看作穷乡僻壤，或者被看成皇亲国戚的私家园林，和老百姓不沾边。

大学毕业后，薛从灵在私营企业工作，一路顺风，出国前已经做到业务主管，年纪轻轻，可以对几百号人发号施令。移民后，她却找不到工作，英语差。去语言学校学习，远，她不会开车，乘公交车要倒三次车，费钱费辛苦费时间。她选择了呆在家里，跟着电视学英语。家里却再也不能像在国内一样雇个保姆洗衣烧饭，她也不再有钱每周去 Spa 洗脚洗脸，中国货币六块才等于这里的一块。薛从灵的过去，变成了一个符号，一个白日梦的材料。

薛从灵的先生谭坛和另一个中国移民，合伙开了一家电子公司，五年多来，业务仍然朝不保夕。他早出晚归，勤劳刻苦，全家的生活仰仗着他的成功，薛从灵除了暗自祈祷他事业有成，只能开始学习做一个传统意义的贤妻良母，洗衣烧饭，不声不响，任劳任怨。她做得不错，得到先生和孩子的一致好评。可是远离父母亲朋，远离熟门熟路的大街小巷，远离自己的职业和梦想，空洞如无物。谭坛忙得顾不上和她说话，她没有朋友，也没有兴趣去交。儿子小玉五岁，上六个小时学，放学之后喜欢看少儿节目，打电子游戏，薛从灵在儿子身边晃来晃去，孤单如游魂。

那个空洞越来越大，时间在腐蚀那个洞壁。经常，薛从灵感觉自己在那个洞里晃晃荡荡，无处落脚，她必需不停地往里添材料，才能挤住松动。白日梦也因此成了规律的生活习惯，填空！和吃饭睡觉一样，按时来，随时去。时间成了一个容器，装载薛从灵无边无际的空虚。

只有走上小径的一刻，她才可以甩掉那些空虚。这充实来自一草一木。小径上的安静是有声音的安静，鸟儿叫就干净地叫，风儿吹就奋力地吹，树叶摇就齐刷刷地摇，没有人为的干涉，人类也无法干涉风怎么吹鸟怎么叫。没有数钱的声音，没有指责谩骂，没有赞美和歌唱，也没有漂亮和丑陋。自然，一切都是自然，什么就是什么。薛从灵在那一刻，可以变成一朵野花，一根杂草，或者草间的一粒灰尘。她可以像草一样没有思想和温度，就那么生长着，有绿的耀眼的时节，也有黄的灿烂的时刻，该生便生，该灭便灭。有时她会停下脚步，跟随一只青虫的轨迹伸进草丛，她几乎可以感觉到腹部紧贴泥土的愉悦，鼻腔里涌进草叶青涩微甜的滋味。

男人第一次出现，刚刚开春。冬雪化尽，地面潮湿，泛着沉重的黑色，路边的树刚冒出毛茸茸的绿芽，像宣纸上阴湿的水墨。冬眠之后的薛从灵和松鼠一样，急匆匆地跑出来参与春天。走在那条小径上，开春的兴奋让她几乎喘不过气来。缓慢地行走，她尽量延长每一步驻留的时间，大口大口地深呼吸，她对空气的贪婪是极端的，恨不得把整个春天吸进肺子。

男人在小路尽头出现的时候， 有一只鸟正在树梢唱歌，薛从灵吹了一声口哨，好像惊讶于看见一只横穿树林的小鹿。和男人擦身而过之时，照例像和所有陌生人碰面一样，点一下头。薛从灵散步的时间是上午九点半，早九晚五的人不会在这个时间出现，这男人是在休假、在失业或者在上夜班，对他猜测的闪念瞬间划过，然后消失，和人的所有念头一样，大多一闪即逝。

和陌生人遭遇，不过是个偶然。偶然在频繁出现之后，却变成了必然。薛从灵每天都会走上小径，男人一周走两次。不知从什么时候开始，薛从灵开始盼望这个必然，一瞬间的衣袖摩擦，一眨眼的眼神交接，一秒钟加速的心跳，让她感觉自己是活着的。男人的经过也在发生变化，他的目光不再涣散，十米之外他已经预备了笑脸，脚步也放慢了。越走越近，薛从灵的心绷紧了，“嗨！”他轻声说，“嗨！”她轻声答，她的脸莫名其妙地热了起来，走过去好远，心才一点一点小拳头似地松开。

几个月不知不觉地过去，曾经碧绿的灌木被初秋的红叶黄叶棕叶层层迭迭地勾勒出暖洋洋的感觉，如果有风，率先飘落的落叶会零星吹在脸上。她的头发长了，随着树叶一起缓缓地飘在腰间。

薛从灵始终认为上帝有意安排了那只断臂瘸腿的猫儿在那个时刻出现。蹲在路边，她捧起它。棕毛，脖颈处一缕白灰相间的条纹，奄奄一息。左侧一只前脚和一只后脚显然是被什么利器夹断了，无助地弯曲着。它的眼睛眯的很小，长长一线，但盛得下所有的同情。薛从灵捧着它，不知所措。“你来到我面前干什么？除了让我救你，我还能干什么？”她小声问它。

“那是中文吗？很好听。” 男人不知什么时候已经站到她背后，“你准备把它怎么办？”

“不知道，带回家养着？”她没回头，喃喃地说，好像在和一个老朋友讲话。

“不好，不好养，它残疾了，而且病重。送去动物收养所吧，那边的人很专业，会有办法的。”

“动物收养所？在哪里？”她回过头来，男人的眼睛就直直地从猫身上转移到她脸上，她的脸便着了火。

“我带你去。先跟我回家取车吧。”男人说着已经转身向刚来的方向走去，走了几步，见她不动，回来伸手揽住她的腰，搂着孩子一样，拖拉着往前走，似乎曾经搂了一辈子。

手里小心捧着残疾猫，她像吃了迷魂药，跟着，脑子里一片空白。

他家在小区的另一端，从小径的一条岔路拐进小区街道，街道很宽，房子都是三车库的大房子，间距很大。阳光没有灌木的阻拦，放心地明亮着，他松了手，自己快走在前面，说：“等着，做个好女孩。”

他家在街道尽头，城堡一样的尖顶设计，很气派，车道上停着一辆大大的奥迪。他把车开过来，下车，伸手拉开车门：“上车，我们去送猫。”

猫儿在薛从灵手里安安静静，和她一样，无言无语，对自己未知的命运听之任之，也和她一样。车子启动后，环绕的立体声喇叭里响起了 The Carpenters”组合的 Yesterday Once More”镇定不急噪却略含忧郁的歌唱，她的心抽搐着，这样老的曲子他竟然在听，是她喜欢了多年的音乐。她侧脸看他耸立的鼻梁，他侧脸对她微微一笑，他们好像认识了一个世纪长。

动物收养所坐落在市区南部，门口对着一条湍急的河流，水声很大，千人鼓掌的鸣响。河边小径上有人在长跑，紧身运动衣，意气风发。他说:“送了猫，我们在这里走一会儿吧。总是走那同一条小径，我们也该换一换。”他自然而然地用着“我们”，她自然而然地接受它，难道他们不是“We”？

动物收养所把小猫关进了一个小笼，和一个大黑猫做邻居。一位头发花白的工作人员在猫房里备足了猫食和猫水。他们做了基本的登记，给小猫起名“Joy”，男人掏了五十元钱捐了，两人才出来。男人的手一直搂着她的肩，白发老人和他道别时说：“谢谢你们，史密斯先生，史密斯太太!”男人登记时填了他的姓史密斯。

“对不起，我没带钱。没想到会到这里来，原本只是散步。”出了门，她磕磕巴巴地说。

他转身和她面对面，伸出一根指头竖着按在她嘴唇上，眼睛看进她眼睛，似笑非笑地摇了摇头。她移开目光，脸上燃起熊熊的火。

他拉着她的手往河边走去，水声越来越大。他们站在河沿的石头栅栏前面默默无语，注视着眼前那三五个突起的岩石和岩石四周形成的湍急漩涡。

“记住这个地方，有纪念意义。”他说。

“什么？”她不明白，扭头问。

他的嘴唇就那样贴了上来，湿润，温柔。她的舌头被他轻易地吸了去，又被顶回来，又吸了去，再顶回来。耳边是水声轰鸣，她站立不住，好像要跌进那湍急的漩涡，可她不怕，他的臂膀牢牢地抱着她，只容她跌进他的漩涡，值得纪念的正是这个口舌的漩涡。

“我早就爱上你了，你应该知道。你走起路来，梦游一样。还有这头长发！”他的舌头在她耳廓上轻轻地舔着，一只手在腰间抚摸她的长发，梳子一样，一把加了温的梳子。她的身体震颤着，融化着，化成他怀中的一滩温暖的情愫。

她们没有在那河边散步，他搂着她进了车子。后座狭窄，但足够承担该发生的事情。他很强壮，身体和手指都十分准确，潮水汹涌而来，势不可挡，“噢”，她喃喃：“噢！”

她们仍旧每周三次在小径上走，不是擦肩而过，而是并肩而行。他是麻醉医师，偷懒，只上四天班。他从不提及妻子和孩子，也从未让她进过他家门。同样，他不知道她家在哪里，她也从不提及自己的生活。

他们开始往林子里走。林子很大很深，他总是背一个双肩运动包，里面装着绒毯、纸巾、润滑剂和避孕套。他们走进没有路的密林深处，寻到一个圆形的灌木密集的港湾，远离人径，密不透风，枝杈的树干很快被他清理干净，他聚拢了松软的树叶，在上面铺好毯子，他们便开始永不厌倦的游戏。她被亲吻，被抚摸，被进入，从上到下，从里到外，从前到后。怎么可以有这么多的方式来做这一件事情？怎么可以把一件事情做得如此有声有色花样翻新？她的前半生原来是白活了。

他们的戏台上有着很多配角，动物悉索穿越草丛的声响，鸟儿零星的歌唱，昆虫蝉噪的干扰，树影重重，日光粼粼，草叶偶尔划痒了脚心，毯下有枕碎的野花释放幽香，还有他们低低的笑声、喘声、撞击声……那是一幅天人合一的自然生态图画，原始如伊甸园里的亚当夏娃，即便有毒蛇来袭，亦甘愿世代负罪受苦。野合，毒品一般惑人心智。

赤裸相拥，她说："我想这样和你死去。"他又竖了那根指头，挡在她的唇上："我们不死，我们享受！" 说着，他把她拉到旁边一棵大树跟前，从挎包里掏出一把刀， 说："我们要让这棵树见证一切。"他雕刻了一只很漂亮的心，她刻了那根长长的射入心间的利箭。心和箭，露出白白的木色，在黝黑的树皮衬托下格外醒目，真实的似乎在跳动，淡淡的木香悠然飘散。他们裸体相拥，谁也不肯松手。丘比特啊，你为什么这样无情地发射利箭？为什么？

和他散步，他们很少言语，两只臂膀相拥，她的头枕在他肩上，一辈子的话似乎说尽，无需语言来加深理解。只有在密林深处，他会细腻体贴，语言也无微不至："好吗？""这样不痛吧？""请翻身，宝贝，我们该换个姿势了。" "你真富有，拥有世界上最美好的宝穴！""你让我感觉强大！""我总不够，你实在太迷人了。"

有时，他俩会赤诚相拥，慵懒地躺着，看树叶缝隙里漏下来的阳光，他一个一个地数她身上落下来的斑点，数一下，亲一下，她的身体就都被太阳般的热吻覆盖了。恍惚中，她知道已经变成了一片草叶一捧尘土，和身边的自然一模一样，散发着没有雕琢的清香，展现着毫无修饰的美丽。"你真美。"他用目光抚摸着她的胴体。她看着树影在他脸上制造着阴影的工厂，那一对蓝眼睛一只明亮如透明玻璃，一只藏在阴影里蓝宝石一样沉静清澈，她说："你的眼睛像海，很深。这边是大西洋，这边是太平洋。"他紧紧搂了她，互相缠绕，连呼吸都混合在潮湿的树荫中与世界弥合一团了。时间应该在这一刻停止，它不停止，是上帝出了错。

渐渐地，她停止了白日做梦，心里那个空洞莫名其妙地消失退去。她不再顾影自怜，唉声叹气，也不再无谓地想念国内风光的从前。日子往前走着，麻醉师如林中一只精灵偷食着她空虚的灵魂，他本身并不真实，如小路上清晨的味道，你明明闻着，却没办法攥在手心里拥为己有。可他又是确实存在的，在走不完的小路上， 在密林深处的绒毯上， 他有温度，有力度，是活着的肉体。她明白自己被他麻醉了，在偷情的兴奋中不知所以。

在厨房烧饭时她哼着歌儿，儿子说："妈妈，你脸红扑扑的，可好看呢。你哼的什么？ 好听！" 谭坛坐在餐桌前捧着计算机等着晚饭上桌，这时也抬头望瞭望薛从灵，说："儿子有眼光，妈妈越活越年轻了。"说完，继续低头看计算机。她停了歌声，望着丈夫发了呆，无限愧疚，多久没和他讲话了？一个星期？两个星期？这几年不是一直如此吗？这个家一直都是这样安静的像地狱，她不该责怪自己，她需要爱。丈夫公司最近项目在收尾，如果那两家客户对这个项目满意，这桶金就稳打稳地拿下了，公司至少可以存活三五年，这个家的稳定生活就可以得到基本保证。他太辛苦了，醒着的时候除了吃饭睡觉，几乎一直在捧着计算机不停工作。薛从灵轻轻叹了口气，往他碗里多填了两勺牛肉。他在做的事，是一心一意撑着家，而我……罪过！可是，我们两个月没有做过爱了，难道他不想吗？她应该任自己的身体成为沙漠吗？他从来就不怎么想，可我呢？麻醉师海洋一样的眼睛在薛从灵眼前晃动起来，耳边响着他的赞美："你真美，这头秀发啊！"薛从灵浑身燥热起来。

她把小玉揽进怀里，亲了亲他柔软的头发。必须赶走这不洁之感，你这无耻的女人！她又断断续续哼起歌儿来，她不想让自己不快乐，她需要解脱，哪怕是这种罪恶的解脱。

生活平静，一切都按部就班，河水一样向一个笃定的方向运行，不会逆流。

天快冷了，她和麻醉师去看 Joy，它已经被一对中年夫妻领养回家，白发工作人员慈眉善目地说："史密斯先生，史密斯太太，Joy 找到了一户好人家，放心吧。"她掏出准备好的 50 元，捐了。麻醉师只是歪着他那张迷人的嘴巴，微笑。那天，薛从灵和麻醉师手把手沿着河沿走了很久，听着湍急的河水呼啦啦地歌唱，秋风的冷涩没有赶走他俩的柔情蜜意，她的头枕在他肩上，似乎枕着整个大地一样踏实。和他的一切都发生在户外，只要有流动的风，有夹杂的树木鲜花，有虫鸣鸟语，他们就深深沉浸在无语却丰满的情爱之中，自然如天上的云卷云舒，海滨的潮涨潮落。

他问："为什么那么喜欢散步？"

她答："不知道，一定是为了遇见你。"

"我是什么，你并不了解。"

"我需要了解吗？都是命定的。你是谁，我是谁，都无关紧要。我们在一起了，便在一起了。"她说。

"你不怕我是坏人？"

"如果你是坏人，我又是什么呢？"

他们走到了道路尽头，前面是一个森林的入口，离动物收容所已经很远很远。他搂着她的肩膀朝森林走去。这是一个很黑很暗的森林，树木参天，高大粗壮，虽然树叶早已落尽，干枯的树枝仍笔直地插入天空，遮天蔽日，他们像两个幽灵钻进了恐怖电影的屏幕。她的身体打了几个冷颤。他拥着她肩膀的手攥的更紧了，在她耳边吹着热气，说："有我呢，不怕。"他把她按在一棵树上，开始亲吻她的脖颈，一只手早已伸进她的大衣。森林正在从他们周围隐遁，世界正在他们眼前消失，只剩下肉体飘离的兴奋，精神涣散的升华，她双手抱着树干，面孔摩擦着粗燥的树皮，大衣双摆在她身体两侧疯狂飘舞，遮挡着他有力的撞击，他们大声叫着，惊起两只飞鸟，它们扑扇着翅膀，很快就不见了。

"如果有一天你离开我，我愿意死在一个树林里，变成腐烂的树叶，进入自然的食物链。"走出森林的时候，她喃喃地说。

河水喧嚣，她扭头凝视湍急的河流。

"我不值得你死，别傻！总有一天你会明白，没有任何一个人值得另一个人为他而死。你要学会把握自己的生命和自己的快乐！"他的声音里有一种迟疑和停顿。

"自己的快乐？难道现在的快乐不是我们共享的？"她抬头望他。他静静看着她，背光，她看不到那双眼睛的光泽，他的手捏得她的肩膀有些痛，她垂了眼睛，抖了抖肩膀，偏了头枕住他的肩。风很大，她感到冷。

那是入冬以前他们最后一次在一起。第一场雪下来的时候，他们去散了最后一次步，他没有背包。早间新闻预报说温度是零下 8 度，那样的温度无法野合。地上盖着薄薄一层银白，他们走过的地方清楚地拖拉着两对纠缠不清的脚印。他拥着她，走进树林，她的头在他肩上缓慢摇摆，鼻息白白地在他下颚旁凝聚，然后轻轻散去。他们来到那棵树前，新鲜的木刻已经陈旧，但仍然清晰可见，一棵大大的心，被利箭射中。他拥着她，拿着她一根手指沿着那颗心的轨迹滑动着。

她说:"我会想你的。"

他说："我已经在想你了。"

薛从灵很想张嘴提个建议，你家或者我家？可她终究没有说出口。眼前晃着丈夫和儿子的面孔，她没有资格使用家庭共同的空间来干这件事。麻醉师也一样。他说："也许，我们应该定个酒店。"她的呼吸白白地凝聚，喷在他下颚上，又渐渐散去，她伸出嘴唇去亲吻他刮得光光的泛着青光的面颊，说:"不，等春天吧！"一切原本都发生在自然界，如果有了墙壁，一切是不是就转换了性质和意义？散步，是散不进酒店的，那一刻，薛从灵打定了主意。

他抱紧了她，她们的唇长在了一起，似乎过了一个世纪。

冬天终于来了，世界被上帝一甩手铺上了一张雪白的床单，世界的特点消失了，只剩下薛从灵孤伶伶望着窗外那孤独的眼神。

除了从校车站接送儿子上下学，她很少出门。她和麻醉师从未交换过电话号码，他们总是在每次散步告别时说："下周二，周五？""好。周二，周五！"如果谁因故没有露面，另一个人会在小路上把步散完，正过来走再反过来去，猜度和煎熬是附加的体验。他会不会来？是不是应该再等等？决定放弃的时候，一步三回头。但是，周二耽误了，周五一定不会错过。两个人再见面并不多言，各自有家，不必追问，或许是孩子生病，或许是有客来访，似乎一种默契早已白纸黑字，谁都不去捅破。薛从灵本来就不是个多语的人，也不喜欢刨根问底，英文不好，使这个特点理所当然地发扬光大。他也同样安静，对她的家庭不询问不关心，对自己的家庭守口如瓶。其实，即便有语言沟通，他又怎么能懂得背井离乡给人心理上带来的巨大反差？薛从灵在中国的一切，即便她英文口语好到可以说清楚，他又怎么能够明白？那块土地上的一切都是不同的。她给几百号人做项目主管的风光，他怎么能够想象？除了人类相同的肉体和欲望，他们拥有哪些共同的东西呢？

薛从灵伫立在窗前，大脑一片空白。毫无疑问，她在想念麻醉师，但她并不喜欢自己的想念，它让她感觉自己的肮脏。

无休止的白日梦又开始频繁地光顾，那里面不再是记忆中的亲朋好友，也不是旧时光里的职场风云。不论醒着还是睡着，梦里的一切都被麻醉师代替了，穿着衣服的他，脱了衣服的他，行走在小径上的他，睡卧在丛林中的他，他的肩膀，他的眼睛，他的进入，他的抽离，他活跃的舌头，他挽着她的那条手臂，他开车的侧影，他身体的每个部位……

薛从灵的恍惚很快就被小玉发现了，他说："妈妈，我和你说话，你又没听见。"

"噢， 对不起，孩子！"

"你总说对不起，然后还是听不见。我不要那个对不起，妈妈，我要你听见。"

眼泪掉了下来，她最近总是这样经常地流眼泪。儿子早已经跑开，做小孩真好，想说什么就说什么，说完就跑开。

谭坛公司做的产品终于验收合格了，两家客户签了五年的合作协议，一个投资商看好这个产品，也和公司签署了进一步的投资合同。他变的更加忙碌，那是一种兴奋愉快的忙碌，好像他的身体里流淌着一个敲着鼓点儿的鼓。他说："好了好了，你多幸福，这回可以安心做你的专职太太了。如果愿意，你可以健健身，做做脸，我们这下宽裕多了。"他经过时，伸出两手按了按妻子的肩头，这是他对她最慷慨的身体语言。她却只想甩掉那两只手，她想念一个赤裸的拥抱，像在密林深处斑驳的阳光之下那些没有遮挡的拥抱，她也想要听赞美，"你真美！"丈夫从来没有对她说过这样的话。当年成婚的时候，那些尴尬的接吻，和尴尬的拥抱也令薛从灵怀念，因为即使是尴尬的什么，现在也都没有了。他经常在书房的计算机上工作到深夜，怕影响妻子休息，就干脆在客房休息。一两个月一次的夫妻生活，一般都是在半夜时发生，她在半梦半醒之中被进入，几乎全醒时结束。这个半醒到全醒的过程一般历时 5 分钟。

她的恍惚他没有觉察，他眼中的妻子衣食无忧，有充足的时间相夫教子，公司的成就又使她有了充足的钱去美容健身。做一个女人，不快乐是没有道理的。

她没有去美容健身，她什么都不想干。冰天雪地，渺无人烟，她连步都散不成，美容给谁看？在国内时，出国就是奋斗目标，现在身在国外，目标呢？人生的意义在哪里？相夫教子？把自己变得空空如也？她惊讶于自己会想这样哲学的问题，可她没有聪明到可以想出这种问题的答案。她不过是在一种生命的规定指令下机械地运动着，到点起床，到点做饭，到点接孩子，到点收拾房间，一个高级程控的机器人，机油充足，运转优良。立在窗前，她只想变成窗外的风，地上的雪，天上的云，远离这个实实在在的世界。只有想到小径的时候，她感觉自己是活着的，她有温度，她的温度曾经被抚摸，她有激情，她的激情曾经让她快活，除了给予小玉母爱，她也会男欢女爱，她在麻醉师的怀抱里能感觉到它涓涓的流淌，那一刻，她才是女人。她开始越来越频繁地想念那个可以一边散步一边把头靠上去的肩膀。

薛从灵终于穿着雪地鞋踏上了小径。小径已经被小区铲雪机清理干净，并不难走，她的惊讶比路边高堆的雪还要厚，冬天，铲过的道路像被修饰过的脸蛋，是供人欣赏的，也是鼓励人在它身上散步的。

冷空气径直钻进肺子，那冷，没有包装，整个肺子像是没了胸膛的阻拦，直接裸露给空气了。零下二十度，她在散步。小径上没人，，这原本就是一条荒僻的小径，春夏晴朗的日子，也只有她和麻醉师来走，这是他们俩的小径。现在冰天雪地了，它变成了她一个人的小径。她走上了那个可以通向麻醉师家的岔路口，走上了那条街，走向他家。门口停着那辆她熟悉的车。她没有停脚，经过了，又返回头走回小径。他在家。那个和她在树林里赤裸相见的人，那个和她在树上刻下永久恋情的男人，就在几十米之外的那座房子里。

逆风，她的脸被吹的生痛，她哭了一路，眼睛变成冰河，流淌着一溜溜冻硬的冰溜子，它们蜿蜒在薛从灵脸上，水晶一样透明。到家的时候，睫毛被冰水冻紧，她眯缝着眼，伸手揉碎冰晶，它们无声地融化在手心里，手里便握着一条河了。

第三十次走上那条街的时候，已经是两个月后的深冬。

蓝天没有蓝色，灰突突的没有任何特点，几乎和灰白世界连成一体，路边堆积的雪已经高过一人。她把玩着兜儿里那锋利的金属利器，很想大声地笑。

她乘坐过两次的奥迪车，一周两次停在车道上。车上是不是还残留着 Joy 纤细的棕色毛发？是不是还散发着她和麻醉师水乳交融的味道？每周两次，麻醉师的女人带着两个小孩儿，八点半开着另外一辆车离开，十分钟之后一个金发女人会从斜对面房子里走出来进入麻醉师的房子，十一点钟出来。这一切，和小径上的规律一模一样，固定时间，固定周期，固定的人，固定的事儿。只是，那人，不是一个连话也讲不好的中国女子，地点，不是野外。这种固定运动地点的升级，像利齿啃食着薛从灵的心脏。那是个白女人，英文流利，也住着三车库的大房子，可以堂而皇之地进入别人家，大大方方地在别人的床上做爱。她薛从灵是什么？一个只能在天暖时在草丛里性交的昆虫？

尖刀扎进车轮的时候，她假装蹲着在系鞋带。车轮憋下去的速度超过她的想象力，耳边那漏气时巨大的呼啸声令她着迷。她起身离开，街上空无一人。房子里有两个人正在翻云覆雨，谁都不会注意她，谁都不会。

那晚，小玉望着妈妈的脸，露出恐怖的表情，他问："妈妈，你怎么自己在笑？好可怕！妈妈，你别笑了。"他的小手在她脸上呼噜了几下，就紧紧地抱住她。薛从灵伸手抱紧儿子，眼泪呼啦啦地淌下来。她问："儿子，你班里有同学因为你是华人而欺负你吗？"

"没有。"小玉用奇怪的目光看了她一眼。

晚饭时她问谭坛："你觉得这里有没有种族歧视？"

"当然有。别看表面都笑眯眯的，很和气，心里面的歧视是难免的。人心隔肚皮，走到哪里都一样。你看到黑人，有没有歧视那黑颜色的感觉？一个来你家串门儿的黑人，连你家说的话都不懂，你愿意和他深交吗？"他看了看恍惚的妻子，道："不过，自尊是长在你自己心里的，你看得起自己，别人的歧视就不会打败你了。再歧视黑人，你也不会歧视奥巴马，对不对？"说完，他盯着妻子看了半天，问："你没有不舒服吧？怎么脸色这么难看？"

薛从灵傻笑着，不发一言。她瞧不起自己，她的心里没有长着自尊。

他起身站到妻子身后，双手按在妻子肩膀上，用了用力，说："别瞎想了，把自己该做的事情做好，就很好，谁也不敢欺负你。你，我，儿子，生活在异国他乡，白手起家，自食其力。这就够了，我们做的都很好！"

我很好？我很好吗？一个背叛的女人，一个贪图肉欲的女人，一个被别人愚弄的女人，一个毫无价值的女人，我很好？？

警察把她送进医院的时候，她几乎冻僵了，上帝或者阎王都不愿这样早就收留她。一个遛狗的老人走上了那条从未走过的小径，那条雪白的萨摩亚纯种狗径直向小径尽头的树林直奔，树林里是没有铲过雪的，没膝高，深深地印着薛从灵新鲜的脚印。老人发现她的时候，她坐在地上，靠着那棵刻着被爱穿透心脏的大树，她的半截身体已经被白雪掩埋。那天，她穿着白羽绒衣，白帽子，白围巾，白手套。她被发现的比较及时，只是大面积二度冻伤。那狗，是她前世的缘，它那黑亮的眼睛水汪汪地望着她，鲜红的舌头毫不犹豫地舔着她的脸，睁开眼睛，就看到它漂亮无比的脸，她就微笑起来。后来老人告诉她，她那种接近死亡的笑容，美的异常，他几乎不相信她是活人，他以为遇上了神话，她一片雪白，像一个死了的天使。

两个月后，她身体恢复如初。丈夫的公司业绩稳定，两个月来，他时不时在家工作，陪伴虚弱的妻子。他说："别这么闲着了，去吧，去学英文吧，孩子也大点儿了，放学后可以上幼儿园。"他们谁也不提薛从灵为什么会有自绝于树林的动机。他的手越来越多地按着妻子的肩膀，她感觉到那里面藏着很多很多释放不完的温度，她喜欢这个温度，恒定的温度，它从来就没有消失过，是她的心被欲望蒙蔽，忽略了对它的注视和欣赏。它稳定持久的释放，令她感到无比安全。它不会因为她的语言、她的背景、季节的改变、甚至她的改变而改变。从嫁他那天起，它就一心一意地伴随着她，没有一天停止过。

薛从灵眼睛忽然湿了，低声说："对不起！"

"没事儿，傻老婆。"他眼里忽然升起一片晶莹。他起身，站到她身后，搂住妻子，在她耳边说道："人一辈子，很多事都是从不会到会，从无知到有知，从迷茫到清醒。比如学英文，比如生活在一个异国的土地上，比如建立一个持久的家庭，比如寻求幸福和爱，比如活着。你在学，小玉在学，我也在学。我们都只是小学生，是不是？"谭坛亲吻着妻子的头发，轻轻地说。

她开始学英文，虽然要倒三次公共汽车，她还是很积极地去上学了。生命揭开新的篇章，她怀里像揣着一个小兔子，蹦蹦跳跳，兴高采烈。

她家和那位溜狗的老人成了朋友，那只纯种萨摩亚更成了她的座上宾，时不时在她家过夜，她给它预备了一切所需，她俩不需语言，就亲如家人。它通体雪白，眼珠黝黑，口唇艳红，薛从灵管它叫白雪公主。抱着它庞大的身体，她总忍不住频频亲吻它，不肯撒手。它最爱吃她炒的回锅肉，每次它来，她都会给它炒了吃。

不久，她学会了开汽车，拿到驾照那天，谭坛送了她一辆汽车，从此她有了自由的行动。车轮载着她往返于学校和家，她被大量的英文单词充实着，逐渐和来自世界各地的新移民同学们发展着友谊。那个可怕的空洞渐渐地消失着，忙碌像沙漏一样把它缓缓填充。细沙涓涓流淌，发呆的时间被填满了，散步的时间也被填满了，白日梦变成历史，消失在忙碌的时间里。

小玉说："妈妈，我真喜欢你坐在我对面学习，你和我好像是同学。"她探身摸了摸他的小脸儿，满心温柔。

谭坛说："你妈妈从来就是个好学生，过去是，现在也是！"

她伸手推了他一把，说："去你的，还挺会拍马屁的！"

他们都知道自己在说什么。他们买了A片，昨晚一招一式地跟着练习，两人羞怯的尴尬正在被随心所欲代替着，他们都是好学生，只要肯学，一切都不晚。

一家三口，围坐桌前，虽然是夜晚，头顶上那束桔色的灯光照得这个家亮堂堂的，仿佛白昼。一切都没有变化，一切又似乎全都变了。

是她，新生的她学会了去寻找阴影的另一面，光明。

一个退休护士在她们的班里义务辅导英文口语，薛从灵经她介绍，开始在医院做义工。那时，她已经拿到了护士专科学校的录取信，还有两个月就要去上学了。

一天，她正在急诊室说明护士整理资料，有个人默默地站到她面前。是史密斯，麻醉师。他手里正捧着一本病历，身穿一身手术服。

“果然是你！我观察你好几天了。你为什么不去小径？你食言了。我等了三个月，都见不到你。你为什么失踪？”

“小径？我不知道你在说什么，我不认识你！”薛从灵的英文已经很流利，但这英文不是为他准备的。

“对不起，请让开，我要继续工作了。”她从他身边绕开，有很多病人在等着她的帮助呢。她微笑着昂了昂头，轻快地离开办公区。

通向候诊大厅的走廊外是一个露天花园，住院的病人可以在那里散步，一丛一簇的鲜花开得繁盛，淡淡的香气萦然缭绕，狭窄的人工小径在矮树丛中蜿蜒。

薛从灵驻足停了一刻，盯着那条石头小径，笑了。

也许该去散散步了，那新鲜的空气，美妙的鸟鸣，油绿的灌木丛啊！要和谭坛一起，带上小玉，他们从未走过那条迷人的小径，它离她家很近、很近。

田字格

五号复印机里又出现大迭的中文田字格纸了。

爱德华站在复印机旁，甩着那摞纸，眼睛瞪得溜圆，本来就红彤彤的面孔紫气燃燃："屎！这么三令五申，还不停，太过分了！"复印机旁没人，他不知道该把这气愤往谁身上发，啪地一声把那迭纸摔在地上，咚咚咚跺了几脚，田字格上出现了几个规则的方块形状，Polo皮鞋的精致鞋底给田字格盖满了否定的大印。他自己要印的东西也不印了，弯腰抓起那摞田字格，大踏步进了人事经理办公室："戴维你看，又是田字格，这帮华裔雇员怎么回事？屡教不改，懂得廉耻吗？"

戴维看着爱德华充血的面孔，那些燃烧的紫气中，两束目光像两团腾空升起的火球，冲着他烧过来。他赶紧安顿说："这是个晴朗的早晨，别让这几张纸坏了一天的情绪，这次说什么我都会一查到底，让用公家复印机印私人档的人有个交待。"戴维避开"华人"和"田字格"的字眼，爱德华说话针对性太强，这在多民族文化的移民国家里遭忌讳，如果弄出种族歧视的官司来，定如暴风骤雨，谁被淋成落汤鸡，都说不准。两年前那起引发轩然大波的案子，戴维至今记忆犹新。一个造纸工厂的技术主管辱骂华裔员工不讲卫生，当众痛斥华裔员工多的地方厕所和食堂都格外肮脏，遭到华裔工人集体反抗，联合告上法庭，大工头小工头组长都因此受到牵连，赔款的赔款，降职的降职，很久才平息。当时端着报纸，戴维就上紧了发条，暗暗告诫自己，这样的事绝不能在这个以平等和尊重为企业精神的高科技公司里发生，华裔技术员工是公司重要的技术支撑，整部机器转动的关键零件 ，轻视不得。

爱德华走后，戴维捏着那迭印着鞋印的田字格纸下定决心，几页田字格的问题必须只当做几页田字格的问题来解决，关于 "厕所和食堂为何肮脏"的荒唐问题是不会成为他戴维的问题的，当年不会，现在更不会，没有爱德华不会，有了爱德华，仍然不会。

戴维抓起电话打给刘伟："伟，你到我办公室里来一下。"刘伟是技术组的组长，其诚信有口皆碑，此人不迟到不早退，极少请假，聪明勤奋，兢兢业业，共事多年，贪便宜偷懒的事没见他做过。公司里技术实力强的华人大多有点儿孤独安静，不擅言谈的通病，伟却能讲一口流利英文，沟通无碍。戴维手下八个华人占了大组的三分之一，唯有伟一个华人可以和戴维聊几句技术之外家长里短的闲话。

刘伟人高马大，儿时在东北的酷寒中迎风猛长，哈尔滨的冰场上横冲直撞练就的壮硕，正好适合了这个北方国度的冰天雪地。窗前一站，遮了办公室一半的光线，半头浓密的自来卷发很自然地朝后甩着，甩出的风度让头顶细软卷发的金发男子们望尘莫及。这时，戴维坐在刘伟制造出的阴影中间，对刘伟是个华人的真实性心生怀疑，华人应该是矮小瘦弱、谨小慎微的，怎么会如此英俊豪迈？戴维赶走自己心里忽然生出的那丝莫名其妙的不安，清了清嗓子，示意伟坐下。

这是第二次和刘伟专门聊田字格，上次也是爱德华抓到的。用单位的复印机大量印刷中文的田字格，在爱德华眼里这是撒旦的魔爪掀动了人类的贪欲，如同中国典故黄鼠狼偷鸡的可憎可恶。黄鼠狼必须学会在鸡群里像鸡一样温文尔雅地吃米吃虫，改掉偷吃鸡肉的恶习，否则就只有把黄鼠狼从鸡群中清除出去。这个典故是伟在单位派对上半开玩笑说起来的，当时找不到“黄鼠狼”的英文单词，伟用了“小型狐狸”来替代。这时竟被爱德华借用过来，伟笑笑说：“爱德华你消消气，动物的饮食习惯是不分种族的，不管是黑狐狸还是白狐狸，爱吃鸡的毛病都一样。狐狸一旦发现下了套子，偷鸡不成反会丧身，就一定改了毛病。通发一个邮件，提一下田字格，强调一下再不许用公家的打印机打印私人文件就可以了吧。打印英文的私人档，容易浑水摸鱼，打印了也不易被察觉，田字格的确比较显眼，但发通知特指华人似乎不太合适吧？”

邮件是戴维通发的，他用“paper full of grids（方格纸）”来形容“田字格”，警告说如果再发现，会有严重后果。

刘伟那天中午挤进了华人的午餐堆儿里，组里八个华人有五个经常聚在一张桌上吃午饭，股市房市、国内国外、孩子老人、打折促销所有世界大事和生活消息都在这里热烈传递。刘伟中午常常开会，算是午餐聚的边缘人物，并不经常有时间和他们扎堆儿。

组里华人的孩子都上周六的中文学校，田字格打出来装订成册让孩子写中文作业是每个操心的父母最擅长做的。刘伟咬了一口早晨老婆给带的火鸡三明治，不等咽干净，就说：“你们看到戴维的邮件了吗？有人印田字格了，这个目标有点儿大。”五个华人里三男两女，迅速地传递了一圈眼神，你一言我一语积极声讨起来：“真是，干嘛非得在单位里给孩子印田字格？多丢人啊！”每个人脸上都是义愤填膺和满脸无辜。翟丽和姚严明平时喜欢到处买打折商品，精打细算的能力是出了名的，刘伟也没从他们身上看出一点破绽来。姚严明还说：“印了田字格也不说快点神不知鬼不觉地取走，竟让人逮住，身手太慢，这不给咱武功大国丢脸吗？”人们哈哈哈笑成一团，都建议姚严明传授经验，姚严明就顺竿爬，说要开班当教练，开展第二职业。

下午刘伟有意无意转到另外两个华人陈星和徐茹姬工作间里溜达了一圈，笑嘻嘻地探讨了“田字”应不应该翻译成“field word ”。不擅言笑的陈星笑出一脸皱褶，徐茹姬没笑，她似乎有些不安，尴尬地说：“戴维的邮件我还没看呢，是指田字格纸吗？”刘伟心里犯嘀咕，她面前的计算机正闪着公司邮箱的接口。他顺手拿起她桌上的家庭照端详了半天，一男一女两个孩子都是小学年纪，灿烂地笑着。刘伟夸了一句：“一看你的孩子就知道都是好学生！”

“好什么好，不懂事儿！都快把我累死了。 ”徐茹姬打着哈欠叹着气，刘伟看到她眼角有一团黄黄的赤麻糊，本来挺大的眼睛像一团快要下雨的沉重乌云。唉，邋遢是徐茹姬的标志。

刘伟不敢和几位华裔同事提自己被戴维和爱德华召见的事，他不想被几个华人同事看成“内奸”。但他明白戴维的用心，自己应该在下面悄悄架起一座桥梁，让大家都平安过度，避免这事儿朝着令华人同事难堪的方向继续发展。

两个多月过去了，田字格没在公司复印机上再露面，爱德华的红脸一直没机会再变紫。刘伟庆幸自己对几位华人同事的旁敲侧击起了作用，那位贪小便宜的同事还算懂得识时务者为俊杰，就此作罢，这让刘伟在开经理主管会议的时候，身板挺直，目光射出去可以理直气壮。

可此时坐在戴维对面，刘伟的眼睛不必扫射就落在了那摞田字格上，他的眉头微微皱了一下，脑袋里自言自语：屎！黄鼠狼又出洞了！为什么这几页纸不是印度文、中东文、俄文或者英文？为什么偏偏是中文的田字格？为什么多种族的雇员堆里总是我们这样没骨气？

“伟，这事儿你底下去办吧，那几个有可能需要这几页纸的同事也都在你组里，你们之间好说话一些，总得制止一下。查出来告诉我一声，个别谈谈话警告警告，我如果通发邮件，就不能没有个明白的说法，会把事情搞得太大。”戴维说着，蓝眼睛并没抬起来，他的目光盯着自己的手指，那手指正沿着田字格上的鞋印画着方块儿。

刘伟从戴维办公室出来径直去了咖啡间，他给自己泡了一杯浓浓的咖啡，咖啡缭绕的香气悠悠地钻进鼻孔时，他混乱的大脑多少有了一些清晰的思路，戴维这个皮球踢的实在巧妙，把自己踢进一个骑虎难下的境地。怎么有的放矢？怎么个别谈话？这就是看准了一个伤疤去狠狠一揭，让你痛的血流不止，让你臊的低首掩面，让你羞的无颜见人。可有什么更好的办法解决这个问题吗？田字格显然已经刺激了爱德华和戴维的耐心，把不接受警告破坏公司制度的雇员炒了鱿鱼也合情合理，哪怕只是几页违反规定的田字格。私下做个检讨保证不再重犯当然是最好的办法，小范围丢丢面子，总比丢了工作损失小。

刘伟端着咖啡回到自己的工作间，他把其他7个华人同事的名字一个一个写在纸上。顾庆雨的孩子在国内没接过来，白宁宁结婚以后一直没要小孩，他们不属怀疑对象，排除。剩下的五个人里，李资安、徐茹姬、翟丽、姚严明和陈星的孩子都上中文学校，上次警告，徐茹姬是唯一一个有异常反应的，嫌疑最大，就先去和她聊聊吧。

刘伟来找徐茹姬时，她正埋头工作。他没绕弯，也没讲英文，普通话说的直接了当：“有人印田字格纸，被报告了，我来问问。”

“田字格？”徐茹姬的脸红了起来，眉间的皱褶好像堆积着横七竖八的木柴，随时准备燃烧，她的声音变得刻薄尖利，刀片般锋锐地戳向刘伟：“刘伟，你怎么会想到是我？为什么不是别人？ 你是怀疑我还是也怀疑其他人？”

刘伟笑了笑，心平气和，他希望自己的笑可以扑灭燃烧的情绪：“我不是因为确定是你才来问，是每个华人都必须问到，重要的是这次上面要弄明白到底是谁印了那些田字格，戴维说检讨一下也就过去了，否则会有严重后果。他派我来也是这个用意，私下解决，省得扩大事态。”

徐茹姬不耐烦地说：“你说的原因跟我没关系，反正不是我。”说完就不再答理刘伟，埋头噼里啪啦地敲着键盘写程序，头发乱七八糟地遮了半张脸，裸露的嘴角恨恨地歪向一边，念念叨叨地自言自语着什么。

刘伟高大的身躯在徐茹姬工作间的隔断旁边仿佛一扇不应该的装置，装置里膨胀着越来越多的气愤。徐茹姬生硬的面孔、不修边幅的头发、灰暗的衣着，还有那单薄地昆虫般蠕动着的嘴唇，都令他满心厌烦。他克制着自己的烦躁，转身离开，平心静气地甩下一句话：“很好，不是你印的，我很高兴。戴维说如果找不到就追查打印命令的计算机IP地址，让我提醒一下。”

他从来没喜欢过徐茹姬，这女人技术上又笨又慢，生活上邋里邋遢，好在工作态度勤奋，进公司两年来，虽然慢，却知道不停加班，业务上没有拖过项目的后腿。听午餐聚的人说她是单亲母亲，丈夫在国内做生意常年不在身边，早已移情别恋，两个孩子她自己一个人在国外带大，十分不易。这样的女人，倒真的不应该为了几页田字格把自己的饭碗当儿戏。

有了面对面的这一鼻子灰，刘伟自知没趣，心一横，改变了策略。这样大胆狂妄、置警告于不顾，不知轻重、不晓尊严的人也该惩戒一下，自己的同情心本来就是多余。他干脆给几个华人发了一个群发邮件，言辞严肃中立："打印机上又发现中文田字格纸，这次上面要调查清楚，有知道情况的请单独跟我联系，否则将查 IP 地址以确定方向，后果自负。"

一天之后，刘伟没有收到任何回信，中午餐厅里没人扎堆儿。刘伟在咖啡间里碰见老学究陈星，点了点头，陈星一如既往地和善寡言，不拘言笑。刘伟问他收到邮件没有，陈星说看到了，然后叹了口气说："你说干这事儿的人是不是缺心眼儿？为了省这么点儿钱，毁自己的名誉，堵自己的前途。"

下午从会议室出来在电梯里碰上李资安，李资安一口南方普通话，吐字带着神经质的颤动，他主动问："找到是谁了吗？节棍节棍，这种事也做得，丢人。我看你这角色也难办，会有人主动承认吗？不会，这回有故事了，等着看笑话吧！"说完发出女人般尖锐的笑声，把封闭的电梯充实得满满当当，本来就胖的身体抖动出笑声一样的颤抖来。

刘伟几乎是从电梯里逃出来的，他不知道为什么自己的同胞要如此幸灾乐祸，如此这般喜欢看别人的笑话。他克制着自己对李资安的反感，客客气气道了别往自己工作间走。路过翟丽的工作间，翟丽突然探出头拉了刘伟一把，小声说："刘伟你进来一下。这事儿真的这么严重？可把我吓坏了。"刘伟以为翟丽要坦白，心头松弛下来，想好了劝慰的话语，可翟丽不等刘伟开口就说："告诉你吧，我看见过姚严明给他儿子打印田字格纸，这次我可不知道是谁，说实话，我以前也打印过，但后来就是我老公负责了，他们政府部门管的松，几本田字格算个啥。啧啧啧，你说这次真逮住了，会怎么处分？"

刘伟眯着眼睛端详着打扮精致的翟丽，她圆润端庄的五官显示着养尊处优的幸福滋养。翟丽两口子出来的早，都是国外的学位，工作来得顺理成章，没有吃过什么苦。翟丽先生除了在政府全职工作，还做着一份生意，从国内进口布艺产品，卖给超市，据说生意都做进了本地最大的连锁商场。生活如此优越，为什么还要到单位里占那几页田字格的便宜？政府和公司有什么本质区别？占了便宜为什么还不以为耻反以为荣？刘伟把端详翟丽的目光收回，摇了摇头说："我也不清楚会怎么处分，几页纸虽然没什么，占公家便宜和屡教不改的态度终究是错的。"

返身回座位的脚步沉重无奈，刘伟无心给任何人上课，但身为高科技公司众多华裔雇员中的一员，他突然感到自卑，华人除了技术强悍是公认的，做人怎么时不时觉得矮？为什么我们会给西人留下小气、吝啬、精明、贪婪的印象？为什么我们不能直溜溜做人，光明正大行事？戴维说给他两天时间，是为了不让华人公开出丑，可现在没人配合坦白交待，这件事最终只有硬性解决了。自己实在不愿强制搜索计算机地址的事情发生，那样会有什么后果？让这个人成为全公司鄙视的对象？

只剩下姚严明了。他踱到姚严明的工作间，敲了敲隔断，姚严明背对着刘伟，被敲击声吓了一跳，猛地回头，见是刘伟，笑出一脸不自然来："唉呀，是你。是问田字格的事吗？这可不关我事啊，这样偷鸡摸狗的事情我是无论如何不会做的，我这辈子最不会的事情就是占公家便宜。你了解我的，是吧？"

姚严明小鼻子小眼小个子，从背后看去几乎有着少年般的轻盈小巧，如果面对面站着，刘伟得俯视才可与他对话。姚严明技术上是把好手，养家糊口更是精明过人，对促销和折扣有着超出常人的敏感和热情，是公认的采购消息发源大亨。刘伟想起刚才翟丽关于看到过姚严明印田字格的话，也不去拆穿他，伸手拍了拍他肩膀，说："没事儿，我当然了解你，你不会那么傻，这么吃亏往陷阱里跳的事儿，姚严明怎么会干？"姚严明呵呵笑着，起身握了握刘伟的手，笑着说："这话实在，哈哈哈！"

刘伟回到座位，怎么也想不出到底会是谁，每个人都有十足的理由和十足的信心摆脱干系，他不是铁面包公，这里也轮不到他来做包公，他只是戴维手下一个尽职尽责的马前卒罢了。再说，他是技术组的组长，这种事儿本来就不是分内的工作，最近项目收尾，技术部分已经够他操心的了，还得分出精力操心这种没意思的事儿，唉！他心中烦乱，乱麻一团解不开。他看电话留言灯在闪动，伸手按动，果然是戴维的询问。刘伟拿起电话，自己不是侦探，这种他管不了的事也只有不去管了。

晚上回到家，妻子袁梅梅已经摆好了四菜一汤，儿子在楼上做作业，女儿蹦蹦跳跳扑进爸爸怀里。刘伟一天来第一次露出了笑容。家，是冰河上的春风，旱地里的夏雨，总能在短路的时候接通电源给他充电。

刘伟庆幸自己有个好太太，虽然她不工作，却马不停蹄，把一家老小安置得妥妥当当。

吃饭时儿子抱怨打印机没有油墨了，后天要交的作业也打不成，责怪爸爸没有及时买油墨，两天前黑墨就用尽了。刘伟这才想起来忘了去文具店。袁梅梅说："不是还有明天一天时间吗，明天买也来得及，要不就给你爸发到单位，让爸爸帮你打出来，周末有时间再去文具店。现在汽车油价这样贵，爸爸上班也不顺路，周末买东西顺便去文具店再买吧，也省了爸爸下了班还要专门跑一趟，时间和油钱一道都省了。"

刘伟啪地撂了筷子，声音抬高了八度："你这是怎么教孩子呢？什么让我在单位给他打印作业，亏你说得出口！占公家便宜理所当然吗？孩子的作业只能在家打，明白吗？油钱，油钱算什么？多花这点儿时间和金钱可以让孩子懂得尊严和自重，懂得公私分明，懂得不贪小便宜的道理，难道不值得吗？我不吃饭了，现在就去买油墨！"

刘伟很少发脾气，这一顿莫名其妙的教训搞的一家老小丈二和尚摸不着头脑。袁梅梅呆了一呆，望着转身离去的刘伟说不出话来，房门啪地在他身后关紧了，她才嘟囔出一句话："吃枪药了。"

儿子问："今天爸爸怎么回事？这么大的火气？"

袁梅梅笑了笑，起身摸了摸儿子的头，说："爸爸是个真君子，最恨贪小便宜的不义行为，你想想，爸爸还真的没用单位的打印机给咱家打过东西，文具用品更是从来都不会拿回来星星点点，你应该为有这样的爸爸感到骄傲。是妈妈不对，惹怒了爸爸，爸爸也许在单位已经很累了。"

刘伟回家来已经很晚，家在郊区，到专门的文具店要开四十分钟车。他给儿子换好墨盒才进了卧房，袁梅梅正在卫生间刷牙。出去转了一圈，他的火气已经被晚风吹得烟消云散，把工作中的火气带到家里来发，原本不是他的风格。他凑上去搂了太太的肩膀，凝视着镜子里的两张面孔说："对不起！今天在单位堵心，把火儿发在你身上，我道歉。"接着就把田字格的事儿说了，袁梅梅听了也叹气，说："这么小气的事儿的确不应该发生，都是薪水蛮高的技术人员，警告了还不改，确实让华人员工丢尽了脸。"

刘伟睡下仍辗转反侧，念叨说："我们华人为什么有这么多多余的'聪明'？走到天涯海角，都要把投机取巧的本事发扬光大，我看像老外一样少点心眼儿，少点儿'聪明'，单纯一点，这个社会的秩序就容易维持得多！”袁梅梅抚摸着他的心口，说：“你别再犯堵了，还是从小穷困养成的习惯吧。投机取巧和占便宜是具有传染性的，周围都是投机取巧的人，周围的人都占便宜，你不占你不投你不取就好像吃了亏，大家还不争先恐后？大家都习惯了，那投机取巧和占便宜反成了理所当然的事了，正义和邪恶的标准就模糊了。你说，这世界上的人如果都得了神经病，正常人不就反成了病人？我们怕是连保持自己是个正常人都艰难了。”刘伟紧了紧搂着妻子的手臂，妻子的柔软让他的心脏如此安定。他说：“但我们还是要尽力保持正常，对不？还是那个我认准的道理——满世界的人都去偷，都去抢，我们也可以不偷不抢，我们要诚诚实实地做人，心安理得地生活。”

夜很快淹没了刘伟和袁梅梅的谈话，睡意笼罩上来。窗外月光皎洁，无论西方的月亮还是东方的月亮，都在毫无私心地普照沉寂的万物，公平自然，不分物种，不论优劣。

过后的几天，公司里很平静。戴维没再找刘伟，爱德华笑模笑样地和刘伟打招呼，脸色安详。刘伟专心工作，忙着项目测试收尾。刘伟从心里感谢戴维对自己的尊重，自己要求从田字格事件中避嫌，得到了戴维的认可。

徐茹姬开始断断续续地上班，请的是病假，刘伟隐约觉得她的病和田字格相关联，但自己忙于工作，而且已经避嫌，再无心去关注那件事。一个月后，徐茹姬彻底从办公桌前消失了，是长期病假，心理疾病。

两个月后，项目终于成功收尾，大经理请经理组长们出去聚餐，酒水随便喝。爱德华坐在刘伟身边，端着威士忌，大口喝得高兴，眉毛都兴奋地跳舞，本来就红通通的面孔紫气燃燃。刘伟想起他两次发现田字格时气的发紫的面孔，禁不住问：“田字格的事儿后来怎么了结的？没看到公开通发的邮件啊。”

爱德华的表情瞬间变得怪异，他低声说：“就是那个徐茹姬，这里不对了。”他硕大的手指指了指自己的脑袋。“一下就查出来是从她机器发出的打印指令。可是摆在她面前她就是死活不承认那是她发的，说是伪造，是阴谋，是迫害，是有人故意陷害，还说要告公司名誉伤害。这不明摆着把白说成黑吗？公司警告说不诚实的雇员是可以裁减的，她就在戴维办公室发了疯。很快就有了心理医生的证明，说她服用心理药物已经半年了，焦虑症和忧郁症兼有，不适合上班，更不能受刺激，公司能怎么办？本来裁她的指令都下了，又收了回去，怕真惹上官司。病休就病休吧。她倒真的是病了，那样指白说黑的事儿，脑筋正常的能干得出来吗？”

刘伟点了点头，眼前爱德华的肥头大耳突然模糊起来，这个痛恨田字格的人终究是如愿以偿了，他痛恨的真的是田字格吗？还是……

“我敢肯定，公司里再也不会看到田字格了！”爱德华呵呵笑着，又猛喝了一口，一滴酒挂在他肥厚的嘴角，在昏暗的灯光下闪着浑浊不安的光芒。

徐茹姬的事儿是后来午餐扎堆时翟丽告诉大家的。翟丽在街上碰到徐茹姬的丈夫带着两个孩子在买菜，说是从国内专程来接孩子回国去读书的。徐茹姬病了，没法儿再带孩子了，很快就要去住院治疗。翟丽听说就专门买了水果去看望徐茹姬。徐茹姬不言不语，买了好多钢尺和白纸画田字格，没完没了，家里到处都是田字格纸。

爱德华的预言果然应验了，公司里再也见不到有人打印田字格，事实是公司里再没发现有人打印任何品种的私人档。

有时候，听到儿子的打印机兹拉兹拉地打印作业，刘伟的脑海里会出现徐茹姬愤怒的面孔，她不修边幅的头发随着愤怒的升级不安地抖动着，抖动出零乱的火焰来，像要烧退面前的生活和生活的艰难。也许那些没完没了的田字格，可以方方正正地框住徐茹姬的过去、今天和未来，在那些没完没了的方正里，她的心灵可以找到平安和慰籍，那里可以远离喜新厌旧不负责任的丈夫，远离艰难而讨厌的程序，远离一个女人在人生地不熟的国外独自承担两个孩子的重担。田字格如果可以给她一个精神的乐园，她为什么不可以没完没了地画下去呢？

兹拉兹拉，儿子还在打印作业。刘伟踱到儿子身后，拿起作业看了看，都是排列整齐的英文。儿子上高中，周末的中文学校上完小学就停掉了，儿子不想继续，他也不强求。家里一直坚持讲中文，儿子读写中文困难，听说中文却十分流利，这已经够刘伟谢天谢地了。孩子在东方出生，在西方长大，未来是在东还是在西，和明天的天气一样，是个未知数。世界正在变小，道路四通八达伸向四面八方。

他伸手搂了搂儿子，轻轻说；“好好干，儿子！”

昭雨的脚

昭雨长得娇小玲珑，一双纤纤玉足白皙光滑，十根葱段似的脚趾头张扬地露在凉鞋外面，粉嫩透明，食物一样吸引饥饿的目光。

史前在电影院排队买票时站在昭雨前面，低头时不小心看见了白塑料凉鞋里的这双脚，眼睛就定住了，然后目光顺着脚趾往上移，遭遇了一对细长温和的眼睛。眼睛不大，脸蛋儿洁白，是一张普通而单纯的脸。那眼睛接住史前的目光，倏地垂下了。史前不好意思起来，赶紧低下头。低头垂眼，恰好可以肆无忌惮地端详那双正在地上蹭来蹭去的嫩脚。在一溜黑布鞋白球鞋绿军鞋排队的脚中，这对塑料凉鞋里白嫩的玉足醒目异常，好像空旷的雪地里一只鲜活的雀，左右摇摆，寻觅食物。仅在霎那间，史前就树立了让玉脚的主人变成自己媳妇的理想。

排到窗口的时候，史前让开身体，回头对女子说，你先买吧。女子不解，问，为什么？史前说，不为什么，我愿意让你先买。女子的脸就红了，犹豫不决，不知如何是好。窗口里传出售票员不耐烦的声音，买不买呀？没看见后面那么多人排队呢？

买好票，史前心里乐开了花，票不可以挑，排队挨着，座位自然也是挨着的。下面的故事可以省略不提，挨着坐在影院里的这对陌生男女，为一生能紧密地挨在一起，开了一个美丽的头。

那个年代，讲究又红又专，风花雪月是必须铲除的小资产阶级思想，男女见面时脑子里的主席语录会自然流淌，昭雨说：“妇女要顶半边天！”，史前答：“加强纪律性，革命无不胜！”两人这才笑着并排走在一起，积极地展开无产阶级的恋爱关系。有一次昭雨学工学农时砸了脚，半个大脚指的指甲都黑紫了，史前要求捧在手里看一看，说：“没有调查就没有发言权！”昭雨扭捏了一番，脱了袜子，玉足一伸，说：“无限风光在险峰。”说完脚趾就翘得老高，很优美地动了动。史前的迷醉是含蓄的，他在心里立志说，这辈子我不会让这双脚再受苦。

史前帮昭雨剪脚指甲就是这样开始的，这一活动很快成了昭雨最陶醉的恋爱项目，指甲剪掐断指甲的清脆声响，成了世界上最美的音乐，每星期都令她神往一次。她悄悄地感谢指甲的自然生长能力，如果没有这样循环往复永不止歇的生长，哪里去体会这样亲密无间的无产阶级爱情呢？

两年后，史前娶了昭雨。当初，昭雨这对玉足怎样拨动了史前的心弦，一直是两人最喜欢复习的话题。婚后，史前的热情仍如暴风骤雨。昭雨说，前天刚剪过，怎么又剪呢？史前就赖嘻嘻地缠着说，你看它们长得多快呀，来吧来吧。然后史前就会坐在床边，让昭雨躺得舒舒服服的，把脚伸在史前怀里。史前小心翼翼地像捧着个怕碎怕破的玻璃脚似的捧起那双玉足，一根一根细细地剪来。每根指甲都是一毫米一毫米轻轻地、圆圆地剪过去，昭雨的心就被那清脆的咔嚓、咔嚓，一毫米一毫米地征服了。

那时这项活动的频率基本保持在一周一次。下了班上街游行庆祝党代会人代会胜利召开是经常的活动，走的远了累了，史前回家来总会捧着妻子的秀足揉揉捏捏，没指甲也会装模作样地剪两下。昭雨的日记里这样写着：史前，看着你捧着我这双脚的那付表情，多么沉醉啊！这一刻我感觉自己是世界上最幸福的女人！感谢人的脚指甲会没完没了地生长，我们这个见证爱情的活动才可以永远地延续下去，直到，直到……，直到什么时候呢？我希望它可以持续一生，直到你我一起走到生命的终点。”

这项活动频率的降低是不知不觉中发生的。恢复高考之后，史前捡起了扔掉多年的课本用起功来，昭雨心痛丈夫，把剪脚甲的活动主动减少到两周一次。史前一脸歉疚，捧着妻子的脚，唉声叹气。昭雨把脚抽出来，嗔笑道，叹什么气？一周剪一次实在不必要，指甲还没长长呢，剪什么呢？两周正好！史前克制了对妻子玉足的喜爱，专心读书。昭雨的嫩手嫩脚把家务大包大揽起来，饭菜齐齐地摆上桌子才喊史前用餐，洗脚水打好了，才叫灯下苦读的史前泡脚睡觉。

功夫不负有心人，史前顺利考进大学，生活变得忙碌起来，小雨也在那时出生了，生活的内容变得更加团结紧张，昭雨和史前的剪脚甲活动减为三周一次。史前说，对不起对不起，都三周了，赶紧赶紧，该剪脚甲了。昭雨忙了一天，又累又乏，一听这享受的时刻就要来临，满怀神往，兴高采烈地把孩子哄睡着，把一双疲惫不堪因怀孕生女发了胖的脚伸到史前怀里。史前打着哈欠，揉了揉满是血丝的眼睛，剪起来，一毫米的细致变成了五毫米，没几下，就剪完了。然后把昭雨的脚重重地放下，歪在床上说，哎，好累呀，想不到多一个小孩，多这么多事儿。

昭雨坐起身来，端着自己的脚看了看，果然，大脚趾甲肉边的死皮没剪掉，那可是剪脚活动中最舒服的部分呀！每次史前在那里奋力挖掘的时候，昭雨的心就好像等待丰收的农民一样充满希望地跳动不安，好像那里埋藏着一个象样的土豆似的。昭雨看了一眼身边已经开始发出鼾声的史前，拿起脚剪，自己把那多余的甲肉小心翼翼地挖出来剪了去，同样的活儿计，自己来做就感受不到舒服的滋味。这个弓着腰剪掉甲肉的结束动作，伴着长长的叹气声，这么一叹，就有了遗憾，昭雨自言自语地嘟囔了一句，今非昔比啦！

小雨三四岁时，史前已经大学毕业回原单位上班，被看作重点培养对象，每天工作紧张，会议不断。昭雨接送孩子，上班下班，洗衣烧饭，忙忙碌碌地成就着一个最辛勤的贤妻良母形象。剪脚甲的活动还在持续，却只有一个月一次了。史前怕自己忘了，在日历上标上了日期。昭雨静静地注视着日历的翻动，每撕掉一页，就对下一个日子充满情爱。快到日子的时候最是煎熬，指甲已经顶了鞋子，她专门换了宽松的鞋袜，强迫自己不去留意指甲的生长速度。到了日子，史前换好睡衣，说，来来来，该给老婆剪剪脚了。说着也不等昭雨准备好就揪过昭雨的脚，咔嚓咔嚓两下剪完，该圆的地方还是尖的，小指头竟然忘了剪，整个程序两分钟不足。昭雨没抱怨，她弓身一边完成扫尾打磨的最后程序，一边笑着对正在进入梦乡的史前说，职位升高了，这个技术却下降了。息了灯，她大睁双眼忘着天花板，多少有些惆怅，可是一个微弱的声音对她说，别要求太高了， 有几个丈夫会给妻子剪脚指甲的？你够幸福了。

一家人的小日子过得蒸蒸日上，渐渐成了人人羡慕的幸福家庭，史前早已成了部门主管，额上的发迹渐渐后退，肚皮渐渐隆起。小雨已经八岁了。剪脚甲的活动虽没有停顿，史前的主动却已成为历史。昭雨说：“都一个半月了，穿尼龙丝袜指甲长得都快把袜子戳破了，我们剪吧？”史前笑着说：“好好好，一会儿一定剪！”史前说完接了一个电话，改革开放的大好形势愈演愈烈，单位机制改革，要和副总讨论一下明天的会议精神。天晚了，小雨缠着妈妈讲故事，昭雨讲着讲着，一天的疲劳就把她推进了梦乡，那时史前还在电话上。早上醒来，昭雨忙着拾掇小雨洗脸梳头穿衣吃饭，早把剪脚甲的事儿忘得一乾二净，临出门穿袜子的时候才发现十跟脚指甲长得象十把小勺子，她犹豫了一下，心想，是留着晚上让史前给剪呢，还是现在自己三下五除二地剪了呢？一边想着，手上已经握着脚剪了，几分钟过后，小勺子都成了细碎的小月亮进了垃圾桶。昭雨看着自己干干净净仍然白嫩圆润的十根小葱段，笑了笑，嗯，这下袜子不会破了，鞋也不用换宽松的了。她把那双合脚的高跟白凉鞋穿上，脚趾显得异常白净，这双脚的样子让她想起了电影院。

拉着女儿的手走出门外，天有些阴，她的心忽然伤感起来，蒙着一层雾，和天空一样朦胧不清。

小雨是九岁时学会剪指甲的。刚学会那阵，每天缠着要剪妈妈的手指甲。昭雨说：“我这手都被你剪秃了，你愿不愿意剪妈妈的脚指甲？”小雨说；“好呀好呀，妈妈，你快脱了袜子让我剪剪。爸爸不是有时候给你剪吗？好像很好玩儿。”

那天晚上昭雨写日记时掉了泪，她写道：小雨那小小的身体捧着我的脚，我本来小巧的脚丫在她怀里显得那么大。她剪指甲的样子那么专注认真，和当年的史前多么相像呀！脚剪小心翼翼一毫米一毫米地剪过去的时候，每咔嚓一下，我的心就软软地跳一下，脚尖的幸福电流一样倏地抵达心脏。那一刻，我知道自己是世界上最幸福的妈妈！我告诉小雨我的幸福是多么的富足时，这孩子竟说：“妈妈，我很喜欢给你剪脚指甲，你的脚多小多好看呀，你觉得幸福，我也觉得幸福。”

小雨给妈妈剪脚指甲一剪就是七年。昭雨的幸福就在这七年的咔嚓声里繁忙而快乐地延续着。

十六岁的小雨美丽动人，忙功课，忙交朋友，给妈妈剪脚甲的频率越来越低。终于有一天，小雨说：“妈妈，我知道你喜欢我给你剪脚，可我都不好意思跟朋友说，说出来人家一定会笑话我，谁家的妈妈要女儿给剪脚甲呢？”昭雨很吃惊，说：“你觉得碰妈妈的脚是丢人的事吗？可这是妈妈这些年为你们操劳，唯一你可以为妈妈做的事呀，而且那是妈妈最陶醉的时刻呀！”小雨不耐烦地说：“妈妈，我们换一个能让你幸福的事情做吧，我不喜欢干这个了，有时候你脚指甲里有脏东西时，味道并不好闻，我不想剪了。对不起！”昭雨从女儿身边转身走开，她拿着脚剪的手有点抖。坐在床边，她克制着颤抖，低头看着自己已经添了一些皱纹的脚，它们仍然小巧圆滑白皙滋润，她“哎！”了一声，蜷起腿来，咔嚓咔嚓地剪了起来。

此后三十年，昭雨的脚甲再没有什么特殊待遇了，那双脚行走过的这座城市在时间的流淌中每一天都在旧貌换新颜，高楼大厦比肩而起，曾经灰暗狭窄的街道变得灯红酒绿。各种各样的洗脚屋散布在大街小巷。史前和小雨三番五次催昭雨去洗脚屋洗脚，昭雨却宁可让女儿买好的洗脚券作废也从来不去洗，一辈子艰苦奋斗，她更喜欢自力更生。面对老伴儿和女儿气愤的目光，她嘟嘟囔囔地说，我的脚喜欢什么，我自己明白，不要你们瞎操心。她想起了自己的白塑料凉鞋，想起了史前捧着她年轻的脚的模样，眼角就潮湿了。她转身躲开丈夫和女儿，有些事情他们从来就不明白。

有时昭雨正在床上剪脚甲的时候，史前在身旁看文件，咔嚓声中，昭雨会念叨念叨，当年你对我多好呀，捧着我的脚像捧着个宝贝似的。史前放下手里的档，说，现在我不捧你的脚了，不等于我对你不好了，你还是我的宝贝老伴儿，要不，再给你剪剪？史前说着，伸手拍了拍昭雨后背，昭雨躲开了，说，得得得，心又不诚，谁要你剪！史前就宽厚地笑笑，回过头来继续看档，上面下来政策了，老同志要勇于让贤退居二线，单位在物色提拔年轻人做领导，史前要把这一关。

史前和昭雨几乎是同时退休的，史前还在单位挂个顾问的名儿，有名无实，没什么人来顾你也没什么人来问你。昭雨参加了晨练跳舞班，史前参加了晨练合唱团，两个老人每天早晨五点多钟就肩并肩出门，各自练完了，就到熟悉的小吃店吃碗馄饨，然后坐公交车去上老年大学，昭玉学剪纸，史前学书法。两人有时也帮小雨带带活蹦乱跳的外孙子。日子平平静静地过着。昭雨的步履早已有些蹒跚，因为得了糖尿病，剪脚时要格外小心，剪破了就老是血流不止，加上眼花，老腰弯得别扭，每次自己剪脚都透着辛苦。她不吭不响，几乎忘了自己这双脚曾经倍受关爱和怜惜。

昭雨过六十五岁生日的时候，小雨全家回来给妈妈祝寿。晚上小雨蹭到妈妈房里，昭雨正在桌前写日记，她伸出手指擦掉眼角挂着的一滴老泪才回过头来。小雨说，妈，您好好的干吗哭呢？妈，您来您来，您躺到床上去，我想给您剪剪脚趾甲。说着，把妈妈从桌前拉了起来。昭雨刚干了的眼睛又湿了，说，好孩子，不用了！妈妈给你看！昭雨伸出自己那双干燥了很多但仍然白净的脚，十根美丽的葱段整整齐齐干干净净的，指甲刚剪过，打磨得圆滑漂亮。昭雨说，是爸爸今天早上起来给妈妈剪的，他说从今以后，两周一次帮妈妈剪脚，只要他的手还能动，就再也不要妈妈碰脚剪了。昭雨的眼前是早晨的情景，鬓发斑白的史前弓着本来已经不太直挺的后背抱着昭雨的脚，他戴着老花镜的脸孔郑重其事，因为怕眼神儿不好剪了甲肉，每个动作都格外缓慢细致，科学家面对试管里的精确试验一般。他一边剪，嘴里还一边念叨，我这老伴儿真独特，脸蛋儿都皱巴了，脚还是这么光嫩，宝贝啊，宝贝！昭雨有点害羞，但没有把脚抽回来，有种久违的陌生感觉在她身体里弥漫着。她安静地躺着，脸上每根皱纹里都是甜蜜的微笑。

小雨握紧手里的脚剪，伸出手摸了摸母亲伸出的那些光滑的脚甲，她轻轻地把妈妈揽进怀里，紧紧地搂住了。

晕黄的灯光下，母女俩拥抱的身影在墙壁上轻轻地晃动着，像风轻吹着一幅水墨画。那幅剪影画里看不见母女俩满眼的泪光。

夜，已经深了。日子在平静中悄悄流淌。

笑儿的笑

我一直反对笑儿给我办移民，尽管心里很想和她生活在一起，她是我这一生的唯一。

笑儿五岁时，她爸爸工伤死了，我三十岁守寡，害怕笑儿受制，拒绝了无数次改嫁机会。靠着在服装厂车衣那微薄的薪水，我含辛茹苦把笑儿养大。只要笑儿念书好，再苦再累我都能忍受。困难时期，笑儿每天一个鸡蛋从来没有间断过，我揣一个玉米面窝头就上班了，晚上下班饿得路都走不动。再穷，我也没有让笑儿穿过一天补丁衣服。一看见笑儿全优的成绩单，我就浑身都是劲儿。

笑儿办理出国的时候，我一直是喜笑颜开的，飞机起飞了，眼泪才哗啦流下来，一流就流了一个月，一辈子喝过的水几乎都从眼睛里流光了。

笑儿走后，每个月给我打一次电话，刚放下电话，我就忙着在日历上画记号，之后的每个日子都是为了下个月的这个日子而活。

笑儿出国时带走了我一生的积蓄，但只够她在国外半年的伙食费，后来她就靠用功读书挣奖学金和当助教维持生活。笑儿争气，硕士毕业就进了外国的政府，找到一个金饭碗的工作。十年来，她回来看过我一次，虽然在家只呆了两天就和同学去南方旅游了，我还是为这两天心满意足。两天的回忆够我独自品味好几年了。她变了，变得我这当妈的都不敢认。我悄悄看着这个独立而自信的孩子，别无他求。我突然感觉自卑，孩子进步了，我却在退步，曾经精力充沛的母亲退步成了一个满脸皱纹一头灰发的老太婆。我不配和笑儿生活在一起，我什么都不懂，我会让她丢脸的。

“我不移民！国内挺好的！”我嘴硬着，心里可怜自己，我不能出国去成为她的负担和笑柄。

笑儿不多说，她摆在我面前一张写满英文的纸，让我签名，我不懂，中国都是盖章，从来不签名。笑儿坚持着，我想笑儿让我做的事一定没错，就写上自己的名字。

移民纸寄来时，我的手颤抖了五天，抖得骨头都快散掉了，我知道我捧着的是笑儿沉甸甸的孝心。

就要告别没有笑儿在身边的这十几个年头，我忐忑不安。那些一个人的日子，我并不寂寞。我在街边摆了个小摊儿，从批发市场进了帽子手套项链耳坠儿卖，总能吸引年轻人在我面前驻足，他们年轻的身体时常被我看成是笑儿的一部分，这个长着笑儿的眼睛，那个长着笑儿的腰身，哪怕看到和笑儿相似的一只手，都会使我满心欢喜。马上就要见到笑儿在我眼前晃来晃去了，我再也不用拼命从别人身上寻找她的影子了，我很兴奋。暗自打定主意，到了笑儿那里就给他们当厨师，当清洁工，当保姆，趁着还没有老得不能动，再为笑儿发点儿小光、散点儿余热。

笑儿毕业就嫁了一个白人，生了女儿西西。从此，看照片成了我最幸福的事业。每天我都要拿出笑儿的全家福看几眼，才能睡踏实。冬天暖气供应不足屋子里几乎零下的时候，枕着这些照片，我就像枕着炉子一样温暖。一转眼西西都六岁了，笑儿忙得顾不上回来，我不怪她。即使对她的想念日积月累好像大山一样沉重了，我还是会在电话里轻松地说："好好过你的日子，我很好，不用你回来看我，浪费钱浪费时间也浪费精力。"放下电话，我听着过年窗外的炮竹声，舔了舔嘴角咸咸的眼泪。盯着那些照片，我想盯得他们活过来，在我身边有说有笑。我知道笑儿一直忙，忙上学，忙工作，忙结婚，忙生养西西。连生西西的时候，她都不需要我伺候她做月子，那时她租房子住，她说家里住不下，自己应付得了。我没用啊！笑笑离我很远，远得见不着，摸不着，甚至想着都是模糊的。每天琢磨她模糊的模样，我孤单的日子也就不再孤单了。

笑儿全家一起来机场接的我，女婿笑得很真诚，我无法和他交流，他只会英文。西西也只能听懂简单的中文，没法儿和外婆对话。他们住的房子是我这辈子想都不敢想的。二层楼，五个卧房，还有乱七八糟很多不同名字的厅。我不明白他们为什么需要住这么大的房子，太浪费了，一个人原本只需要一张床，一日三餐就足够了。他们这座房子，在中国我所生活的那个小镇，可以挤着住十户人家了。

我住的卧房连着一个卫生间，卫生间的另一个门可以通到西西的卧房。晚上上完厕所，我不敢冲厕所，怕冲水声吵醒西西，也为了早晨西西上完厕所一起冲可以省水。没想到这点儿小事会让笑儿不高兴，我反复地忘记半夜冲厕所，她反复地提醒我。她说厕所不及时冲会生尿垢，厕所的味道也不好闻。厕所每天我都用刷子刷，怎么会有尿垢呢？我不知道为什么她宁可把西西吵醒 而非要冲厕所，尽管西西并没有因为冲厕所醒过。

我早晨喜欢出去散步，经常可以看到路边上摆着人们丢掉的东西，都是好好的东西，为什么要扔掉？我就把它们捡回家去，车库很大，我很高兴自己可以变废为宝。女婿不知道跟笑儿说了什么，笑儿开始把我的“宝贝”往地下室堆放，她的脸板着，让我再也不要捡破烂儿了。我就是不明白，门口的鞋架子不是我捡来的吗？多实用！楼梯口的那个陶瓷装饰花瓶，多典雅，不也是我捡来的吗？这么多好东西，为什么不可以捡？这个世界应该这么浪费吗？在老家，这样的东西商店里买都买不到呢。看到好东西我还是要捡回家，我在未雨绸缪，这些东西说不定什么时候就排上用场了。

送报纸的事情并不是我专门去找的，隔壁街上那个曲奶奶送了好几年报纸，今年要回国去，才把这个差事让给我。我活动活动腿脚，赚点儿小钱，有什么不好？胳膊摔断那次也不是故意的，冬天下雪路滑，送报纸时一下没走稳，胳膊柱了一下地，腕子就断了。这有什么呢，伤筋动骨谁碰不上几次，不到半年我就利利索索的了。笑儿坚决不再让我送报纸，我不明白为什么，吃一堑长一智，我摔了一次还会再摔第二次吗？

洋葱头的事，我也不是故意的。我看见车库里摆了一堆洋葱头，就趁着她还没下班，把皮剥了，根须都切掉，用塑料带装好了放到冰箱里，吃起来方便。奇怪，这些洋葱都没有辣味儿。笑儿回家大发雷霆，说那些洋葱头是她从专门的花店定的郁金香，很昂贵的花种。我知道自己做了错事，可是我的出发点是好的，她怪我糊涂的时候，我觉得她好像变成了我的妈。

我经常花费几小时给他们做菜，西西和女婿都不爱吃，他们只爱像兔子一样吃生菜。西西的学校是私立学校，每天都要父母去接送，我也帮不上忙。

有时我望着天花板发呆，希望自己能有点用处，却发现自己一无是处。

不久，笑儿在同一个小区买了座镇屋给我住，谁见过这样孝顺的孩子啊？妈妈这么老了，还能自己住上一坐两层楼的房子。我在这个房子里可以一个人想干什么就干什么，想跳楼都可以。我重新过上了独立自主的日子。笑儿每天给我打一个电话，每周开车带我去买一次菜。我有时做了好吃的走两条街给他们送去，他们要外出活动，就把西西放在我这里。

生活很平静，我不会再不冲厕所，不会再捡了垃圾碍他们的眼，也不会去收拾那些洋葱头了，连报纸我也不送了。我突然做什么都没有了兴趣。我经常望着窗外安静的街道发呆，一个星期能见到笑儿一面，其他六天我都是独自一人，想念那唯一的一天。

我开始闻到一种腐烂的味道，是我自己衰老的味道。衰老是有味道的，你们一定要相信。我越来越迷恋散步，散步可以防止腐烂。这儿的空气真好，一点儿污染都没有，到处都是树木和草坪。我走啊走，走啊走，一直走到天黑都不想回家。有一次笑儿到处找不到我，就打了 911 ，警察的车是在树林里找到我的，我正坐在一棵横倒的死树上听夜里猫头鹰的孤单鸣叫，警察的车灯就那样搅了我的宁静。

我有时会想念家乡，但我并不想回去，至少我还可以一周看见笑儿一次。笑儿并不爱笑，她总是很不耐烦，拉我去商场也总是急急忙忙，一会儿是西西要学钢琴，一会儿是自己要去跳舞，要不就是和女婿去参加派对。人急着的时候当然不容易笑。我想我给她起错了名字，那名字里的“笑”把她生活里的“笑”都占走了，也许当初给她起个“烦儿”的名字，她就会经常笑了。有时我还想，如果我不移民，我现在也许还在街边卖手套，在陌生的年轻人脸上寻找笑儿的眉眼，那些日子总是充满希望的，现在呢，希望在哪里？

正想着，警察的车又来了，这次我是坐在公园的长椅上，不知不觉我已经走了很远的路，我走累了，天这么黑，我只能坐下歇息了，一只兔子还没睡，从脚边窜过。警察送我回家时说已经半夜 3 点钟了，他给笑儿打了电话，他说我应该去住医院。

警车开得很快，我家很快就到了，笑儿正站在我的屋门口等着我。我看着她泪汪汪的眼睛，忍不住笑了，我说：“那个公园很安静，下次妈带你去坐坐，还有野兔呢，你看到了一定会笑的，你小时候还吃过兔子肉呢。”

笑儿终于笑了，笑得像哭。唉！我可怜的笑儿！

杜杜

梦

抱起一个很小的婴儿，头大，身体小，面目模糊。白色襁褓裹着，似乎手感柔软，又似乎没有重量和感觉。一切和往常一样，黑白，没有色彩。时真真抱着她，对了，是她，不是他。时真真抱着她，俯身紧紧贴在脸上，她真小，小的一不小心就会化掉。亲她，她不笑，也不哭，却是那种没有办法不感动的乖。

奶水就那样鼓鼓地涨起来，解开胸怀，孩子的小嘴奋力吸吮，一根根线一样的抽搐从胸口向她发射，揪着时真真的灵魂。奶水太急，太冲，从她嘴角溢出。孩子呛的咳了起来。时真真把她抱直，拍拍，又拍拍。因为孩子的挤压，也因为爱的冲动，奶水成了失控的水龙头，流了一地，油脂含量过高，分解出一片黄色的油星儿，飘在乳白的一边，淌出一条小河，围着木质桌腿。

时真真抱着她出了门，疾步走着，漫无目的，却明明有着一个目的。周围的一切苍白恍惚，什么都看不见。气温是冷的，还是那个单薄的襁褓，时真真只能抱得她越来越紧，给她体温。孩子好像在缩小着，时真真心里着了火，怎么办？她会冻死的，自己的体温不够温暖她，快点儿，再快点儿。时真真几乎跑了起来，气喘吁吁，可脚步怎么都跑不快，拖拖拌拌，一股神秘力量拽着双腿。回家，快回家！她想着，可明明逆着家的方向。

前面有个长长的高大台阶，时真真一跤跌在台阶上，孩子的头从臂膀中耷拉下来，她身上的一切都软软地垂着，垂着，如超现实主义画家萨尔瓦多·达利的那幅画，钟表面饼一样失真地流淌下来。

这不是一幅手工绘制的梦的照片，这是梦本身。孩子，死了。时真真的心沉沉地坠了下去，想哭，却哭不出声。突然有人从身后呼唤她，她回头，一辆白色三轮车停在身旁，驾车的人看不清面孔，他说："别伤心，我们回家。"时真真挣扎着爬起来，手里的孩子不知哪里去了，她朝着车子走过去，扑哧，又是一跤……

凌晨三点半，时真真从梦中惊醒 ，一切过分清晰，浑入现实。这是一个可以记载的梦，藏着许多密码，许多暗示在时间缝隙流淌，让人欲解非解的信息在空中漂浮。黑暗中，她听到自己放大的喘息，丈夫在身边沉睡。

清明节的清晨，正好是父亲 30 年的祭日，窗外有风哗啦哗啦地刮着，夸张的声响如抖动的雷声。时真真让自己发了一会儿呆，翻开笔记本，写诗给父亲：

“又到清明
我把思想给你，哪怕
你只是一股淡淡的空气
我把时间给你，哪怕
你已忘记钟表的点滴
我还把身体给了出去
为了明日，也为了往昔
当我也变作灵魂，让
分散的器官，帮助生者
继续喘息”

刚刚登记了器官捐献，她从一种桎梏中解脱出来，浑身轻松自在，一个肉体形式的包袱从此卸掉。生命如能意外结束，七七八八的零件转移到陌生者身上，与其说是高尚的延续，不如说是贪心的节约。肉体的再利用，是把上帝给的，都用的一乾二净。想到自己的共产主义精神竟推导出小气的结论，便忍不住笑了笑。世界上的美与丑、善与恶，物件不同，载体不同，一瞬间即可转换。丈夫已经上班，她给他发短信：“捐了身体，终于。”他立刻回复：“请同时树立活到 90 岁的理想。”她笑，是，到那时，谁还要你老旧的一寸肌肤半条筋骨？一切将随着黄土回归自然。

百度，时真真找到了“周公解梦”。

“梦到抱小孩，如果你手中抱的是女孩子，则可能在某事件中会发生纷争。”

“梦见给婴儿喂奶，暗示着你最信任的人，可能会背弃你，欺骗你，让你很伤心。”

“梦见小孩生病或死亡，表示你有很大的心事，或者是会有口舌将困扰着你。”

“梦见要回家，预示归宿，甚至死亡。”

目光停在窗外干枯的树枝上，一只黑鸟，在尖端细枝上左顾右盼。呱呱的叫声，在清晨显出凄厉，风很轻，树梢上舔着。这鸟是乌鸦吧？中国民间，听到乌鸦叫，是厄运的象征。她笑了笑，迷信！这不是中国民间，这是天高地远的外国。乌鸦是这里大众的鸟类，天天在头顶飞，哪里有那么多厄运来受？去年丈夫从洗衣机的排风口里掏出一窝黑鸟，手臂划伤，两个星期后他被提拔，春风得意。命不是算出来的，不是乌鸦叫出来的，是什么就是什么。

起身，她发现母亲在走廊蹲着理行李箱，对时真真不理不睬，再过一周，母亲就要回国。一起生活的两年，疏忽而逝。有时她怀疑在母亲给予生命的时刻，她是否已经变成了母亲的负担？看女儿一眼，母亲觉得浪费了眼神，笑一下，母亲觉得浪费了情感。这个女儿如一条不言不语的小虫，在母亲面前蠕动，随时可以被她轻轻一碾，黄汤绿肠，魂销天外。而这只小虫，曾经在母亲怀里温柔地蠕动，吸吮乳液，被她摩挲，被她亲吻，在许多长大的日子里，被她习惯地呵斥。

可是，一切都变了。二十年的分别，太平洋很宽，一个在这边，一个在那边。黄土高坡上的风沙换成了广褒成荫的红枫树林，软弱无语的小女孩长成了闯南走北的人妻人母。熟悉的一切化为陌生。两年前接母亲出国来，她先以仇视的目光审视自己的生活，激烈的语言中，女儿永远的错误和她永远的正确，是母亲永恒不变的真理。时真真以沉默和距离反抗，这是我的生活，这是我的家。

一转身，母亲变成如今的模样，冰砖一样的冷漠。两年，总是烧好营养搭配齐全的饭菜，时真真才请母亲吃饭。母亲听不懂孩子的英语，也不想听，自己坐在吧台的高凳上，拒绝与全家同桌进餐，场面古怪。请了几回，她不睬，继续坐她的高凳。饭后，她悄无声息回到自己房间，门关住，连能流出光的缝隙都没有。即使在盛夏，全家也好像生活在冰箱里。

耷拉在母亲脸上的白发，随着她身体的行动，忽悠出一条曲线。唉，一生没有休闲，她的生活泡在苦菜汁里。大小政治运动，黑帽子，历史反革命，划清界限，没有爱情的婚姻，早逝的丈夫……，她在孤独中学会了用劳动来填补失落，用奋斗来修缮寂寞。妈妈！

有一只无形的手攥紧了时真真的心脏，她感到呼吸困难。我是爱你的，可为什么一切会变成这样？她想起那句诗：世界上最远的距离是我和你面对面，却无法说出我爱你……

“妈，今天是爸爸忌日，30 年了。”时真真蹲在母亲身旁缓缓地说道。母亲楞了楞，脸上渐渐罩起了黑云，牙缝里挤出字来：“哼！你那个烂爸！”

时真真把头低了，看着双脚，棉拖鞋有一块淡淡的污迹，里面的双脚冰凉冰凉。“妈，该走了，给你检查身体去。我在车里等你。”她起身，面无表情，填好捐献器官表格时松掉的桎梏，又箍紧了，箍住脸上每一条肌肉。这次，不是肉体的约束，是精神戴了顶铁帽子。妈妈，你这坚硬的铁冠啊。

两年来，时真真的日历上挤满了母亲的医生预约，她把自己的事情一样样挤小挤没，挤到未知的日子里去。带母亲看病，几乎成了习惯。使用了一生的身体，即便健康，有了七十多年的磨损，这儿那儿总会掉儿皮落点漆。母亲不会英语，她担任她的舌头和耳朵。进出诊所，她等着时真真为她推开门。进了门，母亲从不顺便扶住门，行动慢一点，门就摔在女儿脸上。

苦笑，成了时真真安慰自己的习惯。是的，妈，我浪费了你的培育，没有成名成家，没有发大财当大官，我做了家庭妇女，理应伺候得你周周到到。这是我乐意。妈，你应该，我活该。我活该放下自己的一切，服侍你。我活该放下四十岁的未来，为你七十岁的未来做贡献。你爱学英语，我就伺候你学，你不爱做家务，我就不让你做，你担心身体，我就给你准备讲究的营养配餐，定期让医生督查你的身体。这一切，都是你的应该，我的活该。我认了。

很多夜里，躺倒在床上的一刻，时真真都会长长地叹气，啊，一天终于过去了。伸着耳朵，她听着隔壁你房间里持久播放的英文录音会话。母亲爱英语，胜过爱孩子。每次她敲门进去，母亲都赶她出来，“我忙着呢，没看我在听英语吗？你走吧。”

可你老了，学不会了，今天学会了，明天又忘了。你不得不让我继续担当舌头和耳朵这个角色，你别无选择，这与要强、决心和能力毫无关系，只和岁月紧密连接。

时真真爬起来祷告：上帝啊，感谢你给我耐心，给我克制，今天没有战争，我祈求一样的明天。我不祈求亲密，我不贪婪，我只祈求平静。

无数次，母亲嚷着要回国，时真真说："熬到两年好吗？移民身份保住了，可以来去自由。"你迫不急待。你想儿子，想孙子。你偏心，不仅仅是简单的重男轻女。女儿再好也是坏，儿子再不争气也是好。你想家，国外再好，也不是家。国内再不好，也是家。我明白，我们都明白。可你为什么要学英语呢？既然不愿放弃移民身份，你就需要呆足这两年，就这样简单。嚷归嚷，你继续呆在国外，继续学英语。两年一转眼就到了。

时真真忙着帮母亲准备离境前的一切，给亲友购物，体检，取药，整理行李。B 超做了，周年体检结束了，备用药品开足了。万事俱备，回去母亲可以不必去挤门诊楼，不必去给医生塞礼了。她希望母亲如同自己在她身边一样，饮食合理，身体健康。直到下次再来，直到下次的下次，一直到母亲的 90 岁、100 岁。

车子行进在回家的路上，白天的小区行人稀少，安静的像一幅墙画。

"我的命真苦啊！你爸忌日？哼，他不是人！我生孩子都是自己生的，他根本不管我！两个孩子都是我自己养大的，他一分钱都不给我，都被他那个破家的无底洞挖走了。妈的！烂人！"

车子的密封，放大着尖利的辱骂，这骂声时真真听过五百遍了。她的耳鼓开始轰鸣："妈的！""妈的！"她感觉自己的长发有着蓄势待发的冲动，每一根都准备好挣脱的力量。她的嘴巴不停地数算着父亲的罪孽，十恶不赦的，千刀万剐的。

时真真忍无可忍。

"我爸的温文尔雅，我爸的隐忍，我爸的多才多艺，我爸对你的宽容，你只字不提。你能不能饶了他？他死了三十年了，死者为大。他是能听见你骂，还是能还给你青春?你和一个死人较劲干什么？这恨，什么时候才能结束？"她的嘴在动，大脑拼力往回揪着蠕动的舌头："闭嘴！你必须克制！你知道下面会是什么结果！"

"他折磨了我一辈子，现在又轮到你折磨我了，你这个畜生！如果不是我要生你，你爸是不会要一个女孩儿的！你这个狼心狗肺的，你爸倒有理了？我不在乎吃好喝好，你给我的是精神折磨，你的心是恶的！”母亲哇啦哇啦的吼叫，一把碎石籽一样，在车窗玻璃上摔来摔去。

时真真所有的努力被一笔勾销。她必须永远带上一个巨型枷锁，这是母亲的王国，任何人都必须成为奴隶！不行，我要挣脱，我要个明白，我要个自由！“我的心是恶的？还是你的心是恶的？”不管了，天塌下来我也不管了，我就不信世界上有这样不讲理的生物。时真真愤怒得不管不顾了。

“明明是你给我精神折磨，你还说我给你精神折磨？你不在乎吃喝？两年来你少吃过一顿现成饭吗？你嘴里有过一句好话吗？没完没了的抱怨、指责、谩骂，没完没了的不满意！你浑身散发着负气场！和谁在一起，你抱怨谁。和我外公外婆在一起，你抱怨他们，和我爸在一起你抱怨我爸，和我弟弟在一起，你抱怨我弟，和我在一起，你抱怨我。有过一个人你没抱怨过的吗？你眼里的亲人有一个值得你赞美的吗？有吗？你给亲人的精神暴力，有完没完？”时真真的舌头喷射着火焰，她的头发飞舞着利剑，她的心痛得要撕裂，握着方向盘的双手抖动剧烈，皮肉要从骨骼上分离。

“你的心不恶？你弟妹对我不好，你弟可知道向着我。我女婿对我不好，你可是向着他！你怎么对你妈？”

“天啊！世界上有这样的母亲？为了你自己，你公开挑拨离间，你希望你儿子媳妇因为你大吵大闹，你希望女儿女婿因为你反目成仇，你想什么呢？你用镜子照过自己没有？世界上有这样的母亲吗？恨不得孩子生活在战争里！难道这不是最自私的母亲？你想的永远都是自己！我弟婚姻不幸，你难道没有责任？我弟无数次想跳楼自杀，难道是假话？你是世界上最残酷的母亲！你心里只有恨，没有爱，没有爱！”时真真的血液已经沸腾，喉咙因为吼叫，一丝一缕地疼痛着。“你的女婿怎么对你不好了？他不会甜言蜜语，他不会供着你上天，就是不好？是谁被接出国来？是他父母，还是我的母亲？没有他的担保，你能呼吸上这么干净的空气吗？能过着现在衣来伸手饭来张口的日子吗？能享受到世界上最先进的免费医疗吗？你，你，生在福中不知福！你，你，不可理喻！”她的话语已经无法连贯，她的抗争结结巴巴。

“哼！你骂我？残酷？自私？我为了孩子才没有离婚，我过的是人的日子吗？我吃的苦就换来今天这个待遇？”

“什么待遇？吃喝现成，生活平静，想干什么就干什么，不想干什么就不干什么的日子，难道不是世界上最舒服的日子？睁开眼睛你有蓝天白云，张开嘴你有现成饭吃，你却永远是抱怨，抱怨！抱怨！！你的眼睛里长着木头，看见的东西当然都是木刺！你还要什么待遇，你说！你说！！”

“谁稀罕你这待遇？我没有你这个女儿！你不喜欢我，让我来这里干什么？我不做你的眼中钉肉中刺了，我走了，就不再来！你也不用理我，我也没你这个女儿，我们断绝母女关系！”

“你，你，你？懂不懂一点做人的常识？我做了什么伤天害理的事情值得你这样跟我断绝关系？我天天都想着你，伺候你，如同你的奴仆。世界上有四十几岁的女儿放下自己的未来去伺候一个七十几岁的母亲上学学英语的吗？你帮我和孩子做过一件事儿吗？我孩子从你眼皮下走过，你看都不看一眼，有你这样的祖母吗？我腰痛，带着支架，你帮着做过一顿饭吗？你有一点感恩之心吗？世界上有第二个女儿天天陪你上医院，为你做牛做马，无休止地做你的撒气筒吗？你，你，你竟然要和这个女儿断绝关系？我要你快乐，你自己不快乐，还要用自己的仇恨欺压自己最亲近的人。永远是别人的错，永远！你病了，你精神有病，心理有病！你以欺负家人为乐！家人是用来爱的，不是用来恨的，你懂吗？懂吗？？你给了我生命，但我不欠你的！你给了我生命，不是你可以随便欺负我的理由！你受过很多苦，不是你用来让别人受苦的理由！生活里你不树立一个亲人做仇敌，你无法生活！你需要战争来泄恨，你想打仗！没完没了地打下去！但我不想陪你打，我要和平！”时真真疯狂了，嗓子发出嘶哑的尖叫，在车厢里发出金属的铿锵。

“你这个畜生！滚你的和平！你这是和平？你就是希望我死，我死了就不碍你的眼了！”

“你死？我爸死了，我姥姥姥爷死了，我也快死了！我天天都想死！一个遭母亲仇恨的女儿，活着有什么意义？你恨不得把周围人都逼死！我把这条命还给你就好了，这还难吗？不就同归于尽吗？咱就同归于尽吧！我把生命还给你，我们现在就两清了！”

方向盘扳向一侧，车子以迅雷不及掩耳的速度冲下道路。咚，咚，咚！树林真大，树木真多！时真真惊奇于车子在如此频繁的冲撞之后仍可跳跃行驶。咚，咚，咚，速度减慢，翻转，碰撞，天旋地转，咚，咚，咚，再翻转，再碰撞，再翻转……

静了，一切终于静了下来。

时真真嘟囔着："好了，这下，你满意了。"这声音在口腔里绕了几圈，没有力量冲破声带，就一丝丝消失在体内。身体变成沙漠，一种无奈的干燥，口渴，她想喝水，液体正在顺着几个地下出口缓缓流泄。她努力地想睁开双眼，它们被粘液粘住，开启艰难，一丝红色的光明从眼角渗入。那片红雾越变越大，在光明里变换着浓淡，印象画一样，很美。

静。静的听不到任何喘息。那片红雾渐渐被白光照亮，一切白得不可思议，白得什么都没有了一样。

"呱，呱！"隐约之间，她听到两声鸟叫，是乌鸦。"呱，呱！"声音渐行渐远。升了起来，时真真飘在树梢，看到挤在树丛中一只变形的车子，车里那个变形的她，还有变形的母亲。一动不动，它们一动不动。

继续上升，时真真低头，连树梢也在脚下很远的地方了。往远处看去，前面有个长长的高大台阶，她一跤跌在台阶上，孩子的头从臂膀中耷拉下来，孩子身上的一切都软软地垂着，垂着，如超现实主义画家萨尔瓦多达力的那幅画，钟表面饼一样失真地流淌下来……

"我们回家。"有个声音说。

白色，白色的笼罩终于霸占了一切。她好轻，在那片白色的光明里，烟一样。

杜杜

慢慢的……

我左手戴着一只银镯子，又大又笨，式样古板简单，没有玲珑的雕花，也没有精致的镌刻。无论什么场合，它都与我形影不离，我只在需要清洗抛光的时候才摘下它来。有时去参加宴会，穿着晚礼服的我会因为它的粗笨显得缺少品位，有好友批评我说："就摘下来几小时，能怎么样？像要取走你的魂一样，不伦不类！"我只是笑，摸摸手镯，心中淌着一条温柔的小河。

镯子是出国留学前母亲送我的，妈说："孩子，妈想不出别的送你，这是妈捡塑料瓶攒钱买的，你戴上，妈的祝福会时刻缠绕你，就像这镯子缠着你的手腕。"

那时，一个塑料瓶能卖一毛钱，这只手镯五百元。我妈在街上弯了五千次腰。

爸爸是在一个雨夜走的，那年我六岁。爸爸是电工，管着镇上的水泵房。大雨那天，风大，连接水泵房的电线杆倒了，爸爸怕水泵出问题，冲进雨里。水泵房已经被水淹了，爸爸的脚一踏进水泵房，就被击倒在水里，从此再也没有醒来，水里有根刮断的高压线。

妈妈从来不哭，她总是低头干活儿。她也从来不像别人的妈妈那样要求孩子学习好、运动好、做人好。她对我从不要求什么，她对我说的最多的话就是："没事儿，慢慢的，慢慢的……"

慢慢的干什么、想什么、做什么？她从来不说明白，确切地说，她也不一定明白。但我却慢慢地明白了，只要慢慢地干着、想着、做着，一切都会有个结果。

镇上有个叫三喜的建筑工，常来我家看我们，我妈却不大理他。三喜对我很好，每次来总会送我一只铅笔或者几颗话梅。他也不说话，就那样坐在门坎儿上，从烟袋里取出烟丝和小纸片，把烟丝仔仔细细放在窝起来的烟纸上，像研究科学一样细致认真，然后用舌头轻轻舔了烟纸，细致地卷牢了，才慢慢抽起来，在烟雾散尽的时候抬眼看看正在低头缝衣服的妈妈。

妈妈给几条街的人补衣服，勉强支撑我们娘俩的生活。为了贴补生活，妈妈就时常去街上捡塑料瓶卖给回收站。

三喜抽过两根烟，就站起身，说："你再想想。"

妈没抬头，说："不。不用想了。你走吧。"等三喜走到院子门口，妈又起身追出来，说："你把孩子们的衣服拿过来，要接长的，要补洞的，我包了。不收钱。"

三喜果然把孩子的衣服拿来让我妈补，我家买煤、买粮、积冬菜的重活儿也被三喜包揽了。

三喜的三个儿子大春二春三春都在我们学校上学，他们的妈妈生三春时难产去世了。二春学习好，和我在一个班，我俩轮流做第一名。三春有哮喘病，经常不来上学。大春老旷课，在街上和一群野孩子扎堆儿，人人叼根烟，还冲路过的女孩儿大声笑。

有一次我问妈："你跟三喜说不用想，不用想啥？"

妈答："那三个小子，难弄。妈怕你会受罪。而且，妈穷怕了，不能让你过更穷的日子。"

我不太明白那三个小子和妈妈想的事儿有什么关系，也不明白更穷的日子是什么样的，但隐约感觉妈妈是对的。那样不用想的日子，就慢慢地过了好几年。

有一次我在学校突然肚子痛，请假回家，家门却从里面锁着，我着急上厕所蹲在院子门口敲门。过了一会儿妈才开门，三喜叔叔红着脸从屋里出来，冲我点了点头就慌张地走了。

我很不高兴，却也不知道为什么不高兴。上过厕所，肚子就不痛了，可我还装病躺在床上，不吭不响。妈给我熬了一碗大米粥，我一翻身，就把粥碗拨拉到地上，碗没破，粥摊了一地。妈一声不吭，蹲下收拾地，动作迟缓。我烦死了，一翻身从床上跳起来，抢过妈手里的抹布，几下就把地收拾干净了。妈就站在我身旁，呆呆地看着我。我拎着书包出门时，听见妈嘴里在自言自语："没事儿，慢慢的，没事儿，慢慢的……"

三喜来的少了。大春十七岁时因行窃被派出所抓进少管所，三喜就再也不来了。那年我十五岁。有时候，我看妈妈补着衣服，会抬头对着门坎儿发呆，我也会从书桌上抬起头，对着门槛儿发会儿呆，眼前是三喜卷烟的模样，每根烟丝都摆得很顺，一丝不苟，科学家似的。

我和二春仍然轮流在班里做第一名，二春也跟三喜叔叔一样少言寡语。他是那种天生不用很努力就能学会东西的人，课上的东西，他随便听听就会了，据说他放学还去火柴厂帮忙糊纸盒帮衬家用，每天花在作业上的时间很少，可他就是令人不解地门门功课都优秀。我却不同，我不聪明，但肯用功，别人玩儿的时候，我总在看书，晚上妈妈睡了，我还在学习。老师们都喜欢我，因为我永远做的都是他们眼里正确的事儿。同学们说什么的都有，有的说我有野心，有的说我像个假人，没有七情六欲，只知道学习。我想第二种说法有一定道理，除了学习，我真的不会做什么别的事情，不学习，干什么呢？我没有条件做别的事情，我没钱打扮，没钱参加课外音乐绘画课程，没钱去游乐场打游戏，没钱逛商店买零食。我放学就回家，回家就继续捧着书本。家里没有什么活儿需要我做，我很想帮妈妈去街上捡塑料瓶，可妈妈死活都不让我去。她按着我，说："我去。没事儿，慢慢的，慢慢的……"，因为着急，她的脸都红了。她最丰富的表情，就是激动的时候红一下脸。我不喜欢惹妈妈激动，所以，我从此不再想着去捡塑料瓶。

高考成绩下来，我比二春高十分，二春考进了省医学院，我考进了省理工大学。去省城上学，在我们镇子是一件大事儿，我们成了镇上的名人，我妈和二春爸也成了大人们眼中的英雄。

邻居凑了一桌酒席，在我家为我和二春庆祝，二春爸又进了我家门。他老了，鬓发灰白，皱纹像雕刻。他坐在席间，拼命喝酒，人们都散了，他还不走。他拿出烟丝，开始卷烟，手里的烟纸一直在抖，烟丝就那样晃晃悠悠，随时会翻落的样子，他用舌头舔烟纸时也舔不利索，卷一根烟费了很多工夫。我静静地看着他，和小时候一样享受看他卷烟，像看着一个化学实验，所有的一切都静静地分解组合。此刻，他的动作虽然缓慢而颤抖，却仍然是一种动着的静止，很好看的静止，似乎酝酿着丰富的内容，这个卷烟的过程中，世界消失了，一切都安定祥和。

三喜叔总算点燃了烟，猛抽了几口，隔着蒙蒙烟雾，他抬起头看着我妈说："是时候了，你说呢？"说完，他才意识到我的存在，怯怯地看了我 一眼。自从我肚子痛跑回家那次起，他看我总是怯怯的。

我起身离开，走出门来。屋外是夏夜晴朗的夜色，星星又大又亮，比平时离人类近了很多。我发现很多年来我埋头书本，竟忘记了头上还顶着这样一个美丽的天空。我信步走出小巷，街上的喧闹立刻扑面而来，成串的时装店灯火通明地沿街亮着，对街的小吃铺子大敞着门，放肆地把所有香味儿一股脑泼洒到街上。我信步走进喧闹，无论如何，我需要在这个夏天开始打工挣钱，未来四年的大学，妈妈的缝纫活计和塑料瓶，是无法支撑的。

我很快就在小吃店找到一份夜间工作，镇上还有两户人家请我去给孩子当家教。从此，做家教的工作一直延续到我出国。妈妈没有阻拦我，她总是静悄悄地看着我，发现我察觉了她的目光，就赶紧转身离开。

妈妈做起了裁缝，生活渐渐富足，需要补衣服的人越来越少，缝缝补补必须升级为裁剪缝纫。妈妈腰不好，坐一会儿，就需要起身换姿势，如果腰痛病犯了，起床都困难，所以即便做了裁缝，她也只能接很有限的活儿。她仍然热衷于去街上捡瓶子，她说捡瓶子可以呼吸街上的空气，可以看见街上的行人，那些喧闹让她高兴。

我说："可是弯腰多了，腰病会犯。我怀疑你的腰病就是捡瓶子造成的。"

"我的腰就是不能久坐，弯腰时蛮舒服的，这个我自己清楚。活动着，活血化瘀，还治疗腰病呢。没事儿，慢慢的……"妈说。

这时三喜家的情况比以前好了不少，大春从局子里出来就没再上街混，三喜叔干脆提前退休，让他接了班，大春就成了建筑工人。二春一直在火柴厂帮忙，成了镇里名人后也给几个孩子当家教，忙得不亦乐乎。三春初中毕业就跟着一个装裱工学装裱字画和篆刻，有了门手艺，自食其力。三喜叔退休后在街边开了个小卖部，卖些糖果烟酒。他又经常来我家了，仍旧是坐在门坎上卷烟，不声不响。他来看我妈的时候，就雇个街上的待业女孩看铺子。后来我发现他去进货的时候，我妈也帮他看看铺子。

乘火车去省城读大学那天，我对妈妈说："妈，你和三喜叔是不是应该……我没意见。"

妈低了头，不答。火车鸣笛要走了，她才急急忙忙下了车，我趴在窗口，妈跟着火车小跑，一边挥着手，一边喊："慢慢的……慢慢的……"，记忆中，母亲的声带从来没有发出过那么大的声音。后来在省城读书的几年里，母亲跟着火车小跑的图像经常毫无预兆地浮现在我眼前，我的心就立刻安静下来，我对自己说："慢慢的……慢慢的……"

三喜叔是在我大三那年走的，肺癌。妈妈始终没有和他搬到一起，两人彼此帮衬着，胡里糊涂地过了两年。那年暑假回家，我突然发觉妈妈老了，她经常独自发呆，裁缝的工作有一搭没一搭地作着，缝纫机的响声有时停下来，就半天不再有动静。我抬头看她，她的目光盯着门槛，一动不动。我就顺着她的目光，盯着门槛，也发了呆。我看见三喜把烟丝摆得整整齐齐，烟卷得一丝不苟，科学家一样。然后三喜的鬓角白了起来，手和烟丝都不停地都抖着，我担心他没有力量卷起这跟烟，可他成功了，烟雾在他口鼻前弥漫。然后，就是一片空白，门槛上什么都没有，空空的。后来，我看见我爸爸跨过这个门槛奔进雨里，雨可真大啊，雷声轰鸣。

我出国后一直带着妈妈送我的手镯，分秒不离。一切都在慢慢地前进。二春在省城医院做了医生，回家乡时常常去看望我妈。我靠奖学金支撑苦拼了几年，顺利取得了博士学位，顺利在加拿大找到工作。结婚第二年，我给妈妈办了移民。

移民通知下来不久，妈妈来信说她准备放弃移民资格，她拒绝登陆。我给妈打电话，她说一切都好。我又给二春打电话，才知道了实情。撂了电话我没有耽搁，立刻买了机票回国，那时我已经有了五个月的身孕。

母亲卧床，她被确诊淋巴癌已经有八个多月了，她拒绝一切治疗。

我请了三个月假，呆在国内陪伴母亲。假没用完，妈妈就走了，很安静。

母亲最后的日子里，总是看着我笑。有时她会摸摸我手上的镯子，深深地舒一口长气。咽气前一天，她指挥我挪开墙上一块松动的墙砖，从里面取出一个包袱。里面有三样东西，一张我六岁时和爸爸妈妈的合影黑白照片，一张三千元的存折，和一个崭新的银质长命锁。

“妈知道你怀孕了，那时已经做不了针线活儿，就接着捡瓶子。”她笑着，像个婴儿。“你知道妈一辈子捡瓶子捡出了很多经验，街坊邻居都把瓶子给我留着。没多久，妈就捡出了这只长命锁。给孩子留着吧。我没福见到孩子了，这长命锁会保佑孩子平安长大。”她说的上气不接下气，“孩子大了，会嫌这长命锁土气，外国也不时兴这个，就把它打成别的东西吧。”我扑在她身上，早已泣不成声，圆圆的肚子顶在她身上。

她用手摸着我的肚子，虚弱的声音好像细细的线，轻轻穿进耳鼓：“没事儿。记住，慢慢的……慢慢的……一切，都会好。”

慢慢的，我的女儿已经十岁了，她不肯戴那只长命锁，长命锁锁进了银行保险箱。每年我把它拿出来两次，一次在母亲祭日，一次在女儿生日。我脱下手上的手镯，把它和长命锁并排摆在一起，给孩子讲塑料瓶可以怎样变成这两样东西。

我说："慢慢的，孩子，慢慢的……我们就有了今天。"

周末，我时常会带着女儿去公路边或者公园里做义工，拾捡垃圾，把废纸、塑料袋、塑料瓶、易拉罐分门别类。垃圾并没有多少，偶尔会有粗心的人或调皮的人顺手放肆一下。我们总是去那些没有垃圾桶的公路边和偏僻绿化带。每一次弯腰，我都能想起妈妈。我的妈妈，这一生，就这样，弯过几万次腰。

一次，女儿问："咱们家不喝矿泉水，除了环保，也是因为姥姥的缘故吗？"

我直起腰，把几片碎纸扔进垃圾袋，冲她笑了笑，说："用水瓶灌水喝，不是很好吗？"

"是，我们要爱环保，爱世界。我姥姥很久以前，在中国就知道了。"女儿说。

我愣了愣，母亲没有那么前卫，她不懂环保，她只懂得生存。我看着孩子沿着树林小径蹦跳着拾起一只塑料袋，没去纠正她。

几只大雁鸣叫着飞过，我仰头看了看碧蓝的天空，云走得真快，快得像这个世界，像我女儿成长的速度。这好看而且广大的天空，罩着的东西可真多，它曾罩着太平洋那边的母亲和我，现在又继续罩着太平洋这边的我和女儿，它罩着过去，现在，还将继续罩着未来。

我仍然戴着这只笨拙的手镯，上班下班，居家出行，郊游聚会，和它如影随形。它被磨得白亮光洁，可以照出人影。我在这只银镜子里常常观望自己，也观望母亲。母亲时常在这银镜子里对我说："没事儿，慢慢的……"

四十五节车厢

“一节，两节，三节……”女孩儿数着，眼睛圆溜溜地盯着飞驰而过的货车车厢。恐怕数错，她以左前方那颗小树为坐标。

这是一片宽阔的旷野，火车道如同一根拉链，从东拉到西。土墙是一堵废弃的古城墙，土黄色的墙身斑驳丑陋，东一块西一块剥落的泥土下面露出青黄色的墙砖。泥墙上错落地长着矮墩墩的杂草，列车经过，墙身摇晃，土墙似乎随时会坍塌，可一年又一年过去，土墙还是土墙，颓败却坚定地立着。

小姑娘和哥哥并排坐在这半截土墙上，火车轨道横在前方几十米远。这是条骨干，列车繁忙，只要坐上土墙，轰隆隆的飞驰就不会让他俩失望。 列车经过，兄妹俩就一节一节地数车厢。哥哥默数，妹妹出声数。火车如果往左开，两对眼睛就盯在小树左边，如果往右开，两对眼睛就盯在小树右侧。列车远驰而去了，两人就“一、二、三！”同时说出自己的数字，最欢乐的时刻立刻到来，数字相同，哥哥就背起妹妹沿着土墙脚跑两圈，数字不同，妹妹就把小手伸进哥哥衣服，给他挠几分钟后背。无论家里的战争多么激烈，兄妹俩的恐惧都会在这片刻的欢笑中烟消云散。

可今天不同，如果数错了，就……，就……，就会死。

她的哥哥挺着腰坐在她身边，瘦干的身体支着一个长脖子，头发支楞八翘，一张稚气的面孔骨骼分明，挺直的鼻尖直对着面前的火车，眼睛比妹妹睁的更圆，紧张地目不转睛。他的嘴紧紧地抿着，棱角分明的上唇严肃得几乎皱出褶儿来。是的，一节都不能数错，如果数错了，就……

“十一，十二，十三……”女孩儿数着，眼睛圆溜溜地盯着飞驰而过的货车车厢。今天不同，如果数错了，就……，就……，就会死。

她和他哥哥一样瘦削，下巴尖尖的，脸上没肉，眼睛很大，在眼眶里空荡荡的，一副无依无靠的样子。这时的专注，好像那两颗黑溜溜的眼珠突然有了依靠，一根钢缆把它们固定在列车车身上，她那张小脸儿就有了一丝木纳和惊恐的神情。

她的身体也和哥哥一样僵直，一双细胳膊从棉袄袖口里伸出来一大截。小手冻得鲜红，紧握在一起，手指纤细，皮肤肮脏干裂。冬天，她的手从来没有好看过，是北风的咒语，还是寒冷的惩罚？让人一看到她的手，就心存怜悯。于是，她总是把手藏起来。她不知道为什么那些渍在裂口中的肮脏永远洗不干净，就像她在家中的恐惧，嵌在大脑的皱褶里，永远不会消除一样。

只有和哥哥在一起，她觉得安慰，她不用把手藏起来，也不用害怕回家。哥哥就是她的家，哥哥说什么，她听什么，哥哥的话一定是对的。哥哥说，如果今天这列火车是四十五节车厢，就要在下一辆列车飞驰而来的时候，手把手扑上去。

“二十，二十一，二十二……” 女孩儿数着，眼睛圆溜溜地盯着飞驰而过的货车车厢。今天不同，如果数错了，就……，就……，就会死。

哥哥从小就会疼她。她哭，哥哥就红着眼圈不吭不响搂着她。她在幼儿园受了委屈，他会跑去教训欺负她的小孩儿。女孩儿爱美，喜欢梳头，可她一双小手折腾来折腾去，编出的辫子总是反的，古怪地立在耳朵两边。哥哥就学会了编辫子，妈妈早晨生火做饭，他就给妹妹梳头编辫子。

“你要先用外面这股头发，就不会反了。你试试看。对，对，就是这样的。”哥哥一边编，一边做示范。“你头发怎么这么多，如果细一点儿，就好编了。算了算了，你手小，丢三落四的，还是我帮你编吧！”哥哥干脆把小姑娘的小手推开，说：“明年你的手长大一点就可以编好辫子了。”

明年很快就到了，小姑娘的手果然长大了，学会了编辫子，但她仍然时不时编成反辫儿，偏着头引起哥哥的注意。哥哥果然看见了，说：“小笨蛋，怎么又编反了？”他起身站到妹妹身后，把编好的反辫儿拆开，认认真真地帮妹妹重新编出平展的两根小辫儿。“明年，等明年你手更大一点儿，就能自己编好了！”哥哥说。

小姑娘就笑了，大眼睛笑眯成一弯月牙，她宁可自己的手永远不再长大。

“三十，三十一，三十二 ……”女孩儿数着，眼睛圆溜溜地盯着飞驰而过的货车车厢。今天不同，如果数错了，就……，就……，就会死 。

哥哥知道小姑娘爱美的心思。一次妈妈让哥哥去打酱油，他空手回来，酱油瓶也不见了。

“钱呢，酱油没买回来，两毛钱去哪里了？”妈妈生气地质问。

杜杜

夏天，他穿着一件跨栏背心和松紧短裤，两条腿细得好像两条线，勉强支得住身体，站在地当间，像只误闯车水马龙的仙鹤。

“肯定是趁机跑出去玩儿，玩儿疯了，瓶子也玩儿丢了。那钱呢，我让你揣在裤兜里的，还别了别针。你过来，你给我过来！”妈妈伸手抓住他胳膊，一把把他拉到面前，就去掏他裤兜。他向后躲闪着，松紧短裤就差点儿给拽下来，叮叮当，裤腿里滚出红橙橙一个物件儿，他“啊”地叫了一声，就向那东西扑了过去，“哎呀，可别摔坏了！”

那东西在地上轻轻跳了两跳才平平地落地，是一个细细的半圆形大红塑料发卡。

妈妈本来也趴下身体去捡那对象，这时看清楚了，伸出去抢夺的手便缩了回来。一旁的小女孩也看清了那对象，兴奋地睁大了眼睛。

妈妈直起腰来，脸上愤怒的表情被惊讶替换了：“你，你从哪儿弄来的发卡？这东西刚流行，很难买！你，你？”

哥哥低下头，双手扭扭捏捏地在背心上搓来搓去，声音小如蚊鸣：“商店里刚来了这东西，人们都围着抢，说一会儿就会卖光，我就，我就挤进去，挤进去给妹妹买了一个。酱油瓶子挤丢了。”

“怎么会在裤子里？”妈妈疑惑地问，脸上有了一丝笑意。

“怕不小心弄断，又怕挨骂，藏在跨栏背心里。你一拽，是从肚子里掉出来。”

那年，哥哥九岁，妹妹六岁。小女孩浓密的黑发上从此多了一圈红色的光芒。

“四十，四十一，四十二……” 女孩儿数着，眼睛圆溜溜地盯着飞驰而过的货车车厢。今天不同，如果数错了，就……，就……，就会死。

从记事儿起，每逢爸妈打架，哥哥就会搂紧妹妹躲在墙角，给妹妹擦眼泪。碰到妈妈伸手抄起锅碗瓢盆向爸爸投掷，哥哥就会把妹妹的头扭过来，按在自己肩头上，不让她看到爸妈恐怖的面孔，小姑娘怎么挣扎，他都不会松手。他自己的眼睛却睁得溜圆，一动不动地看着爸爸额角的鲜血，弯弯曲曲地顺着面颊往下淌。

那种战争之后，家里往往寂静无声，爸爸会醉得人事不知呼呼大睡，妈妈会离去，谁也不知道她在哪里。哥哥搂着妹妹在墙角睡了过去，妹妹醒来喊饿了，哥哥就会悉悉索索地在铁皮炉子上烧一锅水，给妹妹和自己下挂面吃，没有菜，浇点儿酱油。

“香吗？”哥哥问。

“香！”妹妹答。“哥你真会做饭！你做的饭最好吃！”

妹妹的小脸儿上脏脏的，被冲出两条儿眼泪的痕迹，一直从眼睛延伸到下巴。哥哥就笑起来，说：“你是一个脏小孩儿！这样不好看。”他起身拿了一条毛巾弄湿了给妹妹擦脸，仔仔细细的，擦完左脸，又擦右脸。不知是擦忘了还是怎么的，又去擦左脸，再擦右脸，小姑娘的脸蛋儿就被擦红，像涂了过量的胭脂。

“这样才好看！”哥哥笑了。

小姑娘的眼泪却又流了下来，哥哥就接着擦，小声说：“你身体里有一条河，流不完的水。”

“四十三，四十四……” 女孩儿数着，眼睛圆溜溜地盯着飞驰而过的货车车厢。今天不同，如果数错了，就……，就……，就会死。

他们家住在一片巨大的平房区，背后的野地里立着这座土墙，土墙面前就是这条铁道。日子在轰隆隆的震颤中一天天度过，这座土墙渐渐变成了兄妹俩最喜爱的乐园。他俩在土墙下挖蚂蚁洞，在蚂蚁洞边采野花，在野花上捉蜻蜓，捉不着就跟着蜻蜓跑，跑累了就坐上土墙数火车。

高兴了，他俩来，生气了，他俩来，不高兴也不生气，他俩也来。天热的时候，他俩来，天冷的时候，他俩来，天不冷不热的时候他俩还来。爸妈不吵架时，他俩来，爸妈吵架时他俩来，爸妈即不吵架也不说话的时候，他俩还来。他们像长在土墙上的植物，早已成了土墙的一部分。

无论在玩儿什么，火车经过，兄妹俩就会同时停下游戏，认真地数火车：“一节，两节，三节 ……”然后，迎来那个快乐的时刻。什么游戏也比不上哥哥背着妹妹的颠簸，什么游戏也比不上妹妹的小手挠着哥哥的后背。

“四十五！” 女孩儿数完，眼珠定了格，追着正在远去的列车。我没数错吧？四十五节车厢！不！不！我们应该……，应该……，手把手扑向下列火车……

女孩儿突然哭了起来，她跳下土墙，飞快地往家跑去，嘴里嚷着：“我要回家，我要回家！”

小姑娘的身影越来越小，就要绕进平房区了，却突然开始往回跑，身影越来越大。

哥哥还是那个姿势坐在土墙上，伸着脖子盯着列车驶去的方向，一动不动。列车现在只是一个小黑点儿，很快就要融进远处的天边了。

小姑娘上气不接下气跑回土墙，站在哥哥脚下仰头望他。她突然伸出手拉着哥哥的裤腿摇晃着："哥，咱们一起回家！一起走，一起！"

哥哥的长脖子低了下来，眼睛愣愣地看着妹妹，妹妹也愣愣地看着哥哥，两双大眼睛吸铁石的正负极一样吸在一起，目不转睛。

小姑娘的脚下开始感觉到轻微的震动，震动声越来越大，土墙轻微摇晃起来。

东面，一辆火车飞驰而来。轰鸣声越来越响。磁铁被突然抽走，两双大眼睛同时转向了火车开来的方向。

妹妹突然抱住哥哥的腿，死死地抱住，嚎啕大哭起来，随着火车的驶近，她抱着哥哥的两条细胳膊越来越用力，哭声已经变成了呜咽，双唇紧咬，显然咬紧嘴唇，可以增添双臂紧抱的力量。

哥哥开始被妹妹抱住的时候，还有一点儿挣扎，此时没有了一点儿动静。列车正在面前飞驰而过，是辆客车。墨绿色的车厢上镶嵌着许多车窗。车窗里可以看见各种各样的面孔，邪的，正的，男的，女的，说话的，静止的，茫然的，若有所思的……

从车窗里看出来，一堵长长的颓废土墙上坐着一个大男孩儿，一个女孩儿背朝着列车抱着男孩儿耷拉下来的两条小腿，她肩上的两条小辫儿被风吹得飘向一侧。那是一幅奇怪的图画，像一尊未经打磨完工的雕像，被什么人堆放在一片废墟里，这尊雕像于是赋予了废墟生命，如同水流在河里，河才是河，云飘在天上，天才更像天。男孩儿和女孩儿的雕像在土墙上，土墙的风景才成其为风景。

男孩儿的眼睛很大，和车窗里每个飞驰而过的面孔对视着，他看见了很多目光，邪的，正的，男的，女的，说话的，静止的，茫然的，若有所思的…… 有的人于是在心里按下了快门儿，这幅图画就会在未来的什么时候，不经意地播放。宽阔的田野，密集的房舍高低错落向远处铺展，高耸的大烟囱在更远的地方冒着白白的浓烟。房舍前面是一截破败的土墙，一个男孩和一个女孩儿镶嵌在土墙上，制造着一幅怪异的图画。

哥哥的眼睛随着列车的行驶转向了西方，直到那辆列车变成了一个小黑点儿。

小姑娘的臂膀终于松开了，她瘫倒在土墙边上，头埋进双膝之间。

哥哥跳下土墙，他突然笑了，用胳膊肘捅了捅妹妹，说：“给我挠后背！”

妹妹的头从膝窝里抬了起来，惊奇地看着他，说：“我数错了吗？”

“当然！明明是四十六节车厢！”哥哥大大咧咧地说着，已经把后背朝向妹妹。

“你，你，你骗人！”妹妹嚷起来，脸上却现出笑容。“平时都不会超过四十三节，怎么会是四十六节？”

“那又怎么会是四十五节？你明明数错了，还赖账？快挠后背，别赖皮！”

妹妹突然欢喜起来，眼泪滚了出来，一边把黑乎乎的小手伸进哥哥后背挠起来，一边问：“那你为什么不早说？”

“现在说晚吗？左边点儿，再往左，对，就是那儿，多挠一会儿！”哥哥说着，悄悄把眼角一滴眼泪擦了。妹妹没数错，那列火车，的确是四十五节车厢。

一年前，爸爸和妈妈打架之后，爸爸照例醉倒在床。妈妈没有像往常那样离家出走，她呆呆地坐在地上一动不动，保持着爸爸把她推倒的那个姿势，从早晨坐到晚上，又从晚上坐到早晨。哥哥给妹妹下挂面时也给妈妈下了一碗摆在她面前的地上，那碗酱油挂面经过一天一夜的膨胀，高高地耸成一座干燥的小山。

爸爸醒了，从妈妈面前端起那碗挂面，呼噜呼噜吃了，然后他走到正在给妹妹编小辫的哥哥身后，双手把两个孩子抱住，嘴里发出酒精发酵的臭味儿，说：“爸爸对不起你们！你妈是个疯子，爸爸……，哎，爸爸没办法……”

小姑娘坐着一动不动，哥哥两手保持着编辫子的姿势一动不动，两个孩子被爸爸搂抱着，一动不动。身体不动，四肢不动，眼睛不动，表情不动。

爸爸耷拉在儿子肩头的头颅随着控制不住的抽泣上下抖动着，“爸爸对不起你们！对不起你们！”

小姑娘的眼泪安静地流下来，哥哥的嘴巴抿了抿。

那天，兄妹俩去上学时，妈妈仍然是那个姿势坐在地上，眼神空洞，如同假人。哥哥捅了妹妹一下，小姑娘走到妈妈身边，胆怯地摇了摇妈妈，小声说：“妈，你起来吧。爸爸上班走了。我和哥哥去上学了。你也该上班去了。”

哥哥把一个馒头放在妈妈面前，就拉着妹妹走了出去。

晚上放学，还没进家门，就闻见扑鼻的香气，兄妹俩对望着，交换着吃惊的眼神。

“妈妈做饭了！” 小姑娘说。

两人满脸惊喜，同时向门口奔去，两个肩膀挤在一起，卡在门框里，咯咯咯地笑出了声，两人你推我搡嬉闹着进了屋。餐桌上摆着四菜一汤，鸡蛋炒西红柿，蒜苔炒肉，醋溜土豆丝，油炸花生米和榨菜蛋花汤。

“妈，好香啊！好像过年呢！”妹妹嚷着坐到了餐桌边上，眼睛贪婪地盯着菜盘，喉咙上下蠕动吞咽着口水。哇！

“洗手了吗？”妈妈温和地看着女儿。

小姑娘起身去洗手，哥哥看妈妈正在看着他，嘴角咧了咧，低了头，跟在妹妹身后去洗手。

三个人低头忙着吃饭，没人说话，桌上的菜盘很快就空了一半。妈妈静静地撂下碗筷，看着两个孩子狼吞虎咽，眼睛就潮湿了。她说：“你们俩…… 觉得爸爸好还是妈妈好？”

哥哥把嘴里的半口饭费劲地咽了，说：“都好！”

妹妹看了一眼哥哥，也说：“是！都好！”

妈妈瞥了女儿一眼，叹了口气：“哎！你是哥哥的跟屁虫。”

“如果……如果……，”妈妈吭哧着，半天没往下说。

兄妹俩都放下碗筷，看着妈妈，眼睛大睁着。

“如果你们俩分开，你们……”妈妈吞吞吐吐地嘟囔说，“我和你爸要离婚，只能一个人带一个孩子。”

小姑娘露出了惊恐的眼神，哥哥的嘴抿了起来，他直视着妈妈，说：“妈，不能。我和妹妹不能分开！”他说着拉起妹妹的手，离开餐桌，说：“我和妹妹出去玩儿一会儿。”

他的手攥着小姑娘的手，紧紧的，似乎一松，妹妹的手就会滑走，再也摸不着了。他们拉着手，朝土墙跑去。那天风大，田野里的残草败叶被大风卷得很高，打着漩儿，发出呼呼的声响。

两人都觉得冷，蜷缩在土墙脚下，小姑娘紧紧偎依在哥哥怀里。她问：“哥，爸妈真的会离婚吗？我害怕！”

“不怕！哥哥永远不会离开你。”

“我不想爸爸妈妈离婚！”小姑娘说。

“我也不想。爸爸是好人，妈妈也是好人。爸爸妈妈都是好人。他们就是……就是一碰到一起，就不好了，都变成了坏人。”

“那他们不碰到一起，不是就都可以做好人了？离婚不就碰不到了？”

“知道吗？他们没有咱俩的时候，碰到一起也都是好人，所以才结婚。” 哥哥说着，把妹妹搂得更紧了。 “他们如果离了婚，那你和我不就没有爸爸，或者没有妈妈了？而且，你……， 我……，谁给你下挂面，谁帮你梳小辫儿？”

“我不要离开你！”小姑娘喃喃地说。

大地开始震动，一辆火车从远处飞驰而来。

“如果他们要离婚，如果他们要把咱俩分开，如果……”哥哥突然停下不说了。

妹妹着急地问：“如果什么？”

“如果火车是四十五节车厢，咱俩就手把手扑向下一辆火车。那样，咱俩就永远在一起了，谁都没法儿把咱们分开。”哥哥的眼睛呆呆地盯着飞驰而来的火车，框愣愣，框愣愣，列车远去了，他才接着说，“而且，爸爸妈妈会和好的，咱俩没有了，他们就会回到恋爱时那么好，咱俩不在，他们不会再需要那么多钱，就不会再为钱打架，咱俩不在，他们也没有那么多活儿要干，就不会为干不干活儿打架，咱俩不在，他们碰到一起，就会仍旧都做好人！”

哥哥决定使用四十五节车厢这个坐标时，脑子里有过很多争斗。平常经过的货车大多不足四十节车厢，偶尔有较长的，也不会超过四十三节。数了好几年了，只有过一次是四十五节车厢。爸妈离婚，兄妹俩分离，四十五节车厢，三个条件都具备，并不容易！这是个严肃的决定。

小姑娘侧脸看着哥哥，阳光在他的额头照出一个亮点儿，以那个亮点儿为中心，光线在脸上向四周铺散，他面对她这一侧的脸庞因为背光更显棱角分明，哥哥多好看啊！她咧嘴笑了起来，她的小脸儿在阳光照耀下，也熠熠放光。她紧紧地搂住哥哥，脸蛋儿舒展着，是的，哥哥这个想法真伟大！

后来的日子，爸爸妈妈的争吵愈演愈烈，家里乌烟瘴气，墙上多了他们彼此投掷瓶瓶罐罐时打碎的酱油醋的痕迹，俩人扭打时衣服经常被撕破，椅子腿已经断了两把……。爸爸有一半时间是醉的，他身上经常带着妈妈指甲的抓痕。妈妈的出走更加频繁，出走的时间也越来越长。兄妹俩一次又一次奔向土墙。

“也许，也许我们早就应该做这件事。”有一天哥哥说，他想是不是应该排除其他两个条件，直接实施四十五节车厢的计划。他手心儿里攥着妹妹的手，这双又冷又干的小手正不停地颤抖着，她还没有从刚刚看到的暴力情景里缓过劲儿来，连话也说不出。哥哥叹了口气，说，“哎，等到有了四十五节车厢……”

从此，兄妹俩数火车的时候都有了神圣庄严的感觉，他们似乎盼望着数到四十五，又似乎十分恐惧那个数字。那些日子里，却一次都没数到过四十五节车厢。

今天，爸爸和妈妈是同时坐在兄妹俩面前的，他们手里拿着盖着大红印章的离婚证明，妹妹归妈妈，哥哥归爸爸。明天，爸爸就要带走哥哥了。

两人奔向土墙，爬上去，肩并肩，“一节，两节……，十节，十一节……，二十，二十一……，三十，三十一……，四十一，四十二，四十三，四十四……”

“四十五！” 女孩儿数着，眼珠定了格，追着正在远去的列车。我没数错吧？四十五节车厢！不！不！我们应该……，应该……，手把手扑向下列火车……

四十五！妹妹数的对，是四十五节车厢！

火车开走了，妹妹跑走了，哥哥仍坐在土墙上一动不动。他想，也许，也许我应该自己实现这个计划。等到下一趟火车……

妹妹又跑了回来，下一辆火车已经飞驰而来，他还没有跳下土墙，双腿就被妹妹紧紧抱住。妹妹！如果我自己走了，妹妹怎么办？

面前是辆客车，客车总是很短，十几节车厢。那里面有那么多面孔，每一张面孔都不一样，邪的，正的，男的，女的，说话的，静止的，茫然的，若有所思的……当他们被拉到另一个地方的时候，每个人的生活都可能会变个样儿吧？火车的终点站，是哪里呢？

哥哥跳下土墙，坐在蜷缩着的妹妹身边。他突然笑了，用胳膊肘捅了捅妹妹，说："给我挠后背！"

妹妹的头从膝窝里抬了起来，惊奇地看着他，说："我数错了吗？"

"当然！明明是四十六节车厢！"哥哥大大咧咧地说着，已经把后背朝向妹妹。

"你，你，你骗人！"妹妹嚷起来，脸上却现出笑容。"平时都不会超过四十三节，怎么会有四十六节？"

"那又怎么会是四十五节？你明明数错了，还赖账？快挠后背，别赖皮！"

妹妹突然欢喜起来，眼泪滚了出来，一边把黑乎乎地小冰手伸进哥哥后背挠了起来，一边问："那你为什么不早说？"

"现在说晚吗？左边点儿，再往左，对，就是那儿，多挠一会儿！"哥哥说着，悄悄把眼角一滴眼泪擦了。

"挠的真舒服，好了，该轮哥背你跑了，哥领你乘火车去！"

"可咱们数的不一样啊，不一样就不该轮你背我。"

"从现在起，咱们不数火车了。我想背你就背你，你想挠我就随时挠！"哥哥说着，已经把妹妹驺到后背上，放开脚步，跑了起来。

这年，男孩儿十三岁，小姑娘十岁。

又一辆客车从田野上穿过，从车窗望去，一个男孩儿背着一个女孩儿在田野里朝东方跑去，一截长长的颓废土墙被他们甩在身后。远处的烟囱静静地冒着烟，那一对移动的身影变成了田野的一部分，野草一样。

土墙仍然伫立在田野里。日复一日，火车轰隆隆地经过，土墙边再也没有出现过兄妹的身影。

邻居

莎丽是我邻居，是搬进这条街的最后一户。房子是新房，后院特别长，房型跟着瘦，窗脸儿刷了黑框儿，看去比例失调还患了轻度忧郁症。看房的人一批批来，又一批批去。因长期无人居住，那院子里生满齐膝高的杂草，没有围墙，最先受害的自然是我家后院。不到两年，我的后院儿已经万紫千红，什么都不缺，就缺绿油油的健康草坪。

谢天谢地！我跟先生说，隔壁总算卖掉了，咱们和杂草作斗争的日子终于要结束了！

我准备了一个贺卡，塞了一只大红色工艺中国结，送了过去。首次照面儿，莎丽一脸喜气，她说，哎呀，你是我唯一的邻居呢，另外一边是堵墙。说完她哈哈大笑起来，浑身抖动，没肉的我怎么都抖不出那种碧波荡漾的高级效果。虽然没觉得有什么好笑，我还是跟着笑了一会儿。这才发现笑是莎丽说话的基本组成部分，别人的话如果是平铺直叙的水泥马路，她的话就是跌宕起伏的过山车轨，即便最干燥的句子，她都能说出跨越八个音节的高低音符来，春雨一样打湿你的心情。

我心潮澎湃地回到家，说，咱这新邻居真是个活宝，你猜怎么着？她和丈夫是网恋，有意思不？对，就是胡子拉碴拉里邋遢其貌不扬的那位，婚恋网上认识几个月就结婚了，都是大龄，缘分啊！她丈夫叫斯蒂文，是 N 公司的，去年公司上市发了点儿财，这房子一次付清，没房贷！啧啧！

天！你能当间谍了，一眨眼功夫，她家户口都查清了？

我谦虚一番，这哪儿是我的本事儿，是她嘴巴不牢，秘密不保。知根知底，邻居最好！

莎丽是动物医院的护士，她对动物的热爱如滔滔江水滚滚而来，取之不尽，用之不竭。她说当初选择这个职业，就是实在想不出别的更合适的职业可以每天和动物近距离接触，不仅接触活蹦乱跳的，还能照顾病患缠身的。可惜她有学习障碍，做兽医生不成，就只能退而求其次做护士了。

你如果想给她家起个别名，“动物园”就特别合适。她家有猫三只，狗两只，鱼五十余条，荷兰猪一只。还有一匹马，因为体型超标，无法成为家庭成员，花钱养在牧场里，莎丽一周两次前往看望，骑着它在牧场绕圈儿。有一次说起她的马， 哎！它是我十八岁时买的，便宜，现在都二十七岁了，寿命快到了。她说完突然转身，怕是不愿让我看到她目光中的秋水泛滥。其实，我见她的秋水和见她的春雨一样习以为常。

那次她从D市的种畜商手里预订了一只纯种狗，领回来才发现是病狗，小狗的半边脸有神经麻痹症，一只眼睛只能半睁半闭，一只耳朵也永远立不起来。按规矩，这狗可以送回去换个健康的回来，两口子却毅然决然地把狗留下了。

如果把狗送回去，谁会愿意养呢？说不定，很快就被……She is only a baby!那个“ba”是拉长声音说出来的，说完，秋水就毫无顾忌地顺流而下。后来每次聊到病狗洛克，她的秋水就会屡屡泛滥。不到一年，他们就花了几千块给洛克治病，每天喂药喂饭，比伺候残疾婴儿还要细致用心。

莎丽刚搬来时，带来的一只狗，名叫梅拉卡姆。她浑身油亮，黑白相间，散步时风度翩翩，冬天穿着小红靴子，雨天穿着碎花雨衣。那狗走在街上，比花朵还要芳香美丽。有年圣诞，莎丽送了我一本挂历，是梅拉卡姆的写真照片，挂历是北美狗模大赛为获奖狗免费制作的，梅拉卡姆得了第二名，光参赛的费用加机票就要三千块。哇塞，我跟先生说，看看，人家带狗狗出去表演，又请教练又做美容，投资赶上咱去墨西哥度一次假了。啧啧！

莎丽两口子进进出出总是乐呵呵的，一看就是人生胜利族、无忧族、幸福族。夏天在院子里浇水除草，我和莎丽碰上，总要唧唧呱呱唠会儿磕儿。

网恋的例子多了，像你们这样有幸福归属的还真不多。我实在按捺不住刨根问底的好奇心，要把庸俗坚持到底。

莎丽的春雨哈哈哈飘散开来，实话跟你说，我上那个婚恋网，都好几年了，约会了好几个，都没成功，碰到斯蒂文时也没抱多大希望，那时我住在B市，离咱H市开车三小时，远了点儿。我俩都是四十来岁的人了，婚姻的事儿，不敢想，约会着，玩玩儿吧。谁想到见了第一面，就有了第二面，然后就第三面，然后我就辞去那边的工作，搬了过来，然后就成了你邻居了。哈哈哈……

我们中国人把这个叫“缘分”，可遇不可求。我很努力地想借机向她传播一点儿中国文化，可惜“缘分”二字，只简单地翻译成了“click”，觉得不合适，又翻成“karma”，还是不妥，又换成“fate”，最后我挥挥手说，哎呀，就是你见他、他见你都有化学反应了，不是一家人，不进一家门！我咯咯笑着，咱没足够的英文文化怨不得自己，有太多的中文文化也怪不得莎丽，干脆也整出点儿春雨滥竽充数吧。

莎丽和斯蒂文一直想要小孩，都是大龄，努力了五年，总算修成正果。小伊丽沙出生时，斯蒂文已经五十岁，莎丽也四十六七了。莎丽推着孩子在院子里晒太阳，两只狗在旁边撒欢儿，天是蓝的，风是轻的，树是绿的，狗是活蹦乱跳的，宝宝是乖巧可爱的，妈妈是白白胖胖一脸慈祥的，和谐啊。

伊丽沙咂着拇指，盯着推车顶棚沙网上漏出的晴朗天空奋力蹬着小腿儿，这是她现阶段积极参与自然的唯一方式。她头发颜色极浅，粉红头皮在一圈圈稀薄的黄色卷发里若隐若现，六个月了，孩子还不会坐。伊丽沙早产了两个月，还没赶上进度，据说需要好几年来追上正常孩子。

她的手真好吃哈，馋死人。我对自己言不由衷的夸奖之辞很是得意。

哎，我一滴奶水都没有，可怜孩子，只有拿自己手指头解馋，橡皮奶嘴她坚决不要。哎，你当时有奶水吗？莎丽问。

有，别提了，养三个孩子都富裕。涨起来，轻轻一按，射程就是两米远。

奇怪，瘦人奶水都好，不长肉，光长奶腺了。我是生她以前就知道自己不会有一滴奶的。我的乳房做过缩小手术，从奶晕处齐刷刷割开，取了脂肪，又把乳头缝回去的，输奶管都被切断了。

惊愕中的我一定神色怪异，莎丽又哈哈哈地前仰后合了，看把你吓的，这有什么，这种手术很普遍，乳房太大，后背撑不住，对脊柱有影响，会得很多病，医生建议缩减，有益健康，我就做了。

啧啧！你说世界上的事儿，为什么就这么不公平？上帝是专门不让人完美。你说，把你那多余的分给我，不是两全其美？

莎丽的眼睛就在我胸口停了三十秒，道，这，这不挺完美的？

海绵胸罩啊！

春雨就那样哗啦啦地猛下了一阵，阳光在我们周围跳舞。伊丽沙的眼睛睁得溜圆，忙着看完我，又忙着看她妈。她的小心思肯定在纳闷儿，她俩的嘴巴怎么能耐这么大？里面的动静儿前仆后继、地动山摇的。

女人，不管白的，黑的，还是黄的，都差不多，直白甚至庸俗，琐碎甚至唠叨，你拿我们有什么办法？没有这种庸俗，就没有平衡健康的一日三餐可吃，就没有散发着清香洗液味道的干净衣服可穿，孩子们就长不大，爱情就无法进行到底，家就不像个家，世界就根本玩儿不转。

再好的乐队，也有跑音的片刻。没想到邻里和谐竟差点儿被一堵围墙毁了。几家邻居合作修建围墙，斯蒂文主动做了完整细致的修建规划，木材也由他说了算，订了很昂贵的一家。

这么贵，风吹日晒的，有必要吗？我问先生。

你别犯嘀咕，邻居相处，睁一只眼闭一只眼就行了，你进我让，我进你让，一切就你好我好大家好。凡事儿较真儿，做不成事儿。说来说去，多了这钱发不了财，少了这钱也破不了产。随斯蒂文吧！他为人民服务，说了算也合情合理。

我们小区是在半石砾的灌木林上修建起来的，地面半尺下就是石头，必须请专业人士给围墙打桩。晚上下班回家，老公先到后院视察打桩情况。进门，他皱着眉头问，咱家东边的桩子怎么不均匀？有两个距离超远，另一个就超近了，怎么回事？

一头雾水，我说，我一整天在家，外面干活，钻头震天响，我还出来看过，水泥都浇筑了，没人跟我说什么啊。

先生去找斯蒂文，回来闷头坐在沙发上喘气儿。搞不懂！女主人在家，西面的邻居不经女主人许可就替咱做了咱家东边围墙的主，这，这，这是怎么回事儿？

我家东边邻居没参与做围墙，所以东边一道墙是我家独立承担。打桩公司在打我家东边的桩时，遇到了坚硬石头，斯蒂文在跟前，打桩公司就跟他提议绕开，竟跳过了我，可笑的是斯蒂文看到我的车停在车道上，明知道女主人在家，怎么这么重要的事儿不来敲门征求同意？不经我同意，也应该给我先生打个电话问一句，他凭什么就能替我家做了主呢？这边的桩子跟他没有丝毫关系，难道他把他自己当成我的叔叔婶婶大爷大妈了？

他是这么说的：他们问我可以不可以绕开那块巨石，也就远了一尺多，我就同意了。他，他，这是咱家围墙，一尺多啊，他同意啥呢？先生仍然转不过这根筋。还有，咱家一分钱不少付，打桩公司是用石钻打桩，有打不动的石头吗？打不动，咱请他们来干什么？围墙一扇大一扇小，算什么？滑稽！应该叫他们重打。

行！不行！行！不行！一大队人马，机器啊电缆啊，就来重打两个桩？又是半天工。况且是斯蒂文同意了的，他怎么跟打桩公司解释？谁掏这个额外的费用？这，这是结梁子的做法。我俩大眼儿瞪小眼儿呆坐了一晚上，最后决定息事宁人，哑巴吃黄连。不就一个围墙吗，能有多少人拿尺子量着看？不均匀就不均匀吧。这下轮我劝先生大度为怀了。咱如果和莎丽家闹僵，出门进门尴尬着，十年八年住下来，难过死了。邻里关系比围墙重要，一个决定精神是否愉悦，一个只是物质是否合适，咱当然得选择精神，是不？咱有文化，咱心态好啊！咱中华传统是与人为善息事宁人啊！就这样吧。以后咱俩眼睛谁也不准往东边围墙看啊，看一次，就擦一次地板！我咯咯笑起来，先生乐了，看客也乐了，这两口子缺筋少弦的，吃亏还傻乐，是愚钝还是明白？

围墙修起来，几家男人齐心协力干了两个周末，一家家的方块儿空间从此化地为界。

完工时老公悄悄跟我说，斯蒂文很霸道，难怪那天替咱家做了主，不合作不知道，一合作吓一跳。做围墙时，凡事都要听他的，大到用哪块木板儿，小到钉子的位置，如果他插了嘴，就一定是结论，就是 No way, or his way!

我听得白眼仁儿大黑眼仁儿小，心里嘀咕，可怜的莎丽，够她受的。后来见到莎丽，我的庸俗就蠢蠢欲动，你家斯蒂文是不是特别能干？我看你家后院盖仓房，狗房，猫房，玩具房，都是他一个人造的，做什么都做得来，你真好福气！

哈哈哈，春雨飘飘，飘呀飘。是啊，他干啥都那么有劲儿，和我正相反，我只想坐着什么都不干！要不我能培养了这身懒肉？哈哈哈。我呢，最待见他勤快，他呢，最待见我懒惰。互补！哈哈哈！

我等，等大雨点儿变小，小雨点儿停歇了，才问，那他对你没意见？

有意见也没办法，我就是我啊！他认识我的时候就知道我是这个样子，只要我时刻欢乐，他就很开心。再说了，世界上有什么大不了的事情一定要忙着去做呢？他愿意忙他就忙，我不愿意忙，我就懒。我只要招呼了我的动物和伊丽沙，别的又有多重要呢？这家里就应该一个勤快一个懒，平衡。我如果也和斯蒂文一样勤快，这日子一定没有现在这么顺溜。

这是什么理论？左思右想，我迷迷糊糊地回了家，琢磨着自己是不是应该套用莎丽的理论，做那个懒的。先生正巧下班回家，把计算机包一扔，看着桌上的四菜一汤，说，啊，幸福啊，家有贤妻，赛过神仙啊！

当机立断，我就把自己的角色从那个懒的转换成勤的了，先生顺理成章变成了莎丽的同盟。我恨啊，恨我自己啊，怎么这么经不住夸呢？一听夸奖就飘飘然，一飘飘然就想当牛做马。这个没立场的！好在没立场的人一般都比较精通自我安慰，切，反正是个平衡，这边不平那边儿平，各家自有各家平。榜样的力量是无穷的，斯蒂文老师啊， 我是该谢你，还是该恨你呢？

我家外出旅行，每次都为家里的小动物犯愁。仓鼠身小笼小，端到女儿的同学家去。鱼呢，买好了可以自动发放半月食物的装置。兔子豆豆最烦心，能拉能尿，爱国卫生运动需日日警醒时时监督，豆豆还特喜欢肢体痛爱，被亲、被摸、被揉搓，有几个人能有这个技能和兔子打成一片？豆豆每次托付出去一次，就患一次忧郁症，饮食混乱，随意大小便。

这年度假，我对莎丽开了口。莎丽说，没问题，放心。

我把豆豆抱在怀里，亲着她的眼睛，她照例是迷缝起那只眼，浑身瘫软，任我揉捏，面露陶醉之色。

见多识广的莎丽竟吃了惊，天，这个我可不会，还有这个，脊柱按摩，我也不敢。一般兔子都是怕摸前胸后背的，怎么你家这只变异了？

豆豆果然到了她怀里一味挣扎，透明玻璃眼儿里还露出我从未见过的凶光。太过分了，豆豆，这是动物的天使莎丽啊！我不得不放弃让莎丽替豆豆按摩的奢望，谁让豆豆没文化即不懂中文，又不懂英文呢？此时此刻她甚至拒绝明白我通俗易懂的眼色和温柔安抚的身体语言。豆豆，come on，你总不能不让你的衣食父母出门度个假吧？

这次远游，莎丽两口子尽职尽责，令人感动的是斯蒂文竟然把我家需要使用技巧才能打开的大门锁修好了，开门时顺流得跟没锁门似的，可惜我们在摸爬滚打中培养了两年多的开门技巧统统作废。我欢呼雀跃的时候，先生惭愧得到处找地缝。斯蒂文谦虚地说，莎丽每天来给豆豆喂食，这个门就跟那道阿里巴巴的大门一样，可惜“芝麻开门”的暗号老对不上，干著急进不来啊，得，我走前的开门培训彻底失败。斯蒂文的能干这时不派上用场，更待何时？他鼓捣了两次，就发现了症结所在，简单，换个锁芯儿。

瞧瞧，瞧瞧！我站在门口开门玩儿，开了一遍又一遍。啧啧，啧啧！臊得先生一个月不走大门，只从车库进出。

豆豆却还是受了苦，她视莎丽的博爱如无物。我眼中温和乖顺的豆豆，在莎丽面前变成了勇猛的女斗士，她甚至在莎丽手背上留下了尖利兔爪的光荣印记。即便我给莎丽买了 Spa 的手部滋养套餐，还是无法平息我的无限愧疚之感。莎丽却和我一样内疚，看，她这只小白爪从第五天就开始脱毛，露出了粉肉，这就是 Stress 啊，主人不在，她就用掉毛的方式抗议这种加在她身上的变化，我无能为力！我和莎丽就同时秋水涟漪了，我握着豆豆的小手，舍不得松开，好像在和总理握手。

别伤心，莎丽劝道，我发现你家豆豆特别乖，除了认生，非常安详文明。你知道吗？动物的性格是随主人的，脾气不好的主人带出的动物也坏脾气，温和安详的主人也会把这种安详传给动物。

这次我是真的春雨盎然了，还有比这更顺耳的褒奖吗？从此，看着豆豆，就好像看着自己一样。不久的将来，我不会去吃草吧？

斯蒂文的亲戚都住的不远，莎丽一家三口出门度假，很少麻烦我们。可那年冬天，她从迪斯尼发来短信，听说这边暴风雪，麻烦我先生帮她家铲雪。义不容辞，大雪开铲雪机，小雪用手铲，先生的劳动热情和细致认真度远远超过给自家干活。

哈，有的人吧，被生疏的人需要时能激发出超常的潜能量。老公，悠着点儿，腰痛了不能怨政府！这天也真是，狠命下雪，有没有点儿同情心？

天你也敢怨？这不是给咱一个表现机会吗？这么好的邻居，咱能不尽心尽力尽意吗？春天，莎丽从花园里给你分花，夏天，在后院放露天投影电影，咱是座上客，万圣节，她家打扮成鬼哭狼嚎的墓地把全世界小孩儿都吸引来要糖，咱家跟着沾光。好容易碰上今冬，咱可以为她家出力流汗，豁出去了！

于是，风雪交加的日子，她家车道总是平整干净。斯蒂文亲戚来看房，直夸两侧一人多高的雪墙干净漂亮。给予的美好感觉，让先生整个冬天沾沾自喜。

莎丽回来千恩万谢，给我家每个人都买了礼物。还说，打死她也不会搬走了，对上我们这样的邻居，舍不得。这话换我说，更贴切。

这时的伊丽沙已经快上小学了，个儿头虽然总追不上同龄小孩儿，却漂亮的一塌糊涂，整个一个袖珍布娃娃，蓝眼睛海碧天青，黄头发风卷残云。因为天生审美细胞发达，穿着十分讲究，一年四季不重样儿的裙装丝袜小皮靴，如果再和梅拉卡姆走在一起，回头率就是百分之百。这种风景，在通俗朴素的北美大地上，真不多见。莎丽摇头说，怎么办？不穿裙子，坚决不出门，这么小，整天口红啊指甲油的，真没办法！莎丽两口子却总是大裤衩大汗衫的随便，一家人走在街上，就是城堡里的小皇后带着两个乡下跟班。

伊丽沙的小嘴乖巧无比，黄莺转世，和她妈妈一样坚决不保守秘密。

你有几个胸罩？我在院子里放豆豆玩儿，伊丽沙过来跟我聊天儿。

我吓了一跳，说，你猜。

那就猜 30 个吧。

为什么是 30 个呢？

因为我妈妈就有 30 个呀。她把小嘴一翘，说，我以后也要 30 个，都要粉色带蕾丝的，可漂亮呢。说完就叹气，哎，我妈妈太浪费了，她白天从来不穿那些粉色胸罩。

不穿买来做什么呢？我问完就觉得自己不厚道，怎么能跟小孩子刨这种根问这种底呢？

因为我爸爸喜欢看她穿粉色的蕾丝胸罩啊，她和爸爸睡觉时才穿，睡醒了就脱了。你是不是也这样？

我倒，我哑口无言，我，我，我望望蓝天，看看草地，我东张西望了，我说，今天天气真好啊！我想起来“顾左右而言他”这句成语，这句话谁编的？太妙了。

伊丽沙还喜欢到我家来找大姐姐玩儿，她仰着小脸儿，渴望地说，我可以和珍妮玩儿吗？我蹲在门槛儿上，说，伊丽沙，珍妮有作业要做，她明天要考试呢。

考试没意思，她有男朋友吗？有男朋友才有意思。

我笑，说，她还真有一个，圣诞节学校舞会跳了个舞，就变成男朋友了。可是他俩只在校车上说话，所以是校车男朋友。

哇，她的蓝眼睛放出红光来，校车男朋友！酷！我想让莱恩做我男朋友，他老躲着我，我就亲了他。在这儿！她指了指自己的小脸蛋儿。莱恩跑了，他使劲儿擦脸，还说“伊—呦--”

我伸出手臂，请求说，小公主伊丽沙，给我一个 hug！。

她乖乖扑了进来，卷发擦着我的耳朵，羽毛一样。这身体真小真软啊！我的心浸在蜜糖里，粘稠地甜着。松了，她还恋恋不舍，说，我还要一个。于是，再来，再甜。走时，她嘱咐我，你告诉珍妮，做完作业到我家来找我玩儿啊！我爸爸又给我买了新芭比，是骑马的非洲芭比，可好看呢，我已经集了五十个芭比了，珍妮喜欢看的。她摆了摆手，顺势把拇指伸进嘴里，咂出声来，这吃手的习惯果然延续至今。一转身，小花裙子小白袜子一闪，不见了。

小区里很多人搬进搬出，这是一个流动的时代。老公问我，想不想换个房子住？我翻了翻眼睛，问，能把邻居捎带上吗？

于是，十几年过去，我们还住在这条街上，邻居还是莎丽一家。

爱调情的葛林娜

头一次见葛林娜是在周一的早餐俱乐部，她柠檬色的头发散在肩上，皮肤白得透明，一笑，脸就绯红，我捏了把汗，担心这样娇嫩的皮肤会被那迅速升腾的嫣红冲破。她是新人，正好坐我身边。西餐馆的长条桌实在不利于全世界人民大团结，人多的时候，隔山隔水，对角在线的、同排隔着人的，要说句话，就得张牙舞爪。为保持淑女风度，这顿饭，葛林娜别无选择，我是她的当然聊伴。巧了，她儿子和我女儿都在考天才儿童测试，聊天材料自然是孩子。

“刚好吊在天才和非天才的边缘，我去跟心理医生交涉，她就给阿达姆通过了。”葛林娜说着，把煎蛋放到土司上，用刀子捅碎蛋黄，仔细看着蛋黄液体被面包缓慢吸吮。

这习惯倒跟我一样，喜欢稀蛋黄就面包。我微笑，“那你准备送阿达姆去天才班了？”

“既然通过了，就送吧，你们华人最重视教育，难道你女儿通过了会不送？”

“我是不准备送。就送普通学校，让珍妮轻轻松松上小学。”

她停了刀叉，定睛看着我，好像我脸上长出了象牙。“那你让孩子考天才测试干什么？”

“Well，测一下不伤筋不动骨，保险公司给报销心理医生的测试费用，就测了。”

“那送天才班也不伤筋不动骨，你为什么不送？”

如果葛林娜是黑头发黄皮肤，首次见面，我可能就会直舒胸臆。看，天才班，三分之二的华裔同学，三分之一的印度裔同学，上学是学习、学习、再学习，课外是弹琴、打球、画画、比赛。和人中翡翠、孩中玛瑙挤在一起，童年就赛跑，这辈子还会走路吗？长大了，赛跑的日子谁能幸免？竞技的生活还是留给日后长长的人生吧。小孩子在中国大陆是大势所趋躲不过，出了国，我干嘛把小姑娘推上赛场听战鼓雷鸣、做奋斗厮杀？童年，就应该想笑就笑、想哭就哭，上学开心，放学欢乐。况且，尖子堆儿里，团结的时候大多紧张，活泼的时候大多严肃，社会能力有残疾趋势，在我的天平里，这个残疾比歪嘴斜眼瘸腿跛足可怕得多，严重影响人生快乐指数。

我咽了嘴里的土豆条，耸了耸肩，不愿涉及华裔印裔这种字眼儿，“有了这个天才记录，心里有个数儿，兴许中学分校时有用，儿童时代就希望她做个普通小孩儿。”

葛林娜眼睛睁得太大占据了半张脸，显然我脸上的象牙正在越长越大。“普通小孩儿？”

“你对华人有偏见吧？不是个个都虎妈。”我嘿嘿乐了，说：“你看我这身板儿，充其量就是个鹿妈羊妈，怎么都够不着虎妈吧？如果选个头儿大的，我宁可做个大象妈妈！”我把手臂接在鼻子上，上下摇摆。

她的脸就那样笑得让我担忧起来，连深蓝色的眼仁儿都深邃得海洋一样了。“You are funny!”她下了结论。

珍妮进了小区的普通学校时，阿达姆也开始了天才班的艰苦生涯。“他回家老哭，说有两个男孩子总笑话他做题慢。老师找我谈话，说孩子不合群。”电话里葛林娜怎一个愁字了得。

“孩子的心理比学业重要，要不你把阿达姆转回普通学校？”我建议。

因为孩子，一来一往，我们的联络越来越多。阿达姆被转回珍妮的学校时，我对葛林娜的了解还停留在一个“好妈妈”的级别上，对她炉火纯青的调情能力一无所知。两个孩子到了一个班级，我和葛林娜越来越亲密，时不时给孩子们安排 playdate，我俩就坐在一边喝咖啡聊天儿。

“看，我今天收到这个，你这诗人，快来看看这首好不好。”她从兜里掏出一张打印纸来。

“Some say love it is a river that drowns the tender reed
some say love it is a razor that leaves the soul to bleed
some say love it is a hunger an endless aching need
I say love it is a flower and you its only seed.”

我小声读出来，“很美的情诗啊！比喻漂亮极了，韵律也美！哪儿来的？”

“公交车上认识的，叫汤姆，大学老师，俄国裔，这两天总跟着我，我和他讲俄语。”

“这诗是他写的？写给你的？”

“是。他跟到我学校，问我几点下班，来接我吃中饭。”

“你去了？”

“为啥不去？当然要去！”她支在桌上的一只手，轻轻绕着耳边一缕金发，眼神迷离，皮肤晶亮，像要渗出水来。“看见我这个姿势了？”她的手又那么绕了一下头发，长脖子仙鹤一样优雅地扭转，发梢就咬进了嘴角，眼神一掀，一片霞光。天！我赶紧按住自己的魂儿，别别别，别勾它，饶了我吧。“看见了，天下无敌！”

“这些都是调情的基本手段，女人的身体语言最给力。”

“你这妖精，不怕他缠上你，惹麻烦？”

“这是自由社会，光天白日，怕什么？女人，要调情地生活着，才有滋有味。”

“那你先生……？”

“我的上帝，这事儿跟他什么关系？这是咱女人的私事儿。调情就是调情，又不是上床。”

“噢。”我脑子里开了锅，感情调情这么简单？就一个步骤，脸红心跳，心潮起伏，到此结束？不符合人类荷尔蒙发生发展的自然规律啊！

“调情，是情调，是修养，是女人美丽永存青春不老的法宝。这个你得信我，你看我这个年纪还这个样子，就是调情调出来的丰硕果实。”

葛林娜前有高山，后有丰巅，长腿如鹤，移步袅娜，流光顾盼，蹙眉笼目。紧身裙包着一出满月，披肩发拥着半开新花。四十岁的风韵加上十四岁的风情，多看两眼，的确很需要一些免疫力。

从此，和葛林娜在一起，我俩有了口对耳、心对心的悄悄话。“怎么样？进展如何？”“哈，腻了，结束了！”“怎么，又发展了新生力量？”“当然！情书，鲜花，美餐，我都要，不调情对不起活了一回。”

有时候听了葛林娜的故事，我肉做的小心脏也会有些高高低低的蹦跳和起伏。回家躲进卫生间，对着镜子抬手用指头绕头发，左绕右绕，绕不出人家的风情万种来。再看咱这眼神，多么单调，前看后看、上看下看，也看不出那个勾人魂魄的万能勾子来。此时此刻，我很理解东施的苦楚，历史啊，给东施一条活路，好不好？东施她、她容易吗？

哀哉乎？幸哉乎？人和人别比，一比就想撞墙。疼，算了，还是撞豆腐吧。回到眼前的镜子里，现代东施不效颦的时候，鼻子是鼻子，眼睛是眼睛，停留在良家妇女的级别，基本养眼。我对着镜子里的东施傻笑，很是欣赏自己的愚笨和满足。

葛林娜是波兰人，会讲波兰语、德语、英语、法语、俄语、意大利语六种语言，在波兰拿了英语专业的硕士学位，怀孕时随工程师丈夫移民出来。刚生阿达姆的两年里，葛林娜没找工作。

“知道Baby blue吗？产后忧郁症。”她一改往日的阳光灿烂，脸上乌云密布，神色凄然，“那时我天天以泪洗面。孩子爱哭，我又不会弄，我先生的姐姐碰巧空闲，从波兰过来帮忙，我和她处不好，雪上加霜，真是度日如年，死的念头都有。每天什么都不想做，就只想躺着流泪。阿达姆哭闹，我也没力气抱他哄他。抗抑郁药吃了两年多。”

无言以对，我静静地转着手中的咖啡杯。邻座的男子时不时把目光从他计算机屏上挪过来看葛林娜，空气里弥漫着星巴克浓郁的咖啡香气，让人的呼吸有了些微阻力。

“唉！咱们女人一定要有自我，是不是？受过这么多年教育，本事用不出来，人生地不熟，方向丢失，自我丢失，加上生理上的巨大改变，不忧郁干什么呢？只能忧郁！”眼前的葛林娜一脸端庄严肃，和调情的葛林娜风马牛不相及。我暗自嗟叹，人是怎样一种复杂动物？从孤独深邃到浪漫风骚，也就是一瞬间的生息。一只万花筒，轻微一旋转，便是完全不一样的组合图案。你能认定哪幅图案更美丽动人吗？仁者见仁，智者见智吧。

“你忧郁，先生能帮上你吗？”

“他？唉！呆子，工程脑瓜，懂的是图纸，不是女人。他自己就是个小孩！你和孩子能诉苦吗？不能！就是那种感觉！你永远得照顾他，包容他，原谅他，满足他。为了孩子的不懂不会和不能，我还不能抛弃他，生活很多时候就是别无选择。况且，我爱这孩子。”

“这，有点儿像我们中国传统的三从四德。你，不会这么委屈自己吧？”

“唉！他的无奈来自他的有限的逻辑思维，我的痛苦来自我的无限的感性思维。我解放出去，又能怎样？找到另一个无限？两个无限在一起能过日子吗？ 疯狂地浪漫可以，居家过生活难！”

“那你忧郁症怎么好的？”

“自救，我会自救啊！天不亡我！我带孩子在沙坑玩儿，一个爸爸也带孩子玩儿。他刚失业，他随意说的一句话突然就让我开了窍。‘再找不到工作，我就要得忧郁症了。’你看，上帝就是这样不知不觉地做工。就好像我们在山谷里绕圈，其实那个出口就藏在你面前的树丛里，有一天，你一不小心，就突然发现了它。从那天起我就开始到处发简历，两个月之后我就成了 ESL 的老师了，多么简单！啊，工作真好！一切从此柳暗花明！”她咯咯笑起来，眼神活泛，旁坐那男子偷偷摸摸的目光又在跃跃欲试。

“再那样忧郁下去，今天我就不会和你坐在这里喝咖啡了。也许，也许已经吃药去了那里……”葛林娜抬手指了指天空，笑成菊花，血色涌回那张精致面孔，“我的忧郁症其实是无工作之病，我的定位不在专职家庭主妇这个位子上，我必须工作，我必须有社会认可，我必须见人，我必须走出家门！”

“还必须调情，是不？”

“太对了！被欣赏的感觉太好了，两性相吸，荷尔蒙繁忙的感觉太好了！所以我的人生宗旨就是生命不息，调情不止。”那个无所顾忌，不管不顾的葛林娜又回到眼前，她俯身嘻嘻笑着，小声说，“看我的。”

她在最短时间里整理了面孔，挂了一张单纯干净的笑容，扭转身去，很礼貌地对旁坐男子说：“先生，能不能麻烦你一件事儿？”

那男子抖了一下，面孔不自在起来，葛林娜的主动出击显然出人意料。

“我俩在商量一件事，想知道今天和明天的天气如何，你在网上，能不能麻烦你帮我们查查？”

男子查好了，起身把计算机端到我们桌上，葛林娜凑过头去，动作大了点儿，手臂随意放在男人扶着计算机的手上，她好像没觉察，认真看着屏幕，嘴里念叨：“20 度，阵雨。啊，明天也有雨啊!”

那男人一动不敢动，眼睛盯着葛林娜搁在他手上的白净臂膀，那手臂上的金色绒毛在计算机屏的映照下熠熠生光。葛林娜冲着我说：“天不作美，那我们明天得改计划了。”说着，胳膊就随着身体的晃动前后移了两移。男人的鼻息急促起来，气管儿似乎长在体外，呼呼风响。

“好了，看好了，一百万个感谢！你可救了我们了。”葛林娜抽身坐直，胳膊抽了回来，眼睛笑眯了，初一的月牙儿，目光直直对准男子微红的脸，水汪汪淹死人。嘴角弯弯翘着，露出几颗明晃晃的雪白牙齿。天，葛林娜，你行行好，这十八岁的笑容，剧毒啊，害死人不偿命的。

男子也就二十几岁模样，不胖不瘦，不高不矮。连鬓胡修得分外整齐，画在脸上似的，围着略显凸起的颧骨和睿懂的眼睛。“不用，不谢！还有什么可效力的吗？”

葛林娜咯咯笑出了声，说：“没有，谢谢了。除非你愿意请我喝杯法布奇诺。”

男子楞了楞，显然又被葛林娜的要求镇住了，“噢”，他呆呆立桌子中间，过了半晌，才反应过来，说：“没问题，我这就去买。”

葛林娜伸手拉住他，忍俊不禁，“我开个玩笑，哪里要你买。谢谢你了。”说完起身对我说：“咱们好了，走吧？”

“你这个疯子，搞什么搞？”我出了门，冲着笑得花枝招展的葛林娜连连摇头。

“他太嫩了，不是我的菜，否则，你觉得有戏吗？我的招数如何？”

我奋力摇头，“你这哪是调情，直接性骚扰！看那男孩儿气儿都不会喘了。碰上个老奸巨猾的，勾上了，我真怀疑结果会如何。”

“哎呀，哪里有那么严重，调情就是调情，没有将来时的。”葛林娜又是轻描淡写一笔带过。

让葛林娜真正头痛的是她的学生热米尔。

“你没看到，那身键子肉，这样的。”她把胸脯一挺，双臂往胸前一弯，一条长腿往前一伸一弓，做出肌肉健美大赛中的标准造型。“我太喜欢肌肉男了，肌肉这么大，真俊！男人就应该是这样的。”她用手在上臂做出一个大鼓包的形状，眼神炯炯，横扫乾坤。

那时候热米尔刚刚开始向葛林娜出击，她的兴奋来自刚刚掀起浪花的调情之海，脸上如泽小含烟，身躯似新花出蕊，曼妙千端，风情万种。我们俩每次见面，她总是水淋淋要滴出水的模样，通报新消息，风一样轻快随意。

“你说他胆子大不大？我生日那天，他委托花店把巨大一捧鲜花送到办公室去了。这个动静太大了，同事见了羡慕嫉妒恨啊，说什么的都有。葛林娜，你先生真浪漫啊！马上就有了不同声音，你怎么知道是她先生，肯定是追求者，先生送花送到家里就好了，送办公室是哪出戏？”

葛林娜虽然摇着头叹着气，却遮不住内心的自豪和兴奋。“女人多的地方，没有不嫉妒的。如果不是我教课教的好，声誉优良，我那些女同事肯定得想方设法把我排挤走。我太碍事儿了，有我在的时候，男同事的眼神基本聚焦，没她们什么事儿。”

“天，你跟男同事也调情？不怕影响不好？我们中国有句话叫‘兔子不吃窝边草’。”说这话的时候，我心里没底，时代的突飞猛进已经把人们带到了改革创新的新时代，‘兔子专吃窝边草’的故事早已不是什么天方夜谭了。

“这话有意思。那我们可以分析一下兔子的心理。兔子不吃窝边草是为了自己的窝不受破坏，前提是兔子有吃有喝，不必吃窝边之草。但如果兔子冰天雪地饥饿难耐，你觉得兔子是让自己饿死呢，还是吃一吃窝边草呢？”

这回轮我看着葛林娜脸上长出象牙了。“那，你是饥寒交迫了？”

葛林娜没有回答我的问题，她耸了耸肩，不置可否，一股凄凉在脸上瞬间一闪。她突然爽朗大笑，说：“怎么说到兔子了？兔子爱吃什么跟我有什么关系？咱们还是来说这个可笑的热米尔吧。他是我中级班的学生，英语还说不利索，上课就跟我挤眼睛，那胆子！只要我提问，他的手一定是第一个举起来的。”她笑得风摇树摆，“很多问题他根本就不会回答。哈哈，这样的学生，太增加我讲课的乐趣了。”

“难怪学生爱上你的课，看看你这敬业精神，紧身衣超短裙，学生一边学习一边还可以看 T 台时装表演。热米尔啊，苦啊！上课他能坐住吗？没支帐篷？”

葛林娜丝毫不在乎我的讽刺挖苦，她只管笑那帐篷二字：“哈哈哈，他支不支关我什么事儿？我教英语，不教安抚。我的衣着可是严格符合学校的着装标准的，咱长的前拱后撅，不是我的错吧？学生喜欢老师，也不是老师的错吧？再说了，即便错，我就让它将错就错！不错，能有鲜花和美酒吗？”

热米尔是从伊拉克过来的难民，确切说，他正在申请难民身份，孤身一人，因为身体粗壮，练过拳击，在一家公司做夜间保安，白天还在披萨店兼做送餐零工。他随身带着一个素描本，没事儿就画，三笔两笔就是一个鲜活人物，葛林娜上课的模样，喜的、怒的、恼的、乐的，画得多，可以装订成册了。我看过两幅，形神兼备，高明之处是他总能把葛林娜画的比本人更美那么一点点，是有脑子的那种美丽，夏的热、冬的冷、春的水、秋的实，尽在一两笔之间。看着那些素描，你几乎想要忽略那具性感的躯体，这是有精神质地的素描，像风里飘着花香，雨里荡着彩虹。

绿林壮汉有了这个细致的文明技巧，就多少有了些神秘色彩，不能不令受过文明熏陶的葛林娜刮目相看。尽管葛林娜严重怀疑他是偷渡犯，还是没禁住他热情奔放、大胆直白的示爱方式。之后的两年里，她俩始终保持着混沌不清的暧昧关系，这个关系会让葛林娜下班之后晚半个小时到家。

如何定义这种关系，超出了我的认知范围，“调情”这词似乎乏力，可“情人”又过了。是葛林娜的愤怒，让我重新认识了她调情的界限。

“他凭什么跟踪我？还跟到家里来，这算什么？恨死他。我当时真想把他的屁股踢掉！”葛林娜双眼冒火，虽然事情已经过去了半个月，她还是立刻就激动起来。

我躲闪着迎面扑来的五色火星，小心翼翼地问：“我以为，他早就知道你家在哪里了，你们经常一起吃饭，天晚了，他不送你回家？”

“你弱智啊？我怎么可能让他知道我家在哪里呢？这么危险的事情，我怎么可能做？他只是一个不知根底的学生啊！你以为就那两块肌肉和几张破画儿就能让我做出这样的牺牲吗？我真瞎了眼了，让这么个混账东西缠上了！”她气得呼呼喘气，本来就高耸的胸脯被愤怒涨大了一倍。“他竟然还恬不知耻地敲了门！天啊，还捧着一盒披萨呢！我的上帝！f+++ing pizza！f+++ing daydreamer!”

说着，她拿起擦桌布啪地一下摔在水池里。我正在她家喝下午茶，两个孩子在院子里玩儿跳床，嘻哈的尖叫声黄雀躁鸣，厨房的大理石台面在斜阳映照下如同水里捞出来的雨花石。葛林娜的头发胡乱扎在脑顶心，朝天翘出个惊叹号，一件宽松白线衫随意罩着，更显出身体若隐若现的凹凸窈窕，日光在那立体的面孔上布下斑驳，她的愤怒就黑白电影般明暗分明了。

老实说，那一刻，我心里有个什么东西感动地耸然了，眼前的女子，杏眼圆睁，气血上涌，这是一种发自肺腑的真实，没有伪装，没有修饰，没有刻意，没有调情时夸张的虚幻，她是认真的。

“他，怕是想给你一个惊喜，想让你知道他有多在乎你。”

“我的上帝！我需要这样的惊喜吗？这明明是惊吓！如果我先生来开门，如果是阿达姆来开门，那是什么后果？我给孩子做什么榜样？给老公什么压力？我值吗？他真不明白，调情就是调情，不是爱情！即使上床，也和爱情丝毫无关！”

“上床”二字针尖般刺了一下，我忽略它，说，“你平素的接纳，给了他爱情的希望啊！他显然是具有丰富浪漫情怀的人，送花和送pizza，一个美目，一个果腹，不过是讨好你的不同形式，难道不是一回事？”

“你太天真了！他这是挑战我的极限，懂吗？我们有约在先，他不可以有非份之想，他不可以影响我的家庭生活，他却专门这么干，他敢挑衅到我的家门口来，这绝对不可原谅！Ass hole！”

葛林娜从此删除了热米尔的手机号码、邮箱、脸书、MSN 所有联络方式，热米尔的花送到她面前，她一把就扔到垃圾桶里。她是决心把他从生活中删除了。人总是把艰难的事情立上个决心，究竟这决心能否解决艰难，只有时间可以证明。

之后，热米尔两个多月没去上课，葛林娜以为他转学了，他却突然出现在葛林娜常去的超市停车场里。

我是头一次看到葛林娜掉泪，横波剪秋水，桃花带雨，凄楚无加。仿佛兮若轻云蔽月，飘飘兮若流风回雪。那张雾蒙蒙的脸蛋儿，让我不知道该赞、还是该痛。

“我怎么会想到他会被遣返？太突然了！立刻就走了。难民没批准，他失去了居留权！”

我递给她纸巾，小声问：“你，不是爱上他了吧？”

“闭嘴，我不让我爱他，明白？直到他来告别那天，发现这一生再也不可能见面了，我才感到自己心如刀绞，鬼知道这是什么感情！他永远拿不到这里的签证了，这是真正的生离死别，你看到吗？从此，我只知道地球的那一边，有一个曾经狂热地爱着我的人存在着，却永远没有可能面对面了！”

孩子们咚咚咚跑进来找水枪，阿达姆抬头看了眼妈妈，呆了呆，丢下水枪，过来抱住葛林娜，把头埋在她肚子上，说："妈眯，你怎么又哭了？我爱你，妈妈！"

我把头扭到一边，让突然充满潮热的眼眶冷却下去。

两个孩子被打发回院子里，葛林娜才转身回来说话。眼里还是一汪，嘴角却笑弯了，"对不起，你看这孩子多么懂事儿，我怎么能伤害他？他爸爸也是这样孩子气地懂事儿，我也同样不能伤害他。你懂了？"她从水池里拾起抹布，低头擦抹。水龙头上的任何一个水点儿都不肯放过。很快，水龙头就镜子一样可以照出人影儿了。

"你相不相信人的心很大？大得可以同时装下很多人和很多事儿。"

我答："有的人心大，有的人心小。有人的心只能装下一个人，有人的心可以装下全世界，还有人的心只装自己，谁也别想走进去。人分九种，种种不同吧。"

"这两年，他给了我很多快乐。你不知道，他有多温柔。那么大的肌肉男啊，温柔起来跟水一样！那张好嘴啊！"她扑哧笑出了声，眼神活泛起来，似乎看到了什么，又似乎感觉着什么，脸蛋儿也粉嘟嘟地亮起来。

"好嘴？"我下意识地复述着，就后了悔，心脏突然扑嗒嗒地跳出了声，看着葛林娜的眼睛就转到了别处，嘴角扯了扯，有了类似惊讶和不堪之间的表情。调情，不是没有将来时？

"看你，做妈妈这么多年了，还这样。这个有什么呢？谁离得开？两情相悦，必须有一张好嘴。不用嘴，是悦不了的。"葛林娜把香蕉蛋糕往我面前推了推，笑得非常干净。

窗户被孩子们的水枪打花了，流着一道道水痕。有两条平行的，流着流着就流成了一条，却在尾巴上，又开了叉，各走各路了。我微笑起来。

热米尔像一股冲击波，人虽然离开了，冲击波推出的巨浪却还在向远处推出一层层涟漪。隔几个月，就有信寄到葛林娜学校。先是说他跟着一个当兵时的战友，在做非洲生意，后来又说在土耳其研究古墓，再后来就有一张和女人的合影寄来，说结了婚，女人是大学讲师。信渐渐薄着，最终变成了明信片，邮戳有南非的，意大利的，还有俄罗斯的。

“他是个生活中也做梦的男人。”葛林娜像在讨论一个远古的雕塑，面无表情，“我从来没相信过他，他可以看到乌云，立刻给你讲一个下雨的故事，不不不，看到乌云，立刻给你讲一个晴朗的故事对他也不是什么困难事儿。”

“虚构？还是撒谎？”我问。

“我宁可把他和他的故事当作虚构。有创造力的、不含善恶的虚构。”葛林娜笑了，仰头看天。我们坐在院子里喝茶，被风吹着，蓝天无云。两个孩子在房子里打电子游戏。“他是一个把现实当虚构的人，唐吉珂德，对了，就是一个模拟的唐吉珂德！他把自己想象出的一切，在生活里实践着，就像过着一部小说。就是这样！”她豁然开朗恍然大悟，兴奋地站起身，来回走着，长腿剪刀一样一步步剪着树影儿。“世界上有一种人，就是这样在自己编造的小说里过着生活，他就是这样的人！”

这以后的日子里，葛林娜调情的热情明显萎缩。阿达姆 12 岁时，她挺着微鼓的肚子来接我去看歌剧茶花女。

“从来不知道你想要老二啊！”我吃惊地叹着，“不怕产后忧郁症了？”

“这么老了，还有什么可怕的？老了，什么都不用怕。”葛林娜哈哈笑着，一脚踩了油门儿。

“我给你讲个故事儿。我不是跳了半年伦巴吗？教练是个半黑的帅男，臀部长的太漂亮了！就是不能再漂亮的那种漂亮！你猜怎么着？”她扭头看我，满脸兴奋，足有五分钟定睛观察我的反应。

我把她的脸推过去，“高速上，你想要咱俩命吗？”

“他在电梯里，哈哈，把我推在墙壁上就强行接吻了！哦，我的上帝！跟演电影似的。”车子颠簸起来，左冲右撞。我拼命地想，自己的遗嘱里，应该写点儿啥。

“下周，下周他请我吃饭！”车子继续表演着伦巴舞，我已无心专注遗嘱，只有一个念头，弥留之际，如果只剩一句话可以说，该说什么？

那天，大雪纷飞，雪花像画出来的漫画，每片都有半个巴掌大，迎面走着，如同迎着一群飞舞的小扇子。剧院车位满了，我们停在两条街外。因为看歌剧，都穿了晚装和高跟鞋，大衣底下两条裸露的小腿冷飕飕地张扬着，高跟一迈出去，就在雪地里盖了深深一个戳子，一寸都不会剩在外边。背后看，滑稽样儿如同一对企鹅姐妹，每一步都前拱后撅，左右摇摆。我俩互相搀扶着，嘎嘎嘎的笑声如女高音的咏叹调在雪花中抒情不息。

“我看了一篇文章，说有一种虱子，是专门通过隐私器官的毛发传播的。所以，你别和这非洲舞男开玩笑，很难治的。五层避孕套都不管用！”我发誓，有生以来这是我第一次用这样直白的语言讲话。

葛林娜果然大惊失色，“真的假的？”

哈哈！探测实验大功告成。调情，从来就是有将来时的。无论葛林娜怎样一笔带过，这种血液里带着的基因，总会在将来的某一天发展出该发生的事情。无论阴天还是晴天，单身还是已婚，有文化还是没文化，怀着孕还是不怀孕，工作着还是休息着，都改变不了这种顽固的基因带来的顽固的喜好。我叹了口气，并没摇头。

“管它真假！快走，要迟到了！” 拉着葛林娜，我们深一脚浅一脚。

两个盛装女人，很快就被风雪遮没了。茶花女，这个举世闻名的女人，马上就要在咏叹调中登台了。

玫红色的艾玛

“善欣，你能过来吗？”电话里艾玛的声音含混不清。

“哦，怎么？”周日，我通常不工作。

“我想请你过来帮我弄弄指甲。眉毛，对了，我的眉毛，已经没有什么眉毛了。”艾玛的嘴里长着的似乎不是舌头，而是一个圆球，我很努力才听得清八成。上次是杰克逊开车送她来我店里美容的，当时她脸色虽然略显苍白，但口齿清晰，精神愉悦。现在除了声音含混不清，意思也混沌，难道？

“好，我过 20 分钟就到。一会儿见！”我和家人打了招呼，就翻出外出工具箱，把美容工具整齐装箱。

开门的是杰克逊，他脸上松弛的皱纹对称地画着十几个括号，蓝眼睛一如既往地含着笑，一层灰暗淡淡地罩着。“护士在给她量血压，我带你进去。”说着，他接过我的大衣，缓慢地挂进壁橱。

阳光从宽敞的落地玻璃窗放肆地涌进来，起居室里被一片耀眼的光明吞没，一切都白得刺眼，阳光所及之处就有了一种出人意料的圣洁之感。我眯着眼睛定了定神，光雾之中，看见长沙发上艾玛半躺着，护士坐在她身边拿着本子写着什么。见我进来，艾玛伸手示意，让我坐在对面沙发上，对护士嘟囔说：“这是善欣，我好朋友，来给我修修指甲。”

护士点头微笑，又低头在本子上做记录。

“药吃过了？”护士问，一边把侧血压和脉搏的小夹子夹在艾玛指头上，笑呵呵地看着手里的机器屏幕说：“挺好，都正常。”说罢，就给艾玛听心脏。

护士检查完毕，起身冲艾玛说：“你真是个幸运的女孩儿！指甲可以在家里修，多好！”说完冲我笑着告别，又轻声对杰克逊约定了明天来访的时间。

杰克逊送走护士，艾玛已经歪歪斜斜地坐起身来，嘟嘟囔囔说：“善欣，到那天，你能来给我修指甲吗？也许还应该给我化化妆。”

“我不是在这里了？就是来帮你修指甲的。化妆？你想化妆？”和艾玛认识十几年了，她从来没有要求过化妆的美容服务。

她似乎没有听到我的话，颤颤巍巍地站了起来。杰克逊把一个平衡车推到她面前，她推着车子慢慢往厨房走。我克制着震惊的心情，静静地看着她每一步艰难的行走。六周，离上次见面仅仅六周，那个行走如常的人，怎么会突然衰老到这个程度？

她缓慢地走进厨房，问杰克逊："茶包在哪里？我得给善欣泡茶，她最爱喝那个南瓜味儿的植物香茶了。"

我和杰克逊都迅速起身，我忙不迭地说我在家刚喝了很多茶，现在不想喝茶。杰克逊一反平时温吞缓慢的习惯，已经快步走进厨房，说："你指挥，我来泡茶。你去和善欣说话。"

"艾玛，我们来修指甲吧。"我走过去伸手想扶她走回来，中途又缩回手来，她推车能走就让她自己走吧。当年那个情景，瞬息浮现在眼前。

那时我在Spa工作，一位白发苍苍的老人做完头发从店里离开，要下好几个高台阶，我热心地替她推开门并伸出手去搀扶，竟意外地遭到拒绝，她尖锐地说："不！不用！"刚出国不久的我雾水一头，这种尊老爱幼的行为是我们民族一贯遵从的美德，怎么会受到这位西方老人如此强烈的抵抗和不满？我百思不得其解。当时间的流水渐渐冲刷去心头的疑惑，东西方文化的差异点点滴滴流淌在生活里，我才学会用另一种眼光看待曾经习惯了的事物。我没有经老人同意去搀扶她，无意中侵犯了老人的独立自主，藐视了她行走的能力，如同在对她宣布"你老了，需要帮助！"，我的善意侵犯的是她高贵的自尊。

艾玛一步步往回走，她身材矮小，我走在她身边，正好直视她头顶。只见一小块一小块裸露的头皮穿插在本来就稀少的灰白发丝之间，如同一张世界地图，陆地和海洋星罗棋布。这是放疗的结果，放射线照过的地方就不再生长头发。

艾玛坐下，我翻出修甲工具开始忙活，和她有一搭没一搭地聊天儿。

"一直坚持不做化疗？放疗呢，还在做？"我问。

"都不做了，我累了，这样挺好。"

"护士每天都来？"

"可不！有个医生也来，我哪儿都不用去，呵呵，好方便！感谢上帝！"艾玛这句话是分段说出来的，嘴里那个无形的圆球不是咯着舌头就是撞了牙。她脸上毫无血色，眼窝深陷，眉毛果然如她所说，几乎没有了一样，灰白稀少，和苍白的皮肤连成一片，额前几根发丝软绵绵耷拉着，嘴唇萎缩得只剩下两根线。

一种奇怪的不安让我浑身不适，我抓起她的手时，浑身过电似的打了一个冷战。这无骨般柔软而温热的手，被我抓了十几年了，可此刻它让我清楚地感觉到，那件重大的事情，近在眼前。

心中难过，我不敢再抬头看她。克制着颤抖，我认真对待这双手上的每一寸皮肤，指甲的每一个角落，像捧着一个罕见的珍宝，一不小心，它就会从我手中滑落、破碎。

八年前，一辈子从未吸过烟的艾玛被诊断为肺癌，肺子切除了一个，化疗放疗折腾过去，竟渐渐好了过来。八年来，她每周三次去商场大厅参加老人步行俱乐部，每周两次在小区图书馆做义工，每周一次接孙儿孙女来家团聚，一个月做一次头发修一次指甲。岁月平安逝去，癌症销声匿迹，没有在这八年之间再来骚扰她。

艾玛举行家庭茶点聚会，一定会邀请我这个年轻朋友。她自制的巧克力，形状各异，口味新颖。来找我修甲，她常常会带一包巧克力送给我孩子吃。巧克力用透明塑料纸和丝带精心包装，有小猫小狗小乌龟各种形状，味道也多变，草莓味儿、牛奶味儿、黑白巧克力双味儿的。孩子一见这些巧克力，就欢天喜地："妈妈，你又见到艾玛了？耶！"

半年前，艾玛向我宣布了新闻，她剩下的那个肺子上发现沙状颗粒，她仍谈笑风生："善欣，不管是不是癌，我都不想化疗了，八年前那个罪受够了，生不如死。"

上次来见我，她告诉我脑袋里刚发现了肿块，她当时精神抖擞地夸口说："定位放疗照射，肿瘤会局部萎缩，现代医学科技日新月异，真了不得！治疗的痛苦越来越小。放心，我可以再活八年呢。"

她的手被我细致地把玩修剪，艾玛一直在含含糊糊说着话。我只猜得出一半，是在聊她三个孙孩儿，说着说着，艾玛的眼睛就红了，我抬头向杰克逊投去求助的目光，杰克逊就笑着翻译道："她说她本来没有什么遗憾，唯独觉得没机会看到孙孩们一点点长大、大学毕业、结婚成家，是件伤心事。"

我无言以对，百感交集。我这是在哪里？是在谈论什么？艾玛的手攥在我手里，她手指纤细柔软，即便横横竖竖满是皱纹，仍是一双修长秀美的手。我握着这只手，感觉着它柔和的温暖，这一切难道终将结束？

门铃响，杰克逊迎进来的是邻居杰尼，杰尼和我在艾玛家的茶点聚会上见过几面，算得上是熟人。她笑嘻嘻坐在艾玛身旁，热热闹闹和艾玛聊起一个共同的朋友。我心中恍惚忐忑，给杰克逊使了一个眼色，抽身出来，说要去洗手间。

杰克逊把我带到主卧房，关了门，我问："杰克逊，你老实告诉我，到底怎么回事儿？怎么突然就连路也走不稳了？我糊涂了。"

"脑瘤有发展，压迫了腿部神经，所以走不稳，压迫了说话神经，所以口齿不清。现在已经停止全部治疗，等着。她不要去医院，一定要在家里。所以医生护士一天来检查一次，晚上有另一位护士到我家来做夜间护理，晚上 10 点来，早晨 6 点走，看，这就是护士的床。"杰克逊平静地说着，抬手指了指新加的一张沙发床，然后他想起了什么，说："你别介意她的话，她刚才是问你能不能在她死后的葬礼上给她修指甲做化妆。我们已经定了丧葬公司，化妆修甲的服务是包括的，那里有专门给尸体化妆的专业人员。我知道你开美容店是给活人服务，给亡人化妆你不做。她糊涂，这么多年她不是只信任你吗？你不要见怪！"

我克制着心中的惊涛骇浪，伸出臂膀搂住杰克逊，他也紧紧抱住我，两个身体都轻微地颤抖着。不需要语言，我们不需要语言。

我回到艾玛身边，装着没事儿，笑嘻嘻地说："我去你主卧卫生间上了厕所，你洗手台摆的那瓶插花，杰克逊说是你自己插的？非常好看！"

"给你！你今天就拿走！"艾玛兴奋地指挥杰克逊把插花包起来，对我的竭力推辞不予理睬。

我一边给艾玛涂指甲，一边听艾玛和杰尼讨论首饰和着装。

"耳环，你准备戴哪付耳环？"杰尼问。

"杰克逊，请把我首饰盒拿来。"艾玛等杰克逊端来首饰盒，从里面挑出一对珍珠耳钉和配套项链。项链很细，吊着同样大小的一颗白色珍珠坠。"就这套，你看，是不是很好看？"

"真好看！"杰尼赞着，把首饰递给我看，我也赞："好雅致！"。心里嘀咕，这是要去参加什么活动呢？

"衣服呢？衣服选了哪套？"杰尼紧追不舍。

"杰克逊，请把那套新装拿来！"

眼前一亮，这是一套玫瑰红西装套裙，里面衬着一件真丝白衬衫，端庄大气又活泼喜庆。

“这是我儿子结婚时，我穿的行头。好看吧？就穿过那一次，这次要再派一次大用场。”艾玛高兴地说着，又招呼丈夫把墙上一张照片取下来给我们看。照片上是艾玛、杰克逊和儿子媳妇的婚礼合影照。艾玛娇小的身体在那身做工讲究的红色西装裙里喜气洋洋，掐腰恰到好处，显出她骄傲的胸脯，裙摆及膝，露出两条匀称的小腿。她脸上的笑容如一朵菊花盛开着，确切说，照片里每个人脸上都开着这样的菊花，这照片就有了花园盛放的温暖和生气。

“太好看了！”我情不自禁地赞道。“你真美！”

“完美！”杰尼也赞。

“感谢上帝，这些年我身材几乎没有变化，穿上这套裙子还那么合适。”艾玛自豪地说：“怎么样？棒吧？我总嫌它红，后来不好意思再穿。现在什么都不用在乎了，就让它陪我去那里。”她的手朝天指了指。“我要漂漂亮亮欢欢喜喜地去。”这时她脸上的苍白消失不见，脸颊泛出一片粉红，眼睛晶亮闪烁，星星似的。

我吃了一惊，这才明白，杰尼和艾玛一直在讨论艾玛死后葬礼上的穿著打扮。

我加入了她俩的研讨说笑，像在谈论一个大人物的就职庆典，又像筹划一个盛大的狂欢节。

“无论瞻仰遗容、参加葬礼还是家里的纪念会，都不许穿黑衣裤，只穿平时的 T 恤衫牛仔裤，花花绿绿就好，来庆祝我的一生，不是来悼念我的一生！杰克逊，你记住了？请帖上一定要注明！”艾玛千叮咛万嘱咐。

“我这一生，没有遗憾！一点儿都没有！感谢上帝！”艾玛笑道，她脸上皱纹的缝隙都被红晕充满，像晚霞中一湖涟漪。

其实，艾玛一生劳碌，和杰克逊新婚之后就从意大利移民加拿大，儿子生下后高烧，得了小儿麻痹，一条腿几乎废掉，艾玛从此一心一意照顾儿子，杰克逊在食品公司当运货员，收入有限，家里的房子只好租出去两间贴补家用。

“我每天很早起床，给房客烧饭吃，那时的租客都是管饭的。”艾玛聊起过去的事儿面带微笑，“房客都喜欢我烧得饭菜，每顿饭菜我从不马虎应付。”

“累不？”我问。

“你说呢？儿子不方便走路，你可以想象一个母亲的责任和工作量，加上照顾房客，早晨五点半起床，一天不停顿，有时做着饭，就会站着打盹。这双手，哎，似乎时刻在水里泡着！”

“真看不出！这双手现在一点儿不像劳动人民！”我笑说。

她也笑，夸张地把我面前的两只手伸展了左摇右摆，道：“就是因为用了它们一辈子，现在有条件了，才格外在乎它们，动不动就带它们来见你。”

我于是每次面对这对手的时候，心里除了装有工作的细致认真，还多加了一份尊重和爱戴的温情。

“现在想那时的事儿，感觉上帝对我们真是恩待，谁能想到我儿子那样的残疾人能过上和健全人一模一样的生活？上学、工作、结婚生子！”艾玛说，“无可抱怨！”

这时，艾玛正端详着那身玫红套裙，薄薄的嘴唇轻松地咧着，眼睛在窗外明亮阳光的照耀下，弯成优美的一线。看着艾玛欢喜的面容，听着她含混不清的说笑，我的每颗细胞都在经受前所未有的洗礼。这是一种不放过一分一毫的擦洗，擦得每一根汗毛都干净地耸立，每一寸肌肤都轻松地舒展。艾玛的放得下，是早晨出门上班道别似的不以为然，是招招手说明天见的潇洒。毫无造作的坦然，温泉一般从她松弛的微笑里涓涓涌出。那一刻，一切似乎和过去一模一样，一切却又变得完全不同。我切身体会着什么是淡然，什么是对生命的感激。

我没收费，离开时和艾玛紧紧拥抱，我笑，她也笑。

七天之后，艾玛走了。

瞻仰遗容时，我穿了绿色绣花衬衫，白色牛仔裤。艾玛在那套玫红套装里安静地闭着眼睛，有一丝若隐若现的笑容挂在嘴角，似乎一个香甜的梦还没做完。妆化的很好，颧骨淡淡地红着，似乎刚喝过一杯酒，嘴唇是和衣服一色的玫红，晶莹圆润，似乎刚刚跟我说笑完毕。看不到白被单下她的纤纤玉指，但我分明感觉到那手指的柔软和温暖，椭圆的指尖平滑光润，在我眼前轻轻晃动。

“艾玛，玫红色的艾玛，别了！”我微笑，轻声说。

此时此刻，那瓶小巧的插花正摆在我书桌面前，一朵乳白色的百合在几支紫色的勿忘我中间安静地绽放。这朵绢花，永远不会衰败。

www.ingramcontent.com/pod-product-compliance
Lightning Source LLC
Chambersburg PA
CBHW031342020726
47499CB00005B/1359

* 9 7 8 1 7 7 5 1 2 8 8 1 6 *